Ce livre a été prêté par: _Catherine_

Date du prêt: __30__ /__03__ /__16__

Écrivez votre nom et appréciation du livre

	peu				bon
	1	2	3	4	5
	1	2	3	4	5
	1	2	3	4	5
	1	2	3	4	5
	1	2	3	4	5
	1	2	3	4	5
	1	2	3	4	5
	1	2	3	4	5
	1	2	3	4	5

MARC LEVY

LE PREMIER JOUR

ROBERT LAFFONT

© 2009, Éditions Robert Laffont, S.A., Susanna Lea Associates, Paris.
ISBN : 978-2-266-20335-7

« Nous sommes tous des poussières d'étoiles. »
André BRAHIC

À Pauline et à Louis

Prologue

– Où commence l'aube ?

J'avais tout juste dix ans lorsque, bravant ma timidité maladive, je posai cette question. Le professeur de sciences se retourna, l'air abattu, haussa les épaules et continua de recopier le devoir du jour sur le tableau noir, comme si je n'avais pas existé. Je baissai la tête vers mon pupitre d'écolier, feignant d'ignorer les regards cruels et moqueurs de mes camarades qui n'étaient pourtant pas plus instruits que moi sur la question. Où commence l'aube ? Où s'achève le jour ? Pourquoi des millions d'étoiles illuminent-elles la voûte céleste sans que nous ne puissions voir ou connaître les mondes auxquels elles appartiennent ? Comment tout a commencé ?

Chaque nuit, au cours de mon enfance, aussitôt mes parents endormis, je me relevais pour aller à pas de loup jusqu'à la fenêtre, je collais mon visage aux persiennes et scrutais le ciel.

Je m'appelle Adrianos, mais voilà longtemps que l'on m'appelle Adrian, sauf dans le village où ma mère est née. Je suis astrophysicien, spécialiste des étoiles extrasolaires. Mon bureau se situe à Gower Court, dans l'enceinte de la London University, département d'astronomie ; mais je n'y suis presque jamais. La Terre est ronde, l'espace courbe et, pour tenter de percer les mystères de l'Univers, il faut aimer se déplacer, parcourir sans cesse la planète, vers les contrées les plus désertes, à la recherche du meilleur point d'observation, de l'obscurité totale, loin des grandes villes. J'imagine que ce qui me poussait depuis tant d'années à renoncer à vivre comme la plupart des gens, avec maison, femme et enfants, était l'espoir de trouver un jour une réponse à la question qui n'a jamais cessé d'occuper mes rêves : Où commence l'aube ?

Si j'entame aujourd'hui la rédaction de ce journal, c'est avec un autre espoir, celui que quelqu'un trouve un jour ces pages et, avec elles, le courage d'en raconter l'histoire.

L'humilité la plus sincère pour un scientifique est d'accepter que rien n'est impossible. Je comprends aujourd'hui combien j'étais loin de cette humilité jusqu'au soir où je rencontrai Keira.

Ce qu'il m'est arrivé de vivre ces derniers mois a repoussé à l'infini le champ de mes connaissances et bouleversé tout ce que je croyais savoir de la naissance du monde.

Premier cahier

Le soleil se levait à la pointe est de l'Afrique. Le site archéologique de la vallée de l'Omo aurait déjà dû s'éclairer des premières lueurs orangées de l'aube, mais ce matin-là ne ressemblait à aucun autre. Assise sur un muret de terre sèche, serrant sa timbale de café pour se réchauffer les mains, Keira scrutait la ligne d'horizon encore obscure. Quelques gouttes de pluie ricochèrent sur le sol aride, soulevant de-ci de-là des particules de poussière. Accourant dans sa direction, un jeune garçon la rejoignit.

– Tu es déjà levé ? demanda Keira en frictionnant la chevelure du petit bonhomme.

Harry hocha la tête.

– Combien de fois t'ai-je dit de ne pas courir quand tu entres dans l'aire de fouilles ? Si tu trébuchais, tu risquerais d'anéantir plusieurs semaines de travail. Ce que tu pourrais briser est irremplaçable. Tu vois ces allées délimitées par des cordelettes ? Eh bien, imagine que c'est un grand magasin de porcelaine à ciel ouvert. Je sais que ce n'est pas le terrain de jeux idéal pour un garçon de ton âge, mais je n'ai rien de mieux à t'offrir.

– C'est pas mon terrain de jeux, c'est le tien ! Et puis ton magasin, on dirait plutôt un vieux cimetière.

Harry pointa du doigt le front nuageux qui avançait vers eux.

– Qu'est-ce que c'est ? demanda le garçon.

– Je n'ai jamais vu un ciel comme ça, mais cela ne présage rien de bon.

– Ce serait chouette s'il pleuvait !

– Ce serait une catastrophe, tu veux dire. File chercher le chef d'équipe, je préfère mettre la zone de recherches à l'abri.

Le jeune garçon s'élança avant de s'immobiliser à quelques pas de Keira.

– Cette fois tu as une bonne raison de courir. Fonce ! ordonna-t-elle en agitant la main.

Au loin, le ciel s'obscurcissait toujours plus, une bourrasque arracha le pan de toile qui protégeait un cairn[1].

– Il ne manquait plus que ça, marmonna Keira en descendant de son muret.

Elle emprunta le sentier qui menait au campement et retrouva à mi-chemin le chef d'équipe qui venait à sa rencontre.

– Si la pluie doit arriver, il faut recouvrir le plus de parcelles possible. Renforcez les carroyages[2], mobilisez tous nos hommes, au besoin demandez de l'aide au village.

– Ce n'est pas la pluie, répondit le chef d'équipe résigné, et nous ne pouvons rien y faire, les villageois s'enfuient déjà.

Une gigantesque tempête de poussière entraînée par le Shamal avançait vers eux. En temps normal ce vent puissant, qui traverse le désert d'Arabie saoudite,

1. Tas de pierres.
2. Système de quadrillage du terrain de fouilles mis en place afin de situer les découvertes avec précision.

emprunte la direction du golfe d'Oman, à l'est, mais nous n'étions plus en des temps normaux et la course du vent destructeur avait viré vers l'ouest. Devant le regard inquiet de Keira, le chef d'équipe poursuivit ses explications.

– Je viens d'entendre l'alerte diffusée à la radio, la tempête a déjà balayé l'Érythrée, elle a franchi la frontière et arrive droit sur nous. Rien ne lui résiste. La seule chose à faire est de fuir vers les sommets et nous mettre à l'abri dans les cavernes.

Keira protesta, on ne pouvait pas abandonner ainsi le site.

– Mademoiselle Keira, ces ossements qui vous tiennent tant à cœur sont restés enfouis ici durant des millénaires ; nous creuserons à nouveau, je vous le promets, mais encore faut-il être en vie pour cela. Ne perdons pas de temps, il ne nous en reste plus beaucoup.

– Où est Harry ?

– Aucune idée, répondit le chef d'équipe en regardant autour de lui, je ne l'ai pas vu ce matin.

– Il n'est pas venu vous prévenir ?

– Non, comme je vous l'ai dit, j'ai entendu les nouvelles à la radio, donné l'ordre d'évacuation et je suis venu aussitôt vous chercher.

Maintenant, le ciel était noir. À quelques kilomètres d'eux, le nuage de sable avançait comme une immense vague entre ciel et terre.

Keira laissa tomber sa timbale de café et se mit à courir. Elle quitta le chemin pour dévaler la colline jusqu'à la rive du fleuve, en contrebas. Garder les yeux ouverts devenait presque impossible. La poussière soulevée par le vent griffait son visage et, dès qu'elle criait le nom d'Harry, elle avalait du sable et croyait étouffer. Mais elle ne renonça pas. À travers le voile gris de plus en plus épais, elle réussit à discerner la tente où le jeune garçon venait la réveiller chaque matin pour aller découvrir avec elle le lever du soleil en haut de la colline.

Elle repoussa la toile, sa tente était vide. Le campement avait pris l'allure d'une ville fantôme, sans âme qui vive. Au loin, on pouvait encore apercevoir les villageois escalader les coteaux pour atteindre les grottes situées près des sommets. Keira inspecta les tentes voisines, criant sans relâche le prénom du petit garçon, mais seul le grondement de la tempête répondait à ses appels. Le chef d'équipe l'empoigna et l'entraîna presque de force. Keira regardait vers les hauteurs.

– Trop tard ! cria-t-il à travers l'étoffe qui couvrait son visage.

Il prit Keira sous son épaule et la guida vers la rive du fleuve.

– Courez, bon sang ! Courez.

– Harry !

– Il a sûrement trouvé refuge quelque part, taisez-vous et accrochez-vous à moi.

Un raz de marée de poussière les poursuivait, gagnant sans cesse du terrain. En aval, le fleuve s'enfonçait entre deux hautes parois rocheuses, le chef d'équipe repéra une anfractuosité et y entraîna Keira précipitamment.

– Là ! dit-il en la poussant vers le fond.

Il s'en était fallu d'un instant. Charriant terre, caillasses et débris arrachés à la végétation, la vague déferlante dépassait la hauteur de leur abri de fortune. À l'intérieur, Keira et son chef d'équipe se recroquevillèrent sur le sol.

La grotte fut plongée dans une obscurité totale. Le grondement de la tempête était assourdissant. Les parois se mirent à trembler et ils se demandèrent si tout allait s'effondrer et les ensevelir à jamais.

– On retrouvera peut-être nos ossements dans dix millions d'années ; ton humérus contre mon tibia, tes clavicules près de mes omoplates. Les paléontologues décréteront que nous étions un couple d'agriculteurs, ou toi un pêcheur du fleuve et moi son épouse, enterrés ici. Évidemment, l'absence d'offrandes dans notre sépulture ne nous attirera guère de considération. Nous serons classés dans la catégorie des squelettes de schmocks et nous passerons le reste de l'éternité au fond d'une boîte en carton sur les rayonnages d'un musée quelconque !

– Ce n'est vraiment pas le moment de faire de l'humour, et ce n'est pas drôle, râla le chef d'équipe. Et puis c'est quoi des schmocks ?

– Des gens comme moi, qui travaillent sans compter les heures pour faire des choses dont finalement tout le monde se fiche et qui voient leurs efforts anéantis en quelques secondes, sans pouvoir rien y faire.

– Eh bien, mieux vaut être deux schmocks en vie que deux schmocks morts.

– C'est un point de vue !

Le grondement dura encore d'interminables minutes. Si des pans de terre se décrochaient de temps à autre, leur abri semblait tenir bon.

La lumière du jour pénétra à nouveau la grotte, la tempête s'éloignait. Le chef d'équipe se redressa et tendit la main à Keira pour l'aider à se relever, mais elle refusa cette main.

– Tu voudras bien refermer la porte en sortant ? dit-elle. Je vais rester ici, je ne suis pas certaine de vouloir voir ce qui nous attend.

Le chef d'équipe la regarda, dépité.

– Harry ! s'écria Keira en se précipitant au-dehors.

Tout n'était que désolation. Les arbustes qui bordaient la berge du fleuve avaient été décapités ; la rive, d'ordinaire ocre, avait pris la couleur marron de la terre qui la recouvrait désormais. Le fleuve emportait des amas de boue vers le delta, situé à des kilomètres de là. Plus une seule tente ne tenait debout dans le campement. Le village de huttes n'avait pas plus résisté aux assauts du vent. Les habitations déplacées sur des dizaines de mètres s'étaient disloquées contre les rochers et les troncs d'arbres. En haut de la colline, les villageois quittaient leurs abris pour découvrir ce qui était advenu de leur bétail, de leurs cultures. Une femme de la vallée de l'Omo pleurait, serrant ses enfants dans ses bras ; un peu plus loin, les membres d'une autre tribu se regroupaient. Aucune trace d'Harry. Keira regarda tout autour d'elle, trois cadavres gisaient sur la berge. Un haut-le-cœur la gagna.

– Il doit être caché dans une grotte, ne vous inquiétez pas, nous le retrouverons, dit le chef d'équipe en la forçant à détourner le regard.

Keira s'accrocha à son bras et ils remontèrent ensemble la colline. Sur le plateau où se trouvait le terrain de fouilles, le carroyage avait totalement disparu, le sol était jonché de débris, la tempête avait tout détruit. Keira se baissa pour ramasser une lunette de terrain. Elle l'épousseta machinalement mais les verres de l'appareil étaient irrémédiablement endommagés. Un peu plus loin, le trépied d'un théodolite gisait pattes en l'air. Soudain au milieu de cette dévastation, apparut la frimousse effarée du jeune Harry.

Keira courut à sa rencontre et le prit dans ses bras. La chose n'était pas habituelle ; si elle savait exprimer par des mots son affection envers ceux qui avaient su l'apprivoiser, jamais elle ne s'abandonnait au moindre geste de tendresse. Mais, cette fois, elle serrait Harry si fort qu'il chercha presque à se libérer de son étreinte.

– Tu m'as fait une de ces peurs, dit-elle en essuyant la terre collée au visage du garçon.

– C'est moi qui t'ai fait peur ? Après tout ce qui vient d'arriver, c'est moi qui t'ai fait peur ? répéta Harry déconcerté.

Keira ne répondit pas. Elle redressa la tête et contempla ce qui restait de son travail : rien. Même le muret de terre sèche sur lequel elle s'asseyait encore ce matin s'était effondré, balayé par le Shamal. En quelques minutes, elle avait tout perdu.

– Dis donc, il en a pris un sacré coup ton magasin, dit Harry.

– ... mon magasin de porcelaine, murmura Keira.

Harry glissa sa main dans celle de Keira. Il s'attendait à ce qu'elle se défile ; comme toujours, elle ferait un pas en avant, prétextant avoir vu quelque chose d'important, de si important qu'il fallait vérifier tout de suite de quoi il s'agissait ; et puis, plus tard, elle effleurerait la chevelure du garçon, pour s'excuser de n'avoir pas su être tendre. Cette fois, la main de Keira retint celle qui s'offrait sans malice et ses doigts se resserrèrent sur la paume d'Harry.

– C'est fichu, dit-elle presque sans voix.

– Tu peux recreuser, non ?

– Ce n'est plus possible.

– T'as qu'à aller plus profond, protesta l'enfant.

– Même plus profond ce serait foutu quand même.

– Qu'est-ce qui va arriver alors ?

Keira s'assit en tailleur sur la terre désolée ; Harry l'imita, respectant le silence de la jeune femme.

– Tu vas me laisser, tu vas partir c'est ça ?

– Je n'ai plus de travail.

– Tu pourrais aider à reconstruire le village. Tout est cassé. Les gens d'ici vous ont bien aidés, eux.

– Oui, j'imagine que nous pourrions faire cela pendant quelques jours, quelques semaines tout au plus, mais ensuite, tu as raison, nous devrons partir.

– Pourquoi ? Tu es heureuse ici, non ?

– Plus que je ne l'ai jamais été.

– Alors tu dois rester ! affirma le jeune garçon.

Le chef d'équipe les rejoignit, Keira regarda Harry et lui fit comprendre qu'il devait maintenant les laisser seuls. Harry s'éloigna de quelques pas.

– Ne va pas à la rivière ! dit-elle au jeune garçon.

– Qu'est-ce que ça peut bien te faire, puisque tu vas t'en aller !

– Harry ! implora Keira.

Mais le jeune garçon filait déjà dans la direction qu'elle venait précisément de lui interdire.

– Vous abandonnez le chantier ? demanda le chef d'équipe étonné.

– Je pense que nous n'aurons bientôt plus d'autre choix.

– Pourquoi se décourager, il suffit de se remettre à la tâche. Ce ne sont pas les bonnes volontés qui manquent.

– Hélas, ce n'est pas seulement une question de volonté mais de moyens. Nous n'avions déjà presque plus d'argent pour payer les hommes. Mon seul espoir était de faire une découverte rapidement pour que l'on renouvelle nos crédits. J'ai bien peur que, désormais, nous soyons tous au chômage technique.

– Et le petit ? Qu'est-ce que vous comptez en faire ?

– Je ne sais pas, répondit Keira, abattue.

– Vous êtes sa seule attache depuis que sa mère est morte. Pourquoi ne pas l'emmener avec vous ?

– Je n'en aurais pas l'autorisation. Il serait aussitôt

arrêté à la frontière, on le retiendrait des semaines dans un camp avant de le reconduire ici.

– Et dire que chez vous, on pense que nous sommes des sauvages !

– Vous ne pourriez pas vous occuper de lui ?

– J'ai déjà du mal à faire vivre ma famille, je doute que ma femme accepte une nouvelle bouche à nourrir. Et puis Harry est un Mursi, il appartient aux peuples de l'Omo, nous sommes Amhara, tout cela est trop difficile. C'est vous qui avez changé son prénom, Keira, qui lui avez appris votre langue ces trois dernières années, vous l'avez pour ainsi dire adopté. Vous en êtes responsable. Il ne peut pas être abandonné deux fois, il ne s'en remettrait pas.

– Vous vouliez que je l'appelle comment ? Il fallait bien lui donner un prénom, il ne parlait pas quand je l'ai recueilli !

– Au lieu de se disputer, la première chose à faire serait de le chercher ; vu la tête qu'il faisait en partant tout à l'heure, je doute qu'il réapparaisse de sitôt.

Les collègues de Keira se regroupaient autour du terrain de fouilles. L'atmosphère était lourde. Chacun constatait l'importance des dégâts. Tous se retournèrent vers Keira, attendant ses instructions.

– Ne me regardez pas comme ça, je ne suis pas votre mère ! s'emporta l'archéologue.

– Nous avons perdu toutes nos affaires, protesta un membre de l'équipe.

– Il y a des morts au village, j'ai vu trois corps dans la rivière, répondit Keira, je me fous royalement de ton sac de couchage.

– Il faut s'occuper d'enterrer les cadavres au plus vite, suggéra un autre. Nous n'avons pas besoin qu'une épidémie de choléra vienne s'ajouter à nos problèmes.

– Des volontaires ? demanda Keira, dubitative.

Personne ne leva la main.

– Alors allons-y tous, intima Keira.

– Il serait préférable d'attendre que leurs familles viennent les chercher, nous devons respecter les traditions.

– Le Shamal s'est bien gardé de respecter quoi que ce soit, agissons avant que l'eau ne soit contaminée, insista Keira.

Le cortège se mit en marche.

La triste besogne occupa le reste de la journée. On retira les corps de la rivière, on creusa des tombes à bonne distance de la berge, toutes furent recouvertes d'un petit monticule de pierres. Chacun priait à sa façon, selon sa croyance, pensant à ceux qu'il avait côtoyés ces trois dernières années. À la tombée du jour, les archéologues se regroupèrent autour d'un feu. Les nuits étaient fraîches et il ne restait rien pour se protéger du froid. L'un prenait la relève de veille pendant que les autres dormaient près du brasier.

Le lendemain, l'équipe porta secours aux villageois. Les enfants avaient été regroupés. Les femmes âgées de la tribu veillaient sur eux, les plus jeunes ramassaient tout ce qui servirait à reconstruire les habitations. Ici, la question de l'entraide ne se posait pas, elle était évidente ; tout le monde était à l'œuvre, chacun savait naturellement quoi faire. Certains taillaient le bois, d'autres assemblaient les branches pour rebâtir les huttes, d'autres encore couraient dans les champs, s'efforçant de rassembler chèvres et vaches que la tempête n'avait pas tuées.

La deuxième nuit, les villageois accueillirent l'équipe d'archéologues et partagèrent avec eux leur maigre repas. En dépit de la tristesse, du deuil qui commençait à peine, on dansa et chanta pour remercier les dieux d'avoir épargné ceux qui étaient encore en vie.

Les jours suivants furent identiques. Deux semaines plus tard, si la nature portait encore les marques du drame, le village avait presque repris une apparence normale.

Le chef de la tribu remercia les archéologues. Keira lui demanda à être reçue en privé. Même si les regards des villageois montraient qu'ils n'appréciaient guère qu'une étrangère entre dans sa hutte, le chef accepta l'entretien, par reconnaissance. Après avoir écouté la requête de son invitée, il jura que si Harry réapparaissait, il veillerait sur lui jusqu'au retour de Keira ; en échange, elle avait fait la promesse de revenir. Le chef lui fit comprendre que l'entrevue était terminée. Il sourit, Harry avait beau se cacher, il ne devait pas être loin ; ces dernières nuits, un drôle d'animal était venu dérober des vivres pendant que le village dormait et les empreintes du rôdeur ressemblaient sacrément à celles d'un jeune garçon.

Au neuvième jour après la tempête, Keira réunit son équipe et annonça qu'il était temps de quitter l'Afrique. La radio avait été détruite, ils ne pouvaient compter que sur eux-mêmes. Deux possibilités s'offraient à eux : marcher vers la petite ville de Turmi, de là, avec un peu de chance, ils trouveraient un véhicule qui les conduirait plus au nord, jusqu'à la capitale. Atteindre Turmi serait périlleux, il n'y avait pas à proprement parler de route, il faudrait escalader pour franchir certains passages. Autre option, descendre le fleuve vers la vallée basse ; en quelques jours, ils gagneraient le lac Turkana. En le traversant, ils arriveraient côté kenyan à Lodwar où se trouvait un petit aérodrome. Des avions

de fortune faisaient régulièrement la navette pour ravi-
tailler la région ; un pilote finirait bien par accepter de
les prendre à son bord.

— Le lac Turkana, épatant comme idée ! s'exclama
un collaborateur.

— Tu préfères grimper vers les montagnes ? demanda
Keira, très agacée.

— Quatorze mille, c'est à peu près le nombre de cro-
codiles qui grouillent dans ton lac salvateur. Il fait une
chaleur torride dans la journée, et les orages y sont les
plus violents du continent africain. Avec le peu d'équi-
pement qu'il nous reste, autant se suicider tout de suite,
nous gagnerons du temps et nous souffrirons moins !

Il n'y avait pas de solution miracle. L'archéologue
proposa un vote à main levée. La direction du lac
fut adoptée à l'unanimité, moins une voix. Le chef
d'équipe aurait bien voulu les accompagner, mais il lui
fallait remonter vers le nord rejoindre sa famille. Aidés
des villageois, ils commencèrent à réunir quelques pro-
visions, le départ était programmé pour le lendemain
aux premières heures du jour.

Keira ne dormit pas de la nuit. Elle se retourna cent
fois sur sa paillasse. Dès qu'elle fermait les yeux, le
visage d'Harry lui apparaissait. Elle repensait au jour
où, rentrant d'une excursion à dix kilomètres du campement, elle l'avait rencontré. Harry était seul, abandonné devant une case. Personne en vue, et cet enfant
qui la regardait fixement, muré dans son silence. Que
fallait-il faire ? Continuer son chemin comme si de rien
n'était ? Elle s'était assise à côté de lui, il n'avait rien
dit. Passant la tête par l'ouverture de sa piteuse habitation, elle avait découvert que sa mère venait d'y
mourir. Elle avait interrogé le petit garçon pour savoir
s'il avait de la famille, un endroit où elle pourrait le
conduire, mais il se taisait ; pas une plainte, juste ce

regard vif et persistant. Keira était restée de longues heures à côté de lui, sans dire un mot. Puis elle s'était levée et avait repris sa route. En chemin, elle avait bien cru deviner qu'il la suivait à distance et se cachait dès qu'elle se retournait. Mais à l'approche du campement, nulle trace de lui sur la piste derrière elle. Elle avait d'abord pensé qu'il avait rebroussé chemin. Le lendemain, quand le chef d'équipe lui annonça qu'on avait volé de la nourriture, Keira s'était sentie soulagée.

Il fallut de longues semaines pour que l'un et l'autre finissent par se revoir. Keira avait donné l'ordre qu'on laisse toujours la nuit près de sa tente, un repas et de quoi boire. Et, chaque soir, le chef d'équipe protestait : c'était là un bon moyen d'attirer les prédateurs ; mais celui que Keira voulait apprivoiser n'avait rien d'un animal sauvage, juste un enfant esseulé et apeuré.

Plus le temps passait et plus les pensées de Keira étaient occupées par le comportement insolite de l'enfant. Le soir, sous sa tente, elle guettait les bruits de pas de celui qu'elle avait déjà prénommé « Harry ». Pourquoi ce prénom ? Elle n'en savait rien, il lui était venu dans ses rêves. Une nuit, Keira avait pris le risque d'attendre devant la caisse où le repas de l'enfant avait été déposé. Cette fois, elle avait dressé un couvert, et le tout avait fini par prendre l'allure d'une table de souper, plantée au milieu de nulle part.

Harry était apparu sur la sente qui grimpait depuis la rivière. Épaules et tête hautes, son allure était fière. Lorsqu'il était arrivé, Keira l'avait salué de la main et avait commencé à manger. Il avait hésité et puis s'était assis face à elle. Ils partagèrent ainsi ce premier dîner à la belle étoile et Keira entreprit d'enseigner à Harry ses premiers mots de vocabulaire. L'enfant n'en répétait aucun, mais le lendemain, au moment du repas, il récita tous ceux entendus la veille, sans jamais se tromper.

Ce n'est que plus tard dans le mois qu'Harry se montra en pleine journée. Keira creusait délicatement la terre, espérant enfin découvrir quelque chose, le jeune garçon s'approcha. Le moment qui suivit fut des plus singuliers. Sans se soucier qu'Harry la comprenne, Keira lui expliqua chacun de ses gestes, pourquoi il était si important pour elle de chercher sans relâche ces minuscules fragments fossilisés, comment chacun d'eux témoignerait peut-être de la manière dont l'homme était apparu sur notre planète.

Harry revint le lendemain à la même heure, et passa cette fois tout l'après-midi en compagnie de l'archéologue. Il fit de même les jours suivants, arrivant toujours avec une ponctualité déconcertante – Harry n'avait pas de montre. Les semaines passèrent et sans que personne ne s'en rende vraiment compte, le petit garçon ne quitta plus le campement. Avant chaque repas, midi et soir, il subissait sans rechigner la corvée du cours de vocabulaire que lui dispensait Keira.

Ce soir, elle aurait voulu entendre encore une fois ses pas, comme lorsqu'il rôdait autour de sa tente en attendant qu'elle l'autorise à y entrer. Elle lui aurait raconté une légende africaine, elle en connaissait beaucoup.

Comment prendre la route demain, sans même l'avoir revu ? Un départ sans un mot, c'est pire qu'un abandon, le silence est une trahison. Keira prit dans sa main le cadeau qu'Harry lui avait fait un jour. Au bout d'une cordelette en cuir qui ne quittait jamais le tour de son cou pendait un étrange objet. Triangulaire, il était lisse et dur comme l'ébène ; il en empruntait la couleur, mais avait-il vraiment été taillé dans ce bois ?

Keira n'en savait rien. L'objet ne ressemblait à aucune parure tribale ; même le chef du village n'avait pu en définir l'origine. Lorsque Keira le lui avait montré, le vieil homme avait hoché la tête, il ignorait de quoi il s'agissait, peut-être ne devrait-elle pas le garder sur elle. Mais c'était un cadeau d'Harry... Quand Keira l'avait interrogé sur sa provenance, le garçon avait expliqué l'avoir trouvé un jour sur l'îlot situé au milieu du lac Turkana. C'est en descendant avec son père dans le cratère d'un ancien volcan éteint depuis des siècles, là où la terre regorge d'un limon fertile, qu'il avait trouvé ce trésor.

Keira le replaça sur sa poitrine et ferma les yeux, cherchant ce sommeil qui ne venait pas.

Au petit matin, elle rassembla son paquetage et réveilla ses collègues. Un long voyage les attendait. Après avoir avalé un petit déjeuner frugal, l'équipage se mit en route. Les pêcheurs leur avaient offert deux pirogues, chacune pouvait accueillir quatre personnes. En différents endroits, il faudrait rejoindre la terre ferme, porter les embarcations pour contourner des chutes.

Les villageois s'étaient réunis sur la berge. Seul un petit homme manquait à l'appel. Le chef d'équipe serra Keira dans ses bras, il avait bien du mal à cacher son émotion. Puis on embarqua à bord des canoës ; les enfants entrèrent dans l'eau pour les aider à s'éloigner de la rive, et le courant fit le reste, les entraînant doucement.

Au cours des premiers miles parcourus, on voyait des mains s'agiter depuis les champs voisins. Keira restait silencieuse, guettant celui qu'elle espérait encore voir. Lorsque le fleuve bifurqua avant de se perdre entre deux hautes parois rocheuses, ses derniers espoirs s'évanouirent. On était déjà bien trop loin.

– C'est peut-être mieux comme ça, souffla Michel, un collègue français de Keira, celui avec lequel elle s'entendait le mieux.

Elle aurait voulu lui répondre, mais sa gorge était nouée.

– Il retournera à sa vie, poursuivit Michel. Ne t'en fais pas. Tu n'as rien à regretter ; sans toi Harry serait probablement mort de faim, et puis le chef du village t'a promis de s'occuper de lui.

Et soudain, tandis que le fleuve s'enfonçait un peu plus, la silhouette d'Harry apparut sur une minuscule grève. Keira se leva si brusquement que l'embarcation manqua de chavirer. Michel rétablit l'équilibre, ses deux autres collègues râlaient. Keira n'écoutait pas leurs remontrances, elle n'avait d'yeux que pour le jeune garçon qui se tenait accroupi et la regardait de loin.

– Je reviendrai Harry, je te le jure ! cria-t-elle.

L'enfant ne répondit pas. Avait-il seulement entendu ?

– Je t'ai cherché partout, hurla-t-elle, du plus fort qu'elle le pouvait. Je ne voulais pas partir sans te revoir. Tu vas me manquer petit bonhomme, dit-elle en sanglots. Tu vas tellement me manquer. Je te jure que je reviendrai, il faut que tu me croies, tu m'entends ? Je t'en supplie Harry, fais-moi un geste, un petit signe de rien du tout pour me dire que tu m'entends.

Mais l'enfant ne fit aucun geste, pas le moindre signe. Sa silhouette disparut bientôt dans le tournant du fleuve ; la jeune archéologue ne vit jamais la main du jeune garçon qui lui offrait un adieu fragile.

*

Plateau d'Atacama, Chili

Impossible de fermer l'œil de la nuit. Chaque fois que je crois enfin sentir le sommeil me gagner, je me redresse d'un bond sur ma couchette avec cette terrible sensation d'étouffement qui ne me quitte pas. Erwan, un collègue australien habitué des hautes altitudes, a renoncé à dormir depuis son arrivée. Il pratique le yoga et il s'en sort à peu près. Même si je me suis amusé, à l'époque où je fréquentais vaguement une danseuse, à me rendre deux fois par semaine dans une salle spécialisée de Sloane Avenue, ma maîtrise de cette discipline est nettement insuffisante pour permettre à mon organisme de compenser ainsi les effets d'une telle hauteur. À cinq mille mètres au-dessus du niveau de la mer, la pression en oxygène chute de quarante pour cent. Au bout de quelques jours, le mal des montagnes se fait sentir ; le sang s'épaissit, la tête est lourde, la raison perd de sa logique, l'écriture devient maladroite, et le moindre effort physique brûle votre énergie de façon disproportionnée. Les plus anciens à travailler ici nous recommandent d'absorber le maximum de glucose possible. Pour les amoureux de douceurs, cet endroit pourrait être un véritable paradis : aucun risque de prendre du poids, à peine ingéré, le sucre est métabolisé par l'organisme. Seul hic, à cinq mille mètres au-dessus du niveau de la mer, on perd tout appétit. Je me nourris presque exclusivement de tablettes de chocolat.

Le plateau d'Atacama est un endroit hors du temps. Une vaste plaine aride, cernée de montagnes ; s'il n'était pas si difficile d'y respirer, on se croirait au milieu de n'importe quel désert de pierres. Mais ici, nous sommes sur l'un des toits du monde ; sauf qu'il n'existe presque plus rien du monde autour de nous. Aucune végétation, aucune vie animale, juste des cailloux et de la poussière, vieille de vingt millions d'années. L'air que l'on respire péniblement est le plus sec de la planète, cinquante fois plus encore que dans la vallée de la Mort. Les cimes qui nous entourent ont beau culminer à plus de six mille mètres, elles sont dépourvues de neige. C'est justement pour cette raison que nous travaillons là. Parce qu'il n'y a pas la moindre humidité, ce site était le meilleur endroit pour accueillir le plus vaste projet d'astronomie que la terre ait jamais vu naître. Un pari presque impossible : implanter soixante-quatre antennes télescopiques, chacune de la taille d'un immeuble de dix étages, toutes reliées entre elles. Une fois leur construction achevée, elles seront connectées à un ordinateur capable d'effectuer seize milliards d'opérations à la seconde. Pourquoi ? Afin de sortir de l'obscurité, de photographier les plus lointaines galaxies, de découvrir ces espaces qui nous sont aujourd'hui encore invisibles, et de peut-être capter des images des premiers instants de l'Univers.

Il y a trois ans, j'ai rejoint l'Organisation européenne des recherches astronomiques et suis parti vivre au Chili.

D'ordinaire, mon lieu de travail est à cent kilomètres

d'ici, à l'observatoire de La Silla. Cette région se situe sur l'une des plus grandes failles sismiques du globe, là où deux continents se rejoignent. Deux masses à la puissance colossale qui, en se poussant l'une l'autre, donnèrent jadis naissance à la cordillère des Andes. Au cours d'une nuit récente, la terre a tremblé. Il n'y a pas eu de blessé mais Naco et Sinfoni – chacun de nos télescopes porte un nom – doivent subir des travaux de maintenance.

Profitant de cette inactivité forcée, le directeur du centre nous a donné, à Erwan et moi, la mission de superviser la mise en œuvre de la troisième antenne géante du site d'Atacama. Voilà pourquoi je respire si mal en ce moment, à cause d'un stupide tremblement de terre qui m'a conduit ici, à cinq mille mètres d'altitude.

Il y a quinze ans à peine, les astronomes débattaient encore de l'existence de planètes hors de notre système solaire. Je l'ai dit, l'humilité pour un scientifique est d'accepter que rien ne soit impossible. Cent soixante-dix planètes furent découvertes dans la dernière décennie. Toutes trop différentes, trop massives, trop proches ou trop éloignées de leurs soleils pour être comparées à la Terre et donner l'espoir qu'une forme de vie proche de celle que nous connaissons ait pu s'y développer... jusqu'à la découverte que mes collègues firent peu de temps après mon arrivée au Chili.

Grâce au télescope danois installé sur le site de La Silla, ils virent une autre « Terre », située à vingt-cinq mille années-lumière de la nôtre.

À peine cinq fois plus grande, elle effectue une révolution complète autour de son soleil en dix années de notre temps. Mais qui pourrait affirmer que le temps sur cette planète, si proche et si lointaine à la fois, s'écoule pour former des minutes et des heures semblables aux nôtres ? Et même si cette planète est trois fois plus éloignée de son soleil, même si la température y est plus froide, elle semble réunir les conditions nécessaires à la naissance de la vie.

Cette découverte n'était apparemment pas assez sensationnelle pour faire la une des journaux et elle passa presque inaperçue.

Ces derniers mois, notre travail avait été retardé par divers pannes et avatars, et la fin d'année s'annonçait difficile pour moi. En l'absence de résultats probants, mes jours au Chili étaient comptés. Pourtant, en dépit de mes difficultés d'acclimatation aux hautes altitudes, je n'avais aucune envie de rejoindre Londres. Je n'aurais troqué pour rien au monde les grands espaces chiliens et mes tablettes de chocolat contre la petite fenêtre de mon bureau étroit et le bœuf-haricots blancs que sert le pub au coin de Gower Court.

Déjà trois semaines que nous sommes montés sur le site d'Atacama et mon corps ne s'accommode toujours pas du manque d'oxygène. Lorsque le centre sera opérationnel, les bâtiments seront pressurisés, mais en attendant il nous faut vivre dans ces conditions difficiles. Erwan trouve que j'ai une mine épouvantable, il veut que je regagne le camp de base. « Tu vas finir par tomber vraiment malade, me répète-t-il depuis deux jours, et si tu fais un accident vasculaire cérébral, il sera trop tard pour regretter ton imprudence. »

Son point de vue n'est pas dénué de fondement, mais renoncer maintenant serait compromettre toutes mes chances de participer à la fabuleuse aventure qui se prépare ici. Pouvoir disposer d'équipements aussi puissants, avoir été admis au sein de cette équipe c'est un rêve éveillé.

À la nuit tombée, nous avons quitté notre bungalow. Une demi-heure de marche pour atteindre l'emplacement de la troisième antenne télescopique du site. Erwan s'occupe des réglages, j'assure le relevé des ondes que nous recevons. Ces ondes qui ont traversé l'espace arrivent d'univers si lointains que nous étions incapables d'en imaginer seulement l'existence il y a dix ans. Pas plus que je ne suis capable d'imaginer aujourd'hui l'étendue des découvertes que nous ferons lorsque les soixante paraboles seront toutes interconnectées et reliées à l'ordinateur central.

– Tu obtiens quelque chose ? me demande Erwan, perché sur la passerelle métallique qui longe le second étage de l'antenne.

Je suis certain de lui avoir répondu, mais mon collègue réitère sa demande. Peut-être n'ai-je pas parlé assez fort ? L'air est sec et le son voyage mal.

– Adrian, est-ce que tu reçois un signal bon sang ? Je ne vais pas rester en équilibre pendant des heures.

J'ai un mal fou à articuler, le froid sans doute. Il fait terriblement froid, je peine à sentir l'extrémité de mes doigts. Mes lèvres sont engourdies.

– Adrian ? Tu m'entends ?

Bien sûr que j'entends Erwan, pourquoi lui ne m'entend-il pas ? J'entends aussi ses pas, il redescend de son perchoir.

– Mais qu'est-ce que tu fiches à la fin ? maugrée-t-il en s'approchant de moi.

Il fait une drôle de tête, et soudain abandonne ses outils pour courir dans ma direction. Il se rapproche et je vois son visage se tendre, son expression trahir l'inquiétude.

– Adrian, ton nez ! Tu pisses le sang !

Il me soulève et m'aide à me relever ; je ne m'étais pas rendu compte que j'étais assis par terre. Erwan décroche son talkie-walkie et appelle à l'aide. J'essaie de l'en empêcher, il n'y a aucune raison de déranger les autres, c'est juste un coup de fatigue, mais mes mains ne répondent plus, je suis incapable de coordonner le moindre mouvement.

– La base, la base, ici Erwan à l'antenne numéro 3, répondez, Mayday, Mayday ! ne cesse de répéter mon collègue.

Je souris, le mot « Mayday » ne s'utilise que dans l'aviation, mais ce n'est pas le moment de jouer au donneur de leçons, surtout qu'un stupide fou rire me gagne.

Et plus je ris, plus cela inquiète Erwan, lui qui me reproche toujours de ne pas prendre la vie suffisamment à la légère, c'est un comble.

J'entends crachouiller dans son talkie-walkie une voix qui m'est familière, mais je ne peux lui associer aucun nom. Erwan explique que je ne me sens pas bien, ce n'est pas vrai, je n'ai jamais été aussi heureux, tout est beau ici, même Erwan qui a pourtant le visage bien buriné. Ce soir, je ne sais pas si c'est la couleur particulière de ce clair de lune, mais je lui trouve plutôt belle allure. Et puis bientôt je ne lui trouve plus rien du tout, sa voix d'abord ouatée ne parvient plus à mes oreilles, comme s'il jouait à ce jeu que font les gamins en articulant des mots sans les prononcer. Son visage devient flou, je suis en train de perdre connaissance.

Erwan est resté à mes côtés, comme un frère. Il n'a pas cessé de me secouer, a même réussi à me réveiller. Je lui en ai un peu voulu sur le coup, depuis tout ce temps que je n'arrivais pas à dormir, ce n'était pas très généreux de sa part. Une jeep est arrivée dix minutes après son appel. Des collègues s'étaient rhabillés à la hâte et ils m'ont ramené aux baraquements. Le médecin a ordonné mon évacuation immédiate. C'en était fini de mes projets à Atacama. Un hélicoptère m'a rapatrié vers l'hôpital de San Pedro, dans la vallée. Ils m'ont laissé sortir après trois jours passés sous inhalateur d'oxygène. Erwan est venu me rendre visite accompagné du directeur du centre de recherches, désolé de devoir laisser partir « un scientifique de mon acabit ». J'ai pris ce compliment comme un lot de consolation, quelques mots rassurants à mettre dans mes bagages avant de retrouver mon bureau de l'université, sa petite fenêtre sur rue, le pub à l'angle de Gower Court et son terrible bœuf-haricots blancs. Là-bas, il me faudrait ignorer les regards moqueurs de mes collègues londoniens. On ne se débarrasse jamais tout à fait de ses souvenirs d'enfance. Ils vous poursuivent comme des fantômes, hantent votre vie d'adulte.

En costume cravate, en blouse de scientifique ou en habit de clown, l'enfant que l'on a été reste à jamais en soi.

*

Pas question d'emprunter la route bolivienne, ses lacets grimpent jusqu'à quatre mille mètres. Un vol me conduisit de San Pedro jusqu'en Argentine et, de là, je redécollais en direction de Londres. Alors qu'à travers le hublot je voyais s'éloigner la cordillère des Andes, j'ai haï ce voyage, furieux de ce qui m'arrivait. Si j'avais su ce qui m'attendait, mes états d'âme auraient probablement été différents.

*

Londres

Le crachin qui tombe sur la ville me rappelle où je suis. Le taxi s'engage sur l'autoroute M1, et il me suffit de fermer les yeux pour que reviennent l'odeur des vieilles boiseries qui ornent le hall de l'université, celle des planchers cirés et même des cartables en cuir de mes confrères, de leurs trench-coats détrempés.

Impossible de repasser chez moi, je n'ai jamais pu retrouver la clé de mon appartement en faisant mes valises au Chili. Je crois me souvenir que je dispose d'un double dans le tiroir de mon bureau ; j'attendrai la soirée pour retrouver la poussière qui a dû envahir mon logement depuis mon départ.

Il est midi passé quand j'arrive devant les bâtiments administratifs de l'Académie. Un dernier soupir et j'entre dans l'immeuble où je vais bientôt reprendre mes fonctions.

– Adrian ! Quelle heureuse surprise de vous voir ici !

Walter Glencorse, responsable du personnel enseignant. L'individu devait guetter mon arrivée depuis sa fenêtre et je l'imagine volontiers dévalant l'escalier, ralentissant l'allure et s'arrêtant devant le grand miroir du premier étage afin de rabattre les minces cheveux blonds qui garnissent encore son crâne.

– Cher Walter ! La surprise est tout aussi réciproque.

– À ceci près mon ami, que je ne suis pas parti au Pérou et qu'il est plus habituel de me voir dans l'enceinte de nos murs que de vous y rencontrer.

– J'étais au Chili, Walter.

– Le Chili, bien sûr, bien sûr, où avais-je la tête ? Et cette histoire d'altitude... j'ai entendu parler du regrettable incident qui vous est arrivé. Quel dommage, n'est-ce pas ?

Walter fait partie de ces individus capables d'afficher une sincère expression de mansuétude tandis qu'en leur for intérieur un horrible gnome en survêtement rose se tord de rire à vos dépens ; il est l'un des rares sujets de notre royaume dont la seule vision pourrait certainement convaincre les chèvres et vaches d'Angleterre à renoncer à leurs gras pâturages pour devenir carnivores.

– Je vous ai réservé mon déjeuner, vous êtes mon invité, dit-il en posant les mains sur ses hanches.

Pour que Walter débourse spontanément quelques livres sterling, il fallait qu'il soit mandaté par l'Académie ou qu'il ait quelque chose de très important à me demander. Le temps de déposer ma valise au vestiaire – il était inutile de grimper jusqu'à mon bureau pour découvrir le capharnaüm qui devait m'y attendre –, je ressortis dans la rue, cette fois en compagnie de l'ineffable Walter.

Dès que nous fûmes installés à une table du pub, Walter commanda d'office deux menus du jour, deux verres d'un mauvais vin rouge – c'était donc l'Académie qui régalait – et se pencha vers moi, comme s'il redoutait que nos voisins entendent la conversation qui allait suivre.

– Quelle chance vous avez, vivre une telle aventure, cela a dû être incroyable... Et j'imagine combien il devait être passionnant de travailler sur le site d'Atacama.

Tiens, non seulement Walter ne s'était cette fois pas trompé de pays, mais il se souvenait même de l'endroit où je me trouvais encore la semaine dernière. La seule évocation du lieu me transporta vers l'immensité des paysages chiliens, la magnificence des levers de lune au beau milieu de l'après-midi, la pureté des nuits et la brillance incomparable de la voûte céleste.

– Vous m'écoutez Adrian ?

J'avouai à mon hôte avoir momentanément perdu le fil de sa conversation.

– Je comprends et c'est tout à fait normal ; entre votre récent coup de fatigue et ce long voyage, je ne vous laisse guère le temps de recouvrer vos esprits, je vous prie de m'en excuser Adrian.

– Bon, Walter, arrêtons ces salamalecs entre nous ! En effet, je me suis payé un petit malaise à cinq mille mètres, quelques jours d'hôpital sur un lit conçu par un fakir particulièrement vicelard, je viens d'enchaîner vingt-cinq heures en avion avec les genoux dans le menton, alors allons droit au but. Je suis rétrogradé dans mes fonctions ? Interdit de séjour au laboratoire ? Viré de l'Académie, c'est ça ?

– Mais quelle idée Adrian ! Cet accident aurait pu arriver à n'importe lequel d'entre nous. Bien au contraire, tout le monde ici est admiratif du travail que vous avez accompli à Atacama.

– Arrêtez de répéter ce nom toutes les deux phrases s'il vous plaît et dites-moi ce qui justifie que vous m'offriez cet horrible plat du jour.

– Nous avons un petit service à vous demander.

– Nous ?

– Oui, enfin, l'Académie dont vous êtes un membre éminent, Adrian, reprit aussitôt Walter.

– Quel genre de service ?

– Du genre qui vous permettrait de repartir au Chili dans quelques mois.

Cette fois, Walter avait réussi à capter mon attention.

– C'est assez délicat, Adrian, parce qu'il s'agit d'un problème d'argent, chuchota Walter.

– Quel argent ?

– Celui dont l'Académie aurait bien besoin pour poursuivre ses travaux, payer ses chercheurs, son loyer, sans oublier la réfection de la toiture qui se délite un peu plus chaque jour. S'il continue à pleuvoir ainsi, je vais bientôt devoir chausser des bottes en caoutchouc pour rédiger mes rapports d'activité.

– C'était un risque à courir en vous installant au dernier étage, le seul à jouir d'un peu de lumière. Je ne suis ni héritier d'une grande fortune ni couvreur, Walter. Alors en quoi mes qualités pourraient-elles servir à l'Académie ?

– Justement, ce n'est pas en tant que membre de l'Académie que vous pouvez nous rendre service, mais en tant qu'astrophysicien émérite.

– Qui travaille quand même pour l'Académie ?

– Bien entendu ! Mais pas forcément dans le cadre de la mission que nous voudrions vous confier.

Je hélai la serveuse, lui rendis cet horrible bœuf-haricots blancs et commandai deux verres d'un très bon vin du Kent ainsi que deux assiettes de chester ; Walter ne pipa mot.

– Walter, expliquez-moi exactement ce que vous attendez de moi, sinon, une fois ce fromage avalé, je passe au pudding-bourbon, et à vos frais bien entendu.

41

Walter se livra. Les comptes de l'Académie étaient aussi secs que l'air du plateau d'Atacama. Aucun espoir de rallonge budgétaire en vue ; le temps que les services de l'État en acceptent la demande, Walter aurait pu pêcher à la truite dans son bureau.

– Il serait inconvenant que notre prestigieuse institution fasse appel à des dons ; la presse l'apprendrait tôt ou tard et en rapporterait le scandaleux écho, reprit-il.

Dans deux mois, une certaine Fondation Walsh organiserait une cérémonie. Comme chaque année, elle remettrait une dotation à celui ou à celle qui présenterait devant son jury le projet de recherche jugé le plus prometteur.

– Quel est le montant de cette généreuse donation ? demandais-je.

– Deux millions de livres sterling.

– C'est en effet très généreux ! Mais je ne vois toujours pas en quoi je pourrais me rendre utile.

– Vos travaux, Adrian ! Vous pourriez les présenter et gagner ce prix... que vous nous remettriez de votre plein gré. Il est évident que la presse verrait là le geste d'un gentleman désintéressé et reconnaissant envers l'institution qui soutient ses recherches depuis si longtemps. Votre honneur en sortirait grandi, celui de l'Académie sauf, et la situation financière de notre département presque équilibrée.

– En ce qui concerne l'intérêt éventuel que je porte à l'argent, dis-je en faisant signe à la serveuse de remplir à nouveau mon verre, il suffit de visiter le deux-pièces dans lequel j'habite pour n'avoir aucun doute à ce sujet ; en revanche, quand vous dites « reconnaissant envers l'institution qui soutient ses travaux » je voudrais bien savoir à quoi vous faites allusion ? Au bureau miteux que j'occupe ? aux fournitures et

42

ouvrages dont je fais l'acquisition sur mes deniers personnels, lassé que mes demandes n'aboutissent jamais ?

– Il y a eu votre expédition chilienne, nous vous avons soutenu à ce que je sache !

– Soutenu ? Vous parlez bien de la mission que j'ai dû entreprendre dans le cadre d'un congé sans solde ?

– Nous avons soutenu votre candidature.

– Walter, ne soyez pas aussi anglais, s'il vous plaît ! Vous n'avez jamais cru à mes recherches !

– Découvrir l'étoile originelle, mère de toutes les constellations, vous avouerez que c'est un peu ambitieux et hasardeux comme projet.

– Aussi hasardeux que de présenter ce même projet devant la Fondation Walsh, non ?

– Nécessité fait loi, disait saint Bernard.

– Et cela vous arrangerait bien que je me colle un tonnelet sous le cou, j'imagine ?

– Bon, laissez tomber Adrian. Je leur avais bien dit que vous ne seriez pas d'accord. Vous avez toujours rejeté toute autorité, ce n'est pas un petit épisode de carence en oxygène qui pouvait vous changer à ce point.

– Parce que vous n'êtes pas le seul à avoir eu cette idée tordue ?

– Non, le conseil d'administration s'est réuni et je me suis contenté de proposer des noms de chercheurs susceptibles d'avoir une chance de gagner ces deux millions de livres sterling.

– Qui sont les autres candidats ?

– Je n'en ai pas trouvé...

Walter demanda l'addition.

– C'est moi qui vous invite, Walter. Cela ne réparera pas le toit de l'Académie, mais vous pourrez toujours vous acheter des bottes.

Je réglai la note et nous quittâmes le pub, la pluie avait cessé.

– Vous savez, je n'ai aucune animosité à votre égard, Adrian.

– Mais moi non plus, Walter.

– Je suis certain qu'en y mettant un peu du nôtre, nous pourrions très bien nous entendre.

– Si vous le dites.

Le reste de notre courte promenade se fit en silence. Nos pas réglés l'un sur l'autre, nous remontâmes Gower Court ; le gardien nous fit un signe depuis sa guérite. En entrant dans le hall du bâtiment principal, je saluai Walter et me dirigeai vers l'aile où se trouvait mon bureau. Walter se retourna sur la première marche du grand escalier et me remercia du déjeuner. Une heure plus tard, je m'évertuais encore à essayer d'entrer dans cette pièce sordide où je travaillais. L'humidité avait dû faire jouer le chambranle de la porte et j'avais beau tirer ou pousser, rien n'y faisait. Épuisé, je finis par renoncer et rebroussai chemin ; après tout, il devait y avoir suffisamment de rangement qui m'attendait chez moi et je n'aurais pas assez du reste de l'après-midi pour en venir à bout.

*

Paris

Keira ouvrit les yeux et regarda vers la fenêtre. Les toits détrempés miroitaient dans la lumière d'une éclaircie. L'archéologue s'étira de tout son long, repoussa le drap et quitta son lit. Les placards de la kitchenette étaient vides, à part un sachet de thé qu'elle trouva dans une vieille boîte en métal. La pendulette du four affichait 17 heures, celle au mur 11 h 15. Le vieux réveil sur sa table de nuit indiquait 14 h 20. Elle prit le téléphone et appela sa sœur.

– Quelle heure est-il ?

– Bonjour Keira !

– Bonjour Jeanne, quelle heure est-il ?

– Bientôt 14 heures.

– Si tard ?

– Je suis venue te chercher à l'aéroport avant-hier soir Keira !

– J'ai dormi trente-six heures ?

– Cela dépend de l'heure à laquelle tu t'es couchée.

– Tu es occupée ?

– Je suis à mon bureau, au musée, et je travaille. Rejoins-moi quai Branly, je t'emmènerai déjeuner.

– Jeanne ?

Sa sœur avait déjà raccroché.

En sortant de la salle de bains, Keira fouilla la penderie de la chambre à la recherche de vêtements propres. Il ne restait rien de ses affaires de voyage, le Shamal avait tout emporté. Elle dénicha un jean usé « mais qui tenait encore la route », un polo bleu « pas si moche finalement » et une vieille veste en cuir qui ajouterait un petit effet « vintage » à son allure. Habillée, elle sécha ses cheveux, se maquilla à la va-vite devant le miroir de l'entrée et referma la porte de son studio. Une fois dans la rue, elle monta dans un autobus et se fraya un passage jusqu'à la vitre. Les enseignes des magasins, les trottoirs bondés, les embouteillages... l'effervescence de la capitale était enivrante après ces longs mois passés loin de tout. Abandonnant l'autobus, trop étouffant à son goût, Keira marcha le long du quai et fit une courte halte pour regarder s'écouler le fleuve. Ce n'étaient pas les rives de l'Omo, mais les ponts de Paris, c'était bien joli tout de même.

En arrivant devant le musée des Arts et Civilisations d'Afrique, d'Asie, d'Océanie et des Amériques, elle fut surprise par le jardin vertical. Le bâtiment était encore en travaux quand elle avait quitté Paris, la flore luxuriante qui recouvrait la façade du musée semblait une véritable prouesse technique.

– Fascinant, n'est-ce pas ? demanda Jeanne.

Keira sursauta.

– Je ne t'avais pas vue arriver.

– Moi si, répondit sa sœur en désignant la fenêtre de son bureau. Je te guettais. C'est fou cette végétation, non ?

– Là où je vivais, nous avions déjà du mal à faire

46

pousser les légumes à l'horizontale, alors le long des murs... que veux-tu que je te dise... ?

– Ne commence pas à faire ta mauvaise tête. Suis-moi.

Jeanne conduisit Keira à l'intérieur du musée. En haut d'une rampe, qui montait en spirale comme un long ruban, le visiteur découvrait un immense plateau suggérant les grands espaces géographiques d'où provenaient les trois mille cinq cents objets présentés. Carrefour des civilisations, des croyances, des modes de vie, des différentes façons de penser, ce musée permettait, en quelques pas, de passer de l'Océanie à l'Asie, des Amériques à l'Afrique. Keira s'immobilisa devant une collection de textiles africains.

– Si tu aimes cet endroit, tu auras tout le loisir de revenir voir ta sœur et ce, autant de fois que tu le souhaites ; je te ferai faire un pass. Maintenant, oublie ton Éthiopie deux secondes et viens, insista Jeanne en tirant Keira par le bras.

Assise à une table du restaurant panoramique, Jeanne commanda deux thés à la menthe et des pâtisseries orientales.

– Quels sont tes projets ? demanda Jeanne. Tu vas rester un peu à Paris ?

– Ma première grande mission est un échec dans toute sa splendeur. Nous avons perdu notre matériel, l'équipe que je dirigeais était au bord de l'épuisement, pas terrible le *trackrecord* comme disent nos amis anglais. Je doute fort que l'on me donne l'occasion de repartir de sitôt.

– Ce qui est arrivé là-bas n'est pas de ta faute, que je sache.

– Je fais un métier où seuls les résultats comptent. Trois années de travail sans rien trouver de vraiment concluant... J'ai plus de détracteurs que d'alliés. Ce qui est franchement dégueulasse, parce que je suis certaine que nous étions près du but. Si nous avions eu plus de temps, nous aurions fini par trouver.

Keira se tut. Une femme, d'origine somalienne, pensa-t-elle en regardant les motifs et couleurs de la robe qu'elle portait, s'assit à une table voisine. Le petit garçon qui tenait sa maman par la main vit que Keira l'observait et lui fit un clin d'œil.

– Combien de temps vas-tu encore passer à retourner de la terre et du sable ? Cinq, dix ans, toute ta vie ?

– Bon, Jeanne, tu m'as beaucoup manqué, mais pas suffisamment pour que je supporte tes leçons à deux balles de grande sœur, répondit Keira sans pouvoir détourner son regard du petit garçon qui dévorait une glace.

– Tu ne veux pas avoir d'enfant un jour ? reprit Jeanne.

– Je t'en prie, ne recommence pas avec ta ritournelle sur l'horloge biologique. Libérez nos ovaires ! s'exclama Keira.

– Ne me fais pas ton numéro habituel, ça me rendrait service, je travaille ici, chuchota Jeanne. Tu penses que cela ne te concerne pas, que tu peux défier le temps ?

– Je me fiche bien du tic-tac de ta satanée pendule Jeanne, je ne peux pas avoir d'enfant.

La sœur de Keira reposa son verre de thé sur la table.

– Je suis désolée, murmura-t-elle. Pourquoi ne me l'avais-tu pas dit ? Qu'est-ce que tu as ?

– Rassure-toi, rien d'héréditaire.

– Pourquoi tu ne peux pas avoir d'enfant ? insista Jeanne.

– Parce que je n'ai pas d'homme dans ma vie ! C'est

une bonne raison non ? Bon, ce n'est pas que ta conversation soit ennuyeuse, quoique... mais il faut que j'aille faire des courses. Mon réfrigérateur est si vide qu'on peut entendre l'écho résonner à l'intérieur.

– Inutile, ce soir, tu dînes et tu dors à la maison, affirma Jeanne.

– En quel honneur ?

– Parce que moi non plus je n'ai plus d'homme dans ma vie et j'ai envie de te voir.

Elles passèrent le reste de l'après-midi ensemble. Jeanne offrit à sa sœur une visite guidée du musée. Connaissant l'amour que Keira portait au continent africain, elle insista pour la présenter à l'un de ses amis qui travaillait à la Société savante des africanistes. Ivory paraissait avoir soixante-dix ans. En réalité, il comptait bien plus d'années que cela, probablement plus de quatre-vingts, mais il tenait son âge aussi secret que s'il s'était agi d'un trésor. De peur probablement qu'on le force à prendre une retraite dont il ne voulait pas entendre parler.

L'ethnologue accueillit ses visiteuses dans le petit bureau qu'il occupait au fond d'un couloir. Il interrogea Keira sur les derniers mois qu'elle avait passés en Éthiopie. Soudain, le regard du vieil homme fut attiré par le bijou qu'elle portait autour du cou.

– Où avez-vous acheté cette si jolie pierre ? demanda-t-il.

– Je ne l'ai pas achetée, c'est un cadeau.

– Vous en a-t-on donné la provenance ?

– Non, c'est juste une babiole qu'un petit garçon a trouvée dans la terre et qu'il m'a offerte. Pourquoi ?

– Vous me permettez de regarder ce présent de plus près, mon acuité visuelle n'est plus ce qu'elle était.

Keira fit passer le lacet au-dessus de sa tête et tendit le collier au savant.

– Comme c'est étrange, je n'en ai jamais vu de la sorte. Je serais bien incapable de vous dire quelle tribu a su lui donner cette apparence. Le travail semble si parfait.

– Je sais, moi aussi je me suis interrogée. Pour tout vous dire, je crois qu'il s'agit simplement d'un morceau de bois poli par les vents et les eaux du fleuve.

– Possible, murmura l'homme qui semblait pourtant en douter. Et si l'on essayait d'en apprendre un peu plus ?

– Oui, si vous voulez, répondit Keira hésitante. Je ne suis pas sûre que le résultat soit d'un grand intérêt.

– Peut-être, dit le vieil homme, peut-être pas. Revenez me voir demain, dit-il en restituant le collier à sa propriétaire, nous essaierons ensemble de répondre au moins à cette question. Je suis ravi d'avoir fait votre connaissance. Je peux enfin mettre un visage sur la sœur dont Jeanne me parle si souvent. Alors à demain ? ajouta-t-il en les raccompagnant à la porte de son bureau.

*

Londres

J'habite à Londres dans une ruelle où d'anciens garages à carrioles et écuries furent reconvertis en maisonnettes. S'il n'est pas toujours facile de marcher sans trébucher sur les vieux pavés de guingois, le lieu a le charme du temps qui s'est arrêté. Le cottage voisin du mien fut celui d'Agatha Christie. Ce n'est qu'en arrivant devant ma porte que je me suis souvenu que je n'avais pas mes clés. Le ciel s'était obscurci et il se mit à tomber une averse à vous tremper jusqu'aux os. Ma voisine fermait ses fenêtres, elle m'aperçut et me salua. J'en profitai pour lui demander si elle m'autoriserait une fois encore – ce n'était hélas ! pas la première – à passer par son jardin. Elle m'ouvrit très gentiment, et, enjambant la palissade, j'atterris à l'arrière de ma maison. Si la porte de derrière n'avait pas été réparée, et je ne voyais pas par quel miracle elle l'aurait été, il suffirait d'un petit coup sec sur la poignée pour rentrer enfin chez moi.

J'étais éreinté, je ne décolérais toujours pas d'être en Angleterre, mais l'idée de retrouver ma maison, mes rares objets chinés dans les marchés aux puces de la capitale et de passer une soirée tranquille me procurait une certaine joie.

Cette tranquillité ne fut que de courte durée, on sonna à la porte. Ne pouvant toujours pas l'ouvrir, même depuis l'intérieur, je grimpai au premier et découvris, en contrebas dans la ruelle, Walter, ruisselant de pluie et sensiblement éméché.

– Vous n'avez pas le droit de me laisser tomber, Adrian !

– Mais je ne vous ai jamais porté à ce que je sache, Walter !

– Ce n'est pas le moment de faire des jeux de mots vaseux, toute ma carrière est entre vos mains, cria-t-il de plus belle.

Ma voisine rouvrit sa fenêtre et se proposa de faire également entrer mon invité par son jardin. Cette aimable contribution la ravissait, ajouta-t-elle, si l'on pouvait éviter ainsi de réveiller tout le voisinage.

– Je suis désolé de m'imposer ainsi, dit-il en débarquant dans mon salon, mais je n'ai pas le choix. Dites donc, pour un deux-pièces, c'est plutôt pas mal !

– Une pièce au rez-de-chaussée, une à l'étage !

– Oui, enfin ce n'était pas l'idée que je me faisais d'un modeste deux-pièces. Et vous avez pu vous offrir ce petit cottage avec votre salaire ?

– Vous n'êtes pas venu à cette heure-ci pour évaluer mon patrimoine, Walter ?

– Non, je suis désolé. Il faut vraiment que vous m'aidiez, Adrian.

– Si vous venez encore me parler de ce projet absurde avec votre Fondation Walsh, vous perdez votre temps.

– Vous voulez savoir pourquoi personne n'a jamais soutenu vos travaux à l'Académie ? Parce que vous êtes un épouvantable solitaire, vous ne travaillez que pour vous, vous ne vous intégrez à aucun groupe.

– Eh bien, je suis ravi que vous m'ayez cerné avec autant de précision, et quel portrait flatteur ! Voulez-vous bien cesser d'ouvrir tous mes placards, il doit y avoir du whisky à côté de la cheminée, si c'est ce que vous cherchez.

Walter ne mit pas longtemps à dénicher la bouteille, il prit deux verres sur une étagère et s'allongea sur le canapé.

– C'est drôlement cosy chez vous !

– Je vous fais visiter, peut-être ?

– Ne vous moquez pas, Adrian. Vous croyez que je viendrais ainsi m'humilier devant vous si j'avais une autre solution ?

– Je ne vois pas en quoi boire mon whisky est humiliant, c'est un quinze ans d'âge !

– Adrian, vous êtes mon seul espoir, faut-il que je vous supplie ? reprit mon invité – que je n'avais d'ailleurs pas invité – en se mettant à genoux.

– Je vous en prie Walter, pas de ça. De toute façon, je n'ai aucune chance de remporter ce prix. Alors pourquoi vous donner tant de mal ?

– Bien sûr que vous avez toutes vos chances, votre projet est le plus passionnant et le plus ambitieux que j'aie pu lire depuis que je suis entré à l'Académie.

– Si vous croyez m'amadouer avec des flatteries aussi pathétiques, vous pouvez garder cette bouteille et aller la finir chez vous. J'ai vraiment envie d'aller me coucher, Walter.

– Je ne vous flatte pas, j'ai vraiment lu votre thèse, Adrian, elle est parfaitement... documentée.

L'état de mon collègue faisait pitié. Je ne l'avais jamais vu ainsi, lui d'ordinaire si distant, presque hautain. Le pire dans tout ça était qu'il me semblait sincère. J'avais consacré ces dix dernières années à chercher dans de lointaines galaxies une planète semblable à la nôtre, et il n'y avait pas grand monde pour soutenir mes travaux à l'Académie. Ce revirement, bien qu'opportuniste, m'amusait quand même.

– Supposons que je remporte cette dotation...

À peine avais-je dit cela que Walter joignit ses mains comme s'il s'apprêtait à réciter une prière.

– Rassurez-moi, Walter, vous êtes bourré ?

– Complètement Adrian, mais poursuivez, je vous en supplie.

– Êtes-vous encore assez lucide pour répondre à quelques questions simples ?

– Certainement, si vous ne tardez pas trop à me les poser.

– Supposons que j'aie une chance infime de remporter ce prix et qu'en parfait gentleman je le reverse aussitôt à l'Académie. Quelle partie de cette somme notre conseil serait-il prêt à allouer à mes recherches ?

Walter toussota.

– Est-ce qu'un quart vous semblerait une offre raisonnable ? Bien entendu, nous mettrions un nouveau bureau à votre disposition, une assistante à temps plein, et si vous le souhaitez quelques collègues pourraient être dégagés de leurs occupations et rattachés à vos travaux.

– Surtout pas !

– Alors, aucun collègue... et pour l'assistante ?

Je resservis le verre de Walter. La pluie redoublait, il n'aurait pas été humain de le laisser repartir par ce temps et surtout dans l'état dans lequel il était.

– Foutu pour foutu, je vais aller vous chercher une couverture et vous dormirez sur le canapé.

– Je ne veux pas m'imposer...

– C'est déjà fait.

– Et pour la Fondation ?

– Quand doit avoir lieu cette cérémonie ?

– Dans deux mois.

– Et le délai limite des dépôts de candidatures ?

– Trois semaines.

– Pour l'assistante, j'y réfléchirai, mais commencez par faire rouvrir la porte de mon bureau.

– À la première heure, et je tiens le mien à votre entière disposition.

– Vous êtes en train de m'embarquer dans une drôle d'histoire, Walter.

– Ne croyez pas cela. La Fondation Walsh a toujours primé les projets les plus originaux, les membres de son comité apprécient tout ce qui est, comment dire, très à l'avant-garde.

Sortant de la bouche de Walter, je doutais que cette dernière réflexion fût aussi bienveillante qu'elle pouvait le paraître. Mais l'homme était acculé et le temps n'était pas aux reproches. Il me fallait prendre une décision au plus vite. Bien sûr, la probabilité de gagner ce prix me semblait infinitésimale, mais j'étais prêt à faire n'importe quoi pour retourner à Atacama, alors qu'avais-je à perdre ?

– C'est d'accord Walter. Je prends le risque de me ridiculiser en public, mais à une seule condition : si nous gagnons, vous me promettez de me mettre dans un avion pour Santiago dans les trente jours qui suivent.

– Je vous accompagnerai personnellement à l'aéroport, Adrian, je vous en fais la promesse.

– Alors, dans ce cas, marché conclu !

Walter bondit du canapé, vacilla et se rassit aussitôt.

– Assez trinqué pour ce soir. Prenez ce plaid, il vous

tiendra chaud pendant la nuit. Quant à moi, je vais me coucher.

Walter me héla alors que je montais l'escalier.

– Adrian ? Puis-je vous demander ce qui était « foutu pour foutu » ?

– Ma soirée, Walter !

*

Paris

Keira s'était endormie dans le lit de sa sœur. Une bouteille d'un honnête vin, un plateau-repas, des mots déliés au fil de la soirée, un vieux film en noir et blanc qui passait sur une chaîne du câble, la ronde des claquettes emmenée par Gene Kelly fut le dernier souvenir de la nuit. Quand la lumière du jour la réveilla, le vin de la veille, qui n'était peut-être pas si honnête que cela, vint battre jusqu'à ses tempes.

– Nous avons beaucoup picolé ? demanda Keira en entrant dans la cuisine.

– Oui ! répondit Jeanne en grimaçant. Je t'ai préparé du café.

Jeanne s'assit à la table et fixa le miroir accroché au mur, le visage de sa sœur et le sien s'y reflétaient.

– Qu'est-ce que tu as à me regarder comme cela ? demanda Keira.

– Rien.

– Tu me fixes dans un miroir alors que je suis assise en face de toi, et rien ?

– C'est un peu comme lorsque tu es à l'autre bout

57

du monde. J'ai perdu l'habitude de t'avoir près de moi. Il y a des photos de toi un peu partout dans cet appartement, j'en ai même une qui traîne dans un tiroir de mon bureau au musée. Il m'arrive quotidiennement de te dire bonsoir ou bonjour ; dans des moments un peu plus difficiles, je te tiens de longues conversations, jusqu'à ce que je me rende compte que ce ne sont pas des conversations mais des monologues. Pourquoi tu n'appelles jamais ? Si au moins tu te donnais cette peine, je te sentirais peut-être moins lointaine. Merde, je suis ta sœur Keira !

– Bon, Jeanne, je t'arrête tout de suite. Un des rares avantages du célibat est de ne pas avoir à souffrir de scènes de ménage ; alors, s'il te plaît, pas entre nous ! Il n'y a pas vraiment de cabines téléphoniques dans la vallée de l'Omo, pas de réseau cellulaire, juste une liaison satellite qui marche quand elle le veut. Chaque fois que je me suis rendue à Jimma, je t'ai appelée.

– Tous les deux mois ? Et quels moments de complicité ! « Tu vas bien ?... La ligne n'est pas terrible... Quand rentres-tu ?... Je n'en sais rien, le plus tard possible, on fouille toujours, et toi le musée, ton jules ?... Mon jules s'appelle Jérôme, depuis trois ans, tu pourrais t'en souvenir !... » J'étais séparée de lui, mais je n'avais ni le temps ni l'envie de te le dire et puis, à quoi bon, deux trois mots de plus et tu raccrochais.

– Ta sœur est mal élevée, Jeanne, elle a tout d'une sale égoïste, n'est-ce pas ? Mais tu es en partie responsable, puisque tu es l'aînée et que tu as toujours été mon modèle.

– Laisse tomber, Keira.

– Bien sûr que je laisse tomber, je ne rentrerai pas dans ton jeu !

– Quel jeu ?

– Laquelle de nous deux réussira à culpabiliser l'autre ! Je suis face à toi, pas en photo, pas dans ce miroir, alors regarde-moi et parle-moi.

Jeanne se leva, mais Keira la rattrapa brusquement par le poignet, la forçant à se rasseoir.

– Tu me fais mal, idiote.

– Je suis paléoanthropologue, je ne travaille pas dans un musée, je n'ai pas eu le temps de connaître un Pierre, un Antoine, ou un Jérôme depuis des années ; je n'ai pas d'enfant ; j'ai la chance insolente de faire un métier difficile et que j'aime, de vivre une passion qui n'a rien de coupable. Si tu t'emmerdes dans ta vie, ne me balance pas tes regrets à la figure, si je te manque, trouve une façon plus douce de me le dire.

– Tu me manques, Keira, bredouilla Jeanne en quittant la cuisine.

Keira contempla son reflet dans le miroir.

– Je suis vraiment la reine des connes, murmura-t-elle.

Et depuis la salle de bains attenante, séparée par une fine cloison, Jeanne sourit en se brossant les dents.

Au début de l'après-midi, Keira traversa le quai Branly pour rejoindre sa sœur au musée ; avant de la retrouver dans son bureau, elle décida de s'offrir une visite de l'exposition permanente. Elle admirait un masque, espérant en deviner la provenance, quand une voix lui souffla à l'oreille :

– C'est un masque malinké. Il vient du Mali. Ce n'est pas une pièce particulièrement ancienne, mais elle est très belle.

Keira sursauta avant de reconnaître cet Ivory qui l'avait accueillie la veille.

– Je crains que votre sœur ne soit toujours en

réunion. J'ai cherché à la joindre il y a quelques instants, mais l'on m'a fait savoir qu'elle serait occupée pendant encore une bonne heure.

– « On » vous a fait savoir ?

– Les musées sont des microcosmes, avec leurs hiérarchies entre départements, divisions, domaines de compétences. L'homme est un étrange animal, il a besoin de vivre en société et il ne peut s'empêcher de la segmenter. C'est probablement ce qui nous reste d'instinct grégaire. Créer des espaces communautaires pour se rassurer de nos peurs. Mais je dois vous ennuyer avec mes bavardages. Vous devez savoir tout cela mieux que moi, n'est-ce pas ?

– Vous êtes un drôle de bonhomme, répliqua Keira.

– Probablement, répondit Ivory en riant de bon cœur. Et si nous allions discuter de tout cela autour d'un rafraîchissement dans le jardin. L'air est doux, autant en profiter.

– Discuter de quoi ?

– Eh bien de ce qu'est un drôle de bonhomme ? J'allais vous interroger sur cette question.

Ivory entraîna Keira vers le café situé dans le patio du musée. Au milieu de l'après-midi, les tables étaient presque toutes inoccupées. Keira choisit la plus éloignée de la grande sculpture de tête Moaï.

– Avez-vous découvert quelque chose d'important le long des rives de l'Omo ? reprit Ivory.

– J'ai trouvé un petit garçon de dix ans qui avait perdu ses parents. D'un point de vue archéologique, c'est assez limité.

– Mais, du point de vue de cet enfant, j'imagine que c'était bien plus important que quelques ossements enfouis sous la terre. Je crois savoir qu'une vilaine météo a ruiné vos travaux et vous a chassée de votre lieu de fouilles.

– Une tempête, assez puissante pour me ramener jusqu'ici !

– Très inhabituel pour la région. Jamais le Shamal n'avait viré vers l'ouest.

– Comment êtes-vous au courant de tout cela ? J'imagine que cela n'a pas fait la une des quotidiens ?

– Non, j'en conviens, c'est votre sœur qui m'a parlé de vos mésaventures. Je suis de nature curieuse, parfois un peu trop, il m'a suffi de pianoter sur le clavier de mon ordinateur.

– Que pourrais-je bien vous raconter de plus pour satisfaire votre curiosité ?

– Que cherchiez-vous vraiment dans la vallée de l'Omo ?

– Monsieur Ivory, si je vous le disais, j'aurais statistiquement plus de chance que vous vous moquiez de moi, que de vous intéresser à mes travaux.

– Mademoiselle Keira, si les statistiques avaient gouverné ma vie, j'aurais étudié les mathématiques et non l'anthropologie. Tentez donc votre chance.

Keira dévisagea son interlocuteur. Ce vieil homme avait un regard captivant.

– Je cherchais les grands-parents de Toumaï et d'*Ardipithecus Kadabba*. Certains jours, j'imaginais même découvrir les arrière-grands-parents de ses arrière-grands-parents.

– Rien que cela ? Vous voulez trouver le plus vieux squelette que l'on puisse apparenter au genre humain ? L'homme zéro !

– N'est-ce pas ce que nous cherchons tous, pourquoi m'interdirais-je ce rêve ?

– Et pourquoi dans la vallée de l'Omo ?

– L'instinct féminin peut-être !

– Chez une chasseuse de fossiles ? Sérieusement !

– Touchée ! répondit Keira. À la fin du vingtième

61

siècle, nous étions convaincus que Lucy[1], une jeune femme morte il y a un peu plus de trois millions d'années était la mère de l'humanité. Au cours de la dernière décennie, ce n'est pas à vous que je vais l'apprendre, des paléoanthropologues ont découvert des ossements d'hominidés vieux de huit millions d'années. La communauté scientifique continue de débattre, pour ne pas dire de se battre sur les différentes lignées que l'on doit, ou non, rattacher à l'espèce humaine. Que nos ancêtres fussent bipèdes ou quadrupèdes, ce n'est pas ce qui compte pour moi. Je ne crois même pas que ce soit le véritable débat sur l'origine de l'homme. Tous ne pensent qu'à la mécanique du squelette, au mode de vie, à l'alimentation.

Une serveuse s'approcha, Ivory la congédia d'un geste de la main.

– Voilà qui est bien présomptueux, et qu'est-ce qui définirait l'origine de l'homme selon vous ?

– La pensée, les sentiments, la raison ! Ce qui fait que nous sommes différents des autres espèces n'est pas d'être végétariens ou carnivores, ni le degré d'agilité acquis dans notre façon de marcher. Nous cherchons à savoir d'où nous venons sans vouloir regarder ce que nous sommes aujourd'hui : des prédateurs d'une extrême complexité et d'une incroyable diversité, capables d'aimer, de tuer, de construire et de s'autodétruire, de résister à l'instinct de survie qui régit le comportement de toutes les autres espèces animales. Nous sommes doués d'une intelligence extrême, d'un

---

1. Lucy fut découverte le 30 novembre 1974 à Hadar, sur les bords de la rivière Awash, dans le cadre d'un projet regroupant une trentaine de chercheurs éthiopiens, américains et français, dirigé par Donald Johanson, Maurice Taïeb et Yves Coppens. Le squelette fut baptisé Lucy car ses découvreurs fredonnaient à longueur de journée la chanson des Beatles « Lucy in the Sky with Diamonds ».

savoir en perpétuelle évolution et pourtant parfois si ignorants. Mais nous devrions commander nos boissons, c'est la seconde fois que notre serveuse tente sa chance.

Ivory demanda deux thés et se pencha vers Keira.

– Vous ne m'avez toujours pas dit pourquoi la vallée de l'Omo, ni ce que vous y cherchiez vraiment d'ailleurs.

– Que nous soyons européens, asiatiques ou africains, quelle que soit la couleur de notre peau, nous portons tous un gène identique ; nous sommes des milliards, chacun différent des autres et, pourtant, nous descendons tous d'un seul être. Comment est-il apparu sur la Terre, et pourquoi ? C'est lui que je cherche, le premier homme ! Et je suis prête à croire qu'il a bien plus de dix ou vingt millions d'années.

– En plein Paléogène ? Vous avez perdu la tête !

– Vous voyez, j'avais raison pour les statistiques, et maintenant c'est moi qui vous ennuie avec mes histoires.

– J'ai dit que vous aviez perdu la tête, pas la raison !

– C'est très délicat de votre part. Et vous, Ivory, quelles recherches faites-vous ?

– Je suis arrivé à un âge où l'on fait semblant et où tout le monde autour de vous fait mine de ne pas s'en rendre compte. Je ne recherche plus rien, je suis entré dans l'âge où l'on préfère ranger ses dossiers plutôt que d'en ouvrir de nouveaux. Mais ne faites pas cette tête, si vous connaissiez vraiment mon âge, vous verriez que je tire plutôt bien mon épingle du jeu. Ne tentez même pas de me le demander, c'est un secret que j'emporterai dans la tombe.

À son tour, Keira se pencha vers Ivory, découvrant le collier qu'elle portait autour du cou.

– Vous ne les faites pas !

– C'est gentil de me le dire, mais je le sais ! Voulez-vous que nous en apprenions plus sur cet étrange objet ?

– Je vous l'ai dit, c'est juste un cadeau offert par un petit garçon.

– Mais, hier, vous me disiez aussi que vous seriez tentée d'en connaître la véritable provenance.

– En effet, pourquoi pas ?

– Nous pourrions commencer par essayer de le dater ? S'il s'agit bien d'un morceau de bois, une simple analyse au carbone 14 devrait nous renseigner.

– À condition qu'il n'ait pas plus de cinquante mille années.

– Vous l'imaginez aussi ancien que cela ?

– Depuis que j'ai fait votre connaissance, Ivory, je deviens méfiante sur les questions d'âge.

– Je préfère prendre cela pour un compliment, répondit le vieux savant en se levant. Suivez-moi.

– Vous n'allez pas me dire qu'il y a un accélérateur de particules caché dans les sous-sols du musée ?

– Non, je ne vous le dirai pas, répondit Ivory en riant.

– Et vous n'avez pas non plus un vieil ami à Saclay qui va bouleverser le programme de recherches du Commissariat à l'énergie atomique, juste pour étudier mon collier ?

– Non plus, et j'en suis bien désolé, je vous l'assure.

– Alors, où allons-nous ?

– Dans mon bureau, où voulez-vous que nous allions ?

Keira suivit Ivory jusqu'aux ascenseurs. Elle s'apprêtait à l'interroger, mais celui-ci ne lui en laissa pas le temps.

– Si vous attendiez que nous soyons confortablement installés, dit-il avant même qu'elle ait prononcé un mot, je vous promets que vous vous épargneriez beaucoup de questions inutiles.

La cabine s'éleva vers le troisième étage.

Ivory prit place derrière son bureau et invita Keira à s'asseoir dans un fauteuil. Elle se releva aussitôt pour voir de plus près ce qu'il pouvait bien taper sur le clavier de son ordinateur.

– Internet ! Depuis que j'ai découvert ce truc-là, j'en suis dingue. Si vous saviez le nombre d'heures que j'y passe ! Heureusement que je suis veuf, sinon, je crois que ce hobby aurait tué ma femme, ou plutôt c'est elle qui m'aurait tué. Savez-vous que sur la « sphère » – c'est un mot très « in » que mes étudiants m'ont appris – bref, sur la sphère ou la toile – cela se dit aussi – on ne cherche plus une information, on la « googlelise » ! Ce n'est pas hilarant ? J'adore ce nouveau vocabulaire, et le plus drôle c'est que lorsqu'un terme m'échappe, eh bien, je le tape aussi sur Internet et, hop, j'en obtiens aussitôt le sens. Je vous le dis, on trouve presque tout, même des laboratoires privés qui pratiquent des analyses au carbone 14, épatant non ?

– Quel âge avez-vous vraiment, Ivory ?

– Je le réinvente chaque jour, Keira, l'important est de ne pas se laisser aller.

Ivory imprima une liste d'adresses et l'agita fièrement devant les yeux de son invitée.

– Nous n'avons plus qu'à passer quelques appels pour trouver ceux qui accepteront de traiter notre demande à un prix convenable et dans des délais raisonnables, conclut-il.

Keira regarda sa montre.

– Votre sœur ! s'exclama Ivory. Je crois qu'elle doit

être libérée de sa réunion depuis un bon moment maintenant. Allez la rejoindre, je m'occupe de tout.

– Non, je reste, dit Keira gênée, je ne peux pas vous laisser faire ce travail tout seul.

– Mais si, j'insiste, après tout, je me pique autant à ce jeu que vous, peut-être même plus encore. Allez rejoindre Jeanne et revenez me voir demain. Nous en saurons plus.

Keira remercia le professeur.

– Accepteriez-vous de me confier votre collier pour la soirée ? Je vais en prélever un infime fragment qui servira à l'analyser. Je vous promets d'agir avec le doigté d'un chirurgien, il n'y paraîtra rien.

– Bien sûr, mais j'ai déjà essayé plusieurs fois et je n'ai jamais réussi ne serait-ce qu'à l'égratigner.

– Aviez-vous une pointe en diamant comme celle-ci ? demanda Ivory en sortant fièrement de son tiroir l'outil de découpe.

– Vous êtes décidément plein de ressources, Ivory ! Non, je n'avais pas un tel scalpel.

Keira hésita un instant et abandonna le collier sur le bureau d'Ivory. Ce dernier dénoua délicatement le lacet en cuir qui enserrait l'objet triangulaire et rendit la cordelette à sa propriétaire.

– À demain, Keira, passez quand vous voudrez, je serai là.

*

Londres

– Non, non, non Adrian ! Votre propos endormirait jusqu'au public d'un concert d'AC/DC.

– Qu'est-ce que AC/DC vient faire là-dedans ?

– Absolument rien, mais c'est le seul groupe de hard-rock dont je connaisse le nom. Ce n'est pas un prix que le comité de la Fondation va distribuer, mais une balle dans la tête à ceux qui vous écouteront encore... afin d'abréger leurs souffrances !

– Bon, cette fois, je crois que j'ai bien compris, Walter ! Si mon texte est si rébarbatif, eh bien, trouvez-vous un autre orateur.

– Qui rêverait lui aussi de retourner au Chili ? Désolé, je n'ai pas le temps.

Je tournai la page de mon cahier et toussotai avant de reprendre la lecture.

– Vous allez voir, dis-je à Walter, la suite est bien plus intéressante, vous n'aurez pas le loisir de vous ennuyer.

Mais, à l'énoncé de la troisième phrase, Walter parodia un ronflement.

– Soporifique ! s'exclama-t-il en ouvrant l'œil droit. Parfaitement assommant !

– Vous voulez dire que je suis chiant ?!

– Voilà, chiant, c'est tout à fait cela. Vos étoiles extraordinaires ne sont que de simples combinaisons de chiffres et de lettres impossibles à retenir. Qu'est-ce que vous voulez que les membres du jury aient à faire de X321 et de ZL254, nous ne sommes pas dans un épisode de *Star Trek*, mon pauvre ami ! Quant à vos galaxies lointaines, vous nous en définissez les distances en années-lumière ! Qui sait compter en années-lumière, je vous le demande ? Votre charmante voisine ? Votre dentiste ? Votre maman peut-être ? C'est ridicule. Personne ne peut survivre à une telle indigestion de chiffres.

– Mais merde à la fin, qu'est-ce que vous voulez que je fasse ? Que je baptise mes constellations, tomates, poireaux et pommes de terre pour que votre mère comprenne mes travaux ?

– Vous ne me croirez sans doute pas, mais elle vous a lu.

– Votre mère a lu ma thèse ?

– Absolument !

– J'en suis très flatté.

– Elle est horriblement insomniaque. Plus aucun médicament n'y faisait, et j'ai eu l'idée de lui rapporter un exemplaire broché de votre œuvre. Il faudrait que vous vous remettiez à écrire, elle va bientôt être en manque !

– Mais qu'attendez-vous de moi, à la fin !

– Que vous nous parliez de vos recherches en des termes accessibles à des êtres normaux. Ce que cette manie des mots savants est agaçante à la fin. Regardez, en médecine par exemple, pourquoi un tel charabia ? Être malade ne suffit pas ? A-t-on besoin d'entendre que nous avons une dysplasie de la hanche, le mot déformation ne convient pas ?

– Je suis désolé d'apprendre que vos os vous font souffrir, mon cher Walter.

– Oui, eh bien, ne le soyez pas, je ne parlais pas de moi. C'est mon chien qui souffre d'une « dysplasie ».

– Vous avez un chien ?

– Oui, un charmant jack russell. Il est chez ma mère ; et si elle lui a fait la lecture des dernières pages de votre thèse, ils doivent dormir profondément tous les deux.

J'avais envie d'étrangler Walter, mais je me suis lâchement contenté de le dévisager. Sa patience me déconcertait, sa volonté aussi. Sans que je ne sache vraiment comment, ma langue s'est déliée et, pour la première fois depuis mon enfance, je me suis entendu dire à voix haute :

« Où commence l'aube ? »...

Au petit matin, Walter ne dormait toujours pas.

*

Paris

Keira n'arrivait pas à trouver le sommeil. De peur de réveiller sa sœur, elle avait quitté la chambre pour aller s'installer sur le canapé du salon. Combien de fois avait-elle maudit la dureté de son lit de camp ? Et pourtant, comme il lui manquait ! Elle se releva et avança jusqu'à la fenêtre. Ici, pas de nuit étoilée, juste une rangée de réverbères qui luisaient dans la rue déserte. Il était 5 heures du matin, à cinq mille huit cents kilomètres de là, dans la vallée de l'Omo, le jour était déjà levé et Keira cherchait à deviner ce qu'Harry pouvait bien faire. Elle retourna sur le canapé et, perdue dans ses pensées, elle s'endormit enfin.

Au milieu de la matinée, un appel du professeur Ivory la tira de ses rêves.

– J'ai deux nouvelles à vous annoncer.

– Commencez par la mauvaise ! répondit Keira en s'étirant.

– Vous aviez raison, même avec ce diamant dont j'étais si fier, je n'ai pas réussi à prélever le moindre fragment de votre bijou.

– Je vous l'avais dit. Et la bonne ?

– Un laboratoire en Allemagne peut traiter notre demande dans le courant de la semaine.

– Cela va coûter cher ?

– Ne vous en souciez pas pour l'instant, ce sera là une petite contribution de ma part.

– C'est hors de question Ivory, et puis il n'y a aucune raison.

– Mon Dieu, soupira le vieil homme, pourquoi faut-il trouver une raison à chaque chose. Le plaisir de la découverte n'est-il pas suffisant ? Vous voulez un pré-texte, alors en voici un, votre objet mystérieux m'a tenu en éveil presque toute la nuit et, croyez-moi, pour un vieil homme qui bâille d'ennui à longueur de journée, cela vaut bien plus que la modique somme réclamée par ce laboratoire.

– Moitié-moitié alors, c'est cela ou rien !

– Alors moitié-moitié ! Vous acceptez donc que je leur envoie votre précieux objet, il faudra que vous vous en sépariez quelque temps.

Keira n'y avait pas pensé et l'idée de ne plus porter son pendentif la contraria, mais le professeur semblait si enthousiaste, si heureux de relever un nouveau défi que Keira ne trouva pas le courage de se défiler.

– Je pense pouvoir vous le rendre au plus tard mercredi. Je l'enverrai par courrier express. En attendant, je vais me replonger dans mes vieux livres afin de voir si une quelconque iconographie révélerait un objet comparable.

– Vous êtes sûr que tout ce mal que vous vous donnez en vaut bien la peine ? demanda Keira.

– Mais de quel mal parlez-vous, enfin ? Je ne vois là que du bien ! Je vous laisse, pour une fois, grâce à vous, un vrai travail m'attend !

– Merci Ivory, dit Keira en raccrochant.

La semaine passa. Keira renouait avec ses collègues et amis qu'elle n'avait pas revus depuis fort longtemps. Chaque soirée était l'occasion d'un repas entre copains dans un petit restaurant de la capitale, ou dans l'appartement de sa sœur. Les conversations tournaient souvent autour des mêmes sujets, la plupart du temps étrangers à Keira, qui s'ennuyait. Jeanne lui en avait même fait le reproche, alors qu'elles sortaient d'un dîner un peu plus bavard que les précédents.

– Ne viens plus si ces soirées t'emmerdent autant, avait sermonné Jeanne.

– Mais je ne me suis pas emmerdée !

– Eh bien le jour où tu t'ennuies vraiment, préviens-moi, que je me prépare au spectacle. À table, tu avais l'air d'un morse échoué sur la banquise.

– Mais bon sang, Jeanne, comment fais-tu pour supporter ce genre de conversations !

– Cela s'appelle avoir une vie sociale.

– Ça, une vie sociale ? éclata de rire Keira en hélant un taxi. Ce type qui reprenait toutes les banalités lues dans la presse pour nous imposer un discours à n'en plus finir sur la crise ? Son voisin qui se nourrit de résultats sportifs comme les singes se régalent de bananes ? La psy en herbe avec ses lieux communs sur l'infidélité ? L'avocat et ses vingt minutes sur la recrudescence de la criminalité en milieu urbain parce qu'on lui a volé son scooter ? Trois heures de cynisme absolu ! Théories et contre-théories du désespoir humain, c'est pathétique !

– Tu n'aimes personne, Keira ! avait dit Jeanne alors que le taxi les déposait en bas de chez elle.

La dispute s'était achevée un peu plus tard dans la nuit. Et pourtant, le lendemain, Keira accompagna sa sœur à une autre soirée. Peut-être parce que la solitude dans laquelle elle avait vécu ces derniers temps était plus profonde qu'elle ne voulait l'admettre.

C'est au cours du week-end suivant, en traversant le jardin des Tuileries, alors qu'une averse s'apprêtait à tomber, qu'elle croisa Max. Tous deux couraient dans l'allée centrale, tentant de rejoindre la grille de l'entrée de Castiglione, avant que l'ondée éclate. Essoufflé, Max s'était arrêté devant l'escalier, au pied du socle où deux lions en bronze s'attaquent à un rhinocéros ; de l'autre côté des marches, Keira avait pris appui sur celui où deux lionnes déchiquettent un sanglier agonisant.

– Max ? C'est toi ?

Bel homme, Max n'en était pas moins terriblement myope ; derrière ses lunettes embuées, tout n'était que brouillard, mais il aurait reconnu la voix de Keira parmi cent autres.

– Tu es à Paris ? demanda-t-il surpris en essuyant ses verres.

– Oui, comme tu le vois.

– Maintenant, je le vois ! dit-il en reposant la monture sur son nez. Tu es là depuis longtemps ?

– Dans le parc ? Une petite demi-heure, répondit Keira gênée.

Max l'observa attentivement.

– Je suis à Paris depuis quelques jours, finit-elle par concéder.

Un grondement dans le ciel les convainquit tous deux d'aller trouver refuge sous les arcades de la rue de Rivoli. Une pluie diluvienne se mit à tomber.

– Tu ne comptais pas m'appeler ? interrogea Max.

– Bien sûr que si.

– Alors pourquoi ne l'as-tu pas fait ? Pardonne-moi, je te bombarde de questions idiotes. Si tu avais eu envie que nous nous voyions, tu m'aurais téléphoné.

– Je ne savais pas vraiment comment m'y prendre.

– Alors, tu as eu raison, il suffisait d'attendre que la providence nous mette sur le même chemin...

– Je suis contente de te voir, interrompit Keira.

– Moi aussi je suis content de te voir.

Max lui proposa d'aller prendre un verre au bar de l'hôtel Meurice.

– Tu es là pour combien de temps ? Et voilà que je recommence avec mes questions !

– Ce n'est pas très grave, répondit Keira. Je viens d'enchaîner six soirées où les gens ne parlaient que de politique, de grèves, d'affaires et de petits ragots. Personne ne semble plus s'intéresser à personne, j'ai fini par penser que j'étais invisible ; je me serais pendue avec ma serviette de table pour que quelqu'un me demande comment j'allais et prenne le temps d'écouter la réponse.

– Comment vas-tu ?

– Comme un lion en cage.

– Et tu es dans cette cage depuis combien de temps, au moins une petite semaine ?

– Un peu plus.

– Tu restes ou tu repars ?

Keira parla à Max de ses péripéties éthiopiennes et de son retour forcé. L'espoir de trouver le moyen de financer une nouvelle expédition lui semblait bien mince. À 20 heures, elle s'éclipsa pour téléphoner à Jeanne et la prévenir qu'elle rentrerait tard.

Max et elle dînèrent au Meurice et chacun raconta ce qu'il avait fait de sa vie au cours de ces trente-six derniers mois où ils ne s'étaient plus revus. Après le départ de Keira et leur séparation, Max avait fini par abandonner son poste d'enseignant en archéologie à la Sorbonne, pour reprendre l'imprimerie de son père décédé d'un cancer l'an passé.

– Tu es imprimeur maintenant ?

– La bonne phrase était : « Je suis désolée pour ton papa », répliqua Max en souriant.

– Mais, mon Max, tu me connais, je ne dis jamais la phrase qu'il faut. Je suis désolée pour ton papa... je croyais me souvenir que vous ne vous entendiez pas bien.

– Nous avions fini par nous réconcilier... à l'hôpital de Villejuif.

– Pourquoi avoir quitté ton poste, tu adorais ton métier ?

– J'adorais surtout les excuses qu'il me donnait.

– Quelles excuses ? Tu étais un très bon prof.

– Je n'ai jamais eu cette folie qui t'anime et t'entraîne sur le terrain.

– Et l'imprimerie, c'est mieux ?

– Au moins, je regarde la vérité en face. Je ne prétends plus attendre la mission qui m'aurait permis de faire la découverte du siècle. J'en ai eu assez de mes bobards. J'étais un archéologue d'amphithéâtre juste bon à séduire les étudiantes.

– Dis donc, j'ai fait partie du club ! ironisa Keira.

– Tu as été plus que cela, et tu le sais très bien. Je suis un aventurier des faubourgs de Paris. Maintenant, au moins, je suis lucide. Et toi, tu as trouvé ce que tu cherchais là-bas ?

– Si tu parles de mes fouilles, non, juste quelques sédiments qui me convainquent que j'étais sur la bonne piste, que je ne me trompe pas. Mais ce que j'ai découvert, c'est un mode de vie qui me convient.

– Donc, tu vas repartir...

– Vérité pour vérité, j'ai envie de passer la nuit avec toi Max, et pourquoi pas celle de demain. Mais lundi j'aurai envie d'être seule, et les jours suivants aussi. Si je peux repartir, je le ferai aussitôt que possible.

Quand ? Je n'en sais rien. D'ici là, il faut que je trouve du travail.

– Avant de me proposer de coucher avec toi, tu pourrais au moins me demander si j'ai quelqu'un dans ma vie ?

– Si c'était le cas, tu l'aurais appelée, il est minuit passé.

– Si c'était le cas, je n'aurais pas dîné avec toi. Tu as des pistes pour trouver du boulot ?

– Non, pour l'instant aucune, je n'ai pas beaucoup d'amis dans le métier.

– Je pourrais griffonner sur cette nappe, en deux minutes, une liste de chercheurs qui seraient ravis d'accueillir quelqu'un comme toi dans leur équipe.

– Je ne veux pas contribuer à la découverte d'un autre. J'ai déjà fait mes années de stages, je veux mener mon propre projet.

– Tu veux venir travailler à l'imprimerie en attendant ?

– Je garde de bons souvenirs de mes années à tes côtés à la Sorbonne, mais j'avais vingt-deux ans. Les rotatives, ce n'est pas vraiment mon truc. Et puis je ne crois pas que ce serait une bonne idée, répondit Keira en souriant. Mais merci de ta proposition.

Au petit matin, Jeanne trouva le sofa du salon, vide. Elle regarda son téléphone portable, sa sœur ne lui avait pas laissé de message.

*

Londres

La date fatidique où les dossiers de candidatures devaient être déposés auprès de la Fondation Walsh approchait. Le grand oral se tiendrait dans un peu moins de deux mois. Je passais mes matinées chez moi, communiquant avec des confrères aux quatre coins du globe et répondant à mes mails, en priorité à ceux que je recevais de temps à autre de mes collègues d'Atacama. Walter venait me chercher vers midi et nous nous rendions au pub où je lui résumais l'avancement de mon dossier. Puis les après-midi se poursuivaient dans la grande bibliothèque de l'Académie à compulser des ouvrages que j'avais pourtant déjà lus maintes fois, pendant que Walter parcourait mes notes. Le soir, il m'arrivait d'aller me distraire en flânant du côté de Primrose Hill et je m'évadais le week-end, sillonnant les allées du marché aux puces de Camden Lock. Chaque jour, je reprenais goût à ma vie londonienne, aux quartiers de ma ville, nouant une certaine complicité avec Walter.

*

Paris

Le mercredi, Ivory reçut les résultats du laboratoire situé près de Dortmund, en Allemagne. Il prit en notes le rapport d'analyses que son interlocuteur lui dictait et demanda à ce dernier de bien vouloir expédier l'objet qu'il lui avait confié à un autre laboratoire, dans la périphérie de Los Angeles. Après avoir raccroché, il hésita un long moment et passa un autre appel, depuis son portable cette fois. On le fit patienter avant de le mettre en relation.

– Cela fait bien longtemps !

– Nous n'avions pas vraiment de raison de nous reparler, dit Ivory. Je viens de vous envoyer un courrier électronique, prenez-en connaissance aussitôt que vous le pourrez, j'ai de bonnes raisons de croire que vous ne tarderez pas à vouloir me joindre.

Ivory raccrocha et regarda sa montre. La communication avait duré moins de quarante secondes. Il quitta son bureau, ferma la porte à clé et descendit au rez-de-chaussée. Il profita de ce qu'un groupe d'étudiants avait envahi le hall du musée pour se faufiler discrètement hors de l'établissement.

Remontant le quai Branly, il traversa la Seine, ouvrit son téléphone portable, en ôta la puce et la jeta dans le fleuve. Puis il se rendit à la brasserie de l'Alma, emprunta les escaliers menant vers le sous-sol, entra dans la cabine téléphonique et attendit que la sonnerie retentisse.

– Comment cet objet est-il arrivé entre vos mains ?

– Les plus grandes découvertes sont souvent le fruit du hasard, certains appellent cela le destin, d'autres, la chance.

– Qui vous l'a remis ?

– Peu importe et je préfère garder cela secret.

– Ivory, vous rouvrez un dossier clos depuis fort longtemps, et le rapport que vous m'avez communiqué ne prouve pas grand-chose.

– Rien ne vous obligeait à me rappeler aussi vite.

– Qu'est-ce que vous voulez ?

– J'ai fait expédier l'objet en Californie pour une série de tests complémentaires, mais il faudra que le coût des analyses vous soit facturé directement. Ce n'est plus dans mes moyens.

– Et le propriétaire de cet objet, est-il au courant ?

– Non, il n'a pas la moindre idée de ce dont il s'agit, et bien entendu je ne compte pas lui en dire plus.

– Quand espérez-vous en savoir plus ?

– Je devrais recevoir les premiers résultats dans quelques jours.

– Recontactez-nous si cela en vaut la peine et envoyez-moi la facture, nous la réglerons. Au revoir Ivory.

Le professeur raccrocha le combiné, il resta quelques instants dans la cabine, se demandant s'il avait pris la bonne décision. Il paya sa consommation au comptoir et repartit vers le musée.

Keira avait frappé à la porte du bureau. Sans réponse, elle était redescendue s'informer à l'accueil. L'hôtesse lui confirma avoir vu le professeur. Peut-être le trouverait-elle au café ? Keira parcourut le jardin du regard. Sa sœur déjeunait en compagnie d'un collègue, elle quitta sa table pour venir à sa rencontre.

– Tu aurais pu m'appeler.

– Oui, j'aurais pu. Tu as vu Ivory ? Je n'arrive pas à le trouver.

– J'ai parlé avec lui ce matin, mais je ne passe pas mon temps à le surveiller et puis le musée est grand. Où as-tu disparu ces deux derniers jours ?

– Jeanne, tu fais attendre la personne avec qui tu déjeunes, tu pourrais peut-être remettre ton interrogatoire à plus tard.

– Je me suis inquiétée, c'est tout.

– Eh bien, tu vois, je suis en parfaite santé, tu n'as plus aucune raison de t'en faire.

– Tu dînes avec moi ce soir ?

– Je ne sais pas, il n'est que midi.

– Pourquoi es-tu pressée comme ça ?

– Ivory m'a laissé un message, il m'a demandé de passer le voir et il n'est pas là.

– Eh bien il est ailleurs, je te l'ai dit, le musée est grand, il doit être quelque part dans les étages. C'est si urgent ?

– Je crois que ton copain est en train de manger ton dessert.

Jeanne jeta un œil vers son collègue qui l'attendait patiemment en feuilletant une revue, quand elle se retourna, sa sœur avait disparu.

Keira traversa le premier étage, puis le second et, prise d'un doute, elle rebroussa chemin vers le bureau d'Ivory. Cette fois la porte était ouverte et le professeur assis dans son fauteuil. Il leva la tête.

– Ah vous voilà, c'est gentil d'être venue.

– Je suis passée tout à l'heure, je vous ai cherché partout, mais vous n'étiez nulle part.

– Vous n'avez pas essayé les toilettes pour hommes, j'espère ?

– Non, répondit Keira confuse.

– Alors ceci explique cela. Installez-vous, j'ai des informations à vous communiquer.

L'analyse au carbone 14 n'avait rien donné : soit le cadeau d'Harry avait plus de cinquante mille ans soit l'objet n'était pas organique, et donc ce n'était pas de l'ébène.

– Quand le récupérerons-nous ? demanda Keira.

– Le laboratoire nous le réexpédiera dès demain, d'ici deux jours au plus vous pourrez à nouveau l'accrocher autour de votre cou.

– Je veux que vous me disiez ce que je vous dois, ma quote-part, vous vous souvenez, nous nous étions mis d'accord.

– Les résultats n'étant pas probants, le laboratoire ne nous a rien fait payer. Les frais d'expédition s'élèvent à une centaine d'euros.

Keira déposa la moitié de la somme sur le bureau du professeur.

– Le mystère reste entier. Après tout, il s'agit peut-être d'une simple pierre volcanique ? reprit-elle.

– Aussi lisse et satinée ? J'en doute, et puis la lave fossile reste friable.

– Alors disons que c'est juste un pendentif.

– Je crois que c'est une sage décision, je vous appellerai dès que j'en aurai repris possession.

Keira quitta Ivory et décida d'aller retrouver sa sœur.

– Pourquoi tu ne me dis pas que tu as revu Max ? demanda Jeanne dès que Keira entra dans son bureau.

– Puisque tu le sais déjà, pourquoi te le dire ?

– Vous allez vous remettre ensemble ?

– Nous avons passé une soirée tous les deux et je suis rentrée dormir chez moi, si c'est ce que tu veux savoir.

– Et dimanche tu es restée seule dans ton studio ?

– Je l'ai croisé par hasard, nous sommes allés nous promener. Comment sais-tu que nous nous sommes revus ? Il t'a appelée ?

– Max, m'appeler ? Tu plaisantes, il est trop fier pour ça. Après ton départ il n'a plus jamais donné de ses nouvelles, et je crois même qu'il s'est fait un devoir d'éviter toutes les soirées où il aurait pu me rencontrer. Nous ne nous sommes plus parlé depuis votre rupture.

– Alors, comment as-tu su ?

– C'est une amie qui vous a vus à l'hôtel Meurice ; vous roucouliez, paraît-il, comme deux amants illégitimes.

– Paris est vraiment un petit village ! Eh bien non, nous ne sommes pas amants ; juste deux anciennes connaissances qui se retrouvaient le temps d'une discussion. Je ne sais pas qui est cette amie si bavarde, mais je la déteste.

– La cousine de Max, elle ne t'aime pas non plus. Je peux te demander ce que tu fabriques avec Ivory ?

– J'aime bien la compagnie des profs, ça aussi tu devrais le savoir, non ?

– Je ne me souviens pas qu'Ivory ait enseigné ?

– Tu m'ennuies avec tes questions, Jeanne.

– Alors pour ne pas t'ennuyer plus, je ne te dirai pas qu'on a livré des fleurs pour toi ce matin à la maison. La carte qui accompagnait le bouquet est dans mon sac, si cela t'intéresse.

Keira s'empara de la petite enveloppe, la décacheta et tira légèrement sur le bristol. Elle sourit et rangea le mot dans sa poche.

– Je ne dînerai pas avec toi, ce soir, je te laisse avec tes amies si bien intentionnées.

– Keira, fais attention à Max, il a mis des mois à tourner la page, ne rouvre pas des plaies si c'est pour repartir ensuite, puisque tu vas repartir, n'est-ce pas ?

– Très fort, la question qui tue planquée au beau milieu de la leçon de morale. Là, je dois dire que, dans ton rôle de grande sœur, tu excelles. Max a quinze ans de plus que moi, tu crois qu'il peut gérer sa vie et ses émotions tout seul ou tu veux que je lui propose tes services ? La sœur de la garce comme chaperon, on ne peut pas rêver mieux, non ?

– Pourquoi tu m'en veux comme ça ?

– Parce que tu juges tout, tout le temps.

– Sors, Keira, va t'amuser, j'ai du boulot et tu as entièrement raison, tu n'as plus l'âge pour que je joue à la grande sœur. De toute façon, mes conseils, tu n'en as jamais rien eu à faire. Essaie juste de ne pas le laisser encore une fois en petits morceaux, ce serait méchant et inutile pour ta réputation.

– Parce que j'ai une réputation ?

– Après ton départ, les langues se sont déliées et elles n'étaient pas très aimables à ton égard.

– Si tu savais ce que je m'en moque, j'étais bien trop loin pour les entendre, tes mauvaises langues.

– Peut-être, mais pas moi, et j'étais là pour prendre ta défense.

– Mais de quoi se mêlent tous ces gens dans ta petite vie sociale, Jeanne ? Qui sont ces bons amis qui can-canent, ragotent et médisent ?

– Ceux qui consolaient Max, j'imagine ! Ah, une dernière chose, au cas où tu te demanderais à nouveau si tu as été une petite peste avec ta sœur, la réponse est oui !

Keira quitta le bureau de Jeanne en claquant la porte. Quelques instants plus tard, elle remontait le quai Branly vers le pont de l'Alma. Traversant le fleuve, elle s'accouda au parapet et regarda une péniche qui filait vers la passerelle Debilly. Elle prit son téléphone portable et appela Jeanne.

– On ne va pas se disputer chaque fois que l'on se voit. Je viendrai te chercher demain, nous irons déjeuner, rien que toi et moi. Je te raconterai tout de mon aventure éthiopienne, bien qu'il n'y ait plus grand-chose à en dire ; et toi tu me dévoileras tout de ta vie pendant ces trois dernières années. Je te laisserai même me réexpliquer pourquoi Jérôme et toi vous êtes séparés. C'était bien Jérôme son prénom, hein ?

*

Londres

Walter ne disait rien, mais il était difficile de ne pas voir qu'il se décourageait de jour en jour. Lui expliquer mes travaux était aussi irréaliste que d'espérer lui apprendre à parler le chinois en quelques jours. L'astronomie, la cosmologie étudient des espaces si vastes que les unités utilisées pour mesurer sur terre le temps, la vitesse, les distances y sont inopérantes. Il a fallu en inventer d'autres, multiples de multiples, équations inextricables. Notre science n'est faite que de probabilités et d'incertitudes, puisque nous avançons à tâtons, incapables d'imaginer les véritables limites de cet Univers dont nous faisons partie.

Depuis deux semaines, je n'avais pas réussi à formuler une phrase sans que Walter tique sur un terme dont il ne comprenait pas le sens, un raisonnement dont la portée lui échappait.

– Walter, une fois pour toutes, l'Univers est-il plat ou courbe ?

– Courbe, probablement. Enfin, si j'ai bien compris votre propos, l'Univers serait en mouvement permanent et il se dilaterait tel un tissu que l'on étire, entraînant les galaxies accrochées à ses fibres.

– C'est un peu schématique mais c'est une façon de résumer la théorie de l'Univers expansionniste.

Walter laissa tomber sa tête dans ses mains. À cette heure avancée de la soirée, la salle de la grande bibliothèque était déserte. Seules nos deux tables étaient encore éclairées.

– Adrian, je ne suis qu'un humble gestionnaire mais, tout de même, mon quotidien se passe dans l'enceinte de l'Académie des sciences. Et pourtant, je ne comprends rien à ce que vous me dites.

Je remarquai sur une table une revue qu'un lecteur avait dû oublier de ranger. Un très beau paysage du Devon figurait sur la couverture.

– Je crois que j'ai une idée pour éclaircir les vôtres, dis-je à Walter.

– Je vous écoute ?

– Vous m'avez assez entendu comme ça et j'ai trouvé bien mieux que des mots pour vous enseigner quelques notions solides sur le cosmos. Il est temps de passer de la théorie à la pratique. Suivez-moi !

J'ai entraîné mon acolyte par le bras et nous avons traversé ensemble le hall de la bibliothèque d'un pas soutenu. Une fois dans la rue, je hélai un taxi et lui demandai de nous déposer au plus vite à mon domicile. En arrivant, j'emmenai cette fois Walter non vers la porte de ma maison, mais vers celle d'un petit box attenant.

– C'est une salle de jeu clandestine qui se trouve derrière ce rideau de fer ? me demanda Walter l'œil goguenard.

– Désolé de vous décevoir, c'est juste un garage, répondis-je en soulevant le hayon.

Walter laissa échapper un sifflement. Bien que sa

cote soit inférieure à celle d'une citadine moderne, ma vieille MG de 1962 provoquait souvent ce genre de réaction.

– Nous allons en balade ? demanda Walter enthousiaste.

– Si elle veut bien démarrer, dis-je en faisant tourner la clé de contact.

Quelques coups d'accélérateur et le moteur vrombit presque au quart de tour.

– Montez et ne cherchez pas votre ceinture de sécurité, il n'y en a pas !

Une demi-heure plus tard, nous quittions la périphérie de Londres.

– Où allons-nous ? demanda Walter en essayant de maîtriser sur son front la seule mèche de cheveux rebelle qu'il possédait encore.

– Au bord de la mer, nous y serons dans trois heures.

Et, pendant que nous filions à bonne allure sous un beau ciel étoilé, je pensais au plateau d'Atacama que je n'avais cessé de rêver rejoindre et réalisais en même temps combien l'Angleterre m'avait manqué alors que j'étais là-bas.

– Comment avez-vous fait pour que cette petite merveille conserve une telle forme après l'avoir abandonnée trois ans dans un garage ?

– Je l'ai confiée à un mécanicien pendant mon absence et je viens juste de la récupérer.

– Il s'en est bien occupé, reprit Walter. Vous n'auriez pas une paire de ciseaux dans la boîte à gants ?

– Non, pourquoi ?

– Pour rien ! répondit Walter en passant la main sur son crâne.

À minuit nous avons dépassé Cambridge et nous sommes arrivés à destination deux heures plus tard. Je garai la MG le long d'une plage de Sheringham et demandai à Walter de bien vouloir me suivre jusqu'au rivage et de s'asseoir sur le sable.

– Nous avons parcouru toute cette route juste pour faire des pâtés ? demanda-t-il.

– Si le cœur vous en dit, je n'ai rien contre, mais ce n'est pas le but de notre visite.

– Dommage !

– Que voyez-vous, Walter ?

– Du sable !

– Relevez les yeux et dites-moi ce que vous voyez ?

– La mer, que voulez-vous que je voie d'autre au bord de la mer ?

– À l'horizon, que voyez-vous ?

– Absolument rien, il fait nuit noire !

– Vous ne voyez pas la lumière du phare à l'entrée du port de Kristiansand ?

– Il y a une île au large par ici ? Je ne m'en souvenais pas.

– Kristiansand est en Norvège, Walter.

– Vous êtes ridicule, Adrian, j'ai une bonne vue mais de là à voir les côtes norvégiennes, tout de même ! Vous ne voulez pas non plus que je vous détaille la couleur du pompon de béret du gardien de votre phare !

– Kristiansand n'est qu'à sept cent trente kilomètres. Nous sommes en pleine nuit, la lumière voyage à la vitesse de 299 792 kilomètres à la seconde, celle de ce phare ne mettrait que deux millièmes de seconde et demi à nous parvenir.

– Vous avez bien fait de ne pas oublier le demi, j'aurais pu perdre le fil de votre raisonnement !

– Mais vous ne voyez pas la lumière du phare de Kristiansand ?

– Vous oui ? demanda Walter inquiet.

– Non, personne ne peut la voir. Et pourtant elle est

là, juste devant nous, cachée par la courbure de la Terre, comme derrière une colline invisible.

– Adrian, seriez-vous en train de m'expliquer que nous avons roulé pendant trois cents kilomètres pour venir vérifier de visu que je ne pouvais apercevoir le phare de Kristiansand en Norvège depuis la côte Est de notre très chère Angleterre ? Si c'est le cas, je vous promets que je vous aurais cru sur parole si vous aviez pris la peine de me le suggérer à la bibliothèque tout à l'heure.

– Vous m'avez demandé en quoi il était important de comprendre que l'Univers était courbe, la réponse est devant vous Walter. Si sur cette mer flottaient de mile en mile une myriade d'objets réfléchissants, vous les verriez tous illuminés par la lumière qui émane du phare de Kristiansand, sans pourtant jamais voir ce même phare ; mais, avec beaucoup de patience et de calculs, vous devineriez qu'il existe et finiriez par trouver sa position exacte.

Walter me regarda comme si une folie soudaine m'avait gagné. Il resta bouche bée puis se laissa tomber en arrière pour scruter la voûte étoilée.

– Bien ! finit-il par lâcher après un long épisode contemplatif. Si j'ai bien compris, les étoiles que nous voyons au-dessus de nous sont encore du bon côté de la colline. Et celle que vous cherchez se trouve évidemment sur l'autre versant.

– Rien ne dit qu'il n'y ait qu'une seule colline, Walter.

– Vous suggérez que non content d'être courbe, votre Univers jouerait de l'accordéon ?

– Ou qu'il est comme un océan parcouru par des hautes vagues.

Walter mit ses mains derrière la nuque et se tut quelques instants.

– Combien d'étoiles y a-t-il au-dessus de nos têtes ? demanda-t-il avec la voix d'un enfant émerveillé.

– Avec un ciel tel que celui-ci, vous pouvez voir les cinq mille plus proches de nous.

– Elles sont si nombreuses ? demanda Walter songeur.

– Il y en a beaucoup plus encore ; mais nos yeux ne peuvent voir au-delà de mille années-lumière d'ici.

– Je ne pensais pas avoir une aussi bonne vue ! La copine de votre gardien de phare en Norvège a intérêt à ne pas se balader en petite tenue à sa fenêtre !

– Ce n'est pas votre acuité visuelle qui est en jeu, Walter, un nuage de poussières cosmiques nous masque la plus grande partie des centaines de milliards d'étoiles qui sont dans notre galaxie.

– Il y a au-dessus de nous des centaines de milliards d'étoiles ?

– Si vous voulez vraiment avoir le vertige, je peux vous dire qu'il y a dans l'Univers plusieurs centaines de milliards de galaxies. Notre Voie lactée n'est que l'une d'entre elles et chacune recèle des centaines de milliards d'étoiles.

– C'est impossible à concevoir.

– Alors, imaginez que si l'on comptait tous les grains de sable de la planète, nous approcherions à peine du nombre probable d'étoiles contenues dans l'Univers.

Walter se redressa, il saisit une poignée de sable entre ses mains et en laissa filer les grains à travers ses doigts. Dans un silence que seul le ressac venait troubler, nous contemplions le ciel, comme deux gamins éblouis par cette immensité.

– Vous croyez qu'il y a de la vie quelque part là-haut ? demanda-t-il sur un ton grave.

– Cent milliards de galaxies qui contiennent chacune

cent milliards d'étoiles et presque autant de systèmes solaires ? La probabilité que nous soyons seuls est quasi nulle. Je ne crois pas pour autant aux petits hommes verts. La vie existe certainement, mais sous quelles formes ? De la simple bactérie à des êtres peut-être encore plus avancés dans le processus de leur évolution que nous le sommes. Qui sait ?

– Je vous envie, Adrian.

– Vous m'enviez ? C'est ce ciel étoilé qui vous fait soudain rêver à mon plateau chilien dont je vous ai rebattu les oreilles ?

– Non, ce sont vos rêves que j'envie. Ma vie à moi n'est faite que de chiffres, de petites économies, de budgets rognés par-ci par-là, et vous, vous maniez des nombres qui pulvériseraient ma calculette de bureau, et ces nombres infinis continuent d'animer en vous vos rêves de gosse. Alors, je vous envie. Je suis heureux que nous soyons venus ici. Peu importe que nous remportions ou pas ce prix, j'ai déjà beaucoup gagné ce soir. Et si vous nous trouviez un endroit sympathique où aller passer le week-end, pour mon prochain cours d'astronomie ?

Nous sommes restés ainsi bras croisés derrière nos têtes, allongés sur le sable de cette plage de Sheringham jusqu'au lever du jour.

*

Paris

Keira et Jeanne s'étaient rabibochées au cours d'un déjeuner qui s'était prolongé une bonne partie de l'après-midi. Jeanne avait accepté de raconter sa séparation avec Jérôme. Lors d'un dîner chez des amis, voyant son compagnon très affairé auprès de sa voisine de table, Jeanne avait ouvert les yeux. Sur le chemin du retour, elle avait prononcé cette phrase courte qui en dit pourtant long : « Il faut qu'on parle. »

Jérôme avait nié en bloc avoir porté un quelconque intérêt à cette femme dont il avait déjà oublié le prénom. Là n'était pas le problème, c'était elle qu'elle aurait voulu qu'il séduise ce soir-là, mais Jérôme ne lui avait pas adressé un regard du dîner. Ils avaient débattu toute la nuit et s'étaient quittés au petit matin. Un mois plus tard, Jeanne apprenait que Jérôme s'installait chez celle qui avait été un certain soir sa voisine de table. Depuis, Jeanne se demandait si l'on anticipe son destin ou si, au contraire, parfois, on le provoque.

Elle avait interrogé Keira sur ses intentions à l'égard de Max, sa sœur lui répondit qu'elle n'en avait aucune.

Après trois années passées en Éthiopie, l'idée de se

laisser porter par la vie, sans calcul et sans retenue n'était pas pour lui déplaire. La jeune archéologue était éprise de liberté et elle ne se sentait pas prête à changer.

Au cours du repas, son téléphone avait vibré maintes fois. Peut-être était-ce justement Max qui cherchait à la joindre. Devant l'insistance des appels, Keira finit par décrocher.

– J'espère que je ne vous dérange pas ?

– Non, bien sûr, avait répondu Keira à Ivory.

– En nous renvoyant votre pendentif, le laboratoire allemand s'est trompé d'adresse. Je vous rassure, le colis n'est pas égaré, il leur a été retourné. Ils vont nous le réexpédier sans tarder. Je suis confus, mais je crains que vous ne récupériez votre précieux objet avant lundi, j'espère que vous ne m'en tiendrez pas rigueur ?

– Mais non, vous n'y êtes pour rien, c'est moi qui suis désolée de tout ce temps que je vous fais perdre.

– Ne le soyez pas, je me suis bien amusé, même si nos recherches n'ont abouti à rien. Je devrais le recevoir lundi en fin de matinée, venez le chercher à mon bureau, je vous emmènerai déjeuner pour me faire pardonner.

Dès la communication coupée, Ivory replia le rapport d'analyses que le laboratoire de la banlieue de Los Angeles lui avait adressé par courriel une heure plus tôt. Il le rangea dans la poche de son veston.

Assis à l'arrière du taxi qui le conduisait vers l'esplanade de la tour Eiffel, le vieux professeur regarda les taches brunes sur ses mains et soupira.

– Qu'est-ce que tu as encore besoin à ton âge de te mêler de ce genre de choses. Tu n'auras même pas le temps de connaître le mot de la fin. Tout cela est-il bien utile ?

– Pardon, monsieur ? avait questionné le chauffeur en regardant son passager dans le rétroviseur.

– Rien, désolé, je parlais tout seul.

– Oh, ne vous excusez pas, ça m'arrive souvent ; dans le temps on discutait avec les passagers, mais de nos jours la clientèle aime qu'on lui fiche la paix. Alors on met la radio, ça tient compagnie.

– Vous pouvez allumer votre poste si vous le souhaitez, avait conclu Ivory en adressant un sourire à son chauffeur.

La file qui s'étirait au pied de l'ascenseur ne comptait qu'une vingtaine de visiteurs.

Ivory entra dans le restaurant au premier étage. Il balaya la salle du regard, indiqua à l'hôtesse d'accueil que son convive était déjà là et alla s'installer à la table où un homme en complet bleu marine l'attendait.

– Pourquoi n'avez-vous pas fait envoyer les résultats directement à Chicago ?

– Pour ne pas alerter les Américains.

– Alors pourquoi nous alerter, nous ?

– Parce qu'il y a trente ans, vous, les Français, avez su être plus modérés ; et puis je vous connais depuis longtemps, Paris, vous êtes un homme discret.

– Je vous écoute, poursuivit l'homme au complet bleu sur un ton peu affable.

– La datation au carbone 14 n'ayant rien donné, j'ai fait procéder à une analyse par simulation optique, je vous en épargne les détails c'est terriblement technique et vous n'y comprendriez pas grand-chose, mais les résultats sont assez surprenants.

– Qu'avez-vous obtenu ?

– Rien, justement.

– Vous n'avez obtenu aucun résultat et vous provoquez ce rendez-vous ? Vous avez perdu la tête ?

– Je préfère le contact direct au téléphone ; et il serait préférable que vous écoutiez ce que j'ai à vous dire. Que cet objet ne réagisse pas à cette méthode de datation est un premier mystère ; que cela laisse supposer qu'il ait au moins quatre cents millions d'années en est un encore plus grand.

– Est-il comparable à celui que nous connaissons ?

– Sa forme n'est pas tout à fait identique, et je ne peux rien vous certifier en ce qui concerne sa composition puisque nous n'avons jamais pu déterminer celle de l'objet que nous détenons.

– Mais vous pensez qu'ils appartiennent à la même famille.

– Deux est un chiffre un peu faible pour parler d'une famille, mais ils pourraient être parents.

– Nous pensions tous que celui dont nous disposons était unique en son genre.

– Pas moi, je ne l'ai jamais cru, c'est pour cela que vous m'avez tous mis à l'écart. Vous comprenez mieux maintenant pourquoi j'ai provoqué notre rencontre.

– N'y a-t-il pas d'autres procédés d'analyse qui nous permettraient d'en apprendre plus ?

– Une datation à l'uranium, mais il est trop tard pour la pratiquer.

– Ivory, vous croyez sincèrement que ces deux objets sont liés d'une quelconque manière, ou poursuivez-vous une chimère personnelle ? Nous savons tous que cette découverte vous tenait à cœur et que la suppression du budget qui vous était alloué n'était pas sans rapport à l'époque avec votre décision de nous quitter.

– J'ai depuis longtemps passé l'âge de jouer à ce genre de jeu et vous êtes encore loin d'avoir atteint celui qui vous autoriserait à porter de telles accusations à mon sujet.

– Si je comprends bien ce que vous me dites, la seule similarité entre les deux objets est leur absence totale de réaction aux tests qu'ils ont subis.

Ivory repoussa sa chaise, prêt à quitter la table.

– À vous d'établir le rapport comme bon vous semble. J'ai accompli mon devoir. Aussitôt pris connaissance de l'existence d'un possible second exemplaire, j'ai réussi un véritable tour de passe-passe pour me le procurer, fait les examens que je jugeais utiles et vous ai averti. Désormais, il vous appartient de décider de la suite des événements ; comme vous me l'avez justement rappelé, j'ai pris ma retraite depuis longtemps.

– Restez assis, Ivory, nous n'avons pas terminé cette conversation. Quand pourrons-nous récupérer l'objet ?

– Il n'est pas question que vous le récupériez. Je le restituerai dès lundi à sa propriétaire.

– Je croyais que c'était un homme qui vous l'avait confié.

– Je ne vous ai jamais dit ça, et, de toute façon, cela importe peu.

– Je doute que notre bureau voie cela d'un très bon œil. Vous rendez-vous compte de la valeur de cet objet si vos prévisions sont avérées. C'est une pure folie que de le laisser circuler dans la nature.

– Décidément, la psychologie n'est toujours pas le fort de notre organisation. Pour le moment, sa propriétaire ne se doute de rien, et il n'y a aucune raison que cela change. Elle porte cette pierre autour du cou, difficile de trouver un endroit où l'objet soit plus anonyme et mieux en sécurité. Nous ne voulons attirer l'attention de personne et surtout éviter une nouvelle bataille entre nos bureaux pour savoir qui de Genève, Madrid, Francfort, vous ou je ne sais qui encore cherchera à mettre la main sur ce second exemplaire. En attendant de savoir s'il s'agit bien d'un second exemplaire, et il est bien trop tôt pour le dire, cet objet va très vite retourner auprès de sa jeune propriétaire.

– Et si elle le perdait ?

– Croyez-vous vraiment qu'il serait plus en sécurité chez nous ?

– *« Fair enough »*, comme diraient nos amis Anglais. Nous pouvons considérer que le tour de cou de cette femme est une sorte de territoire neutre.

– Je suis certain qu'elle serait flattée de l'apprendre !

L'homme au complet bleu qui se faisait appeler Paris regarda par la fenêtre. Les toits de Paris s'étendaient à perte de vue.

– Votre raisonnement ne tient pas debout professeur. Comment en apprendre plus, si ce pendentif n'est pas en notre possession ?

– Par moments, je me demande vraiment si je n'ai pas pris ma retraite trop tôt. Vous n'avez rien appris de ce que je me suis donné tant de mal à vous enseigner. Si l'objet est véritablement cousin de celui que nous détenons, les tests ne nous enseigneront rien de plus.

– La technique a tout de même beaucoup progressé ces dernières années.

– La seule chose qui ait progressé, c'est la connaissance du contexte qui nous préoccupe.

– Cessez vos leçons, nous nous connaissons depuis trop longtemps ! Qu'est-ce que vous avez vraiment en tête ?

– La propriétaire est une archéologue, une très bonne archéologue. Une sauvageonne, déterminée et audacieuse. Elle se moque de la hiérarchie, elle est convaincue d'avoir plus de talent que ses pairs et n'en fait qu'à sa tête, pourquoi ne pas la laisser travailler pour nous ?

– Vous auriez fait un directeur des ressources

humaines très convaincant ! Avec un tel profil, vous voudriez que nous la recrutions ?

– Ai-je dit cela ? Elle vient de passer trois années en Éthiopie à fouiller la terre dans des conditions difficiles, et je suis prêt à parier que si une sale tempête ne l'en avait pas chassée, elle aurait peut-être fini par trouver ce qu'elle était partie chercher.

– Et qu'est-ce qui vous fait croire qu'elle aurait fini par atteindre son but ?

– Elle a un atout précieux.

– Lequel ?

– La chance !

– Elle a gagné au Loto ?

– Mieux que cela ; elle n'a pas eu à faire le moindre effort, cet objet est venu à elle, on le lui a offert.

– Cela ne plaide pas en faveur de ses compétences. Et puis, je ne vois pas comment elle serait plus apte à lever le voile sur un mystère que nous n'avons pas élucidé avec tous les moyens dont nous disposions.

– Ce n'est pas une question de moyens, mais de passion. Donnons-lui simplement une bonne raison de s'intéresser à cet objet qu'elle porte autour du cou.

– Vous suggérez que nous téléguidions un électron libre ?

– Si nous le téléguidons, votre électron ne sera libre qu'en apparence.

– Et c'est vous qui tiendrez les commandes ?

– Non, vous savez bien que jamais le comité n'accepterait cela. Mais je peux amorcer le processus, créer l'intérêt chez notre candidate, développer ce qu'il faut d'appétit en elle. Quant au reste, vous prendrez le relais.

– C'est une approche intéressante. Je sais qu'elle soulèvera certaines réticences, mais je peux la défendre auprès d'un comité restreint, après tout, nos ressources ne seront pas sollicitées outre mesure.

— J'impose toutefois une règle non négociable, et prévenez votre comité restreint que je veillerai à ce que personne n'y déroge ; à aucun moment, la sécurité de cette jeune femme ne doit être compromise, j'exige une entente unanime de tous les responsables de bureaux, et je dis bien de tous.

— Si vous aviez vu votre tête, Ivory ! On aurait dit un vieil espion. Lisez les journaux, la guerre froide est terminée depuis longtemps. Nous sommes en pleine entente cordiale. Franchement, pour qui nous prenez-vous ? Et puis, il ne s'agit que d'une pierre, certes au passé intrigant, mais une pierre tout de même.

— Si nous avions la conviction qu'il ne s'agit que d'un simple caillou, nous ne serions pas là tous les deux à jouer aux vieux conspirateurs, comme vous le dites ; ne me prenez pas pour plus gaga que je ne le suis.

— Donnant-donnant. Supposons que je fasse de mon mieux pour les convaincre que cette approche est la bonne, comment leur laisser entendre que votre protégée sera capable de nous en apprendre plus, alors que nos efforts sont restés vains jusque-là ?

Ivory comprit que, pour convaincre son interlocuteur, il faudrait lui lâcher un peu plus d'informations qu'il n'aurait souhaité le faire.

— Vous avez tous cru que l'objet que vous possédez était unique en son genre. Un second apparaît soudainement. S'ils sont de la même « famille », comme vous le disiez spontanément tout à l'heure, alors pourquoi croire encore qu'il n'en existerait que deux ?

— Vous suggérez que...

— Que la famille soit plus grande ? Je l'ai toujours pensé. Et je pense aussi que plus nous nous donnerons de chances de découvrir d'autres spécimens et plus nous serons à même de comprendre de quoi il en retourne. Ce que vous détenez dans vos coffres n'est qu'un fragment, réunissez les morceaux manquants et vous verrez que la réalité est encore plus lourde de conséquences que tout ce que vous avez bien voulu supposer.

– Et vous proposez qu'une telle responsabilité incombe à cette jeune femme que vous qualifiez vous-même d'incontrôlable ?

– N'exagérons pas tout de même. Oubliez son caractère, c'est de son savoir et de son talent dont nous avons le plus besoin.

– Je n'aime pas ça, Ivory, ce dossier était clos depuis des années et il aurait dû le rester. Nous y avons déjà consacré beaucoup d'argent pour rien.

– Faux ! Nous avons consacré beaucoup d'argent pour que personne ne sache rien, ce n'est pas pareil. Combien de temps croyez-vous pouvoir garder le secret autour de cet objet si vous n'êtes plus les seuls à pouvoir en deviner le sens ?

– À condition qu'une pareille chose arrive !

– Êtes-vous disposé à en prendre le risque ?

– Je ne sais pas, Ivory. J'établirai mon rapport, ils décideront et je reviendrai vers vous dans les prochains jours.

– Vous avez jusqu'à lundi.

Ivory salua son hôte et se leva. Juste avant de quitter la table, il se pencha et souffla à l'oreille de Paris :

– Saluez-les bien pour moi, dites-leur surtout que c'est le dernier service que je leur rends, et transmettez mes sincères inimitiés à qui vous savez.

– Je n'y manquerai pas.

*

Kent

– Adrian, j'ai une confidence à vous faire.

– Walter, il est très tard, vous êtes complètement ivre !

– Justement, c'est maintenant ou jamais.

– Je vous aurai prévenu, quoi que vous vous apprêtiez à me révéler, retenez-vous. Vous êtes dans un tel état, je suis sûr que vous le regretterez demain.

– Mais non, taisez-vous donc et écoutez-moi, je vais essayer de dire ça d'une seule traite. Voilà, je suis amoureux.

– En soi, c'est une bonne nouvelle, pourquoi ce ton si grave ?

– Parce que la principale intéressée l'ignore.

– Cela complique en effet les choses. De qui s'agit-il ?

– Je préfère ne pas le dire.

– Comme vous voudrez.

– Il s'agit de Miss Jenkins.

– La réceptionniste de notre Académie ?

– Elle-même, cela fait quatre ans que j'en suis raide dingue.

– Et elle ne se doute de rien ?

– C'est-à-dire qu'avec ce redoutable instinct qu'ont les femmes, peut-être l'a-t-elle soupçonné une fois ou deux. Mais je crois que je cache bien mon jeu. Enfin, suffisamment pour pouvoir passer devant son bureau chaque matin, sans avoir à rougir de ma situation ridicule.

– Quatre ans, Walter ?

– Quarante-huit mois, le compte y est, j'en ai fêté l'anniversaire quelques jours avant que vous ne reveniez de votre Chili. Ne regrettez rien, il n'y a pas eu de fête.

– Mais pourquoi ne lui avez-vous rien dit ?

– Parce que je suis un lâche, reprit Walter en hoquetant. Un horrible lâche. Et vous voulez que je vous dise ce qu'il y a de plus pathétique dans tout cela ?

– Je n'en suis pas certain, non !

– Eh bien, depuis tout ce temps, je lui suis fidèle.

– En effet !

– Vous vous rendez compte d'une telle absurdité. Des hommes mariés qui ont la chance de vivre auprès de celles qu'ils aiment trouvent le moyen de les tromper et moi, je suis fidèle à une femme qui ne sait même pas que j'ai le béguin pour elle. Et, s'il vous plaît, ne me répétez pas « en effet » !

– Je ne comptais pas le faire. Pourquoi ne pas tout lui avouer, après tout ce temps, qu'est-ce que vous risquez ?

– Pour que la romance s'arrête ? Vous êtes dingue ! Si elle m'éconduit, je ne pourrai plus penser à elle de cette façon-là ; l'observer comme je le fais en catimini deviendrait une indélicatesse intolérable. Pourquoi me regardez-vous comme ça, Adrian ?

– Pour rien, je me demandais juste si demain, lorsque vous aurez dessoûlé, et vu ce que vous avez ingurgité ce soir, cela n'arrivera pas avant le milieu de l'après-midi, vous me raconterez cette histoire de la même façon.

– Je n'invente rien, Adrian, je vous le jure, je suis follement épris de Miss Jenkins ; mais la distance entre elle et moi est comparable à celles de votre Univers, avec ses drôles de collines qui empêchent de voir de l'autre côté. Miss Jenkins se trouve dans le phare de Kristiansand, cria Walter en pointant le doigt vers l'est, et moi, échoué tel un cachalot sur la côte anglaise ! dit-il en tapant du poing sur le sable.

– Walter, je visualise assez bien ce que vous me décrivez, mais la distance qui sépare votre bureau de celui de Miss Jenkins se compte en marches d'escalier, et non en années-lumière.

– Et la théorie de la relativité, vous croyez que votre copain Einstein en a le monopole ? Pour moi, chacune de ces marches est aussi lointaine qu'une de vos galaxies !

– Je crois qu'il est temps que je vous raccompagne à l'hôtel, Walter.

– Non, nous allons poursuivre cette soirée, et vous, vos explications. Je ne me souviendrai probablement de rien demain mais ce n'est pas grave. Nous passons un bon moment et c'est tout ce qui compte.

Sous ses airs débonnaires qui auraient pu prêter à rire, Walter me faisait plutôt de la peine. Moi qui croyais avoir connu la solitude sur le plateau d'Atacama... Était-il possible d'imaginer un exil plus douloureux que celui qui consiste à passer ses journées trois étages au-dessus de la femme qu'on aime, sans jamais trouver la force de lui en faire l'aveu ?

– Walter, voudriez-vous que j'essaie d'organiser un dîner avec Miss Jenkins en votre présence ?

– Non, je crois qu'après tout ce temps je n'aurai pas le courage de lui parler. Enfin, auriez-vous tout de même la gentillesse de me refaire cette proposition demain... En fin d'après-midi.

*

Paris

Keira était en retard, elle avait enfilé un jean, passé un pull, à peine pris le temps de remettre de l'ordre dans ses cheveux, restait à dégotter son trousseau de clés. Elle n'avait pas beaucoup dormi ce week-end et la morne lumière du jour n'avait pas réussi à la tirer de son sommeil. Trouver un taxi à Paris le matin relève de l'exploit. Elle marcha jusqu'au boulevard de Sébastopol, descendit vers la Seine en regardant son poignet à chaque carrefour, elle avait oublié sa montre. Une voiture s'engouffra dans le couloir de bus et s'arrêta à sa hauteur. Le conducteur se pencha pour abaisser la vitre et appela Keira par son prénom.

– Tu veux que je te dépose quelque part ?

– Max ?

– J'ai changé tant que ça depuis hier ?

– Non, mais je ne m'attendais pas à te voir par ici.

– Rassure-toi, je ne te suis pas, c'est un quartier où l'on trouve encore pas mal d'imprimeries et la mienne se situe dans la rue juste derrière toi.

– Si tu es proche de ton bureau, je ne veux pas te déranger.

– Qui te dit que je n'en partais pas, de mon bureau ? Allez, monte, je vois un bus dans mon rétroviseur et je vais me faire klaxonner.

Keira ne se fit pas prier, elle ouvrit la portière et s'assit à côté de Max.

– Quai Branly, au musée des Arts et Civilisations, et dépêchez-vous, je suis très en retard.

– J'ai droit à un baiser quand même ?

Mais, comme Max l'avait prédit, un coup de klaxon les fit sursauter, l'autobus les collait au pare-chocs. Max passa la première et se dégagea du couloir au plus vite. La circulation était dense, Keira trépignait d'impatience, regardant sans cesse la montre au tableau de bord.

– Tu as l'air bien pressée ?

– J'ai rendez-vous pour déjeuner... il y a un quart d'heure.

– Si c'est un homme, je suis sûr qu'il t'attendra.

– Oui, c'est un homme et ne commence pas, il a deux fois ton âge.

– Tu as toujours apprécié la maturité.

– Si c'était le cas, nous ne serions pas sortis ensemble !

– 1-0, balle au centre. Qui est-ce ?

– Un professeur.

– Qu'est-ce qu'il enseigne ?

– Tiens, c'est drôle, remarqua Keira, je ne lui ai pas demandé.

– Sans vouloir être indiscret, tu traverses tout Paris sous la pluie pour déjeuner avec un professeur et tu ne sais pas ce qu'il enseigne ?

– En fait, cela n'a pas grande importance ; il est à la retraite.

– Et pourquoi déjeunez-vous ensemble ?

– C'est une longue histoire, concentre-toi sur la

route et sors-nous de ce bouchon. C'est au sujet de mon pendentif, une pierre qu'Harry m'a offerte. Je me suis longuement interrogée sur sa provenance. Ce professeur pense qu'elle est très ancienne. Nous avons essayé d'en déterminer l'origine mais nous avons fait chou blanc.

– Harry ?

– Max, tu m'enquiquines avec tes questions, Harry a le quart de ton âge ! Et il habite en Éthiopie.

– C'est un peu jeune pour un concurrent sérieux. Cette pierre très ancienne, tu me la montres ?

– Je ne l'ai plus, je vais justement la récupérer.

– Si tu le souhaites, j'ai un ami, grand spécialiste en pierres anciennes, je peux lui demander de l'étudier.

– Je ne pense pas que cela vaille vraiment la peine de déranger ton ami. Je crois surtout que ce vieux professeur s'ennuie, et qu'il a trouvé un prétexte pour se distraire un peu.

– Si tu changes d'avis, n'hésite pas. Voilà, les quais sont dégagés, nous y serons dans dix minutes. Et où le jeune Harry a-t-il trouvé cette pierre ?

– Sur un petit îlot volcanique au milieu du lac Turkana.

– C'est peut-être une scorie ?

– Non, l'objet est infrangible ; je n'ai même pas pu y faire un trou. Pour l'accrocher autour de mon cou, il a fallu que je l'enserre avec une lanière, et je dois dire que la façon dont il a été poli est assez remarquable de perfection.

– Tu m'intrigues. Je te propose la chose suivante, dînons ce soir tous les deux et je regarderai ton mystérieux pendentif. J'ai raccroché depuis quelques années, mais j'ai encore de beaux restes.

– Bien tenté, mon Max, pourquoi pas ? Mais ce soir, je reste en tête à tête avec ma sœur. Nous avons du temps à rattraper toutes les deux ; depuis que je suis rentrée, je n'ai cessé de passer mes nerfs sur elle. J'ai deux, trois réflexions déplacées à me faire pardonner, ou plutôt douze ou treize, voire une bonne trentaine.

– Mon offre reste valable pour tous les autres soirs de la semaine. Tiens, nous voilà devant ton musée. Tu n'es presque pas en retard, la montre de ma voiture avance d'un bon quart d'heure...

Keira embrassa Max sur le front et sortit précipitamment. Il aurait voulu lui dire de l'appeler dans l'après-midi, mais elle courait déjà sur le trottoir.

– Je suis désolée de vous avoir fait attendre, s'excusa Keira haletante en poussant la porte. Ivory ?

La pièce était inoccupée. Le regard de Keira fut attiré par une feuille de papier sous la lampe de bureau. Les lignes d'écriture étaient raturées, mais Keira pouvait deviner une série de chiffres, « lac Turkana », et son prénom. Au bas de la feuille, un croquis représentait habilement son pendentif. Keira n'aurait pas dû passer de l'autre côté de la table de travail, encore moins s'asseoir sur le fauteuil du professeur et, probablement, n'aurait-elle pas dû non plus ouvrir le tiroir qui se trouvait devant elle. Mais il n'était pas fermé à clé et on ne pouvait pas être archéologue sans être curieuse de nature. Elle y trouva un vieux cahier en cuir à la couverture craquelée. Elle le posa sur le bureau et découvrit, en première page, un autre dessin, plus ancien, celui d'un objet qui d'une certaine façon ressemblait à celui qu'elle portait autour du cou. Un bruit de pas la fit sursauter. Elle rangea à la hâte le désordre qu'elle avait mis et eut juste le temps de se cacher sous la table, quelqu'un venait d'entrer. Recroquevillée comme une enfant indiscrète, Keira s'efforça de contenir sa respiration. Un homme se tenait debout à

108

quelques centimètres d'elle, l'étoffe de son pantalon l'effleura. Puis la lumière s'éteignit, la silhouette retourna vers la porte, un bruit de clé dans la serrure et le silence se fit dans le bureau du vieux professeur.

Il fallut quelques minutes à Keira pour retrouver son calme. Elle quitta sa cachette, avança jusqu'à la porte et tourna la poignée. Coup de chance, depuis l'intérieur, la béquille commandait le verrou. Libre, elle bondit dans le couloir, dévala la rampe qui menait au rez-de-chaussée, dérapa et s'étala de tout son long. Une main généreuse vint à son secours. Keira releva la tête et, lorsqu'elle découvrit le visage d'Ivory, elle poussa un cri qui résonna dans tout le hall.

– Vous vous êtes fait si mal que cela ? demanda le professeur en s'agenouillant.

– Non ! j'ai juste eu peur.

Les visiteurs qui s'étaient arrêtés pour assister à la scène s'égaillèrent. L'incident était clos.

– Avec une telle glissade, je comprends ! Vous auriez pu vous briser les os. Qu'est-ce qui vous faisait courir comme ça ? Vous êtes un peu en retard, mais ce n'était pas la peine de risquer de vous tuer pour autant.

– Je suis désolée, s'excusa Keira en se relevant.

– Et où donc étiez-vous ? J'avais laissé des consignes à l'accueil pour que vous me rejoigniez dans les jardins.

– Je suis montée directement vous chercher à votre bureau, la porte était fermée à clé et j'ai eu la mauvaise idée de courir pour venir vous rejoindre ici.

– Voilà le genre de mésaventures qui arrivent lorsque l'on se fait attendre. Suivez-moi, je meurs de faim, à mon âge, on prend ses repas à heures fixes.

Et, pour la seconde fois de sa journée, Keira se sentit comme une petite fille prise en faute.

Ils s'installèrent à la même table que la dernière fois.

Ivory, visiblement de mauvaise humeur, avait le nez plongé dans le menu.

– Ils pourraient varier leur cuisine de temps à autre, c'est toujours la même chose. Je vous conseille l'agneau, c'est encore ce qu'il y a de meilleur. Deux souris d'agneau, ordonna Ivory à la serveuse.

Le professeur déplia sa serviette et fixa longuement Keira.

– Avant que j'oublie, dit-il en sortant le pendentif de la poche de son veston, je vous rends ce qui vous appartient.

Keira prit l'objet dans sa main et le regarda longuement. Elle ôta la lanière de cuir du tour de son cou et entoura le pendentif en croisant le lien deux fois par-devant, une fois par-derrière, exactement comme Harry le lui avait appris.

– Je dois avouer qu'il est plus en valeur ici, s'exclama Ivory qui souriait pour la première fois.

– Merci, répondit Keira, un peu gênée.

– Ce n'est quand même pas moi qui vous fais rougir j'espère ? Alors, pourquoi étiez-vous en retard ?

– Je suis confuse, professeur, je pourrais inventer toutes sortes d'excuses, mais la vérité est que je ne me suis pas réveillée. C'est aussi bête que cela.

– Qu'est-ce que je vous envie, répondit Ivory en éclatant de rire, je n'ai pas réussi à faire une grasse matinée depuis au moins vingt ans. Vieillir n'a rien de drôle, et, comme si cela ne suffisait pas, les journées s'allongent. Bon, trêve de bavardages, je ne suis pas là pour vous enquiquiner avec mes problèmes de sommeil. Mais j'aime bien ça, les gens qui disent la vérité ; cette fois vous êtes pardonnée, je vais arrêter de prendre cet air fâché qui vous met mal à l'aise !

– Vous le faisiez exprès ?

– Absolument !

– Les résultats n'ont donc rien donné ? demanda Keira en jouant avec son pendentif.

– Hélas, non.

– Donc vous n'avez pas la moindre idée de l'âge de cet objet ?

– Non..., répondit le professeur en fuyant le regard de Keira.

– Je peux vous poser une question ?

– Vous venez de le faire, posez plutôt celle qui vous intéresse.

– Vous étiez professeur de quoi ?

– De religions ! Enfin, pas au sens où vous l'imaginez. J'ai consacré ma vie à essayer de comprendre à quels moments de son évolution l'homme s'est décidé à croire en une force supérieure et à la baptiser « Dieu ». Savez-vous qu'il y a environ cent mille ans, près de Nazareth, des *Homo sapiens* inhumèrent, et probablement pour la première fois dans l'histoire de l'humanité, la dépouille d'une femme d'une vingtaine d'années ? À ses pieds reposait aussi celle d'un enfant de six ans. Ceux qui découvrirent cette sépulture trouvèrent également autour des deux squelettes, quantité d'ocre rouge. Sur un site, non loin de là, une autre équipe d'archéologues mit au jour une trentaine de sépultures semblables. Tous les corps étaient disposés en position fœtale, tous recouverts d'ocre, chaque tombe était garnie d'objets rituels. Ce sont peut-être là les signes les plus anciens de religiosité. À la peine qui accompagnait la perte d'un proche était-il venu se greffer une impérieuse nécessité d'honorer la mort ? Est-ce à cet instant précis qu'est née la croyance en un autre monde où les défunts continueraient d'exister ?

« Il y a tant et tant de théories à ce sujet, que nous ne saurons sans doute jamais à quel moment de son évolution l'homme s'est mis vraiment à croire en un dieu. Aussi fasciné qu'apeuré par son environnement, il a commencé par diviniser une force qui le dépassait. Il fallait bien que l'homme donne un sens au mystère de l'aube et du crépuscule, à celui des étoiles qui se lèvent dans le ciel au-dessus de lui, à la magie des changements de saison, des paysages qui se métamorphosent, tout comme son corps se transforme au fil du temps, jusqu'à finir par le contraindre à rendre son dernier souffle de vie. Comme il est fascinant de constater que dans près de cent soixante pays où furent découvertes des œuvres rupestres, toutes comportaient des similitudes. L'usage de la couleur rouge omniprésente, tel un symbole absolu de contact avec les autres mondes. Pourquoi les humains représentés, et ce, quel que fût l'endroit du monde où ils vivaient, sont tous dessinés dans la position de l'orant, bras levés vers le ciel, figés dans la même gestuelle ? Voyez-vous Keira, mes travaux ne furent pas si éloignés des vôtres. Je partage votre point de vue. J'aime l'angle sous lequel vous entreprenez vos recherches. Le premier homme est-il vraiment celui qui s'est dressé pour marcher debout ? Est-il celui qui a décidé de tailler le bois et la pierre pour s'en faire des outils ? Le premier qui a pleuré la mort d'un proche, prenant conscience que sa propre fin était inéluctable ? Le premier à croire en une force qui lui était supérieure ou, peut-être, le premier à exprimer ses sentiments ? Avec quels mots, quels gestes, quelles offrandes, le premier humain a-t-il dit qu'il aimait ? Et à qui s'adressait-il, à ses parents, à sa femme, à sa progéniture, ou à un dieu ?

Les doigts de Keira abandonnèrent le pendentif, elle posa ses deux mains sur la table et regarda longuement le professeur.

– Nous ne connaîtrons probablement jamais la réponse.

– Qu'en savez-vous ? Tout n'est qu'une question de patience, de détermination et d'ouverture d'esprit. Il suffit parfois de regarder au plus près pour voir ce qui au loin nous échappe.

– Pourquoi me dites-vous cela ?

– Vous avez passé trois années de votre vie à fouiller la terre à la recherche de quelques os fossilisés, qui vous permettraient de percer le mystère de l'origine de l'humanité. Il aura fallu que nous nous rencontrions et que je pique votre curiosité pour que vous commenciez seulement à regarder attentivement cet objet insolite que vous portez autour du cou.

– Quelle drôle de comparaison ! Il n'y a aucun rapport entre cette pierre et...

– Ce n'est pas de la roche, ce n'est pas du bois, et nous sommes incapables de dire de quoi il est fait. Mais sa perfection nous conduit à douter que la nature l'ait ainsi façonné ! Vous trouvez toujours ma comparaison si drôle que cela ?

– Qu'est-ce que vous êtes en train de me dire ? demanda Keira en serrant son collier entre ses doigts.

– Et si ce que vous cherchez depuis toutes ces années se trouvait tout simplement pendu à votre cou ? Depuis votre retour en France, vous rêvez à chaque seconde de retourner dans la vallée de l'Omo, n'est-ce pas ?

– C'est aussi visible que ça ?

– La vallée de l'Omo est sur votre poitrine, jeune fille. Tout du moins, peut-être l'un des plus grands des mystères qu'elle recelait.

Keira hésita un instant et partit dans un grand éclat de rire.

– Ivory, vous avez vraiment failli m'avoir ! Vous étiez si convaincant, j'en avais la chair de poule. Je sais qu'à vos yeux je ne suis qu'une jeune archéologue qui

113

arrive en retard à ses rendez-vous, mais quand même ! Nous n'avons aucun élément qui nous permette de croire que cet objet ait une réelle valeur scientifique.

– Je vous repose ma question, cet objet est bien plus vieux que tout ce que nous imaginions, aucune technique moderne n'a réussi à en prélever le moindre fragment, pas plus qu'à le dater de façon certaine, comment expliquez-vous qu'il ait été poli de façon aussi remarquable ?

– Je reconnais que c'est intrigant, confia Keira.

– Je suis heureux que vous vous posiez cette question chère Keira, comme j'ai été heureux de faire votre connaissance. Voyez-vous, depuis mon petit bureau à l'étage, l'espoir de faire une dernière découverte était, vous en conviendrez, assez faible. Et pourtant, grâce à vous, moi aussi j'ai fait mentir les statistiques.

– Alors, j'en suis ravie, dit Keira.

– Je ne parlais pas de cet objet. L'identifier vous appartient.

– Mais alors de quelle découverte parliez-vous ?

– Eh bien, d'avoir rencontré une sacrée bonne femme !

Ivory se leva et quitta la table. Keira le regarda s'éloigner, il se retourna une dernière fois et adressa un petit geste de la main à sa nouvelle amie.

*

Londres

Il ne nous restait guère plus d'une semaine pour remettre notre dossier de candidature. Ce projet avait fini par accaparer tout mon temps. Nous avions pris l'habitude de nous retrouver avec Walter en fin de journée, à la bibliothèque de l'Académie où je lui présentais la synthèse de mes travaux de la journée ; après lui avoir répété mon texte – nous nous disputions souvent – nous allions dîner dans un petit restaurant indien du quartier. La serveuse avait un sérieux décolleté et ni Walter ni moi n'y étions insensibles. Après ces dîners durant lesquels la serveuse en question ne nous adressait jamais le moindre regard, nous poursuivions nos conversations en allant marcher le long de la Tamise. Même quand la pluie était au rendez-vous, nous ne renoncions pas à cette promenade nocturne.

Mais, ce soir-là, j'avais réservé une surprise à mon acolyte. Ma MG faisant un caprice de vieille dame depuis le week-end précédent, un taxi nous déposa à la gare d'Euston, non loin de celle de King's Cross. Nous étions en retard et plutôt que de répondre à la vingtième interrogation de Walter – « Mais où allons-nous ? » –, je l'entraînai dans une course effrénée vers le quai d'où partait notre train. Le convoi commençait à s'ébranler, je poussai Walter sur la plate-forme du wagon de queue et trouvai juste le temps de m'y hisser à mon tour. Déjà les rails crissaient sous les boggies.

La banlieue de Londres céda la place à la campagne anglaise qui, à son tour, s'effaça devant la banlieue de Manchester.

– Manchester ? Qu'est-ce que nous venons faire à Manchester à 10 heures du soir ? demanda Walter.

– Qui vous dit que nous sommes arrivés à destination ?

– Le fait que le contrôleur vienne d'annoncer : « Terminus tout le monde descend », par exemple !

– Et les correspondances, mon cher Walter ? Allez, prenez votre sacoche et venez, nous avons à peine dix minutes devant nous.

Nouvelle course à travers les souterrains de la gare et nous voilà tous deux embarqués dans l'omnibus qui filait cette fois vers le sud.

La petite station de Holmes Chapel n'accueillit que nous ce soir-là, et le chef de gare eut vite fait de libérer d'un coup de sifflet le convoi d'où nous venions de descendre. La rame disparaissait déjà. Je regardai ma montre, guettant la voiture qui devait venir nous chercher. De toute évidence, celui que j'attendais était en retard.

– Bien, il est maintenant 10 h 30, j'ai avalé pour tout dîner cet infâme sandwich au concombre et à la dinde lyophilisée que vous avez eu la générosité de m'offrir, nous sommes en rase campagne, et ici ce mot prend tout son sens. Allez-vous me dire oui ou non ce que nous fichons dans ce trou perdu ?

– Non !

Walter fulminait et je dois avouer que je prenais un certain plaisir à le voir enrager. Enfin apparut, sur la petite route qui longeait la gare, un vieux break Hillman de 1957 que je reconnus aussitôt ; Martyn n'avait donc pas oublié le rendez-vous que je lui avais fixé la veille par téléphone.

– Désolé, dit-il en descendant par le hayon arrière. Je suis horriblement en retard, mais nous étions tous concentrés sur ce qui vous amène ce soir et je n'ai pu me libérer plus tôt. Montez vite, si vous ne voulez pas rater l'événement ! Je suis obligé de vous faire passer par là, ajouta mon vieil ami et collègue, en désignant le hayon. Les satanées portières de cette voiture ne s'ouvrent plus depuis que leurs poignées me sont restées dans les mains et il n'y a plus beaucoup de pièces détachées en circulation.

La voiture n'était plus qu'un tas de tôle rouillée, le pare-brise était fêlé sur toute sa longueur. Walter demanda d'une voix fébrile si nous allions loin. Quelques brèves présentations d'usage et Martyn s'engouffra le premier dans l'habitacle, enjambant la banquette arrière. Une fois derrière son volant, il demanda à Walter d'avoir la bienveillance de tirer de toutes ses forces sur le hayon pour le refermer, mais pas trop fort quand même. Nous quittâmes la petite gare et nous élançâmes sur les routes cahoteuses du comté de Macclesfield.

Walter dut renoncer à s'accrocher à la dragonne, le dernier rivet qui la retenait venait de céder. Je le vis hésiter un instant et la mettre dans sa poche.

– Je crois que ça y est, dit-il alors que le break se déportait dans une longue courbe, la dinde et le concombre sont mariés jusqu'à la fin des temps.

– Pardonnez-moi de conduire si vite, mais il ne faut

rater cela sous aucun prétexte. Accrochez-vous, nous serons bientôt à destination.

– Et à quoi voulez-vous que je m'accroche ? cria Walter en brandissant la dragonne. Et puis où allons-nous enfin ?

Martyn me regarda étonné, mais je lui fis signe de ne rien dire. Walter me foudroyait du regard à la sortie de chaque virage ; il cessa de râler quand apparut soudain devant nous l'immense antenne télescopique de l'observatoire de Jodrell.

– La vache ! siffla Walter, je n'en avais jamais vu une d'aussi près.

L'observatoire de Jodrell dépendait du département d'Astronomie de l'université de Manchester. J'y avais passé quelques mois au cours de mes études et m'étais ainsi lié d'amitié avec Martyn qui avait poursuivi sa carrière ici, ayant épousé pendant ses années en faculté une certaine Éléonor Atwell, héritière des laiteries régionales du même nom. Éléonor avait quitté Martyn après cinq années d'une union qui semblait idyllique. Elle alla s'installer à Londres avec le meilleur ami de Martyn, lui-même héritier d'une fortune issue du monde de la finance qui semblait encore, en ces temps, plus solide que celui des laitages. Bien sûr, Martyn et moi n'abordions jamais ce sujet délicat. L'observatoire de Jodrell était unique en son genre. Une gigantesque parabole de soixante-seize mètres de diamètre en composait le principal élément. Fichée au-dessus d'un berceau de métal qui culminait à soixante-dix-sept mètres du sol, le radiotélescope était le troisième plus grand du monde dans son genre. Trois autres télescopes de tailles inférieures complétaient le site. Jodrell appartenait à un réseau complexe d'antennes situées sur le territoire anglais, toutes interconnectées afin de croiser la multitude d'informations en provenance de l'espace.

Le réseau avait été baptisé Merlin. Hélas, pas du tout en hommage au sorcier enchanteur, mais parce que les initiales d'une série de noms savants en composaient l'acronyme. La mission principale des astronomes qui travaillaient à Jodrell consistait à traquer météorites, quasars, pulsars, lentilles gravitationnelles aux confins des galaxies et, plus encore, à détecter les trous noirs qui se formèrent lorsqu'est né l'Univers.

– Nous allons voir un trou noir ? s'exclama Walter débordant soudain d'enthousiasme.

Martyn sourit et s'abstint de répondre à la question.

– Comment était-ce à Atacama ? me demanda-t-il pendant que Walter tentait laborieusement de sortir de la voiture.

– Passionnant, une équipe extraordinaire, répondis-je avec une nostalgie que mon vieux collègue ressentit aussitôt.

– Pourquoi ne viens-tu pas nous rejoindre ? Nos moyens ne sont pas aussi importants, mais tu sais ici aussi l'équipe est pleine de qualités.

– Je n'en doute pas, Martyn, et je ne me serais jamais permis de te laisser entendre que mes collègues d'Atacama surpassent en quoi que ce soit tes confrères de Jodrell. L'air du Chili me manque, la solitude des hauts plateaux, la pureté des nuits. Mais pour l'instant nous sommes là et je t'en remercie.

– Alors, râla Walter qui attendait sur la pelouse, on va le voir ce trou noir, oui ou non ?

– En quelque sorte, dis-je en sortant à mon tour du break alors que Martyn ne pouvait refréner un éclat de rire.

Les collègues de Martyn nous accueillirent et se remirent rapidement à l'ouvrage. Walter espérait glisser son œil dans l'objectif d'une lunette gigantesque, il fut déçu quand je lui annonçai qu'il devrait se contenter de regarder les images sur les écrans d'ordinateurs de la salle où nous nous trouvions. L'excitation ambiante était palpable. Tous les scientifiques réunis avaient les yeux rivés sur leurs pupitres. Par instants, on pouvait entendre dans le lointain, les grincements de l'antenne qui pivotait de quelques millimètres sur ses gigantesques axes métalliques. Puis le silence revenait et chacun à sa façon écoutait ces signaux qui nous parvenaient depuis l'origine des temps.

Pour libérer les collègues de Martyn, j'entraînai Walter, qui les harcelait de questions, à l'extérieur du bâtiment.

– Pourquoi sont-ils aussi fébriles ? chuchota-t-il.

– Ici vous pouvez parler normalement sans crainte de les déranger. Ce soir ils espèrent tous apercevoir la naissance d'un trou noir. C'est un événement rare dans la vie d'un radioastronome.

– Vous allez parler des trous noirs devant les membres de la commission ?

– Bien sûr.

– Alors allez-y, je vous écoute.

– Le trou noir représente l'ultime inconnu pour un astronome, même la lumière ne s'en échappe pas.

– Alors comment savez-vous qu'ils existent ?

– Ils se forment lors de l'ultime implosion d'une étoile massive, bien plus grande que notre soleil. La dépouille de cette étoile est tellement lourde qu'aucune forme naturelle ne peut l'empêcher de s'écrouler sous son propre poids. Lorsque de la matière s'approche d'un trou noir, elle entre en résonnance et sonne comme une cloche. Ce son qui nous parvient est un *si* bémol. Cinquante-sept octaves sous le *do* médium. Imaginiez-vous que l'on pouvait écouter de la musique émise au plus profond de l'univers ?

– Cela semble à peine croyable, souffla Walter.

– Il y a encore plus incroyable. Autour du trou noir, le temps et l'espace se déforment, le déroulement du temps ralentit. Un homme qui voyagerait jusqu'à la périphérie d'un trou noir sans y être avalé reviendrait sur terre bien plus jeune que ceux qu'il a laissés derrière lui au moment de son départ.

Lorsque nous sommes retournés dans la salle où mes confrères guettaient l'apparition du phénomène tant attendu, Walter n'était plus tout à fait le même. Il fixait les écrans sur lesquels s'imprimaient de minuscules points, témoins d'époques lointaines où l'homme n'existait pas encore. À 3 h 07 du matin, la pièce où nous nous trouvions fut secouée d'un immense hourra qui fit trembler les murs. Martyn, d'ordinaire si flegmatique, fit un tel bond qu'il faillit tomber en arrière. La preuve qui s'affichait sur les écrans était irréfutable ; demain la communauté des astronomes du monde entier se réjouirait de la découverte de mes collègues anglais, et je songeai à mes amis sur le plateau d'Atacama qui auraient peut-être une pensée pour moi.

Walter était fasciné par ce que je lui avais appris sur la déformation du temps. Le lendemain, alors que Martyn nous reconduisait vers la petite gare de Holmes Chapel, il expliqua à Walter que son rêve absolu était d'identifier un jour un trou de ver. À peine remis de la découverte de l'existence des trous noirs, Walter crut d'abord à une plaisanterie avant de supplier Martyn de lui donner plus d'informations. Martyn avait un mal fou à maintenir son vieux break en trajectoire rectiligne, aussi, je pris le relais et expliquai à Walter que les trous de ver étaient des raccourcis dans l'espace-temps, comme des portes entre deux points de l'Univers et que si nous réussissions un jour à établir la preuve de leur existence, alors peut-être ferions-nous

121

les premiers pas vers la possibilité de voyager dans l'espace plus vite que la lumière.

Sur le quai de la gare, Walter serra Martyn dans ses bras en lui affirmant, non sans une certaine émotion, qu'il faisait un métier formidable. Puis il sortit la dragonne de sa poche et la restitua solennellement à son propriétaire.

Et dans le train de Londres, alors que Manchester s'éloignait, Walter me confia que si les membres de la Fondation Walsh ne sélectionnaient pas notre projet, ce serait à son sens une terrible injustice.

*

Paris

Comme elle l'avait juré à Max, Keira passa toutes les soirées de la semaine à partager des moments complices avec sa sœur.

– Tu penses souvent à papa ?

Keira passa la tête à travers la porte de la cuisine et vit Jeanne qui contemplait une tasse en porcelaine.

– Il buvait son café dedans tous les matins, dit Jeanne en versant une tisane dans la tasse avant de l'offrir à Keira. C'est idiot, chaque fois que je la vois dans ce placard, cela me fiche le bourdon.

Keira observait sa sœur en silence.

– Et, chaque fois que je m'en sers, j'ai l'impression qu'il est là, en face de moi et qu'il me sourit. C'est ridicule, non ?

– Non. Confidence pour confidence, j'ai gardé une de ses chemises ; je la porte de temps en temps et j'ai la même sensation que toi. Dès que je l'enfile, c'est comme s'il passait la journée avec moi.

– Tu crois qu'il serait fier de nous ?

– Deux filles célibataires, sans enfants et qui se

retrouvent à partager le même appartement à la trentaine passée ? Je pense que si le paradis existe, c'est le toboggan vers l'enfer dès qu'il jette un œil ici-bas pour voir ce que nous sommes devenues.

– Papa me manque, Keira, tu ne peux pas savoir à quel point, et maman aussi.

– Tu veux bien changer de sujet de conversation, Jeanne ?

– Tu vas vraiment repartir en Éthiopie ?

– Je n'en sais rien. Je ne sais même pas ce que je ferai la semaine prochaine. Et il faudrait que je me débrouille pour trouver quelque chose très vite, sinon tu vas bientôt devoir m'entretenir.

– Ce que je vais te dire va te paraître égoïste, mais je voudrais tellement que tu restes. Papa et maman nous manquent, mais c'était dans l'ordre des choses, et puis je veux croire qu'ils sont réunis ; mais nous, nous sommes en vie, et, que tu sois si loin, c'est trop de temps perdu.

– Je sais Jeanne, mais tôt ou tard tu rencontreras un autre Jérôme, et le bon cette fois. Tu auras des enfants, et tante Keira viendra leur rendre visite en rentrant de mission, avec plein de belles histoires à leur raconter. Et puis tu es ma sœur, même quand je suis loin, je pense à toi. Je te promets que si je repars, j'appellerai plus souvent et pas seulement pour échanger des banalités.

– Tu as raison, changeons de conversation, je n'avais pas le droit de te dire ça. Je veux que tu vives là où tu es la plus heureuse. Bon, soyons pragmatiques et mettons mes états d'âme de côté. Qu'est-ce qu'il te faudrait pour retourner dans ta vallée de l'Omo ?

– Une équipe, du matériel, de quoi payer la première et de quoi acquérir le second, autant dire une broutille !

– Combien ?

– Bien au-delà de ton plan épargne-logement, ma grande sœur.

– Pourquoi tu n'essaies pas de te faire financer par le secteur privé ?

– Parce que les archéologues se promènent rarement devant les caméras de télévision avec des tee-shirts qui vantent des marques de lessives, de boissons gazeuses ou de je ne sais quelles banques. Du coup les mécènes se font rares, pour ne pas dire inexistants. Remarque, c'est une idée, on pourrait tenter d'organiser un rallye. Un genre de course en sac de pommes de terre, avec des truelles à la main. Le premier qui réussit à déterrer un os gagne un an d'abonnement à une revue canine.

– Ne tourne pas tout en dérision, ce n'est pas complètement idiot ce que je te dis. C'est fatigant, dès qu'on émet une idée, la première réponse est toujours : « Ce n'est pas possible » ! Si tu présentais tes travaux à certaines fondations, tu aurais peut-être des opportunités ? Qu'est-ce que tu en sais ?

– Tout le monde se moque de mes recherches, Jeanne. Qui serait prêt à miser le moindre euro sur moi ?

– Je crois que tu ne te fais pas assez confiance. Tu viens de passer trois ans sur le terrain, tu as noirci des pages de rapports. Je l'ai lue, ta thèse, et, si j'en avais les moyens, je financerais immédiatement ta prochaine expédition.

– Mais tu es ma sœur ! C'est gentil Jeanne, mais ton hypothèse est peu probable. Merci quand même, tu m'as fait rêver pendant trente bonnes secondes.

– Au lieu de perdre ton temps toute la journée, tu ferais mieux d'aller sur Internet recenser les organismes susceptibles, en France comme en Europe, de s'intéresser à ce que tu fais.

– Je ne perds pas mon temps !

– Qu'est-ce que tu fricotais avec Ivory au musée ces derniers jours ?

– C'est un drôle de type, non ? Il s'est passionné pour mon pendentif et je dois avouer qu'il a réussi à m'intriguer. Nous avons essayé de le dater, sans résultat. Il reste néanmoins convaincu que ce caillou est très ancien, et rien ne prouve qu'il ait tort ou raison.

– Son instinct ?

– Avec tout le respect que j'ai pour lui, ce n'est pas suffisant.

– C'est vrai que cet objet est assez particulier. J'ai un ami gemmologue, veux-tu que je lui demande de jeter un coup d'œil ?

– Ce n'est pas une pierre, pas non plus du bois fossilisé.

– Alors qu'est-ce que c'est ?

– Nous l'ignorons.

– Fais voir ? demanda Jeanne soudainement excitée. Keira ôta le collier et le tendit à sa sœur.

– Et si c'était un fragment de météorite ?

– Tu as déjà entendu parler d'une météorite aussi douce que la peau d'un bébé ?

– Je ne peux pas dire que je sois experte en la matière, mais j'imagine que nous sommes loin d'avoir découvert tout ce qui nous arrive de l'espace.

– C'est une hypothèse, répondit Keira en retrouvant ses reflexes d'archéologue. Je me souviens d'avoir lu quelque part qu'il en tombait près de cinquante mille par an sur la Terre.

– Interroge un spécialiste !

– Quel genre de spécialiste ?

– Le boucher du coin, andouille, un type qui s'occupe de ça, un astronome ou un astrophysicien, je ne sais pas, moi.

– Bien sûr, ma Jeanne, je vais aller chercher mon agenda et je vais regarder à la page « copains astronomes ». Je me demande bien lequel d'entre eux je pourrais appeler en premier !

Résolue à ne pas se disputer, Jeanne ne releva pas la pique de sa sœur. Elle se dirigea vers le petit bureau dans l'entrée de son appartement et s'installa devant l'ordinateur.

– Qu'est-ce que tu fais ? demanda Keira.

– Je travaille pour toi ! Je commence dès ce soir, et toi demain, tu ne bouges pas d'ici. Tu restes rivée à cet écran et, quand je reviens, je veux trouver une liste de toutes les organisations qui soutiennent la recherche en archéologie, paléontologie, géologie, y compris celles qui œuvrent au développement durable en Afrique, c'est un ordre !

*

Zurich

Un seul bureau était encore occupé au dernier étage de l'immeuble du Crédit national suisse. Un homme élégant achevait la lecture des courriers électroniques reçus pendant son absence. Il était arrivé le matin même de Milan, sa journée ne lui avait guère laissé de répit. Réunions et lectures de dossiers s'étaient succédé. Il consulta sa montre, s'il ne tardait pas, il pourrait rentrer chez lui profiter de la fin de sa soirée. Il fit pivoter son fauteuil, appuya sur une touche du téléphone et attendit que son chauffeur réponde à l'appel.

– Préparez la voiture, je serai en bas dans cinq minutes.

Il resserra le nœud de sa cravate, mit de l'ordre sur sa table de travail, quand il remarqua sur l'écran de son ordinateur une icône de couleur témoignant qu'un mémo avait échappé à son attention. Il le lut et l'effaça aussitôt. Il prit un petit carnet noir dans la poche intérieure de son veston, en feuilleta les pages, ajusta ses lunettes pour lire le numéro qu'il cherchait et décrocha son téléphone.

– Je viens de lire votre message, qui d'autre est au courant ?

– Paris, New York et vous, monsieur.

– Quand a eu lieu cette rencontre ?

– Avant-hier.

– Retrouvez-moi dans une demi-heure sur l'esplanade de l'École polytechnique.

– Cela va m'être difficile, j'entre à l'Opéra.

– Qu'est-ce que l'on y joue, ce soir ?

– Puccini, *Madame Butterfly*.

– Eh bien, elle attendra. À tout à l'heure.

L'homme rappela son chauffeur pour annuler l'ordre qu'il venait de lui donner et le libéra pour le reste de la nuit. Il avait finalement plus de travail qu'il ne l'avait pensé, il resterait tard au bureau. Inutile de venir le chercher demain à son domicile, il dormirait probablement en ville. Aussitôt la communication terminée, il se rendit à la fenêtre et écarta les lamelles des stores pour regarder la rue en contrebas. Lorsqu'il vit sa voiture sortir du parking et traverser Paradeplatz, il abandonna son poste d'observation, attrapa son pardessus au porte-manteau et sortit en fermant la porte à clé.

À cette heure tardive, un seul ascenseur permettait de quitter le bâtiment. Dans le hall, le gardien le salua et libéra la commande qui verrouillait la porte à tambour centrale.

Une fois dehors, l'homme se fraya un chemin dans la foule toujours dense qui envahissait la place principale de Zurich. Il se dirigea vers Bahnhofstrasse et grimpa à bord du premier tramway qui passait. Installé à l'arrière du wagon, il céda sa place, à la station suivante, à une femme âgée qui ne trouvait pas de siège.

Le grincement des pantographes qui glissaient le

long des caténaires se fit entendre lorsque le tram abandonna la grande artère commerçante et bifurqua pour traverser le pont qui enjambait la rivière. Une fois sur la rive opposée, l'homme descendit de la rame et se mit à marcher en direction de la station du funiculaire.

Le Polybahn, avec sa couleur rouge flamboyant, est une drôle de machine ; surgissant comme par enchantement au milieu de la façade d'un petit immeuble, il grimpe le long d'une côte ardue, traverse la frondaison des marronniers pour resurgir sur le haut de la colline. L'homme ne s'attarda guère sur le panorama qu'offre la terrasse de l'École polytechnique surplombant la ville. Il traversa la grande dalle d'un pas toujours égal, contourna la coupole de l'Institut des sciences, descendit les escaliers qui conduisaient aux colonnades. Son rendez-vous l'attendait déjà.

– Je suis désolé d'avoir compromis votre soirée, mais cela ne pouvait pas attendre demain.

– Je comprends, monsieur, répondit son interlocuteur.

– Marchons, l'air me fera le plus grand bien, j'ai passé la journée enfermé dans un bureau. Pourquoi Paris a-t-il été averti avant nous ?

– Ivory l'a contacté directement.

– Une rencontre a vraiment eu lieu ?

L'homme acquiesça d'un signe de tête et précisa que le rendez-vous s'était tenu au premier étage de la tour Eiffel.

– Vous avez une photo ?

– Du déjeuner ? demanda l'homme étonné.

– Mais non voyons, de l'objet.

– Ivory n'en a communiqué aucune et la pièce qui nous intéresse avait quitté le laboratoire de Los Angeles avant que nous puissions intervenir.

– Ivory pense que cet objet est du même genre que celui que nous possédons ?

– Il a toujours été persuadé qu'il en existait plusieurs, mais comme vous le savez, monsieur, il est seul à le croire.

– Ou le seul à avoir le culot de le dire à haute voix. Ivory est un vieux fou, mais particulièrement intelligent, et espiègle. Il peut poursuivre une vieille lubie ou nous jouer un tour afin de se moquer de nous.

– Quel serait son intérêt ?

– Une revanche qu'il guette depuis longtemps... il a un affreux caractère.

– Et dans l'hypothèse contraire ?

– Dans ce cas, certaines mesures s'imposent. Nous devons à tout prix récupérer cet objet.

– Selon Paris, Ivory l'aurait restitué à sa propriétaire.

– Savons-nous qui est cette femme ?

– Pas encore, il n'a rien voulu nous révéler.

– Il est encore plus dingue que je l'imaginais, mais cela me convainc d'autant plus qu'il est sérieux. Vous verrez que dans quelques jours il se débrouillera pour que nous découvrions son identité, tous en même temps.

– Pourquoi pensez-vous cela ?

– Parce que, en agissant de la sorte, il nous contraint à réveiller la cellule, et à nous réunir. Je vous ai fait perdre assez de temps comme cela, retournez à votre opéra, je m'occuperai de la suite à donner à cette fâcheuse affaire.

– Le deuxième acte ne débute que dans une demi-heure, dites-moi comment vous comptez procéder ?

– Je vais prendre la route dès ce soir et le rencontrer aux premières heures du matin pour le convaincre de mettre un terme à son manège.

– Vous allez passer la frontière au milieu de la nuit ? Votre déplacement risque de ne pas passer inaperçu.

– Ivory a un tour d'avance sur nous. Je ne le laisserai pas mener la danse. Il faut que je le ramène à la raison.

– Vous êtes en état de rouler pendant sept heures ?

– Non, probablement pas, répondit l'homme en passant la main sur son visage fatigué.

– Ma voiture est garée à deux rues d'ici, laissez-moi venir avec vous, nous conduirons à tour de rôle.

– Je vous remercie, c'est très généreux de votre part, un passeport diplomatique risque déjà d'éveiller l'attention à la frontière, deux, ce serait jouer avec le feu inutilement. En revanche, si vous acceptiez de me confier les clés de votre véhicule, vous me feriez gagner un temps précieux. J'ai congédié mon chauffeur pour la soirée.

Le coupé sport de son collègue n'était en effet pas très loin. Jörg Gerlstein s'installa derrière le volant, recula le siège pour en adapter la position à la longueur de ses jambes et enclencha le contact.

Penché à la portière, son interlocuteur l'invita à ouvrir la boîte à gants.

– Si la fatigue devenait trop pesante, vous trouverez quelques CD. Ils appartiennent à ma fille, elle a seize ans et je vous promets que la musique qu'elle écoute réveillerait un mort.

À 21 h 10, le coupé s'engageait sur Universität-Strasse, remontant vers le nord.

L'autoroute était dégagée. Jörg Gerlstein aurait dû se rabattre sur la file de gauche pour emprunter la bretelle qui filait en direction de Mulhouse, il préféra poursuivre sa route vers le nord. En passant par l'Allemagne, le voyage serait plus long, mais Gerlstein pourrait entrer en France sans présenter ses papiers. Paris ne saurait rien de sa visite.

À minuit, il arriva dans la banlieue de Karlsruhe, une demi-heure plus tard, il emprunta la sortie de Baden-Baden. Si ses calculs étaient exacts, il arriverait à Thionville à 2 h 30 du matin et rejoindrait l'île Saint-Louis vers 6 heures.

Les phares éclairaient la route en lacets, le moteur ronronnait joliment, répondant à la moindre sollicitation de l'accélérateur. À 1 h 40, la voiture fit une légère embardée sur la droite. Gerlstein reprit rapidement le contrôle du véhicule et ouvrit la vitre en grand. L'air frais qui fouetta son visage vint effacer la fatigue qui pesait jusque sur sa nuque. Il se pencha pour ouvrir la boîte à gants et chercha à tâtons les disques de la fille de son collègue, ceux qui devaient le tenir en éveil jusqu'à destination. Il n'eut jamais le loisir d'en écouter le premier morceau. Le pneu avant droit mordit le bas-côté de la chaussée avant de s'enfoncer dans un trou, le coupé chassa de l'arrière et partit en toupie. L'instant d'après, il rebondit sur un rocher et finit sa course en s'écrasant contre un pin centenaire. La décélération brutale de 75 à 0 kilomètre à l'heure en moins d'une seconde propulsa en avant le cerveau de Gerlstein qui percuta la boîte crânienne sous l'effet d'une poussée de trois tonnes. À l'intérieur de son thorax, son cœur subit le même sort, veines et artères se déchirèrent aussitôt.

L'alerte fut donnée par un routier qui avait aperçu dans ses phares la carcasse de la voiture, il était 5 heures du matin. La gendarmerie nationale trouva le cadavre de Gerlstein baignant dans une mare de sang. Le capitaine en charge n'eut pas besoin d'attendre l'avis d'un médecin légiste pour prononcer la mort du conducteur dont la pâleur et la froideur ne laissaient planer aucun doute.

À 10 heures du matin, un communiqué de l'AFP annonçait le décès d'un diplomate helvète, administrateur du Crédit national suisse, victime d'un accident de la route au milieu de la nuit sur les routes de l'est de la France. Les analyses n'avaient révélé aucune trace d'alcool dans le sang et les causes du drame étaient probablement imputables à un endormissement au volant. La nouvelle fut brièvement reprise par des sites d'information en continu. Ivory en prit connaissance vers midi sur l'écran de son ordinateur, alors même qu'il se préparait à aller déjeuner. Fou de rage, il renonça à son repas, transféra le contenu de ses tiroirs dans sa sacoche et quitta son bureau en veillant à en laisser la porte ouverte. Il quitta le musée et se dirigea vers l'une des rares cabines téléphoniques que l'on trouvait encore sur la rive droite de la Seine.

De là, il appela immédiatement Keira et lui demanda s'il était possible qu'ils se voient dans l'heure.

– Vous avez une voix bizarre, Ivory.

– Je viens de perdre un ami très cher.

– Je suis sincèrement désolée, mais quel rapport avec moi ?

– Aucun, je vous rassure. Je vais partir en congé, la mort de cet ami me rappelle combien la vie est précaire, j'en ai un peu assez de croupir au musée ces derniers temps, je vais finir par faire partie de leurs collections. Il est temps pour moi d'entreprendre ce petit voyage dont je rêve depuis tant d'années.

– Et où allez-vous ?

– Justement, si nous discutions de tout cela autour d'un bon chocolat chaud ? Angelina, rue de Rivoli, quand pourriez-vous m'y retrouver ?

Keira était en route vers l'hôtel Meurice où elle avait donné rendez-vous à Max pour un déjeuner tardif. Elle regarda sa montre et assura au professeur qu'elle le rejoindrait d'ici un quart d'heure.

*

Jeanne profitait d'un moment de détente pour mettre en œuvre une idée qui la préoccupait depuis qu'elle avait pris, la veille, un café avec Ivory. Enfant, Keira lui disait déjà : « Plus tard je serai fouilleuse de trésors. » Contrairement à elle, sa petite sœur avait toujours su ce qu'elle voulait faire de sa vie. Même si Jeanne détestait la distance qu'imposait le métier de Keira, elle ferait tout ce qui était en son pouvoir pour l'aider à retourner en Éthiopie.

*

Ivory était installé à une table au fond de la salle. Il fit un signe de la main à Keira qui le rejoignit.

– J'ai pris la liberté de commander deux gâteaux aux marrons. Ils sont excellents ici, vous aimez les marrons, j'espère ?

– Oui, avait répondu Keira, mais je n'ai pas encore déjeuné et je suis attendue.

Ivory fit une moue d'enfant déçu.

– Vous ne m'avez pas demandé de vous retrouver ici pour me faire goûter un gâteau ?

– Non, en effet. Je voulais vous voir avant de partir.

– Pourquoi une telle précipitation ?

– La mort de cet ami, je vous en ai parlé, n'est-ce pas ?

– Comment est-il... ?

– Un accident de voiture. Il se serait endormi au

135

volant, et le pire, c'est que j'ai le sentiment qu'il avait pris la route pour venir me rendre visite.

– Sans vous en avertir ?

– C'est généralement l'usage lorsque l'on veut faire une surprise.

– Vous étiez si proches ?

– J'avais de l'estime pour lui, mais je ne l'aimais pas beaucoup, un type très suffisant, parfois même méprisant.

– Je ne comprends pas Ivory, vous m'avez dit qu'il s'agissait d'un ami.

– Je ne me suis jamais réjoui de la mort de quelqu'un, ami, ennemi, qui peut jurer de cela de nos jours ? C'est l'une des choses les plus difficiles dans la vie que de reconnaître ses amis.

– Ivory, qu'est-ce que vous me voulez exactement ? demanda Keira en regardant sa montre.

– Annulez ou tout du moins retardez votre déjeuner, il faut vraiment que je vous parle !

– Mais de quoi à la fin ?

– J'ai toutes les raisons de penser que cet homme qui s'est tué cette nuit a pris la route à cause de votre pendentif. Keira, vous pourrez choisir d'oublier tout ce que j'ai à vous dire. Vous aurez la liberté de penser que je suis un vieux fou qui s'ennuie et pimente sa vie d'affabulations grotesques, mais je dois vous avouer maintenant que je ne vous ai pas tout dit au sujet de votre collier.

– Qu'est-ce que vous ne m'avez pas dit ?

La serveuse déposa sur la table deux magnifiques pâtisseries généreusement décorées de filaments de crème. Ivory attendit qu'elle s'éloigne avant de poursuivre.

– Il en existe un autre.

– Un autre quoi ?

– Un autre fragment, aussi parfaitement taillé et lisse que le vôtre. Et même si sa forme diffère légèrement, aucun examen, aucune analyse n'a permis de le dater, lui non plus.

– Vous l'avez vu ?

– Je l'ai même eu entre les mains, il y a fort longtemps. J'avais votre âge, c'est vous dire.

– Et où se trouve cet objet jumeau ?

Ivory ne répondit pas et plongea sa cuillère dans son gâteau.

– Pourquoi accordez-vous tant d'importance à cette pierre ? reprit Keira.

– Je vous l'ai déjà dit, il ne s'agit pas d'une pierre, mais probablement d'un alliage de métaux. Peu importe, là n'est pas la question. Connaissez-vous la légende de Tikkun Olamu ?

– Non, je n'en ai jamais entendu parler.

– Ce n'est pas à proprement parler une légende, mais plutôt un récit biblique que l'on trouve dans l'Ancien Testament. Le plus intéressant avec les Écritures sacrées n'est pas toujours ce qu'elles nous disent, leurs interprétations sont subjectives et souvent déformées par les hommes au travers des âges ; non, le plus passionnant est de comprendre pourquoi elles ont été écrites, sous l'impulsion de quel événement.

– Et dans le cas de Tikkun Olamu ?

– Cette écriture nous apprend qu'il y a de cela longtemps le monde aurait été dissocié en plusieurs morceaux et qu'il serait du devoir de chacun d'en retrouver les pièces afin de les rassembler. Ce n'est que lorsque l'homme aura accompli cette mission que le monde dans lequel il vit sera parfait.

– Quel rapport entre cette légende et mon collier ?

– Tout dépend de la signification que l'on donne au

mot « monde ». Mais imaginez un instant que votre pendentif soit l'un des fragments de ce monde ?

Keira regarda fixement le professeur.

– Cet ami, mort cette nuit, venait m'ordonner de ne rien vous révéler, et probablement cherchait-il aussi un moyen de vous dérober votre pendentif.

– Vous suggérez qu'il a été assassiné ?

– Keira, que vous décidiez ou non d'accorder de l'importance à cet objet, je vous supplie d'y veiller avec beaucoup d'attention. Il n'est pas impossible que l'on essaie de vous le prendre.

– Qui ça, « on » ?

– Cela n'a aucune importance. Concentrez-vous sur ce que je suis en train de vous dire.

– Mais je ne comprends rien à ce que vous me dites, Ivory. Cette pierre, enfin ce pendentif, je l'ai depuis deux ans et personne n'y portait le moindre intérêt. Alors pourquoi maintenant ?

– Parce que j'ai commis une imprudence, un péché d'orgueil... pour leur prouver que j'avais raison.

– Raison sur quoi ?

– Je vous ai confié qu'il en existait un presque semblable au vôtre, je suis convaincu que ce n'est pas le seul. Personne n'a jamais voulu me croire et l'apparition de votre pendentif fut, pour le vieillard que je suis, une trop belle occasion de prouver que j'avais raison.

– Soit, admettons qu'il existe plusieurs objets comme le mien et qu'ils aient un quelconque lien avec votre légende invraisemblable, qu'est-ce que cela peut bien faire ?

– C'est à vous d'en décider, à vous de chercher. Vous êtes jeune, vous aurez peut-être le temps de trouver.

– Trouver quoi, Ivory ?

– Selon vous, que pourrait bien être un monde parfait ?

– Je ne sais pas, un monde libre ?

– C'est une excellente réponse ma chère Keira. Trouvez ce qui empêche les hommes d'accéder à la liberté, cherchez ce qui est la cause de toutes les guerres, alors vous finirez peut-être par comprendre.

Le vieux professeur se leva et laissa quelques billets sur la table.

– Vous partez ? demanda Keira stupéfaite.

– Un déjeuner vous attend, je vous ai dit tout ce que je savais. Il faut que je prépare ma valise, j'ai un avion ce soir. J'ai été sincèrement enchanté de faire votre connaissance. Vous avez beaucoup plus de talent que vous ne le supposez. Je vous souhaite une longue et heureuse route ; plus encore, je vous souhaite d'être heureuse. Finalement, le bonheur, n'est-ce pas ce après quoi nous courons tous sans être jamais vraiment capables de le reconnaître ?

Le vieux professeur quitta la salle et adressa un dernier signe de la main à Keira.

La serveuse encaissa l'addition qu'Ivory avait réglée.

– Je crois que ceci est à vous, dit la jeune femme en tendant à Keira un petit mot qui se trouvait sous la coupelle.

Keira sursauta et déplia le bout de papier.

Je sais que vous ne renoncerez pas, j'aurais aimé vous accompagner dans cette aventure, avec le temps j'aurais pu vous prouver que j'étais un ami. Je serai toujours près de vous. Votre dévoué, Ivory.

En sortant rue de Rivoli, Keira ne prêta aucune attention à la grosse cylindrée garée devant les grilles du jardin des Tuileries, juste en face du salon de thé, pas plus qu'au motard qui la visait dans la mire de son objectif, elle était bien trop loin pour entendre le moteur de l'appareil photo qui la mitraillait. À cinquante mètres de là, Ivory, installé à l'arrière d'un taxi, sourit et dit au chauffeur qu'il pouvait maintenant démarrer.

*

Londres

Nous avions adressé notre dossier aux membres de la commission Walsh. J'avais cacheté l'enveloppe et Walter, qui craignait probablement que je renonce au dernier moment, me l'avait presque arrachée des mains, m'assurant qu'il préférait la poster lui-même.

Si notre candidature était sélectionnée – nous attendions chaque jour la réponse – notre grand oral aurait lieu dans un mois. Depuis qu'il avait déposé le pli dans la boîte aux lettres en face de l'entrée de l'Académie, Walter ne quittait plus sa fenêtre.

– Vous n'allez quand même pas prendre le facteur en filature ?

– Et pourquoi pas ? me répondit-il nerveux.

– Je vous rappelle, Walter, que c'est moi qui vais devoir parler en public, ne soyez pas aussi égoïste et laissez-moi au moins le bénéfice du stress.

– Vous ? Stressé ? J'aimerais bien voir ça !

Les dés étant jetés, les soirées passées avec Walter s'espacèrent. Chacun reprit le cours de sa vie, et j'avoue que sa compagnie me manquait. Je passais mes après-midi à l'Académie, vaquant à quelques travaux pour occuper mon temps, attendant que l'on veuille bien me confier une classe dès la rentrée prochaine. À la fin d'une journée d'ennui où la pluie n'avait cessé de tomber, j'avais entraîné Walter dans le quartier français. Je cherchais un livre de l'un de mes éminents confrères français, le réputé Jean-Pierre Luminet, et cet ouvrage n'était disponible que dans une charmante librairie située sur Bute Street.

En quittant la French Bookshop, Walter avait tenu à tout prix à ce que nous allions dans une brasserie qui, selon lui, servait les meilleures huîtres de Londres. Je n'avais pas cherché à discuter et nous nous étions attablés non loin de deux jeunes femmes attirantes. Walter ne leur prêtait aucune attention, contrairement à moi.

– Ne soyez pas aussi vulgaire, Adrian !

– Pardon ?

– Vous croyez que je ne vous vois pas ? Vous êtes tellement discret que le personnel a déjà fait ses paris.

– Ses paris sur quoi ?

– Sur vos chances de vous faire rabrouer par ces deux jeunes femmes, maladroit que vous êtes.

– Je n'ai pas la moindre idée de ce dont vous me parlez, Walter.

– Et hypocrite en plus ! Avez-vous déjà vraiment aimé, Adrian ?

– C'est une question plutôt intime.

– Je vous ai bien confié quelques secrets, à votre tour.

L'amitié ne se construit pas sans preuves de confiance, les confidences en sont ; j'avouais à Walter avoir été épris d'une jeune femme avec qui j'avais flirté un été. C'était il y a très longtemps, je finissais à peine mes études.

– Qu'est-ce qui vous a séparés l'un de l'autre ?

– Elle !

– Pourquoi ?

– Mais enfin, Walter, en quoi cela vous intéresse-t-il ?

– J'ai envie de mieux vous connaître. Avouez que nous sommes en train de bâtir une belle camaraderie, il est important que je sache ce genre de choses. Nous n'allons pas parler éternellement d'astrophysique et encore moins du temps qu'il fait. C'est vous qui m'avez supplié de ne pas être aussi anglais, n'est-ce pas ?

– Qu'est-ce que vous voulez savoir ?

– Eh bien, son prénom pour commencer ?

– Et ensuite ?

– Pourquoi vous a-t-elle quitté ?

– J'imagine que nous étions trop jeunes.

– Foutaise ! J'aurais dû parier que vous alliez me sortir une excuse aussi pathétique.

– Mais qu'est-ce que vous en savez, vous n'étiez pas là, que je sache !

– Je voudrais que vous ayez l'honnêteté de me donner les véritables raisons de votre rupture avec...

– Cette jeune femme ?

– Joli prénom !

– Jolie fille.

– Alors ?

– Alors quoi, Walter ? rétorquai-je sur un ton qui ne cherchait plus à masquer mon exaspération.

– Eh bien tout ! Comment vous vous êtes rencontrés, comment vous vous êtes quittés et ce qui s'est passé entre ces deux moments.

– Son père était anglais, sa mère française. Elle avait toujours vécu à Paris où ses parents étaient déjà installés à la naissance de sa sœur aînée. Un divorce, et son père rentra en Angleterre. Elle était venue lui

143

rendre visite, profitant d'un programme d'échange universitaire qui lui fit passer un trimestre à la Royal Academy de Londres. J'y assurais à l'époque des vacations de surveillant afin d'améliorer mes fins de mois et financer ma thèse.

– Un pion qui drague une étudiante... je ne vous félicite pas.

– Eh bien alors j'arrête de vous raconter !

– Mais non, je plaisantais, j'adore cette histoire, continuez !

– Nous nous sommes vus la première fois dans l'amphithéâtre où elle passait un examen, ainsi qu'une bonne centaine d'autres étudiants. Elle était assise en bordure de l'allée que j'arpentais, faisant mon inspection, quand je l'ai vue déplier une antisèche.

– Elle trichait ?

– Je n'en sais rien, je n'ai jamais pu lire ce qui était inscrit sur ce bout de papier.

– Vous ne le lui avez pas confisqué ?

– Pas eu le temps !

– Comment ça ?

– Elle a vu que je l'avais surprise, elle m'a regardé droit dans les yeux et, sans se presser, elle l'a mis dans sa bouche, l'a mâché et l'a avalé.

– Je ne vous crois pas !

– Vous avez tort. Je ne sais pas ce qui m'a pris, j'aurais dû lui retirer sa copie et la faire sortir de la salle, mais je me suis mis à rire et c'est moi qui ai dû quitter l'amphithéâtre, un comble non ?

– Et ensuite ?

– Ensuite, quand elle me croisait à la bibliothèque ou dans un couloir, elle me dévisageait et se foutait ouvertement de moi. Un beau jour, je l'ai saisie par le bras et je l'ai entraînée à l'écart de ses amis.

– Ne me dites pas que vous avez négocié votre silence ?

– Vous me prenez pour qui ? C'est elle qui a négocié !

– Pardon ?

– Elle m'a dit textuellement, alors que je lui posais la question, que si je ne l'invitais pas à déjeuner, elle ne me dirait jamais pourquoi elle riait en me voyant. Alors je l'ai invitée à déjeuner.

– Et qu'est-ce qui s'est passé ?

– Le déjeuner s'est poursuivi par une promenade et, en fin d'après-midi elle m'a quitté soudainement. Plus aucune nouvelle d'elle, mais une semaine plus tard, alors que je travaillais sur ma thèse à la bibliothèque, une jeune femme s'installe en face de moi. Je ne lui prête aucune attention, jusqu'à ce que ses bruits de mastication finissent vraiment par me déranger ; je lève la tête pour demander à cette personne d'être plus discrète avec son chewing-gum, c'était elle, en train d'avaler une troisième feuille de papier. Je lui avouais ma surprise, je pensais ne plus la revoir ! Elle m'a répondu que si je ne comprenais pas qu'elle était là pour moi, autant qu'elle reparte tout de suite, et défini-tivement cette fois.

– J'adore cette jeune femme ! Et ensuite, qu'est-il arrivé ?

– Nous avons passé la soirée et une grande partie de l'été ensemble. Un très bel été, je dois dire.

– Et la séparation ?

– Si nous gardions cet épisode pour un autre soir, Walter ?

– C'est votre seule histoire d'amour ?

– Bien sûr que non, il y a eu Tara, hollandaise et thésarde en astrophysique, avec laquelle j'ai vécu presque un an. Nous nous entendions très bien, mais elle parlait à peine l'anglais et mon hollandais laissant plus qu'à désirer, nous avons eu beaucoup de mal à communiquer. Ensuite il y a eu Jane, une charmante doctoresse, très vieille Écosse et obnubilée par l'idée d'officialiser notre relation. Le jour où elle m'a présenté à ses parents, je n'ai eu d'autre choix que de mettre un terme à notre aventure. Sarah Apleton, elle, travaillait dans une boulangerie, une poitrine de rêve, des hanches dignes d'un Botticelli mais des horaires de travail impossibles. Elle se levait quand je me couchais et réciproquement. Et puis, deux ans plus tard, j'ai épousé une collègue de travail, Elizabeth Atkins, mais ça n'a pas marché non plus.

– Vous avez été marié ?

– Oui, pendant seize jours ! Mon ex-femme et moi nous sommes quittés en revenant de voyage de noces.

– Vous en avez pris du temps pour vous apercevoir que vous n'étiez pas faits l'un pour l'autre !

– Si on partait en voyage de noces avant la cérémonie de mariage, je vous assure que les tribunaux y gagneraient beaucoup en paperasseries inutiles.

Cette fois, j'avais séché Walter et lui avait enlevé toute envie d'en apprendre plus sur mon passé sentimental. Il n'y avait d'ailleurs pas grand-chose à savoir, sinon que ma vie professionnelle avait pris le pas sur le reste et que j'avais parcouru le monde ces quinze dernières années, sans vraiment me soucier de me poser quelque part et encore moins de faire une véritable rencontre. Vivre une histoire d'amour n'était pas au centre de mes préoccupations.

– Et vous ne vous êtes jamais revus ?

– Si, j'ai croisé Elizabeth dans deux-trois cocktails organisés par l'Académie des sciences. Mon ex-épouse était en compagnie de son nouveau mari. Je vous ai dit que son nouveau mari était également mon ancien meilleur ami ?

– Non, ça vous ne me l'avez pas dit. Je ne parlais pas d'elle, mais de votre jeune étudiante, la première de cette liste digne d'un Casanova.

– Pourquoi elle ?

– Comme ça !

– Nous ne nous sommes jamais revus.

– Adrian, si vous me confiez pourquoi elle vous a quitté, l'addition est pour moi !

Je commandai douze huîtres supplémentaires au serveur qui passait près de notre table.

– À la fin de son trimestre d'échange universitaire, elle est rentrée finir ses études en France. Les distances finissent souvent par faner les plus jolies relations. Un mois après son départ, elle est revenue rendre visite à son père ; après avoir pris un autocar, un ferry et enfin un train, le voyage qui avait duré dix heures l'avait éreintée. Le dernier dimanche que nous avons passé ensemble ne fut pas idyllique. Le soir, quand je l'ai raccompagnée à la gare, elle m'a avoué qu'il valait mieux en rester là. Nous ne garderions ainsi que de beaux souvenirs. J'ai lu dans son regard qu'il était inutile de lutter, la flamme était déjà soufflée. Elle s'était éloignée de moi, et pas seulement géographiquement. Voilà Walter, vous savez tout maintenant et je ne vois vraiment pas pourquoi vous souriez aussi bêtement.

– Pour rien, répondit mon acolyte.

– Je vous raconte comment je me suis fait plaquer et vous vous marrez, pour rien ?

– Non, vous venez de me raconter une ravissante histoire et, si je n'avais pas insisté, vous m'auriez juré corps et âme que tout ça n'était que du passé, n'est-ce pas ?

– Évidemment ! Je ne sais même pas si je serais capable de la reconnaître. C'était il y a quinze ans, Walter, et l'histoire en question n'a duré que deux mois ! Comment pourrait-il en être autrement ?

– Bien sûr Adrian, comment ? Mais alors, répondez à cette petite question : comment avez-vous pu me raconter cette aventure anodine, enterrée depuis quinze ans, sans jamais avoir réussi à prononcer une seule fois le nom de cette jeune femme ? Depuis que je me suis confié à vous au sujet de Miss Jenkins, je me sentais, comment dire, un peu ridicule, eh bien, maintenant, plus du tout !

Nos deux voisines avaient quitté leur table sans même que nous nous en soyons rendu compte. Je me souviens que, ce soir-là, Walter et moi avions fait la fermeture de la brasserie, que nous avions bu suffisamment de vin pour que je refuse son invitation et partage l'addition avec lui.

Le lendemain alors que nous arrivions tous deux à l'Académie avec une sacrée gueule de bois, nous avons appris par un courrier que notre candidature avait été retenue.

Walter était si malade, qu'il ne put même pas pousser un cri de joie digne de ce nom.

*

Paris

Keira fit tourner la clé dans la serrure le plus lentement possible. Au dernier tour, le verrou faisait un bruit terrible. Elle referma la porte de l'appartement avec autant de précautions et parcourut le couloir à pas de loup. La lumière de l'aube éclairait déjà le petit bureau de sa sœur. Sur une coupelle l'attendait une enveloppe à son nom, timbrée d'Angleterre. Intriguée, Keira la décacheta et découvrit une lettre qui l'informait qu'en dépit de son dépôt tardif son dossier de candidature avait retenu l'attention des membres du comité de sélection. Keira était attendue le 28 du mois à Londres, afin de présenter ses travaux devant le grand jury de la Fondation Walsh.

– Qu'est-ce que c'est que ce truc ? avait-elle murmuré en remettant la lettre dans l'enveloppe.

Jeanne apparut en chemise de nuit, les cheveux en bataille ; elle s'étira en bâillant.

– Comment va Max ?

– Tu devrais aller te recoucher, Jeanne, il est très tôt !

– Ou tard, c'est selon. La soirée fut bonne ?

– Non, pas vraiment.

– Alors pourquoi as-tu passé la nuit avec lui ?

– Parce que j'avais froid.

– Sale hiver, hein ?

– Bon ça suffit, Jeanne, je vais aller me coucher.

– J'ai un cadeau pour toi.

– Un cadeau ? demanda Keira.

Et Jeanne tendit une enveloppe à sa sœur.

– Qu'est-ce que c'est ?

– Ouvre, tu verras.

Keira trouva un billet d'Eurostar ainsi qu'un bon d'hôtel prépayé pour deux nuits au Regency Inn.

– Ce n'est pas un quatre-étoiles, mais Jérôme m'y avait emmenée et c'est charmant.

– Et ce cadeau a-t-il un rapport avec la lettre que j'ai trouvée dans l'entrée ?

– Oui, d'une certaine façon, mais j'ai prolongé ton séjour pour que tu puisses profiter un peu de Londres. Tu ne dois rater le musée d'Histoire naturelle sous aucun prétexte, la nouvelle Tate Gallery est magique, et il faudra que tu ailles bruncher sans faute chez Amoul, c'est sur Formosa Street. Qu'est-ce que j'ai aimé cet endroit, c'est tellement mignon, leurs pâtisseries, leurs salades, et le poulet au citron...

– Jeanne, il est 6 heures du matin, le poulet au citron là, maintenant, je ne suis pas très sûre...

– Tu vas me dire merci à un moment donné ou je te fais avaler ce billet de train ?

– Et toi, tu vas m'expliquer le contenu de cette lettre et ce que tu manigances, ou c'est moi qui te fais manger ton billet !

– Prépare-moi un thé, une tartine avec du miel, je te retrouve dans la cuisine dans cinq minutes, et c'est un ordre de ta grande sœur qui va se laver les dents, ouste !

Keira avait récupéré la convocation de la Fondation Walsh et l'avait déposée bien en évidence devant la tasse fumante et la tartine grillée.

– Il faut bien que l'une de nous deux croie en toi ! avait bougonné Jeanne en entrant dans la cuisine. J'ai fait ce que tu aurais dû faire si tu t'accordais plus de mérite. J'ai fouiné sur Internet et établi une liste de toutes les organisations susceptibles de financer tes travaux d'archéologie. Je te l'accorde, elles ne sont pas nombreuses. Même à Bruxelles ils n'en ont rien à faire. Enfin, sauf si tu as envie de consacrer deux ans à remplir des kilomètres de formulaires.

– Tu as écrit au Parlement européen pour ta petite sœur ?

– J'ai écrit à tout le monde ! Et puis hier, cette lettre est arrivée pour toi. Je ne sais pas si leur réponse est positive ou négative, mais, au moins, ils ont pris la peine de répondre.

– Jeanne ?

– D'accord, j'ai ouvert l'enveloppe et je l'ai refermée juste après. Mais avec le mal que je me suis donné, j'estime que cela me concerne aussi un peu.

– Et à partir de quelle documentation cette fondation a-t-elle retenu ma candidature ?

– Telle que je te connais, ça va te rendre hystérique, mais je m'en fiche totalement. C'est ta thèse que j'ai envoyée chaque fois. Je l'avais dans mon ordinateur, pourquoi s'en priver ? Après tout, tu l'as publiée, non ?

– Si je comprends bien, tu t'es fait passer pour moi, tu as envoyé mon travail à toute une série d'organisations inconnues et...

– Et je te donne l'espoir de retourner un jour dans ta fichue vallée de l'Omo ! Tu ne vas pas râler en plus ?

Keira se leva et serra Jeanne dans ses bras.

– Je t'adore, tu es la reine des emmerdeuses, plus

têtue qu'un âne, mais tu es la sœur que je n'échangerais pour aucune autre au monde !

– Tu es sûre que tu vas bien ? demanda Jeanne en regardant Keira de plus près.

– On ne peut mieux !

Keira s'assit à la table de la cuisine et relut une troisième fois la convocation.

– Je dois présenter mes travaux à l'oral ! Mais qu'est-ce que je vais bien pouvoir leur raconter ?

– Justement, tu as peu de temps pour rédiger ton projet et l'apprendre par cœur. Il faudra que tu t'adresses aux membres du jury en les regardant droit dans les yeux ; en lisant ton texte, tu manquerais de conviction. Tu seras brillante, je le sais.

Keira se leva d'un bond et commença à faire les cent pas dans la cuisine.

– Ne commence pas à te laisser gagner par le trac. Si tu veux, en rentrant le soir, je ferai le jury et tu répéteras devant moi.

– Accompagne-moi à Londres, seule, je n'y arriverai jamais.

– Impossible, j'ai beaucoup trop de travail.

– Je t'en supplie Jeanne, viens.

– Keira, je n'en ai pas les moyens, entre ton billet de train et l'hôtel, j'ai mis mon compte en banque à sec.

– Il n'y a aucune raison pour que tu me payes ce voyage, je vais trouver un moyen.

– Keira, tu es ma petite sœur et cela suffit pour que je te donne un petit coup de pouce. Ne discute pas et fais-moi juste le plaisir de remporter ce prix.

– De combien s'agit-il ?

– Deux millions de livres sterling.

– Ce qui représente en euros ? demanda Keira les yeux écarquillés.

– De quoi financer les salaires d'une équipe interna-tionale au grand complet, les voyages de chacun, l'achat et l'affrètement du matériel dont tu rêves pour retourner toute la terre de la vallée de l'Omo.

– Je ne gagnerai jamais ! C'est impossible.

– Va dormir quelques heures, prends une bonne douche à ton réveil et mets-toi aussitôt au boulot. Pense aussi à dire à ton Max que tu ne pourras plus le voir avant un bon bout de temps. Ne me regarde pas comme ça. Je n'ai pas organisé tout ça pour t'éloigner de lui. Contrairement à ce que tu peux penser, je ne suis pas machiavélique à ce point.

– L'idée ne m'avait même pas effleurée.

– Oh ! que si ! File maintenant.

Au cours des jours qui suivirent, Keira resta cloîtrée dans l'appartement de sa sœur, passant le plus clair de son temps devant l'ordinateur, peaufinant ses théories, les documentant d'articles publiés par ses confrères archéologues du monde entier.

Comme elle le lui avait promis, chaque soir en revenant du musée, Jeanne s'attelait à faire répéter sa sœur. Que son discours manque de conviction, qu'elle bafouille ou s'aventure dans des explications trop tech-niques au goût de Jeanne, celle-ci lui faisait reprendre son exposé depuis le début. Et les premières soirées furent toutes ponctuées de disputes entre les deux sœurs.

Keira connut très vite son texte, restait à y mettre le ton juste pour captiver son auditoire.

Dès que Jeanne quittait l'appartement le matin, Keira se mettait à réciter, faisant les cent pas dans le salon. La gardienne de l'immeuble, qui par une fin de matinée déposa un livre commandé par Keira, fut mise à contri-bution. Confortablement installée dans le canapé, une tasse de thé à la main, Mme Hereira écouta le résumé complet de l'histoire de notre planète, de l'âge Précambrien à la période du Crétacé qui vit apparaître les premières plantes à fleurs, toute une génération d'insectes, de nouvelles espèces de poissons, les ammonites, comme les éponges, et plein d'espèces de dinosaures qui s'étaient décidés à évoluer désormais sur la terre ferme. Mme Hereira fut heureuse d'apprendre que c'est à cette époque qu'apparurent dans les océans les premiers requins ressemblant à ceux que l'on voit aujourd'hui. Pourtant, le plus fascinant n'était pas là, mais plutôt dans l'apparition des premiers mammifères développant leur progéniture dans des poches placentaires, ainsi que les humains le feraient bien plus tard.

Mme Hereira s'assoupit en pleine ère tertiaire, quelque part entre le Paléocène et l'Éocène. Quand elle rouvrit l'œil, elle demanda, un peu gênée, si elle avait dormi longtemps. Keira la rassura, son petit roupillon n'avait duré que trente millions d'années ! Et le soir, elle se garda bien de parler à Jeanne de la visite qu'elle avait eue dans la journée, et encore moins de la réaction de son tout premier public.

Le mercredi suivant, Jeanne s'excusa auprès de sa sœur, elle avait un dîner et ne pouvait se dérober. Keira était épuisée, et l'idée d'échapper à la séance de répétition l'enchantait. Elle supplia Jeanne de ne surtout pas s'en faire, et promit de répéter son texte, exactement comme si cette dernière avait été présente. Dès que Keira vit sa sœur monter dans son taxi, elle se prépara une assiette de fromage, sauta sur le canapé du salon et alluma la télévision. Un orage approchait, le ciel de Paris avait viré au noir, Keira enroula un plaid autour de ses épaules.

Le premier coup de tonnerre fut d'une telle violence

qu'il la fit sursauter. Le deuxième grondement fut suivi d'une coupure de courant générale. Keira chercha un briquet dans la pénombre, sans succès. Elle se leva et avança à la fenêtre. La foudre frappa le paratonnerre d'un immeuble à quelques pâtés de maisons. L'archéologue avait acquis sur le terrain une expérience qui lui faisait tout connaître des orages, de leurs dangers, mais celui-ci était d'une rare intensité. Elle aurait dû s'éloigner de la vitre, elle recula juste d'un pas et sa main se posa machinalement sur son collier. Si le pendentif était bien fait d'un alliage de métaux, comme le pensait Ivory, il était inutile de tenter le diable en le gardant sur soi. Alors qu'elle l'ôtait, un éclair déchira le ciel. La foudre irradia la pièce où se trouvait Keira, et soudain, sur le mur, se dessinèrent des millions de petits points lumineux projetés par le pendentif qu'elle tenait du bout des doigts. L'image surprenante resta imprimée quelques secondes, avant de s'effacer. Tremblante, Keira s'agenouilla pour récupérer le collier qu'elle avait laissé tomber, elle attrapa la cordelette et se releva pour regarder par la fenêtre. La vitre était fendue. Plusieurs autres coups de tonnerre se succédèrent, l'orage s'éloigna enfin. On pouvait encore voir le ciel s'illuminer dans le lointain, une lourde pluie se mit à tomber.

Recroquevillée sur le canapé, Keira avait du mal à recouvrer son calme. Sa main continuait de trembler. Elle avait beau se rassurer, se dire qu'elle avait été victime d'une illusion d'optique, rien ne la raisonnait vraiment et un certain mal-être la gagnait. Le courant fut rétabli. Keira regarda attentivement son pendentif, elle en caressa la surface, il était tiède. Elle l'approcha d'une ampoule, mais aucun trou, aussi petit soit-il, n'était visible à l'œil nu.

Elle se blottit sous le plaid et chercha à comprendre

l'étrange phénomène qui venait de se produire. Une heure plus tard, elle entendit tourner le verrou de la porte d'entrée. Jeanne rentrait.

– Tu ne dors pas ? Tu as vu cet orage, quelle folie ! J'ai les pieds trempés. Je vais me faire une tisane, tu en veux une ? Pourquoi tu ne dis rien ? Tu vas bien ?

– Oui, je crois, répondit Keira.

– Ne me dis pas que toi, la grande archéologue, tu as eu peur de l'orage ?

– Bien sûr que non.

– Alors pourquoi es-tu pâle comme un linge ?

– Je suis juste fatiguée, je t'attendais pour aller me coucher.

Keira embrassa Jeanne et fila vers la chambre, mais sa sœur la rappela.

– Je ne sais pas si je dois te le dire... Max était à ce dîner.

– Non, tu n'avais pas besoin de me le dire ; à demain Jeanne.

Seule dans la chambre, Keira s'approcha de la fenêtre. Si le courant avait été rétabli dans les immeubles, les rues étaient toujours plongées dans l'obscurité. Les nuages avaient disparu, la voûte céleste apparaissait plus éclatante que jamais. Keira chercha la Grande Ourse. Quand elle était enfant, son père s'amusait à lui faire repérer dans le ciel telle étoile ou telle constellation ; Cassiopée, Antarès et Céphée étaient ses préférées. Keira reconnut la forme du Cygne, de la Lyre et d'Hercule, et c'est pendant que son regard se portait vers la couronne boréale à la recherche du Bouvier qu'elle écarquilla les yeux pour la seconde fois de la soirée.

– C'est impossible, murmura-t-elle le visage collé à la vitre.

Elle ouvrit précipitamment la fenêtre, avança sur le

balcon et tendit le cou, comme si ces quelques centimètres pouvaient la rapprocher des étoiles.

– Mais, non, ça ne peut pas être ça, c'est complètement fou ! Ou alors c'est moi qui suis en train de devenir folle.

– En tout cas si tu commences à parler toute seule, tu es sur la bonne voie.

Keira sursauta, Jeanne se tenait juste à côté d'elle ; elle s'accouda à la rambarde et alluma une cigarette.

– Tu fumes maintenant ?

– Ça m'arrive. Je suis désolée pour tout à l'heure, j'aurais dû me taire. Mais cela m'a tellement énervée de le voir faire le beau. Tu m'écoutes ?

– Oui, oui, répondit Keira d'une voix absente.

– Alors c'est vrai cette histoire que les hommes de Neandertal étaient tous bisexuels ?

– C'est possible, répondit Keira en continuant de fixer les étoiles.

– Et qu'ils se nourrissaient principalement de lait de dinosaure, mais qu'il leur fallait apprendre à les traire ?

– Probablement...

– Keira !

Keira sursauta.

– Quoi ?

– Tu n'écoutes pas un mot de ce que je te dis. Qu'est-ce qui te tracasse ?

– Rien, je t'assure, rentrons, il fait froid, répondit l'archéologue en retournant dans la chambre.

Les deux sœurs se couchèrent dans le grand lit de Jeanne.

– Tu n'étais pas sérieuse au sujet des hommes de Neandertal ? demanda Jeanne.

– Qu'est-ce qu'ils ont les hommes de Neandertal ?

– Rien, oublie. Essayons de dormir, répondit Jeanne en se retournant.

– Alors arrête de bouger tout le temps !

Un court instant de silence et Keira se retourna dans le lit.

– Jeanne ?

– Quoi encore ?

– Merci pour tout ce que tu fais.

– Tu dis ça pour que je culpabilise deux fois plus au sujet de Max ?

– Un peu.

Le lendemain, dès que Jeanne quitta l'appartement, Keira se précipita devant l'ordinateur, mais, ce matin-là, ses recherches l'éloignèrent de ses travaux habituels. Elle se mit en quête des cartes du ciel accessibles sur Internet. Pendant qu'elle travaillait, chaque lettre qu'elle frappait sur son clavier s'inscrivait simultanément sur l'écran d'un ordinateur situé à des centaines de kilomètres de là, chaque information qu'elle consultait, chaque site qu'elle visitait étaient enregistrés. À la fin de la semaine, un opérateur installé derrière son bureau à Amsterdam avait imprimé un dossier sur le travail qu'elle avait accompli. Il relut le dernier feuillet sorti de son imprimante et composa un numéro de téléphone.

– Je pense, monsieur, que vous voudrez consulter le rapport que je viens de terminer.

– À quel sujet ? demanda son interlocuteur.

– L'archéologue française.

– Rejoignez-moi tout de suite dans mon bureau, annonça la voix dans le combiné, avant de raccrocher.

*

Londres

– Vous vous sentez comment ?
– Mieux que vous, Walter.

Nous étions à la veille du jour tant attendu. Le grand oral se tenait dans la banlieue Est de la ville et Walter avait décidé de ne pas faire confiance aux transports en commun et encore moins à ma vieille voiture. En ce qui concernait les premiers, je pouvais comprendre son appréhension. Il était hélas fréquent que les métros restent rivés à leurs rails et les trains à l'arrêt, sans qu'aucune autre explication ne soit donnée, à part la ritournelle sur la vétusté du matériel qui entraînait des pannes à répétition. Nous allions donc, sur décision ferme et non discutable de Walter, nous installer dans un hôtel des Dock Lands. De là, il nous suffirait de traverser la rue pour nous présenter devant les membres de la Fondation. La cérémonie se déroulait dans une salle de conférences en haut d'une tour, au 1, Cabot Square.

Ironie du sort, nous nous trouvions tout près de la commune de Greenwich et de son célèbre observatoire. Mais, de ce côté de la Tamise, le quartier gagné sur les eaux du fleuve n'était que modernité, les immeubles de verre et d'acier rivalisaient de hauteur, le béton avait coulé par tonnes. En fin d'après-midi, j'avais réussi à convaincre mon ami d'aller nous promener du côté de l'île aux Chiens, et de là, nous entrâmes sous le dôme de verre qui surplombe l'entrée du tunnel de Greenwich. À quinze mètres de profondeur, nous avons ainsi traversé la Tamise à pied, pour resurgir en face de la silhouette calcinée du *Cutty Sark*. Le vieux clipper, dernier survivant de la flotte commerciale du dix-neuvième siècle avait triste allure depuis qu'un incendie l'avait ravagé quelques mois auparavant. Devant nous s'étendait le parc du musée de la Marine, le somptueux bâtiment de la maison de la reine et en haut de la colline, le vieil observatoire où je conduisais Walter.

– Ce fut le premier bâtiment en Angleterre destiné exclusivement à abriter des instruments scientifiques, dis-je à Walter.

Je voyais bien qu'il était ailleurs ; il était anxieux et mes efforts pour le distraire semblaient vains, mais il était encore trop tôt pour que je renonce. Nous entrâmes sous la coupole et je redécouvris, émerveillé, les vieux appareils d'astronomie avec lesquels Flamsteed avait établi ses célèbres tables des étoiles au dix-neuvième siècle.

Je savais Walter passionné par tout ce qui touche au temps, aussi ne manquai-je pas de lui indiquer la grande ligne en acier qui striait le sol devant lui.

– Voici le point de départ des longitudes, tel qu'il fut déterminé en 1851 et adopté lors d'une conférence internationale en 1884. Et si nous attendons la tombée de la nuit, vous verrez se dresser dans le ciel un puissant laser vert. C'est la seule touche de modernité qui ait été apportée ici depuis près de deux siècles.

– Ce grand faisceau que je vois tous les soirs au-dessus de la ville, c'est donc cela ? demanda Walter qui semblait enfin s'intéresser à ma conversation.

– Exactement. Il symbolise le méridien d'origine, même si, depuis, les scientifiques ont déplacé ce dernier d'une centaine de mètres. Mais c'est là aussi que se situe le temps universel, le midi de Greenwich qui a servi pendant longtemps de point de référence pour calculer l'heure qu'il est en tout point de la planète. Chaque fois que nous nous déplaçons de quinze degrés vers l'ouest, nous reculons d'une heure et lorsque nous faisons de même en allant vers l'est, nous avançons d'une heure. C'est d'ici même que partent tous les fuseaux horaires.

– Adrian, tout cela est passionnant mais, demain soir, je vous en prie, ne vous écartez pas de votre sujet, supplia Walter.

Las, j'abandonnai mes explications et entraînai mon ami vers le parc. La température était clémente et le grand air lui ferait le plus grand bien. Walter et moi passâmes la fin de notre soirée dans un pub voisin. Il m'interdit toute boisson alcoolisée et j'eus la terrifiante sensation d'être retombé en pleine adolescence. À 10 heures, nous étions de retour dans nos chambres respectives, Walter eut même le culot de me téléphoner pour me défendre de veiller trop tard devant la télévision.

*

Paris

Keira avait bouclé la petite valise qu'elle emporterait avec elle et Jeanne l'accompagna gare du Nord, elle avait pris une matinée de congé pour l'occasion. Les deux sœurs quittèrent l'appartement et montèrent à bord d'un bus.

– Tu me promets de m'appeler pour me dire que tu es bien arrivée ?

– Mais, Jeanne, je traverse juste la Manche et je ne t'ai jamais appelée d'où que ce soit pour te dire que j'étais bien arrivée !

– Eh bien, cette fois, je te le demande. Tu me raconteras ton voyage, si l'hôtel est agréable, si tu aimes ta chambre, comment tu trouves la ville...

– Tu veux aussi que je te raconte mes deux heures quarante de train ? Tu as mille fois plus le trac que moi, hein ? Avoue-le, tu es terrorisée par ce que je vais vivre ce soir !

– J'ai l'impression que c'est moi qui me présente à ce grand oral. Je n'ai pas fermé l'œil de la nuit.

– Tu sais que nous n'avons probablement aucune chance de gagner ce prix ?

– Ne recommence pas à être négative, tu dois y croire !

– Puisque tu le dis. J'aurais dû rester un jour de plus en Angleterre et aller rendre visite à papa.

– La Cornouailles, c'est un peu loin, et puis nous irons un jour toutes les deux.

– Si je gagne, je ferai le crochet et je lui dirai que tu n'as pas pu venir parce que tu avais trop de travail.

– Tu es vraiment une sale peste ! répliqua Jeanne en donnant un coup de coude à sa sœur.

L'autobus ralentit et commença de se ranger le long du parvis. Keira attrapa son bagage et embrassa Jeanne.

– Promis, je te téléphonerai avant d'entrer en scène.

Keira descendit sur le trottoir et attendit que l'autobus s'éloigne, Jeanne avait collé son visage à la vitre.

Il n'y avait pas grand monde gare du Nord ce matin-là. L'heure d'affluence était passée depuis longtemps et peu de trains se trouvaient à quai. Les passagers qui voyageaient vers l'Angleterre empruntaient l'escalator qui conduit au poste frontière. Keira passa le filtre des douanes, celui de la sécurité, et à peine s'était-elle installée dans l'immense salle d'attente que les portes d'embarquement s'ouvrirent.

Elle dormit pendant presque toute la durée du trajet. Quand elle se réveilla, une voix annonçait déjà dans les haut-parleurs l'arrivée imminente en gare de Saint-Pancras.

Un taxi noir la conduisit à travers Londres jusqu'à son hôtel. Séduite par la ville, c'est elle qui colla son visage à la vitre.

Sa chambre était telle que Jeanne la lui avait décrite, petite et pleine de charme. Elle abandonna sa valise au pied du lit, regarda l'heure sur la pendulette de la table de nuit et décida qu'elle avait encore le temps de faire une promenade dans le quartier.

Remontant à pied Old Brompton Road, elle entra dans Bute Street et ne résista pas à l'appel de la vitrine de la librairie française du quartier.

Elle y flâna un long moment, finit par acquérir un livre sur l'Éthiopie qu'elle fut surprise de découvrir dans les rayonnages et s'installa à la terrasse d'une petite épicerie italienne, située sur le trottoir d'en face. Revigorée par un bon café, elle se décida à retourner à son hôtel. Le grand oral commençait à 18 heures précises et le chauffeur du taxi qui l'avait conduite depuis la gare l'avait prévenue qu'il faudrait une bonne heure de transport pour rejoindre les Dock Lands.

Elle arriva devant le 1, Cabot Square avec trente minutes d'avance. Plusieurs personnes entraient déjà dans le hall de la tour. Leurs tenues impeccables laissaient supposer qu'elles allaient toutes au même endroit. La désinvolture qu'affichait Keira jusqu'à présent l'abandonna et elle sentit son estomac se nouer. Deux hommes en costume sombre avançaient sur le parvis. Keira fronça les sourcils, l'un des deux avait un visage familier.

Elle fut distraite par la sonnerie de son téléphone portable. Elle le chercha au fond de ses poches et reconnut le numéro de Jeanne qui s'affichait à l'écran.

— Je te jure que j'allais t'appeler, j'étais justement en train de composer ton numéro.

— Menteuse !

— Je suis devant l'immeuble et, pour tout te dire, je n'ai qu'une envie, c'est de ficher le camp d'ici. Les examens de passage, ça n'a jamais été mon truc.

— Avec tout le temps que nous y avons consacré, tu

vas aller au bout de cette aventure. Tu seras brillante, et au pire que peut-il t'arriver, que tu ne gagnes pas ce prix ? Ce ne sera pas la fin du monde.

– Tu as raison, mais j'ai le trac Jeanne, je ne sais pas pourquoi, je n'avais pas connu ça depuis...

– Ne cherche pas, tu n'as jamais eu le trac de ta vie !

– Tu as une voix étrange.

– Je ne devrais pas t'en parler, enfin, pas maintenant, mais j'ai été cambriolée.

– Quand ? demanda Keira affolée.

– Ce matin, pendant que je t'accompagnais à la gare. Rassure-toi, rien n'a été volé, enfin, je ne crois pas ; juste l'appartement qui est sens dessus dessous et Mme Hereira qui l'est encore plus.

– Ne reste pas seule ce soir, viens me rejoindre, saute dans un train !

– Mais non, j'attends le serrurier et puis, s'ils n'ont rien volé, pourquoi prendraient-ils le risque de revenir ?

– Peut-être parce qu'ils ont été dérangés ?

– Crois-moi, vu l'état du salon et de la chambre, ils ont pris tout leur temps, et je n'aurai pas assez de la nuit pour remettre l'appartement en ordre.

– Jeanne, je suis désolée, dit Keira en regardant sa montre, mais il faut vraiment que je te laisse. Je te rappellerai dès que...

– Raccroche tout de suite et file, tu vas être en retard. Tu as raccroché ?

– Non !

– Qu'est-ce que tu attends, file je te dis !

Keira coupa son téléphone et entra dans le hall de l'immeuble. Un vigile l'invita à prendre l'un des ascenseurs. La Fondation Walsh se réunissait au dernier étage. Il était 18 heures. Les portes de la cabine s'ouvrirent, une hôtesse conduisit Keira à travers un long couloir. La salle, déjà comble, était bien plus grande qu'elle ne l'avait imaginé.

Une centaine de sièges formaient un hémicycle autour d'une grande estrade. Au premier rang, les membres du jury assis chacun devant une table écoutaient attentivement celui qui présentait déjà ses travaux, s'adressant à l'assemblée à l'aide d'un micro. Le cœur de Keira s'emballa sans retenue, elle repéra la seule chaise encore libre au quatrième rang et se fraya un chemin pour aller s'y asseoir. L'homme qui avait pris le premier la parole défendait un projet de recherche en biogénétique. Son exposé dura le temps des quinze minutes réglementaires et fut accueilli par une salve d'applaudissements.

Le deuxième candidat présenta un prototype d'appareil qui permettait de réaliser des sondages aquifères à moindre coût, ainsi qu'un procédé de purification d'eaux saumâtres fonctionnant à l'énergie solaire. L'eau serait l'or bleu du vingt et unième siècle, l'enjeu le plus précieux pour l'homme ; en bien des endroits de la planète, sa survie en dépendrait. Le manque d'eau potable serait à l'origine des prochaines guerres, des grands déplacements de populations. L'exposé finit par être plus politique que technique.

Le troisième intervenant fit un discours brillant sur les énergies alternatives. Un peu trop brillant au goût de la présidente de la Fondation, qui échangea quelques mots avec son voisin pendant que l'orateur parlait.

*

– Cela va bientôt être à nous, me chuchota Walter. Vous allez être épatant.

– Nous n'avons aucune chance.

– Si vous plaisez autant aux membres du jury qu'à cette jeune femme, c'est dans la poche.

– Quelle jeune femme ?

– Celle qui vous dévisage depuis qu'elle est entrée dans la salle. Là, insista-t-il en bougeant légèrement la tête, au quatrième rang sur notre gauche. Mais surtout ne vous retournez pas maintenant, maladroit que vous êtes !

Bien évidemment, je m'étais retourné et je n'avais vu aucune jeune femme me regarder.

– Vous hallucinez, mon pauvre Walter.

– Elle vous dévorait des yeux. Mais, grâce à votre discrétion légendaire, elle est rentrée dans sa coquille comme un bernard-l'ermite.

Je jetai un nouveau coup d'œil, la seule chose remarquable au quatrième rang était une chaise vide.

– Vous le faites exprès ! tempêta Walter. À ce point-là, cela relève du cas désespéré.

– Mais enfin, Walter, vous devenez complètement abruti !

On appela mon nom, mon tour était venu.

– Je m'efforçais juste de vous distraire, de vous faire évacuer votre stress, pour que vous ne perdiez pas vos moyens, et je trouve que j'y suis plutôt bien arrivé. Allez, maintenant, soyez parfait c'est tout ce que je vous demande.

Je réunis mes notes et me levai, Walter se pencha à mon oreille.

– Quant à la jeune femme, je n'ai rien inventé, bonne chance, mon ami, conclut-il en me donnant une joyeuse tape sur l'épaule.

Ce moment restera comme l'un des pires souvenirs de ma vie. Le microphone cessa de fonctionner. Un technicien grimpa sur l'estrade pour essayer de le réparer, en vain. On allait en installer un autre, mais il fallait que l'on retrouve la clé d'un local technique. Je voulais en finir au plus vite et décidai de m'en passer ; les membres du jury étaient assis au premier rang et ma voix devait porter assez fort pour qu'ils m'entendent. Walter avait deviné mon impatience et me fit de grands signes pour me faire comprendre que ce n'était pas une bonne idée, j'ignorai ses mimiques suppliantes et me lançai.

Mon exposé fut laborieux. Je tentais d'expliquer à mon auditoire que l'avenir de l'humanité ne dépendait pas seulement de la connaissance que nous avions de notre planète et de ses océans, mais aussi de ce que nous apprendrions de l'espace. À l'image des premiers navigateurs qui entreprirent de faire le tour du monde alors que l'on croyait encore que la Terre était plate, il nous fallait partir à la découverte des galaxies lointaines. Comment envisager notre futur sans savoir comment tout avait commencé un jour. Deux questions confrontent l'homme aux limites de son intelligence, deux questions auxquelles même le plus savant d'entre nous ne peut répondre : qu'est-ce que l'infiniment petit ou l'infiniment grand et qu'est-ce que l'instant zéro, le moment où tout a commencé ? Et quiconque se prête au jeu de ces deux questions est incapable d'imaginer la moindre hypothèse.

Lorsqu'il croyait que la Terre était plate, l'homme ne pouvait rien concevoir de son monde au-delà de la ligne d'horizon qu'il percevait. De peur de disparaître dans le néant, il craignait le grand large. Mais, lorsqu'il décida d'avancer vers l'horizon, c'est l'horizon qui recula, et plus l'homme avança, plus il comprit l'étendue du monde auquel il appartenait.

À notre tour d'explorer l'Univers, d'interpréter, bien

au-delà des galaxies que nous connaissions, la multitude d'informations qui nous parviennent d'espaces et de temps reculés. Dans quelques mois, les Américains lanceraient le télescope spatial le plus puissant qui ait jamais existé. Il permettrait peut-être de voir, d'entendre et d'apprendre comment l'Univers s'était formé, si d'autres vies étaient apparues sur des planètes semblables à la nôtre. Il fallait être de l'aventure.

Je crois que Walter avait raison, une jeune femme me regardait bizarrement depuis le quatrième rang. Son visage me disait quelque chose. Cela faisait au moins une personne dans la salle qui avait l'air captivée par mon discours. Mais le moment n'était pas à la séduction et, après cette courte hésitation, je conclus mon exposé.

La lumière du premier jour voyage depuis le fond de l'Univers, elle se dirige vers nous. Saurons-nous la capter, l'interpréter, comprendrons-nous enfin comment tout a commencé ?

Silence de mort. Personne ne bougeait. Le calvaire du bonhomme de neige qui fond lentement au soleil était le mien ; j'étais ce bonhomme de neige, jusqu'à ce que Walter frappe dans ses mains. Je regroupais mes notes quand la présidente du jury se leva et applaudit à son tour, les membres du comité se joignirent à elle et la salle enchaîna ; je remerciai tout le monde et quittai l'estrade.

Walter m'accueillit, avec une longue accolade.

– Vous avez été...

– Pathétique ou épouvantable ? Je vous laisse le choix. Je vous avais prévenu, nous n'avions aucune chance.

– Voulez-vous vous taire ! Si vous ne m'aviez pas

interrompu, je vous aurais dit que vous avez été passionnant. L'auditoire n'a pas bronché, pas même une quinte de toux dans la salle !

– Normal, ils étaient tous morts au bout de cinq minutes !

C'est en me rasseyant que je vis la jeune femme du quatrième rang se lever et grimper sur l'estrade. Voilà pourquoi elle me dévisageait, nous étions en compétition et elle avait observé tout ce qu'il lui fallait éviter de faire.

Le micro ne fonctionnait toujours pas, mais sa voix claire portait jusqu'au fond de la salle. Elle releva la tête, son regard portait ailleurs, comme vers un pays lointain. Elle nous parla de l'Afrique, d'une terre ocre que ses mains fouillaient sans relâche. Elle expliqua que l'homme ne serait jamais libre d'aller où il le souhaitait tant qu'il n'aurait pas appris d'où il venait. Son projet était, d'une certaine façon, le plus ambitieux de tous, il ne s'agissait là ni de science ni de technologies pointues, mais d'accomplir un rêve, le sien.

« Qui sont nos pères ? » furent ses premiers mots. Et dire que je rêvais de savoir où commençait l'aube !

Elle captiva l'assemblée dès le début de son exposé. Exposé n'est pas le bon mot, c'était une histoire qu'elle nous racontait. Walter était conquis, comme l'étaient les membres du jury et chacun de nous dans la salle. Elle parla de la vallée de l'Omo, j'aurais été bien incapable de décrire les montagnes d'Atacama aussi joliment qu'elle dessinait devant nous les rives du fleuve éthiopien. Par instants, il me semblait presque entendre le clapotis de l'eau, sentir le souffle du vent qui charriait la poussière, les morsures du soleil. Le temps d'un récit, j'aurais pu abandonner mon métier pour embrasser le sien ; appartenir à son équipe, creuser le sol aride à ses côtés. Elle sortit de sa poche un étrange objet qu'elle posa délicatement au creux de sa main avant de tendre le bras vers l'assemblée pour que chacun puisse le voir.

– C'est le fragment d'un crâne. Je l'ai trouvé à quinze mètres sous la terre, au fond d'une grotte. Il a quinze millions d'années. C'est un minuscule fragment d'humanité. Si je pouvais creuser plus profond, plus loin, plus longtemps, peut-être pourrais-je revenir devant vous, et vous dire, enfin, qui était le premier homme.

La salle n'eut pas besoin des encouragements de Walter pour ovationner la jeune femme à la fin de son exposé.

Il restait encore dix candidats et je n'aurais pas voulu être de ceux qui se présenteraient après elle.

À 21 h 30, le jury se retira pour délibérer. La salle se vidait et le calme de Walter me déconcertait. Je le soupçonnais d'avoir abandonné tout espoir nous concernant.

– Cette fois, je crois que nous avons mérité une bonne bière, me dit-il en me prenant par le bras.

Mon estomac était trop noué pour ça ; j'avais fini par me prendre au jeu, et j'attendais que les minutes passent, incapable de me détendre.

– Adrian, et vos belles leçons sur la relativité du temps, qu'en faites-vous ? L'heure à venir va nous sembler rudement longue. Venez, allons prendre l'air et occupons-nous l'esprit !

Sur le parvis glacial, quelques candidats aussi inquiets que nous grillaient une cigarette, se réchauffant en sautillant sur place. Aucune trace de la jeune femme du quatrième rang, elle s'était volatilisée. Walter avait raison, le temps s'était arrêté et l'attente me parut durer

171

une éternité. Attablé au bar du Marriott, je consultai sans cesse ma montre. Vint enfin le moment de regagner la grande salle où le jury annoncerait sa décision.

L'inconnue du quatrième rang avait repris sa place, elle ne m'adressa pas le moindre regard. La présidente de la Fondation entra, suivie des membres du jury. Elle monta sur l'estrade et félicita l'ensemble des candidats pour l'excellence de leurs dossiers. La délibération avait été difficile, affirma-t-elle et avait nécessité plusieurs tours de vote. Une mention spéciale fut décernée à celui qui avait présenté un projet d'assainissement d'eau, mais la récompense revenait au premier orateur, elle contribuerait à financer ses recherches en biogénétique. Walter encaissa le coup sans broncher. Il me tapota l'épaule et m'assura avec beaucoup de sollicitude que nous n'avions rien à nous reprocher, nous avions fait de notre mieux. La présidente du jury interrompit les applaudissements.

Comme elle l'avait annoncé, le jury avait eu beaucoup de difficultés à trancher. Exceptionnellement, la dotation serait partagée cette année entre deux candidats, plus exactement entre un candidat et une candidate.

L'inconnue du quatrième rang était la seule femme à s'être présentée devant les membres de la Fondation. Elle se leva, chancelante, alors que la présidente lui souriait et dans le fracas des applaudissements, je n'entendis pas son nom.

On assista à quelques accolades sur la scène et les participants, comme leur entourage, commencèrent à quitter les lieux.

— Vous m'offrirez quand même cette paire de bottes pour patauger dans mon bureau ? me demanda Walter.

– Une promesse est une promesse. Je suis désolé de vous avoir déçu.

– Notre dossier a déjà eu le mérite d'être sélectionné... non seulement vous méritiez ce prix, mais j'ai été très fier de vous accompagner dans cette aventure tout au long de ces dernières semaines.

Nous fûmes interrompus par la présidente du jury qui me tendit la main.

– Julia Walsh. Je suis ravie de faire votre connaissance.

À ses côtés se tenait un grand gaillard à la carrure solide. Son accent ne laissait planer aucun doute sur ses origines allemandes.

– Votre projet est passionnant, reprit l'héritière de la Fondation Walsh, c'était mon préféré. La décision s'est jouée à une voix près. J'aurais tellement aimé que vous remportiez ce prix. Représentez-vous l'an prochain, la composition du jury sera différente, je suis certaine que vous aurez toutes vos chances. La lumière du premier jour vous attendra bien une année de plus, n'est-ce pas ?

Elle me salua courtoisement et repartit aussitôt accompagnée de son ami, un certain Thomas.

– Eh bien, vous voyez, s'exclama Walter, nous n'avons vraiment rien à regretter !

Je ne répondis pas, Walter tapa violemment du poing dans sa main.

– Pourquoi est-elle venue nous dire cela ? grommela-t-il. « À une voix près », c'est insupportable ! J'aurais mille fois préféré qu'elle nous annonce que nous étions totalement hors course, mais à une voix près ! Vous vous rendez compte de la cruauté de la chose ? Je vais passer les prochaines années de ma vie à travailler dans une mare, à une voix près ! Je voudrais bien connaître celui qui a fait basculer le vote pour lui tordre le cou.

Walter était furieux, et je ne savais pas comment le calmer. Son visage rougit, sa respiration se fit haletante.

– Walter, il faut vous reprendre, vous allez nous faire un malaise.

– Comment peut-on dire à quelqu'un que son sort s'est joué à une voix près ? Ce n'est qu'un jeu pour eux ? Comment peut-on oser dire cela ? hurla-t-il.

– Je crois qu'elle voulait simplement nous encourager et nous inciter à tenter notre chance une nouvelle fois.

– Dans un an ? La belle affaire ! Adrian, je vais rentrer chez moi, pardonnez-moi de vous abandonner ainsi, mais je risque d'être infréquentable ce soir. Nous nous retrouverons demain à l'Académie ; si j'ai dessoûlé d'ici là.

Walter tourna les talons et s'éloigna d'un pas pressé. Je me retrouvai seul au milieu de cette salle, il ne me restait plus qu'à me diriger vers la sortie.

J'entendis tinter la sonnette de l'ascenseur au bout du couloir, je pressai le pas pour entrer dans la cabine avant que les portes ne se referment. À l'intérieur, la lauréate m'adressa son plus joli regard.

Elle tenait son dossier sous le bras. Je m'attendais à lire sur son visage le bonheur que devait lui procurer sa victoire. Elle se contenta de me regarder, un léger sourire aux lèvres. J'entendais résonner dans ma tête la voix de Walter qui, s'il avait été là, m'aurait probablement dit, quelle que soit ma façon de me présenter, « Maladroit que vous êtes ! ».

– Toutes mes félicitations ! balbutiai-je humblement.

La jeune femme ne répondit pas.

– J'ai tant changé ? finit-elle par lâcher.

Et comme je ne trouvais aucune réponse appropriée,

elle ouvrit son dossier, arracha une feuille, la mit dans sa bouche et commença à la mâcher calmement, sans se départir de ce petit air narquois.

Et, soudain, la mémoire d'une salle d'examens se raviva et avec elle les mille souvenirs d'un incroyable été, c'était il y a quinze ans.

La jeune femme recracha la boulette de papier dans sa main et soupira.

– Ça y est, tu me reconnais enfin ?

Les portes de l'ascenseur s'ouvraient sur le hall, je restais immobile, bras ballants ; la cabine repartit vers le dernier étage.

– Il t'en aura fallu du temps, j'espérais t'avoir marqué un peu plus que ça, ou alors j'ai vraiment vieilli...

– Non, bien sûr que non, mais ta couleur de cheveux...

– J'avais vingt ans, j'en changeais souvent à l'époque, ça m'a passé. Toi, tu n'as pas changé, quelques rides peut-être, mais tu as toujours ce regard perdu dans le vide.

– C'est tellement inattendu, te retrouver ici..., après toutes ces années.

– Je reconnais que dans un ascenseur ce n'est pas banal. On refait un aller-retour à travers les étages ou tu m'emmènes dîner ?

Et sans attendre la réponse, Keira laissa tomber son dossier, plongea dans mes bras et m'embrassa. Ce baiser avait le goût du papier mâché ; c'est exactement cela, un vrai baiser de papier où j'avais jadis rêvé d'écrire les sentiments que je lui portais. Il y a des premiers baisers qui font basculer votre vie. Même si l'on refuse de se l'avouer, c'est ainsi. Ces premiers baisers vous cueillent, sans prévenir. Parfois cela arrive au second baiser, même s'il ne vient que quinze ans après le premier.

Chaque fois que les portes se rouvraient sur le hall, l'un de nous appuyait sur le bouton et resserrait son étreinte. Au sixième voyage, le gardien de la tour nous attendait, bras croisés. Son ascenseur n'était pas une chambre d'hôtel, sinon il n'y aurait pas de caméra à l'intérieur ; nous étions priés de quitter les lieux. J'entraînai Keira par la main et nous nous retrouvâmes sur le parvis désert, aussi confus l'un que l'autre.

– Je suis désolée, je n'ai pas réfléchi... c'est l'ivresse de cette victoire.

– Et moi celle de ma défaite, répondis-je.

– Je suis désolée, Adrian, je suis tellement maladroite.

– Eh bien, si Walter était là, il nous trouverait au moins un point commun. Tu veux bien essayer une nouvelle fois ?

– Quoi donc ?

– Ma maladresse, ta victoire, ma défaite, je te laisse choisir.

Keira effleura mes lèvres d'un baiser, puis elle me supplia de quitter l'endroit sinistre où nous nous trouvions.

– Viens, allons marcher un peu, lui dis-je, de l'autre côté de la Tamise il y a un parc magnifique...

– Est-ce qu'il y a des bœufs dans ton parc ?

– Je ne crois pas. Pourquoi ?

– Je pourrais en bouffer un, tellement j'ai faim. Je n'ai rien avalé depuis ce matin, emmène-moi dans un pub où l'on sert encore quelque chose à dîner.

Je me souvenais d'un restaurant que nous fréquentions souvent à l'époque ; j'ignorais s'il existait toujours mais je donnai l'adresse au chauffeur de taxi.

Pendant que nous roulions le long de la Tamise, Keira prit ma main. Je n'avais pas ressenti de tendresse depuis longtemps. À cet instant, j'oubliai tout de mon échec, de la distance qui s'était résolument établie ce soir entre Londres où je vivrais désormais et le plateau d'Atacama, où mes rêves étaient restés.

*

Amsterdam

L'homme qui descendait de la rame du tramway pour remonter à pied le canal Singel avait l'allure anonyme de n'importe quel individu revenant de son bureau. Hormis l'heure tardive, hormis la chaînette qui reliait la poignée de sa sacoche à son propre poignet, hormis le pistolet suspendu au holster sous son veston. Arrivé place Magna, il s'arrêta au feu afin de s'assurer que personne ne le suivait. Dès que le signal passa au vert, l'homme s'élança sur la chaussée. Faisant fi des klaxons, il se faufila entre un bus et une camionnette, força deux berlines à piler et évita de justesse un motocycliste qui l'insulta copieusement. Sur le trottoir d'en face, il accéléra le pas jusqu'à la place Dam, traversa l'esplanade et se faufila à l'intérieur de la Nouvelle Église par la porte latérale. Le majestueux bâtiment portait un drôle de nom pour un édifice qui datait du quinzième siècle. L'homme n'avait guère le temps d'admirer la somptueuse nef, il poursuivit son chemin jusqu'au transept, dépassa le tombeau de l'amiral de Ruyter, bifurqua devant celui du commodore Jan Van Galen et se dirigea vers l'absidiole. Il sortit une clé de sa poche, fit tourner le loquet d'une petite porte située au fond de la chapelle et descendit l'escalier dérobé qui se trouvait derrière.

Cinquante marches plus bas, il pénétra dans le long couloir qui s'étirait devant lui. Le souterrain creusé sous la Grande Place permet à celui qui connaît le moyen d'y accéder de se rendre de la Nouvelle Église jusqu'au palais de Dam. L'homme se hâta, l'étroit souterrain l'oppressait chaque fois qu'il devait l'emprunter, l'écho de ses pas ne faisait qu'augmenter son malaise. Plus il avançait, plus la lumière se raréfiait, seules les deux extrémités du corridor étaient pourvues d'un éclairage sommaire. L'homme sentit ses mocassins s'imprégner de l'eau saumâtre qui stagnait sur le sol. Au milieu du passage, il se retrouva dans un noir absolu. À cet endroit, il savait qu'il lui faudrait parcourir cinquante pas en ligne droite, la concavité du caniveau central servant de guide dans l'obscurité.

Enfin, la distance se réduisait, un autre escalier apparaissait devant lui. Les marches étaient glissantes et il fallait s'accrocher à la cordelette de chanvre qui longeait le mur. En haut de la volée, l'homme se trouva face à une première porte en bois armée de lourdes barres de fer forgé. Deux poignées rondes se superposaient ; pour libérer la serrure, il fallait savoir actionner un mécanisme vieux de trois siècles. L'homme fit tourner la poignée haute de quatre-vingt-dix degrés sur la droite, pivoter la basse de quatre-vingt-dix degrés sur la gauche et les tira toutes deux à lui. Un déclic se fit entendre, le pêne était débloqué. Il aboutit enfin dans une antichambre au rez-de-chaussée du palais de Dam. Le bâtiment, né de l'imagination de Jacob Van Campen, avait été érigé au milieu du dix-septième siècle, il faisait alors office d'hôtel de ville. Les Amstellodamois n'hésitaient pas à le considérer comme la huitième merveille du monde. Une statue d'Atlas domine la grande salle du palais, sur le sol trois gigantesques cartes en marbre représentent, pour l'une un hémisphère occidental, pour l'autre un hémisphère oriental et pour la troisième une carte des étoiles.

Jan Vackeers fêterait bientôt ses soixante-seize ans, il en paraissait dix de moins. Il entra dans la Burgerzaal[1], foula la Voie lactée, marcha sur l'Océanie, traversa l'océan Atlantique d'une enjambée et poursuivit son chemin vers l'antichambre où l'attendait son rendez-vous.

– Quelles sont les nouvelles ? demanda-t-il en entrant.

– Surprenantes, monsieur. Notre Française bénéficie d'une double nationalité. Son père était anglais, un botaniste qui a passé une grande partie de sa vie en France. Rentré sur ses terres natales en Cornouailles, juste après son divorce, il y est mort d'un arrêt cardiaque en 1997. Le certificat de décès et l'autorisation d'inhumer figurent au dossier.

– Et la mère ?

– Décédée elle aussi. Elle était enseignante en sciences humaines à la faculté d'Aix-en-Provence. Elle fut tuée en juin 2002, dans un accident de voiture. Le chauffard qui l'a percutée avait 1,6 gramme d'alcool dans le sang.

– Épargnez-moi les détails sordides ! demanda Jan Vackeers.

– Une sœur, de deux ans son aînée, elle travaille dans un musée parisien.

– Fonctionnaire du gouvernement français ?

– En quelque sorte.

1. Nom donné à la grande salle du palais de Dam.

– Il faudra en tenir compte. Venez-en à cette jeune archéologue, s'il vous plaît.

– Elle s'est rendue à Londres pour se présenter devant le jury de la Fondation Walsh.

– Et, comme nous le souhaitions, elle a remporté la dotation, n'est-ce pas ?

– Pas exactement, monsieur, le membre du jury qui travaille pour nous a fait tout son possible, mais la présidente n'était pas influençable. Votre protégée partage son prix avec un autre candidat.

– Est-ce que cela sera suffisant pour qu'elle reparte en Éthiopie ?

– Un million de livres sterling, c'est une somme qui devrait largement lui suffire à poursuivre ses recherches.

– Parfait. Avez-vous d'autres choses à m'apprendre ?

– Votre jeune archéologue a fait la connaissance d'un homme au cours de la cérémonie. Ils ont poursuivi leur soirée dans un petit restaurant et à l'heure qu'il est, tous deux...

– Je pense que cela ne nous concerne pas, interrompit Vackeers. À moins que vous m'annonciez demain qu'elle renonce à ses projets de voyage parce qu'ils ont eu un coup de foudre l'un pour l'autre. Ce qu'elle fait de ses nuits lui appartient.

– C'est que, monsieur, nous avons aussitôt pris nos renseignements ; l'homme en question est un astrophysicien qui dépend de l'Académie des sciences britannique.

Vackeers avança jusqu'à la fenêtre pour contempler la place en contrebas. Il la trouva encore plus belle de nuit que de jour. Amsterdam était sa ville et il l'aimait plus que toute autre. Il en connaissait chaque ruelle, chaque canal, chaque édifice.

– Je n'aime pas beaucoup ce genre d'imprévu, reprit-il. Astrophysicien, dites-vous ?

– Rien ne prouve qu'elle l'entretienne de ce qui nous préoccupe.

– Non, mais c'est une éventualité que nous ne pouvons écarter. J'imagine qu'il serait préférable de nous intéresser aussi à ce scientifique.

– Il sera difficile de le surveiller sans attirer l'attention de nos amis Anglais. Comme je vous le disais, c'est un membre de l'Académie des sciences de Sa Majesté.

– Faites votre possible, mais ne prenez aucun risque. Nous ne voulons surtout pas éveiller l'attention là-bas. D'autres informations à me communiquer ?

– Tout se trouve dans le dossier que vous m'avez demandé.

L'homme ouvrit sa sacoche et remit une large enveloppe en kraft à son interlocuteur.

Vackeers la décacheta. Des photos de Keira prises à Paris, devant l'immeuble de Jeanne, au jardin des Tuileries, quelques-unes volées alors qu'elle faisait des courses rue des Lions-Saint-Paul ; enfin une série prise depuis son arrivée à la gare de Saint-Pancras, à la terrasse d'une épicerie italienne sur Bute Street et à travers la vitrine d'un restaurant de Primrose Hill où on la voyait dîner en compagnie d'Adrian.

– Ce sont les dernières photographies qui nous sont parvenues avant que je quitte mon poste.

Vackeers parcourut rapidement les premières lignes du rapport et referma le dossier.

– Vous pouvez y aller, merci, nous nous verrons demain.

L'homme salua Vackeers et quitta l'antichambre du palais. Dès qu'il fut parti, une porte s'ouvrit, un autre homme entra dans la pièce et sourit à Vackeers.

– Cette rencontre fortuite avec cet astrophysicien,

elle est peut-être à notre avantage, dit-il en s'approchant.

– Je croyais que vous teniez à ce que tout cela reste le plus confidentiel possible, deux cavaliers que nous ne contrôlons pas, cela fait beaucoup sur un seul échiquier !

– Ce à quoi je tiens le plus, c'est qu'elle se mette à chercher, sans se douter que nous l'aidons un peu.

– Ivory, vous êtes conscient que si quelqu'un venait à soupçonner ce que nous faisons, les conséquences pour nous deux seraient...

– Délicates. C'est le mot que vous cherchiez ?

– Non, j'allais plutôt dire désastreuses.

– Jan, nous sommes deux à croire en la même chose, et ce, depuis des années. Imaginez les conséquences, si nous sommes dans le vrai !

– Je le sais, Ivory, je le sais. C'est bien pour cela que je prends autant de risques à mon âge.

– Avouez que cela vous amuse un peu ; après tout, nous n'aurions jamais espéré redevenir actifs. Et l'idée de tirer les ficelles du jeu n'est pas pour vous déplaire, à moi non plus d'ailleurs.

– Admettons, soupira Vackeers en s'asseyant derrière le grand bureau en acajou. Quel est le prochain mouvement que vous envisagez ?

– Laissons faire le cours des choses, si elle réussit à intéresser cet astrophysicien, alors elle est encore plus maligne que je l'imaginais.

– Combien de temps nous donnez-vous avant que Londres, Madrid, Berlin ou Pékin prennent connaissance de la partie qui s'engage ?

– Oh, ils vont tous très vite comprendre la partie qui se joue. Les Américains se sont déjà manifestés. L'appartement de la sœur de notre archéologue a été visité ce matin.

– Quels imbéciles !

– C'est leur façon d'adresser un message.

– À notre attention ?

– À la mienne. Ils sont furieux que j'aie laissé l'objet nous échapper et encore plus en colère que j'aie eu le toupet de le faire analyser sur leur propre territoire.

– C'était assez culotté de votre part, mais je vous en prie, Ivory, l'heure n'est pas à la provocation. Nous ne savons pas où nous allons, ne laissez pas votre ressentiment envers ceux qui vous ont écarté influencer votre jugement. Je vous accompagne dans cette folle aventure, mais ne nous faites pas courir de risques inutiles.

– Il est presque minuit, je crois qu'il est temps de nous dire bonsoir Jan, retrouvons-nous ici dans trois jours, à la même heure, nous verrons comment les choses ont évolué et nous ferons le point.

Les deux amis se séparèrent. Vackeers fut le premier à quitter l'antichambre. Il retraversa la grande salle et descendit dans les sous-sols du bâtiment.

Les entrailles du palais de Dam sont un véritable labyrinthe. Treize mille six cent cinquante-neuf piles de bois soutiennent l'édifice. Vackeers se faufila à travers cette étrange forêt de madriers, pour en resurgir dix minutes plus tard par une petite porte ouvrant sur la cour d'une maison bourgeoise à trois cents mètres de là. Ivory, qui partit cinq minutes après lui, avait emprunté un autre chemin.

*

Londres

Le restaurant n'existait plus que dans mes souvenirs, mais j'avais trouvé un endroit plein de charme qui lui ressemblait et Keira jura reconnaître le lieu où je l'emmenais autrefois. Au cours du dîner, elle tenta de me raconter ce qu'il était advenu de sa vie depuis notre séparation. Mais comment raconter quinze ans d'existence en quelques heures ? La mémoire est aussi paresseuse qu'hypocrite, elle ne retient que les meilleurs et les pires souvenirs, les temps forts, jamais la mesure du quotidien, qu'elle efface. Plus j'entendais Keira me parler, plus je retrouvais dans sa voix cette clarté qui m'avait tant séduit, ce regard vif dans lequel il m'arrivait de m'abîmer certains soirs, ce sourire qui avait bien failli me faire renoncer à mes projets ; et pourtant, en l'écoutant, j'avais bien du mal à me souvenir du temps où elle était repartie vivre en France.

Keira avait toujours su ce qu'elle voulait faire ; ses études achevées, elle s'était rendue d'abord en Somalie, comme simple stagiaire. Puis elle avait passé deux ans au Venezuela, à travailler sous les ordres d'une sommité de l'archéologie, dont le comportement autoritaire frisait le despotisme. À la suite d'une réprimande, elle lui avait dit ses quatre vérités et avait démissionné. Deux ans de petits boulots sur des fouilles en France, où la construction d'une voie ferrée à grande vitesse avait mis au jour un important site paléontologique. Le tracé du TGV avait été dévié et Keira avait rejoint l'équipe à l'œuvre sur ce chantier, prenant au fil des mois de plus en plus de responsabilités. Remarquée pour la qualité de son travail, elle obtint une bourse et rejoignit la vallée de l'Omo en Éthiopie. Elle y travailla d'abord comme adjointe du directeur de recherches ; ce dernier tomba malade, elle prit la tête des opérations et déplaça le site de cinquante kilomètres.

Quand elle me parlait de son séjour en Afrique, je sentais combien elle y avait été heureuse. J'eus la bêtise de lui demander pourquoi elle était rentrée. Sa mine s'assombrit et elle me raconta le triste épisode d'une tempête qui avait ruiné ses efforts, détruit tout son travail, mais sans laquelle je ne l'aurais probablement jamais revue. Je n'ai jamais trouvé le courage de lui avouer combien j'avais béni ce désastre météorologique.

Lorsque Keira me demanda ce que j'avais fait de ma vie, je me retrouvai bien incapable de le lui dire. Je lui décrivis du mieux possible les paysages chiliens tentant de distiller un peu de cette beauté dont elle avait éclairé son exposé devant les membres du jury de la Fondation Walsh ; je lui parlai de ceux avec qui j'avais partagé tant d'années de travail, de leur fraternité, et pour lui éviter de me poser la question du pourquoi de mon retour à Londres, je lui révélai sans détour le stupide accident dont j'avais été victime pour avoir voulu grimper trop haut dans les montagnes.

– Tu vois, nous n'avons aucun regret à avoir, dit-elle. Moi, je creuse la terre, toi, tu observes les étoiles, nous n'étions pas vraiment faits l'un pour l'autre.

– Ou le contraire, ai-je balbutié. Après tout, nous courons après la même chose toi et moi.

J'avais réussi à l'étonner.

– Tu cherches à dater la genèse de l'humanité, et moi je fouille le fin fond des galaxies, pour savoir comment est né l'Univers, ce qui a permis l'apparition de la vie et s'il en existe ailleurs, sous d'autres formes que celles que nous connaissons ; nos démarches comme nos intentions ne sont pas si éloignées. Et qui sait si les réponses à nos questions ne sont pas complémentaires ?

– C'est une façon de voir les choses, peut-être qu'un jour, grâce à toi, je grimperai à bord d'une navette spatiale, débarquerai sur une planète inconnue et partirai à la recherche des squelettes des premiers petits hommes verts !

– Depuis le premier jour où nous nous sommes vus, et encore maintenant, tu as toujours pris un malin plaisir à te moquer de moi.

– C'est un peu vrai, mais c'est ma façon d'être, s'excusa-t-elle. Je ne voulais pas minimiser l'importance de ton travail. C'est ton envie d'établir à tout prix des similitudes entre nos métiers que je trouve charmante, ne m'en veux pas.

– Tu serais bien étonnée et tu ferais moins ta maligne si je t'apprenais que les étoiles ont servi à certains de tes confrères pour dater des sites archéologiques. Et si tu ignores ce qu'est la datation astronomique, je te préparerai une antisèche !

Keira me regarda bizarrement, je voyais bien dans ses yeux qu'elle préparait un mauvais coup.

– Qui te dit que je trichais ?

– Pardon ?

– Le jour où nous nous sommes rencontrés dans cet amphithéâtre, la feuille que j'ai avalée était peut-être une page blanche. Il ne t'est jamais venu à l'idée que j'avais manigancé ce numéro pour attirer ton attention ?

– Tu aurais pris le risque de te faire exclure de la salle, juste pour attirer mon attention ? Et tu voudrais que je te croie ?

– Je ne courais aucun risque, j'avais passé mes examens la veille.

– Menteuse !

– Je t'avais repéré dans les couloirs de la faculté, et tu me plaisais. Ce jour-là j'accompagnais une amie qui, elle, passait vraiment ses partiels. Elle avait un trac fou, et alors que je la réconfortais devant les portes de l'amphi, je t'ai vu avec ta bouille de pion irrésistible et ta veste trop grande pour toi. Je suis allée m'asseoir à une place libre dans la rangée que tu surveillais, et tu connais la suite...

– Tu aurais fait tout cela, juste pour me rencontrer ?

– Ce serait flatteur pour ton ego, n'est-ce pas ? me lança Keira tout en me faisant du pied sous la table.

Je me souviens encore avoir rougi, comme un enfant que l'on surprend perché sur un tabouret devant l'armoire à confitures. J'étais plutôt mal à l'aise mais il était hors de question de le lui montrer.

– Tu as triché ou pas ? demandai-je.

– Je ne te le dirai pas ! Les deux scénarios sont possibles, je te laisse choisir. Soit tu mets en doute mon honnêteté et tu fais de moi une vraie allumeuse, soit tu préfères la version antisèche, et cela fait de moi une horrible tricheuse. Je te laisse le reste de la soirée pour décider, maintenant parle-moi de tes datations astronomiques.

En étudiant l'évolution de la position du Soleil au fil des temps, Sir Norman Lockyer avait réussi à dater le site de Stonehenge et ses mystérieux dolmens.

De millénaire en millénaire, la position du Soleil au zénith varie. À midi, le Soleil se trouve à quelques degrés à l'est de la position qu'il occupait dans les temps préhistoriques.

À Stonehenge, le zénith était marqué par une allée médiane et les menhirs avaient été positionnés à intervalles réguliers le long de cet axe. Le reste du raisonnement relevait d'un savant calcul mathématique. Je pensais perdre Keira avant la fin de mes explications, mais elle semblait sincèrement intéressée par ce que je lui racontais.

– Tu es encore en train de te moquer de moi, tout cela n'a aucun intérêt pour toi, n'est-ce pas ?

– Non, bien au contraire ! m'assura-t-elle. Si je vais un jour à Stonehenge, je ne verrai plus les choses de la même manière.

Le restaurant fermait, nous étions les derniers clients et le serveur, en éteignant les lumières au fond de la salle, nous fit comprendre qu'il était temps de quitter les lieux. Nous avons marché une bonne heure dans les rues de Primrose Hill, continuant d'évoquer les meilleurs moments d'un lointain été. Je proposai à Keira de la raccompagner à son hôtel, mais lorsque nous montâmes dans le taxi, elle préféra me déposer chez moi. « En tout bien tout honneur », avait-elle ajouté.

En chemin, elle joua à deviner comment était aménagé mon intérieur.

– Très masculin, trop, dit-elle en visitant le rez-de-chaussée. Je ne dis pas que cela n'a pas de charme, mais ça sent la garçonnière.

– Qu'est-ce que tu reproches à ma maison ?

– Où se trouve la chambre dans ton piège à filles ?

– Au premier.

– C'est bien ce que je disais, reprit Keira en montant l'escalier.

Lorsque j'entrai dans la pièce, elle m'attendait sur le lit.

Nous n'avons pas fait l'amour ce soir-là. En apparence tout s'y prêtait, mais, certains soirs de votre vie, quelque chose s'impose de bien plus fort que le désir. La peur d'une maladresse, la peur d'être surpris dans ses sentiments, la peur du lendemain et des jours qui suivront.

Nous avons parlé toute la nuit. Tête contre tête, main dans la main, comme deux étudiants qui n'auraient pas vieilli, mais nous avions vieilli et Keira finit par s'endormir à mes côtés.

L'aube n'était pas levée. J'entendis un bruit de pas, presque aussi légers que ceux d'un animal. J'ouvris les yeux et la voix de Keira me supplia de les refermer. Depuis le seuil de la porte, elle me regardait et je compris qu'elle s'en allait.

– Tu ne m'appelleras pas, n'est-ce pas ?

– Nous n'avons pas échangé nos numéros, seulement des souvenirs, et c'est peut-être mieux comme ça, murmura-t-elle.

– Pourquoi ?

– Je vais repartir en Éthiopie, tu rêves de tes montagnes chiliennes, cela fait une sacrée distance, tu ne trouves pas ?

– Il y a quinze ans, j'aurais mieux fait de te croire au lieu de t'en vouloir, tu avais raison, il n'est resté que de bons souvenirs.

– Alors cette fois tâche de ne pas m'en vouloir.

– Je te promets de faire mon possible. Et si...

– Non, ne dis rien d'autre, c'était une belle soirée,

190

Adrian. Je ne sais pas si la plus belle chose qui me soit arrivée hier était de remporter ce prix ou de te revoir, et je ne veux surtout pas essayer de le savoir ; je t'ai laissé un mot sur la table de nuit, tu le liras quand tu te réveilleras. Rendors-toi et n'entends pas le bruit de la porte quand je la refermerai.

– Tu es ravissante dans cette lumière.

– Il faut que tu me laisses partir, Adrian.

– Peux-tu me promettre quelque chose ?

– Tout ce que tu voudras.

– Si nos chemins se recroisaient, promets-moi que tu ne m'embrasseras pas.

– Je te le promets, dit-elle.

– Fais bonne route, je te mentirais si je te disais que tu ne me manqueras pas.

– Alors ne le dis pas. Toi aussi, fais bonne route.

J'entendis le craquement de chacune des marches quand elle descendit l'escalier, le grincement des char-nières quand elle referma la porte de ma maison, par la fenêtre entrouverte de ma chambre le bruit de ses pas tandis qu'elle s'éloignait dans la ruelle. Bien long-temps plus tard j'appris qu'elle s'était arrêtée quelques mètres plus loin, pour s'asseoir sur un petit muret ; qu'elle avait guetté le lever du jour et que cent fois elle avait failli faire demi-tour ; qu'elle rebroussait chemin, vers cette chambre où je cherchais en vain à retrouver le sommeil, quand un taxi passa.

*

– Se peut-il vraiment qu'une cicatrice vieille de quinze ans se rouvre aussi promptement qu'une couture qu'on arrache ? Les traces des amours mortes ne s'effacent-elles donc jamais ?

191

– Vous posez la question à un abruti qui est éperdument amoureux d'une femme, sans jamais avoir été capable de trouver le courage de le lui avouer. Cela appelle deux réflexions de ma part que je vais m'empresser de vous livrer. La première, je ne suis pas certain, compte tenu de ce que je viens de vous dire, d'être la personne la plus qualifiée pour vous répondre ; la deuxième, et toujours compte tenu de ce que je viens de vous dire, est que je me vois mal vous blâmer de ne pas avoir trouvé les mots justes pour la convaincre de rester. Ah, attendez, il m'en vient une troisième. Quand vous décidez de vous gâcher le week-end, le moins que l'on puisse dire, c'est que vous n'y allez pas avec le dos de la cuillère. Entre ce prix qui nous est passé sous le nez et vos retrouvailles fortuites, vous avez mis le paquet !

– Merci Walter.

Je n'avais pas pu me rendormir, et pourtant je m'étais forcé à rester au lit le plus longtemps possible, sans ouvrir les yeux, sans rien écouter des bruits alentour, je m'étais inventé une histoire. Une histoire où Keira serait descendue dans la cuisine préparer une tasse de thé. Nous aurions partagé le petit déjeuner, débattant du reste de la journée à venir. Londres nous aurait appartenu. J'aurais passé un habit de touriste, joué à redécouvrir ma propre ville, m'émerveillant devant les couleurs vives des maisons qui contrastent si bien avec le gris du ciel.

J'aurais revisité avec elle tous les lieux que nous connaissions, comme une première fois. Le lendemain, nous aurions repris notre promenade, au rythme d'un dimanche quand les heures passent plus lentement. Nos mains ne se seraient pas quittées, et qu'importe si dans

192

cette histoire Keira serait partie à la fin du week-end. Chaque instant vécu en aurait bien valu la peine.

L'odeur de sa peau collait à mes draps. Dans le salon, le canapé portait encore la trace du moment où elle s'y était assise. Une petite mort m'était entrée dans le sang et se promenait maintenant dans la maison vide.

Keira n'avait pas menti, sur la table de nuit, je trouvais un petit mot, un seul. « Merci. »

À midi, j'avais appelé Walter à la rescousse et l'ami qu'il était devenu avait sonné à ma porte une demi-heure plus tard.

– J'aimerais avoir une bonne nouvelle à vous annoncer pour vous changer les idées, mais je n'en ai pas, et puis en plus on annonce de la pluie. Cela étant, il faudrait songer à vous habiller, je ne crois pas que rester planté là dans cet affreux pyjama soit très utile et la vue de vos mollets ne risque pas d'embellir ma journée.

Pendant que je me préparais une tasse de café, Walter monta au premier « aérer la chambre », avait-il dit en grimpant l'escalier. Il redescendit quelques instants plus tard, la mine réjouie.

– Finalement, j'ai quand même une bonne nouvelle pour vous, enfin, le temps nous dira si elle est si bonne que cela.

Et il brandit fièrement le collier que Keira portait la veille.

– Ah, surtout ne dites rien, enchaîna-t-il, si vous ne savez pas à votre âge ce qu'est un acte manqué, alors votre cas est encore plus désespéré que le mien. Une femme qui laisse un bijou chez un homme ne peut avoir que deux intentions. La première, qu'une autre femme en fasse la découverte et l'agrémente d'une belle scène de ménage ; mais maladroit comme vous l'êtes, vous avez dû lui répéter au moins dix fois qu'il n'y avait personne dans votre vie.

— Et la seconde ? demandai-je.

— Qu'elle compte revenir sur les lieux du crime !

— L'idée qu'elle soit distraite et l'ait simplement oublié ne vous semble pas plus simple ? dis-je en lui reprenant le collier des mains.

— Oh ! que non, une boucle d'oreille passe encore, une bague, admettons, mais un collier avec un pendentif de cette taille-là... ou alors vous m'avez caché que votre amie était myope comme une taupe, ce qui, en un sens, expliquerait comment vous avez pu la séduire.

D'un geste vif, Walter me reprit le pendentif et le soupesa.

— Ne me dites pas qu'elle ne s'est pas aperçue qu'il manquait une demi-livre autour de son cou, cette chose est suffisamment lourde pour qu'on ne l'abandonne pas innocemment.

Je sais que c'est idiot, que je n'avais plus l'âge de me comporter comme un jeune premier amouraché d'une passagère de la nuit, mais ce que venait de dire Walter me fit un bien fou.

— Vous reprenez des couleurs. Adrian, vous avez plutôt vécu heureux ces quinze dernières années, vous n'allez pas me dire qu'une toute petite soirée de rien du tout vous laisserait abattu plus longtemps qu'un week-end ? J'ai une sacrée faim, et je connais dans votre quartier un endroit où les brunchs sont fameux. Habillez-vous, bon sang, je viens de vous dire que je mourais de faim !

*

St. Mawes, Cornouailles

Le convoi repartit par l'unique voie de chemin de fer. Les rares passagers descendus du train avaient quitté la gare de Falmouth. Keira traversa l'aire de triage où de vieux wagons de marchandises rouillaient à quelques encablures de la mer. Elle poursuivit son chemin, pénétra la zone portuaire et marcha jusqu'au dock d'où partait le ferry. Elle avait quitté Londres depuis cinq heures et la capitale lui semblait déjà très loin. Une corne de brume lui fit accélérer le pas, un matelot tournait une manivelle, sur le quai, la passerelle commençait à se relever ; Keira fit de grands gestes, cria pour qu'on l'attende ; la manivelle tourna en sens inverse et Keira s'agrippa au bras du moussaillon qui la hissait à bord. Le temps de gagner la proue du navire, le ferry dépassait la grande grue et tirait un bord pour remonter contre le courant. L'estuaire de St. Mawes était encore plus beau que dans ses souvenirs. On apercevait déjà le château fort, avec sa forme si particulière de feuille de trèfle ; plus loin, les petites maisons blanc et bleu, qui s'enchevêtraient, se disputant chacune leur place sur la colline. Keira caressa la rambarde décrépie par les embruns, elle emplit ses poumons. L'odeur de sel se mélangeait au parfum de gazon fraîchement tondu porté par le vent depuis la terre ferme. Le capitaine donna de la corne et le gardien du phare agita la main. Ici, les gens se connaissent et se saluent quand ils se croisent. L'allure ralentit, on lança les amarres et le tribord du navire vint frotter contre la pierre du quai.

Keira prit le chemin qui longeait la côte jusqu'à l'entrée du village ; elle remonta la ruelle escarpée en direction de l'église, levant la tête pour admirer les corniches, où les fleurs s'étalaient à foison devant les fenêtres de chaque habitation. Elle poussa la porte du Victory, la salle du pub était vide, elle s'installa au comptoir et commanda une crêpe.

– Les touristes se font rares en cette saison, vous n'êtes pas du coin ? questionna l'aubergiste en servant une bière à Keira.

– Je ne suis pas d'ici mais pas tout à fait étrangère non plus, puisque mon père est enterré derrière l'église.

– Qui était votre père ?

– Un homme merveilleux. Il s'appelait William Perkins.

– Je ne me souviens pas de lui, répondit l'aubergiste, désolé. Qu'est-ce qu'il faisait de son vivant ?

– Il était botaniste.

– Vous avez encore de la famille au village ?

– Non, seulement la tombe de papa.

– Et vous nous arrivez d'où avec ce petit accent ?

– De Londres et de France.

– Vous avez fait ce long voyage pour lui rendre visite ?

– En quelque sorte, oui.

– Eh bien l'addition sera pour moi, à la mémoire de

William Perkins, botaniste et homme bon, dit l'aubergiste en déposant une assiette devant Keira.

– À la mémoire de mon père, reprit-elle, en levant sa pinte.

Son déjeuner avalé, Keira remercia l'aubergiste et poursuivit sa route vers le sommet de la colline. Elle arriva enfin devant l'église, la contourna et ouvrit le portail en fer forgé.

Il n'y avait guère plus de cent âmes qui reposaient dans le petit cimetière de St. Mawes. La tombe de William Perkins se trouvait au bout d'une travée, adossée au mur d'enceinte. Une glycine mauve grimpait le long des vieilles pierres, donnant un peu d'ombre sous son feuillage. Keira s'assit sur la dalle et effleura du doigt les lettres gravées. La peinture à la feuille d'or avait presque entièrement disparu, une mousse verte poussait sur la stèle.

– Je sais, je ne suis pas venue depuis longtemps, bien trop longtemps, mais je n'ai pas besoin d'être ici pour penser à toi. Tu m'avais dit qu'en son temps le chagrin de l'absence s'efface devant la mémoire des souvenirs heureux. Quand cesseras-tu de me manquer autant ?

« Je voudrais que nos conversations reprennent, continuer à pouvoir te poser mille questions, entendre les mille réponses que tu me donnais, même quand tu les inventais. Je voudrais encore sentir ma main dans la tienne, marcher à tes côtés comme lorsque nous allions voir la marée quand elle recule vers le large.

« Je me suis disputée avec Jeanne ce matin. C'était de ma faute, comme chaque fois. Elle était furieuse que je ne l'aie pas appelée hier soir pour lui annoncer la bonne nouvelle ; hier soir, tu aurais été fier de moi, papa, fier de ta fille. J'ai présenté mes travaux devant une fondation et j'ai remporté le premier prix, ex æquo, mais tu aurais été fier quand même, toi qui as toujours eu le goût du partage. Je voudrais que tu reviennes, que tu me prennes dans tes bras et que nous repartions ensemble marcher jusqu'au petit port, je voudrais entendre le son de ta voix, me rassurer dans ton regard, comme autrefois.

Keira se tut un instant, parce qu'elle pleurait.

– Si tu savais comme je m'en veux de ne pas t'avoir rendu visite plus souvent quand tu étais en vie, si tu savais comme je le regrette. Mais je ne l'ai pas fait, et je t'entends me dire qu'il fallait bien que je vive ma vie, mais tu faisais partie de ma vie, papa.

« Je ne voulais pas que tu sois contrarié, alors je me suis réconciliée avec Jeanne. J'ai appliqué tes conseils à la lettre, je l'ai rappelée deux fois pour m'excuser. Et puis, je me suis disputée de nouveau avec elle quand je lui ai dit que je venais te voir, même si je ne te vois pas. Elle aurait voulu être là. Tu nous manques à toutes les deux.

« Tu sais, avec ce prix que j'ai gagné, je vais pouvoir repartir en Éthiopie. Je suis venue te le dire, parce que, si tu voulais me rendre visite, je serai dans la vallée de l'Omo. Pas besoin de t'indiquer le chemin, de là où tu es, je suis sûre que tu le trouveras. Viens dans le vent, ne souffle pas trop fort, mais viens, je t'en prie.

« Je fais un métier que j'aime, celui pour lequel tu me poussais à étudier et réussir, mais je suis seule et tu me manques. Est-ce que maman et toi vous êtes réconciliés là-haut ?

Keira se pencha pour embrasser la pierre ; puis elle se releva et quitta le cimetière, les épaules lourdes. En redescendant vers le petit port de St. Mawes, elle appela Jeanne et, lorsqu'elle fondit en larmes, sa sœur la consola longuement.

De retour à Paris, les deux sœurs célébrèrent le succès de Keira. Deux soirées de fête entre filles se succédèrent ; la seconde s'acheva à 5 heures du matin, alors qu'une équipe du Samu social raisonnait Jeanne. Passablement éméchée, elle voulait absolument se fiancer avec un certain Jules, clochard qui avait élu domicile dans une galerie commerciale des Champs-Élysées ; le plus long souvenir que Keira garda de ces deux nuits de festivités fut celui des quarante-huit heures de migraine qui suivirent.

*

Il y a des journées illuminées de petites choses, de riens du tout qui vous rendent incroyablement heureux ; un après-midi à chiner, un jouet qui surgit de l'enfance sur l'étal d'un brocanteur, une main qui s'attache à la vôtre, un appel que l'on n'attendait pas, une parole douce, votre enfant qui vous prend dans ses bras sans rien vous demander d'autre qu'un moment d'amour. Il y a des journées illuminées de petits moments de grâce, une odeur qui vous met l'âme en joie, un rayon de soleil qui entre par la fenêtre, le bruit de l'averse alors qu'on est encore au lit, les trottoirs enneigés ou l'arrivée du printemps et ses premiers bourgeons.

Ce samedi matin, la concierge de Jeanne avait apporté trois lettres à Keira. L'archéologie est un métier académique où chacun contribue, par ses connaissances, à la découverte tant espérée. La réussite sur le terrain dépend de la compétence de tous, elle est le fruit d'un travail d'équipe. Lorsque Keira apprit que les trois collègues qu'elle avait sollicités se réjouissaient de partir avec elle en Éthiopie, elle fit des bonds de joie dans l'appartement.

Ce matin-là, pendant qu'elle flânait dans les allées d'un marché, le vendeur de quatre-saisons dit à Jeanne qu'il la trouvait ravissante et ce matin-là, Jeanne rentra chez elle avec un panier bien trop rempli et la mine radieuse.

À midi, Jan Vackeers et Ivory déjeunaient dans un petit restaurant d'Amsterdam. La sole commandée par Ivory était cuite à la perfection, Jan se régalait de voir la gourmandise de son ami à ce point satisfaite. Les péniches se croisaient le long du canal et la terrasse où les deux vieux compères avaient pris place était baignée de soleil. Ils se remémorèrent de bons souvenirs et s'abandonnèrent à quelques fous rires.

À 13 heures, Walter se promenait dans Hyde Park. Un bouvier bernois assis au pied d'un grand chêne fixait un écureuil qui sautait de branche en branche. Walter s'approcha du chien et lui caressa la tête. Lorsque la propriétaire de l'animal le rappela, Walter resta stupéfait. Miss Jenkins était tout aussi surprise que lui de cette rencontre inopinée et elle engagea la conversation la première. Elle ignorait qu'il aimait les chiens, Walter dit que lui aussi en avait un, même si ce dernier passait la plupart de son temps chez sa mère. Ils firent une centaine de pas ensemble avant de se saluer courtoisement devant les grilles du parc ; Walter passa le reste de l'après-midi, assis sur une chaise, à contempler les fleurs d'un églantier.

À 14 heures, je rentrais d'une promenade. J'avais trouvé aux puces de Camden un vieux boîtier d'appareil photo et je me réjouissais à l'idée de passer ma soirée à le démonter et à le nettoyer. Sous ma porte, je trouvai une carte postale qu'avait glissée le facteur. La photo représentait le petit port de pêche d'Hydra, île sur laquelle vit ma mère. Elle l'avait postée six jours plus tôt. Ma mère a horreur du téléphone, elle n'écrit pas souvent et, quand elle prend la plume, sa prose n'est pas prolixe. Le texte était d'une simplicité déconcertante : « Quand est-ce que tu viens me voir ? » Deux heures plus tard, je ressortais de l'agence de voyages qui se trouve à deux rues de chez moi, avec un billet d'avion en poche pour la fin du mois.

Ce samedi soir, Keira, trop affairée aux préparatifs de son expédition, décommanda son dîner avec Max.

Après s'être regardée longuement dans le miroir de la salle de bains, Jeanne se décida à jeter les dernières lettres de Jérôme qu'elle conservait dans le tiroir de son bureau.

Walter, qui était allé rendre visite à son libraire, lisait une encyclopédie sur les chiens, apprenant par cœur la page concernant le bouvier bernois.

Jan Vackeers accordait à Ivory une revanche aux échecs.

Quant à moi, après avoir scrupuleusement nettoyé l'appareil photo acheté le matin même, je m'installais à mon bureau, avec une bière glacée et un sandwich que j'avais particulièrement bien préparé. Je commençai à rédiger une lettre à ma mère pour l'avertir de

mon arrivée et reposai aussitôt le stylo, me réjouissant
de lui faire une surprise.

Il est des journées faites de petits riens, des journées
dont on se souvient longtemps, sans que l'on puisse
vraiment savoir pourquoi.

∗

J'avais informé Walter de mon départ. Mes cours ne
commençaient qu'à la rentrée et personne à l'Académie
ne remarquerait mon absence. J'avais acheté biscuits,
thés et moutardes anglaises dont ma mère raffole,
bouclé ma valise, refermé la porte de ma maison, un
taxi me conduisit à l'aéroport. J'arriverais à Athènes
au milieu de l'après-midi, à temps pour rejoindre le
port du Pirée et embarquer à bord de la navette
maritime qui me conduirait en une heure sur l'île
d'Hydra.

Comme à l'accoutumée, l'ambiance à Heathrow était
chaotique à souhait. Mais lorsqu'on a volé jusqu'aux
confins de l'Amérique du Sud, plus rien ne vous
surprend en matière de voyage. Coup de chance, mon
vol était à l'heure. Après le décollage, le pilote annonça
que nous survolerions la France, avant de faire cap vers
la Suisse, le nord de l'Italie, l'Adriatique et enfin la
Grèce. Je n'y étais pas retourné depuis longtemps et
j'étais heureux d'avoir décidé de rendre visite à ma
mère. Nous survolions maintenant Paris, le ciel était
clair et les passagers qui, comme moi, étaient assis du
bon côté de la cabine, bénéficiaient d'une splendide
vue de la capitale, on voyait même la tour Eiffel.

∗

Paris

Keira supplia Jeanne de l'aider à boucler sa valise.

– Je ne veux plus que tu t'en ailles.

– Je vais rater mon avion, dépêche-toi, je t'en prie Jeanne ce n'est pas le moment !

Le départ se fit dans la précipitation. À bord du taxi qui roulait vers Orly, Jeanne ne disait pas un mot.

– Tu vas faire la tête jusqu'à ce que nous soyons séparées ?

– Je ne fais pas la tête. Je suis triste, c'est tout, bougonna Jeanne.

– Je te promets que je téléphonerai, régulièrement.

– Promesse de Gascon ! Quand tu seras là-bas, rien n'existera en dehors de ton travail. Et puis tu me l'as assez répété, pas de cabines, pas de réseau...

– Personne n'a jamais prouvé que les Gascons ne tenaient pas leurs promesses.

– Jérôme est gascon !

– Jeanne, ces deux derniers mois ont été merveilleux et rien de ce qui m'arrive n'aurait existé sans toi. Ce voyage, c'est à toi que je le dois, tu es...

– Je sais, l'idiote que tu n'aurais échangée pour

aucune autre au monde, mais tu préfères quand même passer tes journées en compagnie de tes squelettes dans la vallée de l'Omo, plutôt qu'avec ta sœur soi-disant irremplaçable. Oh, et puis je suis la dernière des imbéciles, je m'étais juré de ne pas te faire cette scène, j'ai répété cent fois hier dans ma chambre toutes les paroles heureuses que je devais te dire.

Jeanne fixa longuement Keira.

— Qu'est-ce qu'il y a ?

— Rien, je m'imprègne de ta frimousse avant de ne plus la voir.

— Arrête ça, Jeanne, tu vas me donner le cafard. Viens me rendre visite !

— J'ai déjà du mal à boucler mes fins de mois, je devrais parler tout de suite à mon banquier d'un petit voyage en Éthiopie, il serait ravi. Qu'as-tu fait de ton collier ?

Keira passa la main autour de son cou.

— C'est une longue histoire.

— Je t'écoute.

— J'ai retrouvé une ancienne connaissance à Londres, par hasard.

— Et tu lui as donné ce pendentif auquel tu tenais tant ?

— Je te l'ai dit, Jeanne, c'est une longue histoire.

— Comment s'appelle-t-il ?

— Adrian.

— Tu l'as emmené voir papa ?

— Non, bien sûr que non.

— Remarque, si ce mystérieux Adrian peut écarter Max de tes pensées, béni soit-il.

— Qu'est-ce que tu as contre Max ?

— Rien !

Keira regarda attentivement sa sœur.

– « Rien », ou « Rien, bien au contraire » ? demanda-t-elle.

Jeanne ne répondit pas à la question.

– Mais je suis la reine des connes..., souffla Keira. « Je n'ai pas eu de nouvelles de Max depuis ta rupture », « Max a mis du temps à s'en remettre, ne rouvre pas des plaies si c'est pour te barrer ensuite », « Je ne devrais pas te le dire mais Max était à ce dîner », tu es raide dingue de lui !

– N'importe quoi !

– Regarde-moi droit dans les yeux Jeanne !

– Qu'est-ce que tu voulais que je te dise ? Que je me suis retrouvée seule au point de m'amouracher d'un ex de ma petite sœur ? Je ne sais même pas si c'est de lui dont je me suis éprise ou du couple que vous formiez, ou de l'idée d'un couple tout court.

– Max est tout à toi, ma Jeanne, mais ne sois pas déçue quand même, c'est un mauvais coup !

Jeanne accompagna sa sœur jusqu'au comptoir d'enregistrement. Une fois les bagages de Keira avalés par le tapis roulant, elles allèrent prendre un dernier café. Jeanne avait la gorge bien trop nouée pour parler et Keira n'était pas mieux. Elles se tinrent par la main, chacune dans ses pensées et son silence. Elles se séparèrent devant les guichets de la police de l'air. Jeanne serra Keira dans ses bras et éclata en sanglots.

– Je te promets de t'appeler chaque semaine, dit Keira en larmes.

– Tu ne tiendras pas ta promesse, mais je t'écrirai et tu m'écriras aussi. Tu me raconteras tes journées, moi les miennes ; tes lettres feront des pages et des pages et celles que je t'enverrai à peine quelques lignes parce que je n'aurai pas grand-chose à te raconter. Tu m'enverras des photos de ton fleuve magnifique, je t'enverrai des cartes postales du métro. Je t'aime, petite sœur, prends soin de toi et, surtout, reviens-moi vite.

Keira s'éloigna à reculons ; elle tendit son passeport et sa carte d'embarquement au policier derrière la vitre de sa guérite. Le contrôle passé, elle se retourna pour faire un dernier signe à sa sœur, mais Jeanne était déjà partie.

Il est des journées faites de petits riens et qui vous laissent le vague à l'âme, de moments de solitude dont on se souvient longtemps, très longtemps.

*

Athènes

Le port du Pirée à la fin du jour est aussi animé qu'une ruche. Les passagers à peine descendus des files interminables d'autocars, de minibus ou de taxis se précipitent de quai en quai. Les amarres claquent au gré du vent, rythmant le ballet des bateaux qui accostent ou appareillent. La navette reliant Hydra avait gagné le large. La mer était formée ; assis à l'avant je fixai la ligne d'horizon ; en dépit de mes origines grecques, je n'ai jamais eu le pied marin.

Hydra est une île hors du temps, il n'existe que deux moyens de s'y déplacer, à pied ou à dos d'âne. Les maisons du village accrochées à la montagne surplombent le petit port de pêche ; on y accède par des ruelles escarpées. Hors de la saison touristique, tout le monde se connaît ici, et il est impossible de débarquer sans qu'un visage familier vous sourie, vous serre dans ses bras, et crie à qui voudra l'entendre que vous êtes revenu au pays. Le jeu consistait pour moi à gagner la maison de mon enfance avant que la rumeur de mon arrivée ait grimpé la colline. Je ne sais pas pourquoi je voulais tant faire cette surprise à ma mère. Peut-être était-ce parce que j'avais ressenti dans son courrier laconique, non un reproche, mais plutôt un appel.

Le vieux Kalibanos qui fait commerce d'ânes se réjouissait de me confier une de ses plus belles bêtes. La chose est difficile à croire, mais il existe deux sortes d'ânes à Hydra, ceux qui avancent d'un pas lent et ceux qui trottent à belle allure. Les seconds s'échangent pour le double du prix des premiers et les monter est bien plus difficile qu'il n'y paraît. L'âne a son caractère, si l'on veut qu'il aille dans la direction souhaitée, il faut savoir se faire accepter de lui.

– Ne lui laisse aucun répit, avait supplié Kalibanos, il est aussi rapide que feignant ; quand tu te trouveras dans le virage, juste avant d'arriver chez ta mère, tire les rênes à gauche, sinon il ira dévorer les fleurs sur le mur de ma cousine et cela fera encore des histoires.

Je promis de faire de mon mieux, Kalibanos m'ordonna de lui confier mon bagage, il le ferait livrer plus tard. Il tapota sur sa montre, me donnant moins de quinze minutes pour arriver là-haut avant que maman apprenne que j'étais sur l'île.

– Et encore, tu as la chance que le téléphone de ta tante soit en panne !

Tante Elena tient sur le port un petit magasin de cartes postales et de souvenirs, elle parle sans cesse, la plupart du temps pour ne rien dire, mais son rire est le plus communicatif que je connaisse, et elle rit en permanence.

Aussitôt lancé, je retrouvais les réflexes de mon enfance. Je ne dirais pas que j'avais fière allure, mon âne dodelinait généreusement du postérieur, mais j'avançais à bon train et la beauté des lieux m'émerveillait comme chaque fois que je revenais. Je n'ai pas grandi ici, je suis né à Londres et y ai toujours vécu, mais à toutes les vacances, nous réinvestissions la demeure familiale de ma mère, avant qu'elle s'y installe pour de bon à la mort de mon père.

Je m'appelle Adrian, sauf ici, où l'on m'appelle toujours Adrianos.

*

Addis-Abeba

L'appareil venait de se poser sur l'aéroport de Bolé, il alla s'arrimer au terminal flambant neuf qui faisait la fierté de la ville. Keira et son équipe durent patienter de longues heures avant que leur matériel soit enfin dédouané. Trois minibus les attendaient. Le coordinateur que Keira avait contacté au début de la semaine avait tenu sa promesse. Les chauffeurs chargèrent caisses, tentes et bagages dans les deux premiers véhicules, l'équipe embarqua à bord du troisième ; les moteurs toussèrent, les embrayages craquèrent, annonçant le début de la folle équipée. On passa le rond-point qui célèbre la coopération sino-africaine, le fronton de la gare centrale d'Addis-Abeba est d'ailleurs marqué d'une sculpture représentant le drapeau rouge et l'étoile de la Chine ; le convoi emprunta la grande avenue qui traverse la capitale, d'est en ouest. La circulation était dense et l'équipage épuisé ne tarda pas à s'endormir, insensible au chaos environnant, à peine réveillé par les soubresauts du véhicule quand une roue s'enfonçait dans une ornière.

La vallée de l'Omo est à cinq cent cinquante kilomètres à vol d'oiseau, le triple par la route, et le goudron disparaît au milieu du voyage pour laisser place à la terre puis à la piste.

Ils passèrent Addis, Tefki, Tulu Bolo, le convoi s'arrêta à Giyon à la tombée du jour. On déchargea le matériel pour l'embarquer aussitôt à bord de deux longs véhicules tout-terrain. Keira jubilait, son organisation était parfaite et les membres de son équipe semblaient heureux, en dépit de la fatigue qui augmentait.

À Welkite, les chauffeurs des 4×4 renoncèrent à continuer. On passerait la nuit ici.

Une famille les accueillit. L'équipage mangea de bonne grâce le repas qui lui était offert : un plat de *wat*. Tout le monde s'endormit sur les nattes disposées dans la pièce principale.

Keira fut la première éveillée. Sortie sur le perron de la maison, elle regardait les alentours. La ville était principalement composée de maisons blanches aux toitures de tôle ondulée. Les toits de Paris étaient loin, Jeanne lui manquait, et elle se demanda soudain pourquoi elle s'était embarquée dans cette aventure. La voix d'Éric, un de ses collègues, la sortit de ses pensées.

— On est bien loin du périphérique, n'est-ce pas ?

— Je me faisais la même remarque, mais si tu crois être arrivé au bout du monde, attends encore un peu, il se trouve à cinq cents kilomètres d'ici, répondit Keira.

— Je suis impatient d'y être et de me mettre au travail.

— La première chose sera de nous faire accepter par les villageois.

— Cela t'inquiète ?

– Nous sommes un peu partis comme des voleurs après la tempête.

– Mais vous n'avez rien volé, donc tu n'as pas de raison de t'en faire, conclut Éric en tournant les talons.

C'était la première fois que le pragmatisme de son collègue étonnait Keira, et c'était loin d'être la dernière. Elle haussa les épaules et se rendit près des véhicules pour aller vérifier le bon harnachement du matériel.

À 7 heures du matin, le convoi reprit la route. La banlieue de Welkite passée, les maisons cédèrent la place à des huttes aux toits de paille pointus. Le paysage changea radicalement une heure plus tard, quand Keira et son équipe entrèrent dans la vallée de Gibe.

Premier contact avec la rivière, ils traversèrent le pont du Duc qui surplombait le majestueux cours d'eau avec lequel Keira renouait enfin. À sa demande, les deux 4 × 4 s'arrêtèrent.

– Quand devons-nous arriver au camp ? demanda l'un de ses collègues.

– Nous aurions pu le descendre, dit Éric en regardant le cours d'eau au fond du précipice.

– Oui, nous aurions pu. En vingt jours, ou plus si les hippopotames sont capricieux et refusent de nous laisser passer ; et nous perdrions probablement la moitié de notre matériel dans les courants, répondit Keira. Nous aurions aussi pu prendre un petit avion jusqu'à Jimma, mais pour une seule journée de gagnée, c'est trop cher.

Éric regagna le 4 × 4 sans faire de commentaires. Sur leur gauche, le fleuve traversait les prairies, avant de s'enfoncer dans la jungle.

Le convoi repartit, soulevant un épais nuage de poussière dans son sillage. La route était de plus en plus

sinueuse et les gorges à franchir chaque fois plus verti-
gineuses. À midi, on passa Abelti et la descente vers
Asendako commença. Le voyage n'en finissait plus,
seule Keira semblait tenir bon. Enfin les voitures
entrèrent dans Jimma. Ils y passeraient leur seconde
nuit ; demain, Keira retrouverait la vallée de l'Omo.

*

Hydra

– Heureusement que ta tante m'a téléphoné de chez l'épicier pour me prévenir que tu avais débarqué sur le port. Tu voulais que je fasse un arrêt cardiaque ?

Voilà les premiers mots de ma mère quand j'entrai dans sa maison. C'était sa façon à elle de m'accueillir et sa façon, aussi, de me faire le reproche de ces longs mois d'absence.

– Elle a le regard encore vif, ta tante, je ne suis pas certaine que je t'aurais reconnu si je t'avais vu en ville ! Montre-toi à la lumière que je te voie. Tu as maigri et tu as mauvaise mine.

Je m'attendais encore à deux ou trois remarques de sa part avant qu'elle accepte enfin de m'ouvrir ses bras.

– Il paraît que ta valise n'est pas très lourde, je suppose que tu ne restes que quelques jours ?

Et quand je lui confiai mon envie de passer plusieurs semaines ici, ma mère se détendit enfin et m'embrassa tendrement. Je lui jurai qu'elle n'avait pas changé, elle me tapota la joue en me traitant de menteur, mais accepta le compliment. Elle s'affaira aussitôt en cuisine, faisant l'inventaire de tout ce qui lui restait de farine, sucre, lait, œufs, viande et légumes.

— Je peux savoir ce que tu fais ? demandai-je.

— Figure-toi que j'ai un fils qui débarque à l'improviste, après plus de deux années sans avoir rendu une seule visite à sa mère et, comme il s'est débrouillé pour arriver en fin de journée, il me reste une heure à peine pour préparer une fête.

— Je veux juste dîner en tête à tête avec toi, laisse-moi t'emmener sur le port.

— Et moi je voudrais avoir trente ans de moins et être débarrassée à jamais de mes rhumatismes !

Maman fit claquer ses doigts et se frotta le bas du dos.

— Eh bien, tu vois, ça n'a pas marché, j'en conclus que nos souhaits ne seront pas exaucés aujourd'hui. Nous ferons donc un banquet digne de cette famille et de sa réputation ; si tu crois que ton arrivée sur l'île est passée inaperçue !

Inutile d'essayer de la raisonner, sur ce point comme sur tout autre d'ailleurs. Tout le monde au village aurait parfaitement compris que nous passions la soirée seuls ensemble, mais célébrer mon arrivée comptait beaucoup pour ma mère, et je me refusais à la priver de ce plaisir.

Les voisins apportèrent du vin, du fromage et des olives, les femmes dressèrent la table, les hommes accordèrent leurs instruments de musique. On but, dansa et chanta jusque tard dans la nuit et j'eus une petite explication en privé avec ma tante pour la remercier de sa discrétion. Elle me jura qu'elle ne voyait pas de quoi je parlais.

Lorsque je me réveillai le lendemain, ma mère était déjà debout depuis longtemps. Tout était rangé et la maison avait retrouvé son allure de tous les jours.

– Qu'est-ce que tu comptes faire ici pendant plusieurs semaines ? avait demandé maman en me servant un café.

Je la forçai à s'asseoir avec moi.

– Ne pas me faire servir du matin au soir serait déjà un bon début. Je suis venu m'occuper de toi, pas le contraire.

– T'occuper de moi ? La belle affaire ! Cela fait des années que j'ai pris l'habitude de m'occuper de moi toute seule ; à part Elena qui vient étendre le linge, et que j'aide en retour à son magasin, je n'ai besoin de personne.

Sans tante Elena, ma mère se sentirait beaucoup plus seule. Et pendant que je prenais mon petit déjeuner, je l'entendais défaire ma valise et ranger mes affaires.

– Je te vois hausser les épaules ! dit-elle depuis la fenêtre de ma chambre.

Je passai cette première journée de vacances à renouer avec les paysages de l'île. L'âne de Kalibanos me guidait le long des sentes. Je m'arrêtai dans une crique, profitant de ce qu'elle était déserte pour plonger dans la mer et en ressortir aussi vite, frigorifié. Je déjeunai avec ma mère et ma tante sur le port et les écoutai raconter des histoires de famille, souvenirs que l'une et l'autre ressassaient inlassablement. Arrive-t-il un moment de la vie où le bonheur est passé, où l'on n'attend plus rien ? Est-ce cela que vieillir ? Lorsque aujourd'hui ne parle que d'hier, quand le présent n'est plus qu'un trait de nostalgie que l'on cache pudiquement par des éclats de rire ?

– Qu'est-ce que tu as à nous regarder comme ça ? demanda ma tante en séchant ses yeux.

– Rien... Est-ce que, lorsque je serai rentré à Londres, vous déjeunerez toutes les deux à cette même table en vous remémorant ce repas d'aujourd'hui comme un bon souvenir ?

– Évidemment ! Pourquoi poses-tu une question aussi idiote ? demanda Elena.

– Parce que je me demande aussi pourquoi vous ne profiteriez pas maintenant de cette belle journée au lieu d'attendre que je sois reparti ?

– Ton fils a trop longtemps manqué de soleil, dit Elena à ma mère. Je ne comprends plus un mot de ce qu'il dit.

– Moi si, dit ma mère en me souriant, et je crois qu'il n'a pas tout à fait tort. Arrêtons avec ces vieilles histoires et parlons d'avenir. Tu as des projets, Elena ?

Ma tante nous regarda à tour de rôle, ma mère et moi.

– Je vais repeindre le mur du magasin à la fin du mois, juste avant le début de la saison, annonça-t-elle avec le plus grand sérieux. Le bleu a pâli, vous ne trouvez pas ?

– Si, je me le disais justement, et voilà un sujet qui va passionner Adrianos, ajouta ma mère en m'adressant un clin d'œil.

Cette fois Elena se demanda si l'on se payait sa tête, et je lui jurai qu'il n'en était rien. Nous avons discuté pendant deux heures du bleu qu'il faudrait choisir pour la devanture de son magasin. Maman alla même tirer de sa sieste le marchand de couleurs pour lui confisquer une gamme de teintes ; et pendant que nous les appliquions au mur pour choisir celle qui conviendrait le mieux, c'est sur le visage de ma mère que je vis des couleurs se réinventer.

Deux semaines passèrent pendant lesquelles nous vivions au gré de ce soleil qui m'avait tant manqué, de la chaleur qui grimpait de jour en jour. Juin passait lentement et nous vîmes débarquer les premiers touristes.

Je me souviens de ce matin-là, comme si c'était hier, nous étions un vendredi. Maman était entrée dans la chambre où je lisais, profitant de la fraîcheur que les persiennes avaient su préserver. Je dus poser mon livre puisqu'elle se tenait debout, bras croisés, devant moi. Elle me dévisageait sans rien dire ; avec un drôle d'air, de surcroît.

– Qu'est-ce qu'il y a ?

– Rien, répondit-elle.

– Tu es juste descendue me regarder lire ?

– Je suis venue te porter du linge.

– Mais tu n'as rien dans les mains !

– J'ai dû l'oublier en chemin.

– Maman ?

– Adrian, depuis quand portes-tu des colliers ?

Lorsque ma mère m'appelle Adrian, c'est que quelque chose de sérieux la tracasse.

– Ne fais pas l'innocent ! ajouta-t-elle.

– Je n'ai pas la moindre idée de ce dont tu parles.

Ma mère jeta un regard noir vers le tiroir de ma table de nuit.

– Je te parle de celui que j'ai trouvé dans ta valise et que j'ai rangé là.

J'ouvris le tiroir en question et trouvai le pendentif que Keira avait oublié à Londres ; pourquoi l'avais-je emmené ? Je ne le savais pas moi-même.

– C'est un cadeau !

– On t'offre des colliers maintenant ? Et pas n'importe lequel. C'est assez original comme cadeau. Qui a été aussi généreux avec toi ?

– Une amie. Je suis arrivé il y a deux semaines, pourquoi t'intéresses-tu soudain à ce collier ?

– Parle-moi d'abord de cette amie, qui offre des bijoux à un homme, je cesserai peut-être de m'intéresser à ton collier.

– Ce n'était pas vraiment un cadeau, elle l'a oublié chez moi.

– Alors pourquoi me dis-tu que c'est un cadeau, si c'est un oubli ? Il y a d'autres choses que tu as oublié de me dire ?

– Mais, maman, où veux-tu en venir ?

– Tu peux m'expliquer qui est l'énergumène qui vient de débarquer de la navette d'Athènes et qui fait le tour des commerces du port en demandant après toi ?

– Quel énergumène ?

– Tu vas répondre à chacune de mes questions par une autre question ? C'est agaçant à la fin.

– Je ne sais pas de qui tu parles.

– Tu ne sais pas à qui est ce collier, tu ne sais pas me décrire celle qui te l'aurait d'abord offert mais qui l'a finalement oublié chez toi, et tu ne sais pas non plus qui est ce Sherlock Holmes en short sur le port, qui en est à sa cinquième bière et demande à tous les passants s'ils te connaissent ? C'est la énième fois que l'on me téléphone à son sujet et figure-toi que moi non plus je ne sais pas quoi dire !

– Un Sherlock Holmes en short ?

– Avec short en flanelle, chemisette et casquette à carreaux, ne lui manque que la pipe !

– Walter !

– Donc tu le connais !

J'enfilai une chemise, et me précipitai à la porte, priant pour que mon âne n'ait pas rongé la corde qui le retenait à l'arbre devant la maison ; il avait pris cette sale habitude depuis le début de la semaine, pour aller se promener à sa guise dans le champ du voisin et courtiser une ânesse qui n'avait d'ailleurs rien à faire de ses avances.

– Walter est un collègue de travail, j'ignorais totalement qu'il comptait nous rendre visite.

– Nous ? Ne me mêle pas à ça, s'il te plaît Adrian !

Je ne comprenais vraiment rien à l'énervement de ma mère qui d'ordinaire était la plus accueillante des femmes ; ni cette petite réflexion qu'elle me fit, alors que je refermais la porte de la maison : « Ton ex-femme aussi était une collègue ! »

C'était bien Walter qui avait débarqué une heure plus tôt sur l'île et qui se trouvait assis à la terrasse du restaurant voisin du magasin d'Elena.

– Adrian ! s'exclama-t-il, en me voyant.

– Que faites-vous là, Walter ?

– Comme je le disais à ce charmant aubergiste, sans vous, l'Académie n'est plus l'Académie. Vous me manquiez, mon ami !

– Vous avez dit au propriétaire de cet établissement que je vous manquais ?

– Tout à fait, et c'est la vérité vraie.

J'éclatai de rire. J'eus tort, car Walter prit cela comme une marque de contentement de le voir ici, et cinq ou six bières aidant, il se leva pour me serrer dans ses bras. Je vis, par-dessus son épaule, tante Elena rappeler ma mère.

– Walter, je ne vous attendais pas...

– Mais moi non plus, je ne m'attendais pas à venir ici. Il pleuvait, il pleuvait, il n'a cessé de pleuvoir depuis votre départ ; j'en ai eu assez de la grisaille, et puis j'avais besoin de vos conseils, mais nous en reparlerons plus tard. Alors, je me suis dit : Pourquoi ne pas aller passer quelques jours au soleil ? Pourquoi est-ce toujours les autres qui partent et pas moi ? Cette fois, je me suis écouté, j'ai sauté sur une promotion affichée dans la vitrine d'une agence de voyages et me voilà !

– Pour combien de temps ?

– Une petite semaine, mais il n'est pas question de m'imposer, je vous rassure, j'ai pris mes dispositions. La promotion incluait une chambre dans un charmant petit hôtel, quelque part ici, je ne sais pas bien où, conclut-il essoufflé en me tendant sa réservation.

J'accompagnais Walter à travers les ruelles de la vieille ville, maudissant ce déjeuner où j'avais commis l'imprudence de lui confier le nom de l'île où je m'exilais.

– Quel beau pays que le vôtre, Adrian, c'est tout simplement magnifique. Ces murs blancs, ces volets bleus, cette mer, même les ânes sont merveilleux !

– C'est l'heure de la sieste, Walter, si vous pouviez parler un peu moins fort, ces ruelles sont terriblement sonores.

– Mais bien sûr, chuchota-t-il, bien entendu.

– Et puis-je vous suggérer de changer de tenue ?

Walter se regarda de bas en haut, l'air étonné.

– Quelque chose ne va pas ?

– Déposons votre valise et allons nous occuper de cela.

J'ignorais que pendant que j'aidais Walter à se trouver une tenue plus discrète au bazar du port, Elena rappela maman pour lui raconter que je faisais du shopping avec mon ami.

Les Grecs sont d'un naturel accueillant, je n'allais pas faire mentir leur réputation et j'invitai Walter à dîner en ville. Je me souvins que Walter avait sollicité mes conseils. À la terrasse du restaurant, je lui demandai en quoi je pouvais lui être utile.

– Vous vous y connaissez en chiens ? me demanda-t-il.

221

Et il me raconta l'épisode de sa promenade fugace avec Miss Jenkins quelques semaines plus tôt à Hyde Park.

– Cette rencontre a changé bien des choses, maintenant, chaque fois que nous nous saluons, je lui demande des nouvelles d'Oscar, c'est le nom de son bouvier bernois, et, chaque fois, elle m'assure qu'il va bien ; mais en ce qui nous concerne, nous en sommes au même point.

– Pourquoi ne l'invitez-vous pas à un concert ou à un spectacle de music-hall ? Les théâtres de Covent Garden ne vous laissent que l'embarras du choix.

– Comment une idée aussi judicieuse ne m'est-elle pas venue ?

Walter regarda longuement la mer et soupira.

– Je ne saurai jamais comment m'y prendre !

– Lancez-vous, faites votre invitation, elle en sera très touchée, croyez-moi.

Walter fixa à nouveau la mer et soupira encore.

– Et si elle refuse ?

Tante Elena arriva, elle se planta devant nous, attendant que je fasse les présentations. Walter l'invita à notre table. Elena ne se fit pas prier et s'assit avant même que je me lève pour lui tendre une chaise. Elena avait un humour insoupçonné lorsqu'elle n'était pas en compagnie de maman. Elle prit la parole et ne la rendit plus, racontant presque toute sa vie à Walter. Nous fîmes la fermeture du restaurant. Je raccompagnai mon ami à son hôtel et rentrai sur le dos de mon âne, jusqu'à la maison. Maman veillait sous le patio, nettoyant son argenterie à 1 heure du matin !

Le lendemain, le téléphone sonna vers 16 heures. Ma mère vint me chercher sur la terrasse, elle m'annonça, l'air suspicieux, que mon ami voulait me parler.

Walter me proposait une promenade en fin d'après-midi ; je voulais terminer mon livre et l'invitait à se joindre à nous pour la soirée. Je descendis faire quelques courses au village et m'arrangeai avec Kalibanos pour qu'il passe chercher Walter à son hôtel vers 9 heures et le conduise chez nous. Maman resta silencieuse, se contentant de dresser le couvert et d'inviter ma tante à ce dîner qui avait l'air de la contrarier.

— Qu'est-ce que tu as ? lui demandai-je en l'aidant à mettre la table.

Maman posa les assiettes et croisa les bras, ce qui n'augurait rien de bon.

— Deux ans d'absence pendant lesquels tu n'as presque pas donné de tes nouvelles et la seule personne que tu présentes à ta mère c'est ton Sherlock Holmes ? Quand vas-tu enfin songer à mener une vie normale ?

— Tout dépend de ce que tu entends par normale ?

— J'aimerais avoir pour seul souci que mes petits-enfants n'aillent pas se faire mal sur les rochers.

Ma mère n'avait jamais manifesté une telle envie. Je lui présentai une chaise pour qu'elle s'y asseye et lui préparai un verre d'ouzo, comme elle l'aime, sans eau avec un seul glaçon. Je la regardais tendrement, réfléchissant à deux fois à ce que j'allais lui dire.

— Tu veux des petits-enfants maintenant ? Tu m'as toujours soutenu le contraire, tu me disais que m'avoir élevé te suffisait amplement, tu te défendais d'être l'une de ces femmes qui veulent à tout prix, quand leur progéniture quitte le nid, rejouer la partition en habit de grand-mère.

— Eh bien je suis devenue l'une de ces femmes, il n'y a que les imbéciles qui ne changent jamais d'avis, non ? La vie passe si vite Adrianos, tu as eu tout ton temps pour t'amuser avec tes camarades. Le moment n'est plus de rêver à demain. À ton âge, demain c'est aujourd'hui ; et, au mien, comme tu as pu le constater, aujourd'hui est devenu hier.

– Mais j'ai tout mon temps ! protestai-je.

– On ne vend pas les salades quand elles sont fanées !

– Je ne sais pas ce qui t'inquiète, ni pourquoi tu t'inquiètes, mais je ne doute pas de rencontrer un jour la femme idéale.

– Est-ce que j'ai l'air d'une femme idéale ? Et pourtant ton père et moi avons vécu quarante très belles années ensemble. Ce n'est ni la femme ni l'homme qui doivent être idéaux mais ce qu'ils veulent partager ensemble. Une grande histoire d'amour, c'est la rencontre de deux donneurs. As-tu trouvé cela dans ta vie ?

J'avouai que ce n'était pas le cas. Maman passa sa main sur ma joue et me sourit.

– L'as-tu seulement cherché ?

Elle se leva sans avoir touché à son verre et retourna à la cuisine, me laissant seul sur la terrasse.

*

Vallée de l'Omo

Les matins pâles de la vallée de l'Omo révèlent des paysages de marais et de savane isolés par des hauts plateaux. Toute trace de la tempête avait disparu. Les villageois avaient rebâti ce que le vent avait endommagé. Des singes colobus se balançaient de branche en branche, faisant à peine plier les arbres à leur passage.

Les archéologues dépassèrent un village de la tribu Qwegu, et un peu plus en aval atteignirent enfin celui des Mursis.

Guerriers et enfants jouaient sur la rive.

— Avez-vous déjà vu quelque chose d'aussi beau que les peuples de l'Omo ? demanda Keira à ses compagnons de voyage.

Sur leurs peaux bronze aux reflets rouges, ils avaient dessiné des peintures de maître. Les Mursis réussissent d'instinct ce que certains grands peintres passent leur vie à chercher. Du bout des doigts ou de la pointe d'un roseau effilé, ils saisissent l'ocre rouge, ou tout autre pigment que les terres volcaniques leur offrent pour se parer de couleurs, le vert, le jaune, le gris de la cendre.

Une petite fille sortie d'un tableau de Gauguin riait avec un jeune guerrier revisité par Rothko.

Devant tant de splendeur, les collègues de Keira restèrent silencieux, émerveillés.

Si l'humanité a vraiment un berceau, le peuple de l'Omo semblait y vivre encore.

Tous les villageois se mirent à courir à leur rencontre. Au milieu de ceux qui dansaient pour manifester leur joie, Keira ne cherchait qu'un visage, une seule tête. Elle l'aurait reconnu parmi cent autres, même sous un masque d'ocre ou d'argile elle aurait reconnu ses traits, mais Harry n'était pas venu l'accueillir.

*

Hydra

À 9 heures précises, j'entendis les braiments d'un âne sur le petit chemin. Ma mère ouvrit la porte de la maison et accueillit Walter. Son costume semblait avoir souffert.

– Il est tombé trois fois ! soupira Kalibanos, pourtant, je lui avais réservé la plus docile de mes bêtes, dit-il en repartant, vexé de n'avoir su mener sa mission à bien.

– On pourra dire ce que l'on veut, protesta Walter, mais on est loin des chevaux de Sa Majesté. Aucune tenue dans les virages, ni aucune discipline.

– Qu'est-ce qu'il dit ? chuchota Elena.

– Qu'il n'aime pas nos ânes ! répondit ma mère en nous guidant vers la terrasse.

Walter fit mille compliments sur la décoration, il n'avait, jura-t-il, jamais rien vu d'aussi beau. Il s'émerveilla devant le sol en galets. À table, Elena ne cessa de le questionner sur ses fonctions à l'Académie, sur la façon dont nous nous étions connus. J'ignorais jusqu'à ce jour les talents de diplomate de mon collègue. Tout au long du dîner, il complimenta la cuisine qui lui était servie. Au moment des desserts, il interrogea ma mère sur la manière dont elle avait rencontré mon père. Maman est intarissable sur ce sujet. La fraîcheur du soir fit frissonner Elena. Nous quittâmes la terrasse pour nous installer dans le salon, le temps de boire les cafés blancs que maman avait préparés. Je fus surpris de découvrir sur la console près de la fenêtre, le collier de Keira qui avait mystérieusement voyagé du tiroir de ma table de nuit jusqu'ici. Walter suivit mon regard et s'exclama joyeusement :

– Mais je reconnais ce pendentif !

– Je n'en doute pas un seul instant ! répondit ma mère en lui présentant une boîte de chocolats.

Walter ne comprit pas pourquoi ma mère jubilait en disant cela, et je dois dire que cela m'échappait aussi.

Elena était fatiguée, il était trop tard pour qu'elle redescende jusqu'au village, et, comme elle le faisait souvent, elle alla s'installer pour la nuit dans la chambre d'amis. Maman se retira en même temps qu'elle, saluant Walter et m'invitant, lorsque nous aurions terminé nos verres, à le raccompagner. Elle craignait qu'il s'égare sur le chemin du retour, mais Walter jura que cela n'était vraiment pas nécessaire. Les conditions climatiques en décidèrent autrement.

Je me suis toujours étonné de la conjonction de petites choses qui décident du cours de votre vie. Personne ne voit les pièces du puzzle qui s'assemblent, inéluctablement, et qui conduiront à un bouleversement.

Walter et moi discutions depuis une bonne heure quand un orage arriva de la mer. Je n'en avais pas connu de tel depuis fort longtemps. Walter m'aida à fermer portes et fenêtres et nous reprîmes tranquillement le fil de notre conversation pendant que le tonnerre se déchaînait au-dehors.

Il n'était pas question de laisser mon ami rentrer par un temps pareil. Elena occupait la chambre d'ami, je lui proposai le canapé du salon et une couverture pour la nuit. Après l'avoir installé, je saluai Walter et me retirai, suffisamment fatigué pour que le sommeil me cueille aussitôt. Mais l'orage avait redoublé d'intensité, j'avais beau fermer les yeux, la foudre était si violente que même les paupières closes, je pouvais voir les éclairs illuminer la pièce.

Walter surgit en caleçon dans ma chambre, dans un état d'effervescence que je ne lui connaissais pas. Il me secoua, me supplia de me lever et de le suivre. J'ai d'abord pensé qu'il avait vu un serpent, mais une telle chose ne s'était jamais produite dans notre maison. Il fallut que je le retienne à mon tour par les épaules pour qu'il consente à me parler.

– Venez, je vous en supplie, vous n'en croirez pas vos yeux.

Je n'avais d'autre choix que de le suivre. Le salon était plongé dans l'obscurité, Walter me guida jusqu'à la fenêtre. Je compris rapidement son émerveillement. Chaque fois qu'un éclair striait le ciel, la mer s'illuminait comme un gigantesque miroir.

– Vous avez bien fait de me tirer du lit. Je dois avouer que le spectacle est de toute beauté.

– Quel spectacle ? me demanda Walter.

– Eh bien, celui-ci, juste devant nous, ce n'est pas pour voir ça que vous m'avez réveillé ?

– Parce que vous dormiez avec un tel raffut ? On dit que Londres est bruyante, mais Hydra sous la pluie n'a rien à lui envier. Non, ce n'est pas pour cela que je vous ai sorti du lit.

La foudre crépitait dans le ciel et je ne trouvais pas très judicieux de rester aussi près des fenêtres, mais

Walter insistait pour que je reste là sans bouger. Il prit le pendentif que ma mère avait abandonné sur la console et le présenta devant la fenêtre, le tenant du bout des doigts.

– Maintenant, regardez bien ce qui va se produire, me dit-il toujours plus agité.

Le tonnerre se mit à gronder et, lorsqu'un nouvel éclair fendit le ciel, la lumière vive de la foudre traversa le pendentif. Des millions de petits points lumineux s'imprimèrent sur le mur du salon, de manière si intense qu'il fallut quelques secondes pour que l'image s'efface de nos rétines.

– N'est-ce pas tout simplement stupéfiant ? Je n'arrivais pas à dormir, enchaîna Walter, je me suis approché de la fenêtre, pourquoi ai-je eu envie de tripoter ce collier, je n'en sais rien, mais je l'ai fait. Et alors que je l'étudiais de plus près, le phénomène dont vous venez d'être témoin s'est produit.

J'avais beau examiner à mon tour le pendentif à la clarté d'une lampe que je venais d'allumer, aucun trou n'était visible à l'œil nu.

– De quoi s'agit-il à votre avis ?

– Je n'en ai aucune idée, répondis-je à Walter.

Quant à moi, j'ignorais qu'à cet instant précis, ma mère qui était descendue de sa chambre pour comprendre la cause d'un tel raffut dans son salon, y remontait à pas de loup, après nous avoir vus Walter et moi, en caleçon, devant la fenêtre qui donne sur la mer, s'échangeant à tour de rôle le collier de Keira, à la lumière des éclairs.

Le lendemain, au cours du dîner, maman demanda à Walter ce qu'il pensait des sectes ; et avant même que l'un de nous deux puisse répondre, elle se leva de table et alla ranger sa cuisine.

Assis sur la terrasse qui domine la baie d'Hydra, j'échangeais avec Walter quelques souvenirs d'enfance liés à cette maison. Ce soir-là, le ciel était transparent, la voûte céleste limpide.

– Je ne veux pas dire de bêtise, annonça Walter en regardant au-dessus de nous, mais ce que je vois là ressemble fort à...

– Cassiopée, dis-je en l'interrompant ; et, juste à côté, c'est la galaxie d'Andromède. La Voie lactée où se trouve notre planète est irrémédiablement attirée par Andromède. Il est hélas probable qu'elles entrent en collision dans quelques millions d'années.

– En attendant votre fin du monde, j'allais vous dire...

– Et un peu plus à droite, c'est Persée, et puis bien sûr l'étoile du Nord, et j'espère que vous voyez la magnifique nébuleuse...

– Allez-vous cesser de me couper la parole à la fin ! Si je réussissais à placer deux mots sans que vous me récitiez votre abécédaire des étoiles, je pourrais vous faire remarquer que tout cela me fait sacrément penser à ce que nous avons vu sur le mur, hier soir pendant l'orage.

Nous nous regardâmes tous deux, aussi stupéfaits l'un que l'autre. Ce que venait de dire Walter relevait de la fantaisie, de l'absurde, et pourtant sa constatation était assez troublante. À bien y repenser, ces points, en quantité phénoménale que la lumière intense de la foudre avait projetés au travers du pendentif ressemblaient à s'y méprendre aux étoiles qui brillaient au-dessus de nos têtes.

Mais comment reproduire le phénomène ? J'avais beau approcher le pendentif d'une ampoule, rien ne se passait.

– L'intensité d'une simple lampe est insuffisante,

affirma Walter qui devenait soudain plus scientifique que moi.

– Où voulez-vous trouver une source de lumière aussi puissante que celle d'un éclair ?

– Le phare du port, peut-être ! s'exclama Walter.

– Son faisceau est trop large ! Nous ne pourrions pas le diriger vers un mur.

Je n'avais pas envie de me coucher, aussi raccompagnai-je Walter à son hôtel, une promenade à dos d'âne me ferait le plus grand bien et puis je voulais poursuivre cette conversation.

– Procédons avec méthode, dis-je à Walter dont la monture trottinait à quelques mètres derrière moi. Quelle sont les sources de lumière assez puissantes pour nous être utiles, où les trouver ?

– Lequel de nous deux est Sancho Pança et lequel Don Quichotte ? me demanda-t-il alors qu'il rapprochait son âne à hauteur du mien.

– Vous trouvez ça drôle ?

– Ce faisceau vert qui s'élevait dans le ciel de Greenwich, vous vous souvenez, c'est vous qui me l'avez montré, il était plutôt puissant, non ?

– Un laser ! Voilà exactement ce qu'il nous faut !

– Demandez donc à votre mère si elle n'aurait pas un laser dans sa cave, on n'est jamais à l'abri d'un coup de bol.

Je ne relevai pas le sarcasme de mon camarade et donnai un tout petit coup de talon à mon âne qui accéléra le pas.

– Et susceptible en plus ! cria Walter tandis que je m'éloignais de lui.

Je l'attendis dans le virage suivant.

– Il y a bien un laser dans le département de spectroscopie de l'Académie, dit Walter essoufflé en me rejoignant. Mais c'est un très vieux modèle.

– Il s'agit probablement d'un laser à rubis, son faisceau rouge ne nous conviendra pas, j'en ai bien peur. Il nous faudrait un appareil plus puissant.

– Et puis, de toute façon, il se trouve à Londres et même pour percer le mystère de votre pendentif, je ne renoncerais pour rien au monde à mon séjour sur cette île. Réfléchissons encore. Qui utilise des lasers de nos jours ?

– Les chercheurs en physique moléculaire, les médecins et particulièrement les ophtalmos.

– Vous n'auriez pas un ami ophtalmo du côté d'Athènes ?

– Non, pas que je sache.

Walter se gratta le front et proposa de passer quelques appels depuis son hôtel. Il connaissait le responsable de l'unité de physique à l'Académie, celui-ci pourrait peut-être nous aiguiller. Nous nous quittâmes sur ces résolutions.

Le lendemain matin, Walter m'appela pour me demander de le rejoindre au plus vite sur le port. Je le retrouvai à la terrasse d'un café, en pleine conversation avec Elena ; il ne me prêta aucune attention lorsque je m'assis à leur table.

Pendant que ma tante continuait de lui raconter une anecdote sur mon enfance, Walter me tendit négligemment un bout de papier. Je dépliai la feuille et lus :

INSTITUTE OF ELECTRONIC STRUCTURE AND LASER,
FOUNDATION FOR RESEARCH AND
TECHNOLOGY – HELLAS,
GR-711 10 HERAKLION, GREECE.
CONTACT DR MAGDALENA KARI.

– Comment avez-vous fait ?

– C'est bien le minimum pour un Sherlock Holmes, non ? Ne prenez pas ce faux air d'innocent, votre tante

233

a tout balancé. J'ai pris la liberté de contacter cette Magdalena auprès de qui nous avons tous deux été recommandés par l'un de mes confrères à l'Académie, annonça triomphalement Walter. Elle nous attend ce soir ou demain et m'a assuré qu'elle ferait de son mieux pour nous aider. Son anglais est parfait, ce qui ne gâche rien.

Héraklion se trouve à deux cent trente kilomètres à vol d'oiseau. À moins de naviguer dix heures, le moyen le plus simple pour y accéder était encore de remonter vers Athènes et, de là, prendre un petit avion qui nous déposerait en Crête. En partant maintenant, nous pourrions arriver en fin d'après-midi.

Walter salua Elena. J'avais juste le temps de remonter à la maison prévenir ma mère que je m'absentais vingt-quatre heures et préparer un sac, avant d'embarquer à bord de la navette.

Maman ne me posa aucune question, elle se contenta de me souhaiter bon voyage, d'un ton un peu pincé. Elle me rappela alors que je me trouvais sur le seuil de la porte et me tendit un panier qui contenait de quoi déjeuner pendant la traversée.

– Ta tante m'avait prévenue de ton départ, il faut bien que ta mère serve encore à quelque chose. File, puisque tu dois t'en aller !

Walter m'attendait sur le quai. La navette quitta le port d'Hydra et mit le cap vers Athènes. Après un quart d'heure de mer, je décidai de sortir de la cabine pour aller prendre l'air, Walter me regarda, amusé.

– Ne me dites pas que vous avez le mal de mer.

– Alors, je ne vous le dis pas ! répondis-je en abandonnant mon fauteuil.

– Vous ne verrez pas d'inconvénient à ce que je finisse les sandwichs de votre mère, ils sont délicieux, ce serait un sacrilège de les laisser !

Au Pirée, un taxi nous conduisit vers l'aéroport. Cette fois, ce fut Walter qui n'en menait pas large pendant que notre chauffeur zigzaguait sur l'autoroute.

Heureusement pour nous, il y avait encore de la place à bord du petit avion qui assurait la liaison avec la Crète. À 18 heures, nous débarquions sur le tarmac d'Héraklion. Walter s'émerveilla en posant le pied sur l'île.

– Mais comment peut-on être grec et s'exiler en Angleterre ? Vous aimez donc la pluie à ce point ?

– Je vous rappelle que, ces dernières années, je me trouvais plutôt sous les latitudes chiliennes, je suis un homme de tous les pays, chaque nation a ses attraits.

– Oui, enfin il y a quand même trente-cinq degrés de différence entre ici et là-bas !

– Peut-être pas autant, mais il est vrai que le climat...

– Je parlais du taux d'alcool entre notre bière anglaise et cet ouzo que votre tante m'a fait goûter tout à l'heure, dit Walter en me coupant la parole.

Il héla un taxi, me fit signe de monter le premier et donna l'adresse au chauffeur. Pas une seconde je n'aurais imaginé jusqu'où ce voyage me conduirait.

Le Dr Magdalena Kari nous accueillit derrière les grilles de l'institut où un vigile nous avait demandé de bien vouloir patienter.

– Pardonnez-nous, ces mesures de sécurité sont bien inamicales, dit Magdalena en faisant signe au gardien de nous laisser entrer. Nous sommes obligés de prendre toutes les mesures nécessaires, le matériel dont nous disposons ici est classé sensible.

Magdalena nous guida à travers le parc qui entourait l'imposant bâtiment en béton. Une fois dans l'immeuble, nous dûmes nous plier à de nouvelles contraintes sécuritaires. On échangea nos papiers d'identité contre deux badges où figurait la mention « visiteur » en gros caractères ; Magdalena signa une main courante et nous entraîna vers son bureau. Je pris la parole le premier ; je ne sais pas quel instinct me poussa à ne pas tout lui raconter, à minimiser le but de notre déplacement et le pourquoi de l'expérimentation que nous souhaitions mener. Magdalena écouta avec beaucoup d'attention l'exposé, pourtant décousu, que je lui faisais. Walter était perdu dans ses pensées. Peut-être à cause de la ressemblance entre notre hôtesse et Miss Jenkins, qui me surprit aussi.

– Nous avons plusieurs lasers, dit-elle, hélas, il m'est impossible d'en mettre un à votre disposition sans autorisation préalable ; cela va prendre du temps.

– Nous avons fait un long voyage et nous devons repartir dès demain, supplia Walter, sorti de sa rêverie.

– Je vais voir ce que je peux faire, mais je ne peux rien vous promettre, s'excusa Magdalena en nous demandant d'attendre quelques instants.

Elle nous laissa seuls dans son bureau, nous priant de n'en sortir sous aucun prétexte. Il nous était interdit de circuler dans l'enceinte de l'établissement sans être accompagnés.

L'attente dura quinze bonnes minutes. Magdalena revint accompagnée du Pr Dimitri Mikalas, qui se présenta à nous en qualité de directeur du centre de recherches. Il s'installa dans le fauteuil de Magdalena et nous pria courtoisement de lui expliquer ce que nous attendions de lui. Cette fois, Walter prit la parole. Je ne l'avais jamais vu aussi peu loquace. Était-il mû par le même instinct que moi un peu plus tôt ? Il se contenta de se recommander de plusieurs collègues de l'Académie, chacun avait un titre impressionnant mais je n'avais jamais entendu parler de la plupart d'entre eux.

– Nous entretenons d'excellents rapports avec l'Académie des sciences britannique, et je serais très embarrassé de ne pas pouvoir répondre favorablement à la demande de deux de ses éminents membres. Surtout quand ces derniers ont de pareils appuis. Je dois faire quelques contrôles d'usage, dès que vos identités me seront confirmées, je vous donnerai accès à l'un de nos lasers, afin que vous puissiez procéder à vos expérimentations. Nous en avons justement un qui sort de maintenance. Il ne devait être opérationnel que demain. Vous pourrez en disposer à votre guise toute la nuit. Magdalena restera avec vous pour en assurer le bon fonctionnement.

Nous avons remercié chaleureusement le professeur pour la générosité de son accueil, ainsi que Magdalena qui acceptait de nous consacrer sa soirée. Ils nous abandonnèrent, le temps d'aller faire leurs vérifications.

– Croisons les doigts pour qu'ils ne contrôlent pas tous les noms que je leur ai donnés, me chuchota Walter à l'oreille, la moitié de la liste est bidon.

Un peu plus tard, Magdalena revint nous chercher et nous escorta jusqu'à la salle où se trouvait le laser que nous convoitions.

Je n'aurais jamais imaginé pouvoir utiliser un appareil aussi magnifique que celui que nous découvrîmes en pénétrant dans ce sous-sol. Je pouvais voir dans le regard quasi maternel que Magdalena posait sur ce laser, combien elle était fière de le manipuler. Elle s'installa derrière le pupitre de commandes et actionna plusieurs interrupteurs.

– Bien, me dit-elle, si nous laissions maintenant les courtoisies de rigueur et que vous me disiez enfin ce que vous attendez vraiment de ce petit bijou de technologie. Tout à l'heure dans mon bureau, je n'ai pas cru une seconde à vos explications aussi décousues qu'incompréhensibles, et le Pr Mikalas doit être bien préoccupé en ce moment, pour ne pas vous avoir tout simplement congédiés.

– Je ne sais pas ce que nous cherchons exactement, repris-je aussitôt, sinon à reproduire un phénomène dont nous avons été témoins. Quelle est la puissance de ce petit bijou ? demandai-je à Magdalena.

– 2,2 mégawatts, répondit-elle la voix pleine d'orgueil.

– Sacrée ampoule ! Presque trente-sept mille fois la puissance de celles qui se trouvent dans le salon de votre mère, me susurra Walter, ravi de la promptitude de son calcul.

Magdalena arpenta la pièce ; en repassant devant la console elle appuya sur un nouvel interrupteur et l'appareil se mit à bourdonner. L'énergie fournie par les électrons du courant électrique commençait à stimuler les atomes de gaz contenus dans le tube en verre. Les photons ne tarderaient pas à entrer en résonance entre les deux miroirs situés à chaque extrémité du tube, permettant au processus de s'amplifier ; dans quelques instants le faisceau serait assez puissant pour traverser la paroi semi-transparente du miroir.

– Il est presque opérationnel, placez donc l'objet que vous voulez analyser devant la sortie du faisceau et laissez-moi terminer mes réglages, nous tirerons des conclusions plus tard, dit-elle.

Je sortis le pendentif de ma poche, le positionnai en bonne place sur un socle et attendis.

Magdalena avait bridé la puissance de l'instrument, elle libéra le rayon qui ricocha sur le pendentif, comme

si la surface de ce dernier lui était totalement imper-
méable. Je profitai de ce qu'elle était en train de vérifier
les paramètres qui défilaient sur son écran de contrôle,
pour tourner la molette et amplifier l'intensité du laser.
Magdalena se retourna vers moi et me fustigea du
regard.

– Qui vous a autorisé à faire cela ? me dit-elle en
repoussant ma main.

J'attrapai la sienne et la suppliai de me laisser faire.
Alors que j'amplifiais la puissance du faisceau, je vis
la stupéfaction dans le regard de Magdalena. Sur le mur
venait de s'imprimer la même série impressionnante de
points que celle que nous avions vue par une nuit
d'orage.

– Qu'est-ce que c'est que ça ? murmura Magdalena stupéfaite.

Walter éteignit la lumière et les points sur le mur se
mirent à scintiller.

– On dirait bien que cela ressemble à des étoiles,
dit-il d'une voix qui trahissait sa joie.

Tout comme nous, Magdalena n'en croyait pas ses
yeux. Walter plongea la main dans sa poche et en sortit
un petit appareil photo numérique.

– Les vertus du tourisme ! dit-il en appuyant sur le
déclencheur. Il prit une bonne dizaine de photos. Magdalena coupa le faisceau et se tourna vers moi.

– Quelle est la fonction de cet objet ?

Mais avant que je tente de lui fournir une quelconque
explication, Walter ralluma la lumière.

– Vous en savez autant que nous. Nous avons juste
constaté ce phénomène et voulions le reproduire,
voilà tout.

Walter avait discrètement rangé son appareil photo
dans sa poche. Le Pr Dimitri Mikalas entra dans la
pièce et referma la porte derrière lui.

– Phénoménal ! dit-il en me souriant.

Il avança près du socle où le pendentif était posé et s'en empara.

– Il y a une coursive d'observation, me dit-il en désignant les vitrages que je n'avais pas vus en haut de la pièce. Je n'ai pas pu résister à l'envie de regarder ce que vous faisiez.

Le professeur fit tourner le pendentif dans le creux de sa main et l'approcha de son œil pour essayer de voir au travers. Il se retourna vers moi.

– Vous ne voyez pas d'objection à ce que j'étudie cet étrange objet cette nuit ? Bien entendu, je vous le restituerai à la première heure demain matin.

Était-ce l'arrivée inopinée d'un gardien de la sécurité ou le ton qu'avait emprunté le Pr Mikalas qui fit réagir ainsi Walter ? Je ne le saurai jamais ; mais ce dernier fit un pas vers le professeur et lui allongea une droite stupéfiante. Dimitri Mikalas s'étala de tout son long et je n'eus d'autre choix que de m'occuper du garde qui avait sorti sa matraque et s'apprêtait à assener un mauvais coup à Walter. Magdalena poussa un hurlement, Walter se pencha vers Mikalas qui se tordait de douleur et lui reprit l'objet ; quant à moi, mon uppercut n'avait pas été suffisant pour assommer le gardien, et nous roulions sur le sol, comme deux gosses qui se chamaillent en cherchant à prendre le dessus. Walter mit un terme à la bagarre. Il attrapa le gardien par l'oreille et le souleva avec une force inouïe. Ce dernier lâcha prise en hurlant tandis que Walter me regardait furieux.

– Rendez-vous utile et passez-lui les menottes qui pendent à sa ceinture, je ne vais quand même pas lui arracher le lobe !

Je m'exécutai et attachai le gardien ainsi que Walter me l'avait demandé.

– Vous ne savez pas ce que vous faites, gémit le professeur.

– Non, je vous l'ai dit tout à l'heure, nous n'en avons pas la moindre idée, répondit Walter. Comment sort-on d'ici ? demanda-t-il à Magdalena. Ne m'obligez pas à utiliser la manière forte avec vous, j'aurais horreur de lever la main sur une femme.

Magdalena le regarda fixement, refusant de lui répondre. J'ai bien cru que Walter allait la gifler et je m'interposai. Walter hocha la tête et m'ordonna de le suivre. Il prit le combiné du téléphone qui se trouvait sur le pupitre et l'arracha de la console. Puis il ouvrit la porte du sous-sol, jeta un coup d'œil et m'entraîna dans sa fuite. Le couloir était désert, Walter referma la porte à clé derrière nous, estimant que nous avions cinq minutes à peine avant que l'alerte soit donnée.

– Mais qu'est-ce qui vous a pris ? demandai-je.

– On en discutera plus tard, répondit-il en se mettant à cavaler.

L'escalier, devant nous, grimpait vers le rez-de-chaussée. Walter s'arrêta sur le palier, reprit son souffle et poussa la porte qui s'ouvrait sur le hall. Il se présenta devant le gardien qui, en échange de nos badges, nous restitua nos passeports. Nous marchions vers la sortie quand un talkie-walkie se mit à crachouiller ; Walter me regarda.

– Vous n'avez pas confisqué sa radio au garde ?

– J'ignorais qu'il en avait une.

– Alors courez !

Nous avons piqué un sprint dans le parc, visant les grilles et priant pour que personne ne nous barre le passage. Le vigile n'eut pas le temps de réagir. Alors qu'il sortait de sa guérite et tentait de nous interpeller, Walter lui assena un coup d'épaule digne d'un rugbyman et l'envoya valdinguer dans les roses, au sens propre du terme. Mon camarade appuya sur le bouton qui commandait le portail et nous détalâmes comme des lapins.

– Walter, qu'est-ce qui vous a pris, bon sang ?

– Pas maintenant ! hurla-t-il, alors que nous dévalions un escalier qui nous rapprochait des bas quartiers de la ville.

La rue défilait à toute vitesse et l'allure de Walter ne faiblissait pas. Une autre ruelle en pente raide dans laquelle nous nous enfonçâmes, un virage sec et nous atterrîmes sur une avenue, évitant de justesse une moto qui passait en trombe. Je n'avais jamais visité la Crète à ce rythme-là.

– Par ici, me cria Walter alors qu'une voiture de police remontait vers nous, toutes sirènes hurlantes.

À l'abri d'une porte cochère, je repris un peu de souffle et Walter m'entraîna à nouveau dans une course folle.

– Le port, où se trouve le port ? me demanda-t-il.

– Par là, répondis-je en désignant une petite rue sur notre gauche.

Walter me tira par le bras, et cette fuite, dont je ne comprenais toujours pas le sens, reprit.

La zone portuaire était en vue, Walter ralentit le pas ; sur le trottoir, deux policiers ne semblaient pas nous porter plus d'attention que cela. Un ferry en partance pour Athènes se trouvait à quai, des voitures y embarquaient déjà tandis que les passagers attendaient leur tour derrière une billetterie.

– Allez nous acheter deux places, ordonna Walter. Je fais le guet.

– Vous voulez rentrer à Hydra par la mer ?

– Vous préférez vous frotter aux contrôles de sécurité de l'aéroport ? Non, alors allez donc prendre ces billets au lieu de discuter.

Je revins quelques instants plus tard ; le ferry voyagerait une bonne partie de la nuit et j'avais réussi à obtenir une cabine avec deux couchettes. De son côté, Walter avait acheté une casquette à un marchand ambulant et un drôle de chapeau qu'il me tendit.

— N'embarquons pas en même temps, laissez s'intercaler une dizaine de passagers entre nous, si la police est à nos trousses elle cherche deux hommes qui voyagent ensemble ; et mettez donc ce ridicule chapeau, il vous ira comme un gant ! Rejoignons-nous sur le pont avant du navire, dès qu'il aura largué les amarres.

J'exécutai les instructions de Walter à la lettre et le retrouvai une heure plus tard, au lieu du rendez-vous.

— Walter, je dois vous avouer que vous m'avez sacrément impressionné. Entre votre fulgurant coup de poing et cette course-poursuite à travers la ville, je ne m'attendais pas du tout à cela... Est-ce que vous pouvez enfin m'expliquer pourquoi vous avez assommé ce professeur ?

— Mais c'est qu'il va m'engueuler en plus ! Lorsque nous sommes entrés dans le bureau de cette Magdalena, quelque chose m'a tout de suite intrigué. Le confrère qui nous avait recommandés m'avait confié avoir fait ses études avec elle. Or le collègue en question part à la retraite dans deux mois et la femme qui s'est présentée à nous avait à peine trente-cinq ans. À Hydra, j'avais aussi consulté l'annuaire du centre et le directeur n'est absolument pas ce professeur qui pourtant en revendiquait le titre. Étrange, non ?

— Admettons, mais de là à lui briser la mâchoire !

— Ce sont plutôt mes phalanges que j'ai esquintées, si vous saviez ce que j'ai mal à la main !

— Et où avez-vous appris à vous battre comme ça ?

— Vous n'avez jamais connu le pensionnat, n'est-ce

pas ? Ni les brimades, ou les châtiments corporels, pas plus que les bizutages ?

J'avais eu la chance d'avoir des parents qui ne se seraient séparés de leur fils pour rien au monde.

– C'est bien ce que je pensais, reprit Walter.

– Était-ce nécessaire de réagir avec autant d'emportement, il suffisait de nous en aller.

– Il y a des moments, Adrian, où vous devriez redescendre un peu de vos étoiles ! Quand ce Dimitri vous a demandé s'il pouvait vous emprunter le pendentif, il l'avait déjà mis dans sa poche. Je ne crois pas que l'arrivée du vigile vous aurait laissé beaucoup le choix, et je doute fort que vous ayez revu votre précieux objet de sitôt. Un dernier détail, et pas des moindres, au cas où vous ayez encore quelques reproches à me faire : ce professeur que j'ai un peu bousculé me semblait moins étonné que nous du résultat de notre expérience. J'ai peut-être réagi un peu fort, mais je suis certain d'avoir eu raison.

– Nous voilà maintenant comme deux fugitifs et je me demande bien quelles seront les suites de cette affaire.

– Nous le verrons à la descente de ce navire, mais je ne serais pas étonné qu'il y en ait quelques-unes.

*

Athènes

– Comment va le professeur ? demanda la voix dans le combiné.

– Une fracture de la mandibule, une torsion des ligaments du cou, mais pas de traumatisme crânien, répondit la femme.

– Je n'avais pas prévu qu'ils réagiraient de la sorte. Je crains que désormais la partie se complique.

– Rien de tout cela n'était prévisible, monsieur.

– Et l'objet nous a filé entre les doigts, ce qui est encore plus regrettable. Aucune idée de l'endroit où se trouvent nos deux fugitifs ?

– Ils ont embarqué à bord d'un ferry qui relie Héraklion à Athènes, ils débarqueront demain matin.

– Avons-nous quelqu'un à bord ?

– Oui, cette fois la chance était de notre côté. Un de nos hommes les a repérés sur le port ; sans instruction, il ne les a pas interpellés, mais il a eu la présence d'esprit de monter sur le navire. J'ai reçu un message alors que le bateau appareillait. Que puis-je faire d'autre ?

– Vous avez fait ce qu'il fallait. Débrouillez-vous

pour que cet incident passe inaperçu, le professeur aura fait une mauvaise chute dans l'escalier. Ordonnez au chef de la sécurité qu'aucune mention de ce regrettable épisode ne soit portée dans les mains courantes de l'institut, il n'est pas question qu'à son retour de vacances le directeur découvre quoi que ce soit.

– Vous pouvez compter sur moi, monsieur.

– Il serait aussi peut-être temps de faire changer le nom qui figure sur la porte de votre bureau. Magdalena est décédée il y a six mois et cela commence à être de très mauvais goût.

– Peut-être mais cela nous aura été fort utile aujourd'hui !

– Au vu des résultats, je n'en jurerais pas, répondit l'homme en reposant le combiné sur son socle.

*

Amsterdam

Jan Vackeers s'approcha de la fenêtre pour réfléchir quelques instants. La situation le contrariait bien plus qu'il ne voulait se l'avouer. Il décrocha à nouveau son téléphone et composa un numéro à Londres.

– Je voulais vous remercier de votre appel hier, Sir Ashton ; hélas, l'opération à Héraklion a échoué.

Vackeers fit un rapport détaillé à son interlocuteur des événements qui s'étaient déroulés quelques heures plus tôt.

– Nous souhaitions la plus grande discrétion.

– Je le sais et croyez bien que j'en suis désolé, répondit Vackeers.

– Pensez-vous que nous soyons compromis ? demanda Sir Ashton.

– Non, je ne vois pas comment un lien quelconque pourrait être établi. Ce serait leur accorder trop d'intelligence.

– Vous m'avez demandé de mettre sur écoute téléphonique deux membres de l'Académie des sciences, j'ai accédé à votre requête, relayé celle-ci à Athènes, et cela en dérogeant à toutes les procédures d'usage.

J'ai eu l'obligeance de vous informer que l'un d'entre eux sollicitait un confrère pour obtenir un accès privilégié au centre de recherches d'Héraklion. J'ai fait en sorte que sa requête aboutisse et, à votre demande, vous ai laissé pleins pouvoirs pour mener à bien la suite des opérations. Le lendemain, une bagarre éclate dans les sous-sols et nos deux lascars s'enfuient ; vous ne croyez toujours pas qu'ils risquent de se poser quelques questions ?

– Pouvions-nous rêver meilleure opportunité de récupérer cet objet ? Ce n'est pas de ma faute si Athènes a raté son coup. Paris, New York et le nouveau Zurich sont désormais sur le qui-vive, je crois qu'il est temps de tous nous réunir et de décider en commun de ce que nous devons faire. À agir de la sorte, nous allons finir par provoquer exactement ce que nous souhaitons empêcher.

– Eh bien moi, je vous suggère le contraire et d'être plus discret, Vackeers. Je ne donne pas longtemps avant que la rumeur de cet incident ne s'ébruite. Faites le nécessaire pour que cela ne soit pas le cas. Sinon, je ne réponds plus de rien.

– Qu'entendez-vous par là ?

– Vous m'avez très bien compris, Vackeers.

On frappa à la porte de son bureau. Vackeers mit un terme à la conversation.

– Je ne vous dérange pas ? demanda Ivory en entrant dans la pièce.

– Pas le moins du monde.

– J'ai cru vous entendre parler.

– Je dictais un courrier à mon assistante.

– Tout va bien ? Vous avez mauvaise mine.

– Ce vieil ulcère qui me fait souffrir.

– Je suis désolé de l'apprendre. Êtes-vous toujours partant pour une partie d'échecs chez vous ce soir ?

— Je crains de devoir y renoncer, je vais me reposer.

— Je comprends, répondit Ivory, une autre fois peut-être ?

— Dès demain, si vous le souhaitez.

— Alors à demain, cher ami.

Ivory referma la porte et emprunta le couloir qui menait vers la sortie, il fit demi-tour et s'arrêta devant le bureau de l'assistante de Vackeers. Il poussa la porte et constata que la pièce était vide, ce qui à presque 21 heures ne l'étonnait pas plus que cela.

*

Mer Égée

Le ferry filait à bonne allure sur la mer calme, je dormais profondément sur la couchette supérieure de la cabine quand Walter me réveilla. J'ouvris les yeux, le jour n'était pas encore levé.

– Qu'est-ce que vous voulez, Walter ?

– Cette côte dont nous nous rapprochons, c'est quoi ?

– Comment voulez-vous que je le sache ? Je ne suis pas nyctalope !

– Vous êtes d'ici, oui ou non ?

Je me levai à contrecœur et m'approchai du hublot. Il n'était pas difficile de reconnaître la forme en croissant de l'île de Milos ; pour en avoir le cœur net, il suffirait de monter sur le pont et vérifier qu'Anti-milos, un îlot inhabité, se présentait à bâbord.

– Le navire s'y arrête ? demanda Walter.

– Je mentirais si je vous disais que j'ai une carte de fidélité sur cette liaison maritime, mais la terre se rapprochant de plus en plus, j'imagine que nous faisons escale à Adamas.

– C'est une grande ville ?

– Je dirais plutôt un grand village.

– Alors levez-vous, c'est là que nous descendons.

– Qu'est-ce que nous allons faire à Milos ?

– Demandez-moi plutôt ce que je préfère que nous ne fassions pas en arrivant à Athènes.

– Walter, vous croyez vraiment qu'on guette notre arrivée au Pirée ? Nous ne savons même pas si cette voiture de police était à nos trousses ou si elle passait simplement par là. Je crois que vous accordez bien trop d'importance à ce fâcheux épisode.

– Alors vous m'expliquerez pourquoi quelqu'un a essayé deux fois d'entrer dans la cabine pendant que vous dormiez.

– Rassurez-moi, vous n'avez pas aussi assommé cette personne ?

– Je me suis contenté d'ouvrir la porte, mais la coursive était déserte, l'individu avait déjà filé.

– Ou il est entré dans la cabine d'à côté après s'être aperçu de son erreur !

– Deux fois de suite ? Permettez-moi d'en douter. Rhabillez-vous et descendons discrètement dès que le navire sera à quai. Nous attendrons sur le port et prendrons le prochain bateau pour Athènes.

– Même si celui-ci ne part que la nuit prochaine ?

– Nous avions prévu de passer la nuit à Héraklion, non ? Si vous avez peur que votre mère s'inquiète de notre retard, nous l'appellerons dès que le jour sera levé.

Je ne savais pas si les inquiétudes de Walter étaient fondées, ou si ce dernier trouvait du plaisir dans l'aventure que nous avions vécue la veille, et cherchait par quelque artifice à la prolonger un peu plus. Et pourtant, lorsque la passerelle se releva, je vis cet homme qui nous regardait fixement depuis le pont supérieur et que Walter me montrait. Je ne suis pas sûr que mon collègue ait eu raison de lui faire un bras d'honneur alors que le ferry s'éloignait du quai.

Nous nous sommes installés à la terrasse d'un bar de pêcheurs qui ouvrait ses portes dès qu'accostait le premier ferry, il était 6 heures du matin et le soleil se levait derrière la colline. Un petit avion grimpa dans le ciel et changea de cap au-dessus du port avant de filer vers le large.

– Il y a un aéroport par ici ? demanda Walter.

– Une piste, oui, si ma mémoire est bonne, mais je crois que seuls les avions postaux et quelques appareils privés l'utilisent.

– Allons-y ! Si par chance nous pouvions embarquer sur l'un d'eux, nous sèmerions définitivement nos poursuivants.

– Walter, je crois que vous êtes en pleine crise de paranoïa, je ne pense pas une seconde que quiconque nous poursuive.

– Adrian, malgré toute l'amitié que je vous porte, laissez-moi vous dire que vous m'emmerdez sérieusement !

Walter régla les deux cafés que nous avions consommés et je n'eus plus qu'à lui montrer la route qui conduisait vers le petit aérodrome.

Nous voilà, Walter et moi sur le bord de la route, à faire du stop. La première demi-heure ne fut pas très concluante, le soleil faisait briller les pierres blanches et la chaleur montait.

Un groupe de jeunes semblait s'amuser de notre situation. Nous devions avoir l'air de deux touristes égarés et ils furent plutôt surpris quand je les appelai à notre aide, en grec, ne faisant aucun cas de leurs moqueries. Le plus âgé d'entre eux voulut monnayer son assistance, mais Walter qui avait tout compris de la situation fut suffisamment convaincant pour que deux selles de mobylettes s'offrent à nous comme par enchantement.

Nous sommes partis, agrippés à nos pilotes respectifs ; à cette vitesse et à ce degré d'inclinaison dans les virages, je ne trouve pas d'autre mot pour qualifier ceux qui nous conduisaient sur les routes sinueuses. Nous filions vers le petit aérodrome de l'île. Devant nous s'étendait un grand marais salant ; derrière, une piste de goudron s'étirait d'est en ouest, le tarmac était désert. Le plus dégourdi de ceux qui nous avaient accompagnés m'indiqua que l'appareil qui livrait le courrier tous les deux jours était déjà reparti, nous venions de le rater.

– C'est certainement celui que nous avons vu tout à l'heure, dis-je.

– Quelle perspicacité ! répondit Walter.

– Il y a toujours l'avion médical, si vous êtes si pressés, me confia le plus jeune de la bande.

– Quel avion ?

– Le médecin qui vient quand quelqu'un tombe gravement malade, il a son propre coucou. Dans la cahute là-bas, il y a un téléphone pour l'appeler, mais c'est seulement en cas d'urgence. Quand mon cousin a eu une crise d'appendicite, il est venu le chercher en une demi-heure.

– Je crois que je commence à avoir très mal au ventre, me dit Walter à qui je venais de traduire la conversation.

– Vous n'allez quand même pas déranger un toubib et dérouter son appareil pour gagner Athènes ?

– Si je décède d'une péritonite, vous porterez la responsabilité de ma mort toute votre vie ! Lourd fardeau ! gémit Walter en tombant à genoux.

Les gamins se mirent à rire. Les simagrées de Walter étaient irrésistibles.

Le plus âgé me montra le vieux combiné téléphonique vissé à la paroi de ce qui faisait office de tour de contrôle. Une cahute en bois, avec une chaise, une table et un poste de radio VHF qui devait dater de la guerre. Il refusa de passer l'appel, si notre supercherie était découverte il en prendrait pour son grade et il préférait éviter la trempe que son père ne manquerait pas de lui administrer. Walter se releva pour lui tendre quelques billets, de quoi convaincre notre nouvel ami qu'une bonne fessée n'était pas si terrible.

– Et maintenant vous corrompez des enfants. De mieux en mieux !

– J'allais vous demander de partager cette somme, mais si vous m'avouez que vous vous amusez autant que moi, je prends tout à ma charge !

Je n'avais pas besoin de mentir et je sortis mon portefeuille pour participer au prix du mensonge. Le garçon décrocha le combiné, fit tourner la manivelle et expliqua au médecin que son aide était requise au plus vite. Un touriste se tordait de douleur, on l'avait conduit jusqu'à la piste, il n'avait plus qu'à venir le chercher.

Une demi-heure plus tard, nous entendîmes le ronronnement d'un moteur qui se rapprochait. Soudain, Walter n'eut plus besoin de simuler un quelconque mal à l'estomac pour se jeter ventre à terre ; le petit Piper-cub nous avait survolés en rase-mottes. L'appareil fit un virage sur l'aile avant de s'aligner dans l'axe de la piste, sur laquelle il rebondit trois fois avant de s'immobiliser.

– Je comprends mieux maintenant le terme de « coucou » ! soupira Walter.

L'avion fit demi-tour et se rapprocha de nous. Une

fois à notre hauteur, le pilote coupa le moteur, l'hélice continua de tourner encore quelques instants, les pistons toussotèrent et le calme revint. Les gamins étaient tous attentifs à la scène qui allait se dérouler. Pas un ne pipait mot.

Le pilote descendit de son avion, ôta sa casquette en cuir, ses lunettes et nous salua. Le Dr Sophie Schwartz, soixante-dix ans passés, avait l'allure élégante d'une Amelia Earhart. Elle nous demanda dans un anglais presque parfait, bien que teinté d'un léger accent allemand, lequel de nous deux était malade.

— Lui ! s'exclama Walter en me désignant du doigt.

— Vous n'avez pas l'air très souffrant jeune homme ? Que vous arrive-t-il ?

J'étais pris de court, et il m'était impossible d'entretenir le mensonge de Walter. J'avouai tout de notre situation à cette doctoresse qui m'interrompit le temps d'allumer sa cigarette.

— Si je comprends bien, me dit-elle, vous avez dérouté mon avion médical, parce que vous aviez besoin d'un transport privé jusqu'à Athènes ? Vous ne manquez pas de toupet !

— C'est moi qui ai eu cette idée, souffla Walter.

— Ça ne change pas grand-chose à votre irresponsabilité, jeune homme ! lui dit-elle en écrasant son mégot sur le goudron.

— Je vous présente toutes mes excuses, dit Walter d'un air penaud.

Les enfants qui assistaient à la scène, sans comprendre ce qui se disait, semblaient se régaler du spectacle.

— Vous êtes recherchés par la police ?

— Non, jura Walter, nous sommes deux scientifiques de la Royal Academy de Londres et nous nous trouvons dans une situation délicate. Nous ne sommes pas malades, c'est vrai, mais nous avons besoin de votre aide, supplia-t-il.

La doctoresse sembla soudain se détendre.

– L'Angleterre, Dieu que j'aime ce pays. J'étais follement admirative de Lady Di, quelle tragédie !

Je vis Walter se signer et je me demandai où s'arrêteraient ses talents de comédien.

– Le problème, reprit la doctoresse, c'est que mon avion n'est équipé que de deux sièges, dont le mien.

– Et les blessés, comment faites-vous pour les évacuer ? demanda Walter.

– Je suis un médecin volant, pas une ambulance. Si vous êtes disposés à vous serrer, je pense pouvoir décoller quand même.

– Pourquoi quand même ? interrogea Walter, inquiet.

– Parce que nous serons un peu plus lourds que le maximum toléré, mais la piste n'est pas aussi courte qu'elle paraît. En partant pleins gaz et freins serrés, nous aurons probablement assez de vitesse pour nous envoler.

– Et dans le cas contraire ? demandai-je.

– Plouf ! répondit la doctoresse.

Dans un grec cette fois dénué de tout accent, elle ordonna aux enfants de s'éloigner et nous invita à la suivre. En faisant le tour de son avion pour effectuer sa visite prévol, elle se livra un peu à nous.

Son père était un juif allemand, sa mère italienne. Pendant la guerre, ils s'étaient installés sur une petite île grecque. Les villageois les avaient cachés ; après l'armistice ils n'avaient jamais voulu quitter l'île.

– Nous avons toujours vécu ici ; quant à moi, je n'ai jamais pensé m'installer ailleurs. Connaissez-vous dans le monde plus beau paradis que ces îles ? Papa était pilote, maman infirmière, allez chercher pourquoi je suis devenue médecin volant ! À vous maintenant ; si vous m'expliquiez ce que vous fuyez vraiment. Oh, et puis, après tout, cela ne me regarde pas et vous n'avez pas l'air bien méchants. De toute façon, on va bientôt m'ôter ma licence, alors toutes les occasions de voler sont bonnes à prendre. Vous me paierez mon carburant, voilà tout.

– Pourquoi vont-ils vous enlever votre licence ? s'inquiéta Walter.

La doctoresse continuait d'inspecter son avion.

– Chaque année, un pilote doit effectuer une visite médicale et tester son acuité visuelle. Jusqu'à présent, c'était un vieil ami ophtalmo, et très complaisant, qui s'en chargeait, il feignait gentiment d'ignorer que je connais par cœur le tableau d'examen, y compris la dernière ligne où les lettres sont devenues bien trop petites pour moi. Mais il a pris sa retraite et je ne vais plus pouvoir tromper mon monde bien longtemps. Ne faites pas cette tête-là, même les yeux fermés, je pourrais encore faire voler ce vieux Piper ! dit la doctoresse en partant dans un grand éclat de rire.

Elle préférait ne pas se poser à Athènes. Pour atterrir sur un aéroport international, il faut demander une autorisation par radio, passer un contrôle de police à l'arrivée, elle aurait beaucoup trop de formulaires à remplir. En revanche, elle connaissait, à Porto Éli, un petit terrain abandonné dont la piste était encore praticable. De là, nous n'aurions plus qu'à prendre un bateau-taxi jusqu'à Hydra.

Walter s'assit le premier, je me calais du mieux que je le pouvais sur ses genoux. La ceinture n'était pas assez grande pour nous sécuriser tous les deux, nous devrions nous passer d'elle. Le moteur toussa, l'hélice se mit à tournoyer lentement avant d'accélérer dans un crachement de fumée. Sophie Schwartz tapota sur la carlingue pour nous faire comprendre que nous allions bientôt décoller. Le vacarme était tel que c'était bien le seul moyen de communiquer. L'appareil remonta lentement la piste, fit demi-tour pour se mettre face au vent, le moteur grimpa en régime. L'avion tremblait si fort que je m'attendais à le voir se disloquer avant le décollage. Notre pilote libéra les freins et le goudron commença à défiler sous les roues. Nous étions presque arrivés au bout de la piste quand enfin l'avant se souleva et nous quittâmes la terre ferme. Sur le tarmac, les enfants agitaient leurs mains en signe d'au revoir. Je hurlais à Walter d'en faire de même, pour les remercier, mais il me hurla à son tour qu'il faudrait probablement une clé à molette, à notre arrivée, pour desserrer ses doigts de la ferrure à laquelle il s'accrochait.

Je n'avais encore jamais vu l'île de Milos comme ce matin-là, nous survolions la mer à quelques centaines de mètres d'altitude, l'avion n'avait pas de verrière, le vent sifflait entre les haubans et je ne m'étais jamais senti aussi libre.

*

Amsterdam

Il fallut quelques instants à Vackeers avant de s'accoutumer à la pénombre des sous-sols ; il y a encore quelques années, ses yeux s'en accommodaient aussitôt, mais il avait vieilli. Lorsqu'il jugea y voir suffisamment clair pour parcourir le dédale de poutres qui soutenaient le bâtiment, il avança prudemment sur les passerelles de bois posées à quelques dizaines de centimètres au-dessus de l'eau, insensible au froid et à l'humidité qu'entretenait le canal souterrain. Vackeers connaissait bien les lieux, il se trouvait maintenant à la verticale de la grande salle ; lorsqu'il se situa sous les cartes en marbre, il appuya sur une clé de soutènement fichée dans un madrier et attendit que le mécanisme opère. Deux planches pivotèrent, ouvrant un chemin qui permettait maintenant de rejoindre le mur du fond. Une porte, jusque-là invisible dans l'obscurité, se détachait de l'uniformité de la brique. Vackeers referma à clé derrière lui et alluma la lumière.

Une table en métal et un fauteuil composaient le mobilier ; pour tout matériel, la salle était équipée d'un écran plat et d'un ordinateur. Vackeers s'installa devant le clavier et regarda sa montre. Un signal sonore le prévint que la conférence venait de débuter.

– Bonjour messieurs, pianota Vackeers sur le clavier de son ordinateur. Vous savez pourquoi nous sommes réunis aujourd'hui.

– MADRID : Je croyais ce dossier clos depuis des années ?

– AMSTERDAM : Nous le pensions tous, mais certains événements récents rendaient nécessaire la recomposition de cette cellule. Cette fois, il serait préférable qu'aucun de nous ne cherche à défier les autres.

– ROME : L'époque n'est plus la même.

– AMSTERDAM : Heureux de vous l'entendre dire, Lorenzo.

– BERLIN : Qu'attendez-vous de nous ?

– AMSTERDAM : Une mise en commun de nos moyens, et que chacun applique les décisions que nous serons amenés à prendre.

– PARIS : La lecture de votre rapport laisse entendre qu'Ivory aurait vu juste il y a trente ans, je me trompe ? Ne devrions-nous pas l'inviter à se joindre à nous ?

– AMSTERDAM : Cette découverte semble en effet corroborer les théories d'Ivory mais je pense préférable de le tenir à l'écart. Il reste imprévisible dès que l'on aborde le sujet qui nous réunit aujourd'hui.

– LONDRES : Il existe donc bien un second objet, en tout point identique au nôtre ?

– ATHÈNES : Sa forme est différente mais leur appartenance commune est désormais certaine. Si l'épisode d'hier soir fut un incident regrettable, il nous en a apporté la preuve irréfutable. Et nous aura révélé une propriété que nous ignorions. L'un des nôtres a pu la constater de visu.

– ROME : Celui qui s'est fait casser la figure ?

– AMSTERDAM : Celui-là même.

– PARIS : Pensez-vous qu'il y ait d'autres objets ?

– AMSTERDAM : Ivory en est convaincu, mais la vérité est que nous n'en savons rien. Notre préoccupation du moment est de récupérer celui qui vient d'apparaître et non de savoir s'il en existe d'autres.

– BOSTON : En êtes-vous bien certain ? Comme vous l'avez rappelé, nous n'avions pas accordé de crédit aux mises en garde d'Ivory, et nous nous sommes trompés. Je veux bien que nous octroyions des fonds et des ressources humaines pour récupérer cet objet mais je préférerais savoir où nous mettons les pieds. Je doute que nous soyons encore là dans trente ans !

– AMSTERDAM : Cette découverte est purement accidentelle.

– BERLIN : Ce qui veut dire que d'autres accidents pourraient se produire !

– MADRID : À bien y réfléchir, je ne crois pas que nous ayons intérêt à tenter quoi que ce soit maintenant. Amsterdam, votre première tentative s'est soldée par un échec, un second raté éveillerait l'attention. De plus, rien ne nous prouve que celui ou celle qui détient cet objet sache de quoi il s'agit. Nous n'en sommes d'ailleurs nous-mêmes toujours pas certains. Ne ravivons pas un feu que nous ne pourrions éteindre ensuite.

– ISTANBUL : Madrid et Amsterdam expriment deux positions divergentes. Je me range aux côtés de Madrid, et vous propose de ne rien faire d'autre que de les observer, tout du moins pour l'instant. Nous nous réunirons à nouveau si la situation venait à évoluer.

– PARIS : J'adhère au point de vue de Madrid.

– AMSTERDAM : C'est une erreur. Si nous réunissions les deux objets, nous pourrions peut-être en apprendre plus.

– NEW DELHI : Mais justement, Amsterdam, nous ne voulons pas en apprendre plus, s'il y a une chose sur laquelle nous sommes tous d'accord depuis trente ans, c'est bien celle-ci !

– LE CAIRE : New Delhi a tout à fait raison.

– LONDRES : Nous devrions confisquer cet objet et clore ce dossier au plus vite.

– AMSTERDAM : Londres a raison. Celui qui le détient est un éminent cosmologue, le hasard a voulu qu'il lui soit remis par une archéologue, croyez-vous, compte tenu de leurs compétences respectives, qu'ils mettront beaucoup de temps avant de découvrir la vraie nature de ce qu'ils ont entre les mains ?

– TOKYO : À condition toutefois qu'ils y réfléchissent de concert ; sont-ils toujours en contact, l'un et l'autre ?

– AMSTERDAM : Non, pas à l'heure où nous nous parlons.

– TEL-AVIV : Alors je suis d'accord avec Le Caire, attendons.

– BERLIN : Je pense comme vous, Tel-Aviv.

– TOKYO : Moi de même.

– ATHÈNES : Vous souhaitez donc que nous les laissions libres de leurs mouvements ?

– BOSTON : Appelons cela une liberté surveillée.

Puisque rien d'autre n'était à l'ordre du jour, la séance fut levée. Vackeers éteignit son écran, de fort mauvaise humeur. La réunion ne s'était pas conclue comme il l'aurait souhaité, mais il avait été le premier à demander que s'unissent les forces de ses alliés, il respecterait donc la décision prise à la majorité.

*

Hydra

Le bateau-taxi nous avait déposés en fin de matinée.
Walter et moi devions avoir piètre allure pour que ma
tante fasse une tête pareille en nous voyant. Elle abandonna son fauteuil pliant et la terrasse de son magasin
pour se précipiter à notre rencontre.

– Vous avez eu un accident ?

– Pourquoi ? demanda Walter en remettant un peu
d'ordre sur son crâne.

– Vous vous êtes regardés ?

– Disons que le voyage fut un peu plus mouvementé
que prévu, mais nous nous sommes plutôt amusés,
enchaîna Walter d'un ton jovial. Cela étant, une tasse
de café me ferait le plus grand bien. Et deux aspirines
pour me libérer de ces crampes qui me font horriblement mal aux jambes, vous n'avez pas idée à quel
point votre neveu est lourd.

– Quel est le rapport entre le poids de mon neveu et
vos jambes, Walter ?

– Aucun, jusqu'à ce qu'il soit assis sur mes genoux
pendant une bonne heure.

– Et pourquoi Adrian était-il assis sur vos genoux ?

– Parce que, hélas, il n'y avait qu'un seul siège pour s'envoyer en l'air ! Bon, ce petit café, vous le prenez avec nous ?

Ma tante déclina l'invitation, elle avait des clients, dit-elle en s'éloignant. Walter et moi nous regardâmes étonnés, son magasin était plus vide que jamais.

– Je dois avouer que nous faisons assez négligés, dis-je à Walter.

Je levai la main pour attirer l'attention du serveur, sortis le pendentif de ma poche et le posai sur la table.

– Si j'avais imaginé une seconde que cette chose nous causerait autant de problèmes...

– À votre avis, à quoi sert-il ? me demanda Walter.

J'étais sincère en lui disant que je n'en avais pas la moindre idée ; que pouvaient donc bien représenter tous ces points qui apparaissaient quand on l'approchait d'une source de lumière vive ?

– Et pas n'importe quels points, reprit Walter, ils scintillent !

Oui, les points scintillaient, mais de là à en tirer des conclusions trop hâtives, il y avait un pas qu'un scientifique rigoureux ne se serait pas autorisé à franchir. Le phénomène dont nous avions été témoins pouvait aussi bien être accidentel.

– La porosité, invisible à l'œil nu est si infime qu'il faut une lumière extrêmement puissante pour qu'elle passe à travers la matière. Un peu comme la paroi d'un barrage qui perdrait de son étanchéité sous l'effet d'une trop forte pression de l'eau.

– Ne m'aviez-vous pas dit que votre amie archéologue n'avait rien pu vous apprendre quant à la provenance ou l'âge de cet objet ? Vous avouerez que c'est tout de même étrange.

Je ne me souvenais pas que Keira fût aussi intriguée

que nous l'étions en ce moment et le fis remarquer à Walter.

– Cette jeune femme abandonne chez vous un collier qui a la curieuse faculté que nous connaissons, le bel hasard ! On tente de nous dérober son pendentif, nous devons nous enfuir comme deux innocents poursuivis par les forces du mal, mais vous n'y voyez toujours que le hasard ? Ce doit être ce que l'on appelle la rigueur scientifique ! Pourriez-vous au moins regarder de plus près les photos que j'ai eu le génie de prendre à Héraklion et me dire si ces images vous font penser à autre chose qu'à un gros plan d'un morceau de gruyère ?

Walter posa son appareil numérique sur la table où nous prenions notre petit déjeuner. Je fis défiler les images, leur taille était bien trop petite pour que je puisse me faire une idée sérieuse. Avec la plus grande attention et la meilleure volonté du monde, je ne voyais que des points ; rien qui me permît d'affirmer qu'il s'agissait d'étoiles, d'une quelconque constellation, ou même d'un amas stellaire.

– Ces photographies ne me prouvent rien, je suis désolé.

– Alors tant pis pour mes vacances, rentrons à Londres ! s'exclama Walter. Je veux en avoir le cœur net. Une fois à l'Académie nous transférerons ces photos sur un ordinateur et vous pourrez les étudier dans de bonnes conditions.

Je n'avais aucune envie de quitter Hydra, mais Walter était si passionné par cette énigme que je ne voulais pas le décevoir. Il s'était tant investi pendant que je préparais mon grand oral, que j'aurais été un ingrat de le laisser partir seul. Restait à remonter à la maison et annoncer à ma mère mon départ anticipé.

Maman me dévisagea, constata l'état de mes vêtements, les griffures sur mes avant-bras, et baissa les épaules, comme si le monde venait de s'y abattre.

Je lui expliquai pourquoi Walter et moi devions rentrer à Londres, lui promis que ce voyage ne serait qu'un aller-retour, et que je serais revenu avant la fin de la semaine.

– Si j'ai bien compris, me dit-elle, tu veux rentrer à Londres pour copier sur ton ordinateur des photos que vous avez prises avec ton ami ? Tu ne trouverais pas plus simple d'aller au magasin de ta tante ? Elle vend même des appareils jetables, si les photos sont ratées, hop, tu les mets à la poubelle !

– Nous avons peut-être découvert quelque chose d'important qui nous concerne, Walter et moi, et nous devons en avoir le cœur net.

– Si vous aviez besoin de vous prendre tous les deux en photo pour en avoir le cœur net, tu n'avais qu'à poser la question à ta mère, je t'aurais dit tout de suite !

– Mais de quoi tu parles ?

– De rien, continue à me prendre pour une andouille !

– J'ai besoin d'être à mon bureau, ici je n'ai pas le matériel nécessaire et je ne comprends pas pourquoi tu as l'air aussi contrariée ?

– Parce que j'aurais voulu que tu me fasses confiance, tu crois que je t'aimerais moins si tu me disais la vérité ? Mais même si tu m'avouais aimer cet âne au bout du jardin, tu serais quand même mon fils Adrian !

– Maman, tu es sûre que tu vas bien ?

– Moi, oui, toi, j'en doute ; retourne à Londres puisque c'est si important, je serai peut-être encore en vie quand tu reviendras, qui sait ?

Quand ma mère me faisait une scène de tragédie

grecque, c'est que quelque chose la perturbait sérieusement. Mais je préférais ne pas imaginer ce qui la tracassait, tant la seule idée qui me vint en tête me parut grotesque.

Ma valise faite, je retrouvai Walter sur le port. Ma mère avait tenu à nous accompagner. Elena la rejoignit sur le quai, et elles nous firent de grands signes quand la navette prit la mer. Bien plus tard j'appris que maman avait demandé à ma tante si elle pensait que j'allais faire le voyage assis sur les genoux de Walter. J'ignorais que je ne reverrai pas Hydra de sitôt.

*

Amsterdam

Jan Vackeers regarda l'heure à sa montre, Ivory n'était toujours pas là et il s'en inquiéta. Son partenaire d'échecs était d'une ponctualité sans faille et ce retard ne lui ressemblait pas. Il s'approcha de la table roulante, vérifia le plateau-repas qu'il avait fait préparer. Il picorait quelques fruits secs qui décoraient l'assiette de fromage quand on sonna à l'entrée de sa suite, la partie allait enfin pouvoir commencer. Vackeers ouvrit la porte, son majordome lui présenta une enveloppe posée sur un plateau d'argent.

– Ceci vient d'arriver, monsieur.

Vackeers se retira dans ses appartements pour prendre connaissance du pli qu'on venait de lui remettre. Sur un bristol, quelques mots rédigés à la plume :

Désolé de devoir vous faire faux bond, une obligation de dernière minute m'oblige à quitter Amsterdam, je reviendrai bientôt. Amicalement,
Ivory,
P-S : Échec et pat, ce n'est que partie remise.

Vackeers relut trois fois le post-scriptum, se demandant ce qu'Ivory voulait suggérer par cette petite phrase qui, venant de lui, ne pouvait être anodine. Il ignorait où son ami se rendait, et il était maintenant trop tard pour le faire surveiller. Quant à demander à ses alliés de prendre le relais... C'était lui qui avait insisté pour qu'on laisse Ivory à l'écart, comment leur expliquer que ce dernier avait peut-être un tour d'avance ?

Échec et pat, ainsi que l'avait écrit Ivory. Vackeers sourit en rangeant le bristol dans sa poche.

*

Aéroport de Schiphol, Amsterdam. À cette heure tardive, seuls quelques appareils reliant les grandes capitales européennes étaient encore au sol.

Ivory tendit sa carte d'embarquement à l'hôtesse et emprunta la passerelle. Il s'installa au premier rang, boucla sa ceinture et regarda par le hublot. Dans une heure trente, il se poserait sur le petit aéroport de la City. Une voiture l'attendrait à l'arrivée, sa chambre était réservée au Dorchester, tout était en ordre. Vackeers avait dû recevoir le petit mot qu'il lui avait adressé, et cette seule pensée le fit sourire.

Ivory ferma les yeux, la nuit serait longue et chaque minute de sommeil était bonne à prendre.

*

Aéroport d'Athènes

Walter tenait à tout prix à rapporter un souvenir de Grèce à Miss Jenkins. Il acheta une bouteille d'ouzo au duty free, une deuxième, au cas où la première se briserait, dit-il, et une troisième pour se faire un cadeau. Dernier appel, nos deux noms résonnèrent dans les haut-parleurs, la voix n'était pas très affable et j'appréhendais déjà le regard accusateur des passagers quand nous entrerions dans la cabine. Au terme d'une course folle dans les couloirs, nous arrivâmes juste à temps pour essuyer le savon que nous passa le chef de bord à la porte d'embarquement puis quelques réprimandes alors que nous remontions la carlingue vers les deux seules places encore libres, au dernier rang. Le décalage horaire avec l'Angleterre nous ferait gagner une heure, nous devrions arriver vers minuit à Heathrow. Walter dévora le repas qui nous avait été servi, et le mien que je lui offris volontiers. Une fois les plateaux ramassés, l'hôtesse abaissa la lumière de la cabine. Je collai mon visage au hublot et profitai du spectacle. Voir le ciel depuis une altitude de dix mille mètres est pour un astronome un merveilleux moment.

L'étoile Polaire brillait devant moi, je vis Cassiopée, et je devinais Céphée à sa droite. Je me retournai vers Walter qui piquait un petit roupillon.

– Vous avez votre appareil photo sur vous ?

– Si c'est pour prendre des photos souvenirs dans cet avion, la réponse est non. Entre ce que je viens de manger et la distance qui nous sépare de la rangée de devant, je dois avoir l'air d'une baleine dans une boîte de conserve.

– Non, Walter, ce n'est pas pour vous photographier.

– Dans ce cas, si vous avez un outil qui vous permette d'atteindre ma poche, il est à vous, moi, je ne peux pas bouger.

Je dois reconnaître que nous étions serrés comme des sardines, et attraper l'appareil ne fut pas une mince affaire. Dès que je l'eus en main, je revisitai la série d'images prises à Héraklion. Une idée me traversa l'esprit, insensée, et je restai perplexe en regardant à nouveau à travers le hublot.

– Je crois que nous avons bien fait de rentrer à Londres, dis-je à Walter en glissant son appareil dans ma poche.

– Eh bien, attendez de prendre votre petit déjeuner demain matin à la terrasse pluvieuse d'un pub, et on verra si vous penserez la même chose.

– Vous serez toujours le bienvenu à Hydra.

– Vous allez me laisser dormir à la fin, vous croyez que je ne vous vois pas vous marrer chaque fois que vous me réveillez ?

*

Londres

J'avais déposé Walter en taxi et, arrivé chez moi, je me précipitai sur mon ordinateur. Après avoir chargé les photos, je les regardai attentivement et me décidai à déranger un vieil ami, qui vivait à des milliers de kilomètres d'ici. Je lui adressai un courrier électronique, auquel je joignis les clichés pris par Walter, en lui demandant ce qu'ils évoquaient pour lui. Je reçus aussitôt un petit mot de sa part, Erwan se réjouissait de me lire. Il me promit d'étudier les images que je venais de lui envoyer et de me répondre dès que possible. Un radiotélescope d'Atacama était encore tombé en panne et il avait du pain sur la planche.

J'eus de ses nouvelles trois jours plus tard, au beau milieu de la nuit. Pas par courriel cette fois, mais par téléphone, et Erwan avait une voix que je ne lui connaissais pas.

— Comment as-tu réussi un tel prodige ? s'exclama-t-il sans même me dire bonjour.

Comme je ne savais quoi lui répondre, Erwan me posa une autre question, qui me surprit encore plus.

— Si tu rêvais du Nobel, tu as toutes tes chances

cette année ! Je n'ai pas la moindre idée de la façon dont tu as pu procéder pour réussir une pareille modélisation, mais cela relève du prodige ! Si tu m'as envoyé ces images pour m'en boucher un coin, alors là, bravo, c'est fait !

– Qu'est-ce que tu as vu, Erwan, dis-le-moi !

– Tu sais très bien ce que j'ai vu, ne cherche pas les flatteries, c'est assez bluffant comme ça. Maintenant tu vas me dire comment tu as réussi ce coup de maître ou tu veux continuer à me faire enrager ? M'autorises-tu à partager ces images avec nos amis d'ici ?

– Surtout pas ! suppliai-je Erwan.

– Je comprends, soupira-t-il, je suis déjà honoré que tu m'aies accordé ta confiance en me laissant voir cette merveille avant de faire ton communiqué officiel. Quand publieras-tu la nouvelle ? Je suis certain qu'avec ça dans les mains tu as gagné ton passeport pour nous rejoindre, même si je me doute aussi que tu as désormais l'embarras du choix ; toutes les équipes astronomiques voudront t'avoir parmi elles.

– Erwan, je t'en supplie, décris-moi ce que tu as vu !

– Tu es las de te le répéter en boucle, tu veux me l'entendre dire ? Je te comprends, mon vieux, à ta place je serais aussi excité. Mais donnant-donnant, tu m'expliques d'abord comment tu as fait.

– Comment j'ai fait quoi ?

– Ne te moque pas de moi et ne me dis pas que tu y es arrivé par hasard.

– Erwan, parle le premier, s'il te plaît.

– Cela m'aura pris trois jours pour deviner où tu m'emmenais. Ne me fais pas dire ce que je n'ai pas dit, j'ai reconnu très vite les constellations du Cygne, de Pégase et de Céphée, même si les magnitudes ne collaient pas, si les angles étaient faux et les distances absurdes. Si tu croyais me piéger aussi facilement tu t'es trompé. Je me suis demandé à quel jeu tu jouais, pourquoi tu avais rapproché toutes ces étoiles et selon quelles équations. J'ai cherché ce qui t'avait amené à les positionner ainsi, et c'est ce qui m'a mis la puce à l'oreille. J'ai un peu triché, je te l'avoue, je me suis servi de nos ordinateurs et leur ai infligé deux jours d'intenses calculs, mais, quand le résultat est tombé, je n'ai eu aucun regret d'avoir mobilisé ces ressources. J'avais vu juste, sauf que bien sûr, je ne pouvais pas deviner ce qui se trouvait au centre de ces incroyables images.

– Et qu'as-tu vu Erwan ?

– La nébuleuse du Pélican.

– Et pourquoi cela t'excite autant ?

– Parce qu'elle est telle que l'on pouvait la voir depuis la Terre, il y a quatre cents millions d'années !

Mon cœur battait la chamade, je sentais mes jambes se dérober ; parce que rien de tout cela n'avait de sens. Ce qu'Erwan venait de me révéler était simplement absurde. Qu'un objet, aussi mystérieux fût-il, soit capable de projeter un fragment du ciel était déjà difficile à comprendre ; que ce ciel soit tel qu'on pouvait le voir depuis la Terre il y a presque un demi-milliard d'années relevait de l'impossible.

– Adrian, je t'en prie, maintenant dis-moi comment tu as fait pour obtenir une modélisation aussi parfaite ?

Je n'ai pu répondre à mon ami Erwan.

*

– Je sais, j'ai été votre répétiteur pendant plusieurs semaines et je devrais probablement me souvenir de tout ce que vous m'avez appris, mais depuis notre échec à Londres, les semaines ont été suffisamment mouvementées pour que je ne me sente nullement coupable de quelques oublis.

– Une nébuleuse est un berceau d'étoiles, un nuage diffus, composé de gaz et de poussières, situé dans l'espace entre deux galaxies, répondis-je laconiquement à Walter, c'est là qu'elles prennent vie.

J'avais l'esprit ailleurs, mes pensées se situaient à des milliers de kilomètres de Londres, vers la pointe est de l'Afrique, là où se trouvait celle qui avait oublié chez moi son étrange pendentif. La question qui me hantait était de savoir s'il s'agissait vraiment d'un oubli. Lorsque je posai la question à Walter, il hocha la tête en me traitant de doux naïf.

Le surlendemain, alors que je me rendais à l'Académie, je fis une rencontre singulière. J'étais venu chercher un café dans l'un de ces nouveaux établissements qui avaient envahi la capitale pendant mon séjour au Chili. Quel que soit le quartier ou la rue, la décoration y est toujours identique, les pâtisseries les mêmes, et il faut se munir d'un diplôme en langues extravagantes pour pouvoir y passer commande tant les combinaisons de cafés et thés sont variées et leurs appellations étranges.

Un homme s'approcha de moi alors que j'attendais au comptoir mon « Skinny Cap with wings » (traduisez cappuccino à emporter). Il régla ma consommation et me demanda si j'acceptais de lui consacrer quelques instants ; il voulait s'entretenir avec moi d'un sujet qui retiendrait, selon lui, toute mon attention. Il m'entraîna vers la salle et nous nous installâmes dans deux fauteuils club, deux copies de mauvaise facture, mais assez confortables. L'homme me fixa longuement, avant de prendre la parole.

– Vous travaillez à l'Académie des sciences, n'est-ce pas ?

– Oui, c'est exact, mais à qui ai-je l'honneur ?

– Je vous vois souvent ici le matin. Londres est une grande capitale mais chaque quartier est un village, c'est ce qui préserve le charme de cette si grande ville.

Je n'avais pas le souvenir d'avoir déjà croisé mon interlocuteur, mais je suis d'un naturel distrait et je ne voyais pas de raison de mettre sa parole en doute.

– Je vous mentirais en vous disant que notre rencontre est tout à fait fortuite, reprit-il. Je souhaitais vous aborder depuis quelque temps.

– Voilà qui semble chose faite, que puis-je pour vous ?

– Croyez-vous à la destinée, Adrian ?

Le fait qu'un inconnu vous appelle par votre prénom suscite généralement une certaine inquiétude, ce fut le cas pour moi.

– Appelez-moi Ivory puisque je me suis autorisé à vous appeler Adrian. Peut-être ai-je abusé de ce privilège qu'accorde mon âge.

– Que voulez-vous ?

– Nous avons deux points en commun... Tout comme vous, je suis un scientifique. Vous avez l'avantage d'être jeune et d'avoir de longues années pour vivre de votre passion. Je ne suis qu'un vieux professeur qui relit des livres poussiéreux pour passer le temps.

– Qu'enseigniez-vous ?

– L'astrophysique, ce qui est assez proche de votre discipline, n'est-ce pas ?

J'acquiesçai d'un signe de tête.

– Vos travaux au Chili devaient être passionnants, je regrette que vous ayez dû en revenir. J'imagine combien travailler sur le site d'Atacama doit cruellement vous manquer.

Je trouvais que cet homme en savait un peu trop sur mon compte, et sa sérénité apparente ne venait pas tempérer mes inquiétudes.

– Ne soyez pas suspicieux. Si je vous connais un peu, c'est parce que, d'une certaine façon, j'étais là quand vous avez présenté vos travaux devant les membres de la Fondation Walsh.

– D'une certaine façon ?

– Disons qu'à défaut d'être membre du jury je faisais partie du comité de sélection. J'ai lu attentivement votre dossier. S'il n'avait tenu qu'à moi, vous auriez gagné ce prix. À mes yeux, vos travaux étaient ceux qui méritaient le plus d'être encouragés.

Je le remerciai du compliment et lui demandai en quoi je pouvais lui être utile.

– Ce n'est pas vous qui pouvez m'être utile, Adrian, vous verrez, c'est tout le contraire. Cette jeune femme avec laquelle vous avez quitté la soirée, celle qui a remporté le prix...

Cette fois, je me sentais franchement mal à l'aise et perdais un peu de mon calme.

– Vous connaissez Keira ?

– Oui, bien sûr, répondit mon étrange interlocuteur en trempant ses lèvres dans sa tasse de café. Pourquoi n'êtes-vous plus en contact ?

– Je crois que ceci est d'ordre privé, répliquai-je sans chercher à cacher plus longtemps que sa conversation ne m'était pas agréable.

– Je ne voulais pas être indiscret et je vous prie d'accepter mes excuses, si ma question vous a offensé en quelque manière que ce soit, reprit mon interlocuteur.

– Vous m'aviez dit, monsieur, que nous avions deux points en commun, quel est le second ?

L'homme sortit de sa poche une photographie qu'il fit glisser sur la table. C'était un vieux Polaroid, dont les couleurs passées prouvaient qu'il ne datait pas d'hier.

– Je serais prêt à parier que ceci ne vous est pas totalement étranger, dit l'homme.

Je détaillai la photo, sur laquelle figurait un objet de forme presque rectangulaire.

– Savez-vous ce qu'il y a de plus intrigant à son sujet ? C'est que nous sommes incapables de le dater. Les méthodes les plus sophistiquées restent muettes, impossible de donner un âge à cet objet. Trente ans que je me pose la question et l'idée de quitter ce monde sans connaître la réponse me hante. C'est idiot, mais cela me tracasse quand même. J'ai beau me raisonner encore et encore, me dire que lorsque je serai mort, cela n'aura plus aucune importance, rien n'y fait, j'y pense du matin au soir et du soir au matin.

– Et quelque chose vous laisse entendre que je pourrais vous aider ?

– Vous n'écoutez pas, Adrian, je vous ai déjà dit que c'est moi qui allais vous aider et non le contraire. Il est important de vous concentrer sur ce que je vous dis. Cette énigme finira tôt ou tard par occuper toutes vos pensées ; lorsque vous vous déciderez à vous y inté-resser vraiment s'ouvriront devant vous les portes d'un incroyable voyage, un périple qui vous conduira plus loin que vous ne l'auriez jamais soupçonné. Je me doute bien qu'à cet instant j'ai pour vous l'apparence d'un vieux fou, mais votre jugement changera. Rares sont ceux qui ont assez de folie pour entreprendre de réaliser leurs rêves, la société leur fait souvent payer une telle originalité. La société est craintive et jalouse,

Adrian, mais est-ce un motif suffisant pour renoncer ? N'est-ce pas une vraie raison de vivre que de bousculer les acquis, déranger les certitudes ? N'est-ce pas cela la quintessence de l'esprit scientifique ?

– Vous avez pris des risques que la société vous a fait payer, monsieur Ivory ?

– Je vous en prie, ne m'appelez pas monsieur. Laissez-moi partager avec vous une information qui vous passionnera, j'en suis certain. L'objet qui se trouve sur cette photographie, il possède une autre propriété, tout aussi originale que la première, c'est d'ailleurs celle-ci qui va vous amuser le plus. Lorsqu'on le soumet à une forte source de lumière, il projette une étrange série de points. Est-ce que cela vous rappelle quelque chose ?

L'expression de mon visage dut certainement trahir mon émotion, l'homme me regarda en souriant.

– Vous voyez, que je ne vous avais pas menti, c'est bien moi qui vous suis utile.

– Où l'avez-vous trouvé ?

– C'est une trop longue histoire. L'important est que vous sachiez qu'il existe, cela vous servira plus tard.

– De quelle façon ?

– En vous évitant de perdre un temps fou à vous demander si celui que vous possédez est un simple accident de la nature. Cela vous protégera aussi de l'aveuglement dont l'homme est capable quand il a peur de voir la réalité en face. Einstein disait que deux choses sont infinies, l'Univers et la bêtise humaine, et qu'il n'avait aucun doute quant à la deuxième.

– Qu'avez-vous appris au sujet de l'exemplaire que vous possédez ? demandai-je.

– Je ne l'ai pas possédé, je me suis contenté de l'étudier et j'en sais très peu de chose, hélas. Et puis je ne veux surtout pas vous les dire. Non que je ne vous

279

fasse pas confiance, sinon, pourquoi serais-je là ? Mais le hasard ne suffit pas. Dans le meilleur des cas, il ne sert qu'à éveiller la curiosité de l'esprit scientifique. Seuls l'ingéniosité, la méthode et le culot conduisent à la découverte ; je ne veux pas orienter vos futures recherches. Je préfère vous laisser libre de tout a priori.

– Quelles recherches ? demandai-je à cet homme dont les suppositions commençaient à m'agacer sérieusement.

– M'autorisez-vous une dernière question, Adrian ? Quel futur vous attend dans cette prestigieuse Académie de sciences ? Une chaire d'enseignant ? une classe de brillants élèves, chacun convaincu de la supériorité de son intelligence ? Une liaison fougueuse avec la plus jolie fille de l'amphithéâtre ? J'ai vécu tout ça, et je ne me souviens d'aucun visage. Mais je parle, je parle et ne vous laisse pas répondre à ma question. Alors, ce futur ?

– Enseigner ne sera qu'une étape de ma vie, je repartirai tôt ou tard à Atacama.

Je me souviens d'avoir dit cela comme un gamin à la fois fier de connaître sa leçon sur le bout des doigts et furieux d'être confronté à sa propre ignorance.

– J'ai commis une erreur stupide dans ma vie, Adrian. Je ne l'ai jamais reconnu et, pourtant, la seule idée de m'en entretenir avec vous me fait déjà un bien énorme. J'ai cru que je pourrais tout faire tout seul. Quelle prétention et quelle perte de temps !

– En quoi cela me regarde-t-il ? Mais qui êtes-vous ?

– Je suis le reflet de l'homme que vous risquez de devenir. Et si je pouvais vous épargner ça, j'aurais la sensation de vous avoir été utile et je me souviendrais de votre visage. Vous êtes celui que j'étais il y a bien des années. C'est étrange, vous savez, de se contempler dans le miroir du temps qui est passé. Avant de vous quitter, je voudrais vous communiquer une autre information, peut-être plus intéressante encore que la photographie que je vous ai montrée. Keira travaille sur un terrain de fouilles situé à cent vingt kilomètres au nord-est du lac de Turkana. Vous vous demandez pourquoi je vous dis cela ? Parce que lorsque vous prendrez la décision de vous rendre en Éthiopie pour la retrouver, cela vous fera aussi gagner beaucoup de temps. Le temps est précieux, Adrian, terriblement précieux. J'ai été enchanté de faire votre connaissance.

Je fus surpris par sa poignée de main, franche et affectueuse, presque tendre. Il se retourna au seuil de la porte et refit quelques pas dans ma direction.

– J'ai un petit service à vous demander, me dit-il, lorsque vous verrez Keira, ne lui dites rien de notre rencontre, cela vous desservirait. Keira est une femme que j'estime beaucoup, mais son caractère n'est pas toujours facile. Si j'avais quarante années de moins, je serais déjà dans l'avion assis à votre place.

Cette conversation m'avait plus que troublé. Je restai frustré de n'avoir su poser les questions qui s'imposaient, et il m'aurait fallu les noter tant elles étaient nombreuses.

Walter passa devant la vitrine du café, il me fit un signe, poussa la porte de l'établissement et vint me rejoindre.

– Vous en faites une tête ! dit-il en s'asseyant dans le fauteuil qu'avait libéré l'étrange Ivory. J'ai beaucoup réfléchi cette nuit, enchaîna-t-il, cela tombe bien que je vous trouve ici, il faut absolument qu'on parle.

– Je vous écoute.

– Vous cherchiez un prétexte pour revoir votre

amie ? Si, si, ne discutez pas, vous cherchiez un prétexte pour revoir votre amie ! Je pense qu'il ne serait pas idiot d'aller lui demander les vraies raisons pour lesquelles elle a abandonné son pendentif sur votre table de nuit. Le hasard a bon dos, mais à ce point-là !

Il est des journées faites de petites conversations qui finissent par vous pousser à prendre certaines décisions.

– Bien sûr, j'aimerais vous accompagner en Éthiopie, reprit Walter, mais je n'irai pas !

– Mais ai-je dit que j'allais en Éthiopie ?

– Non, mais vous allez y aller quand même.

– Pas sans vous.

– Impossible, Hydra a englouti le reste de mes économies.

– Si ça ne tient qu'à cela, je vous offre le billet.

– Et puisque moi je vous dis qu'il n'en est pas question. Votre générosité vous honore, mais ne me mettez pas pour autant dans une situation délicate.

– Ce n'est pas de la générosité, dois-je vous rappeler ce qui me serait arrivé à Héraklion sans vous ?

– Ne me dites pas que vous voulez m'embaucher comme garde du corps, je le prendrais très mal. Je ne suis pas qu'un tas de muscles, j'ai un diplôme d'expertise comptable et de direction des ressources humaines !

– Walter, ne vous faites pas prier, venez !

– C'est une très mauvaise idée, et ce pour plusieurs raisons.

– Donnez-m'en une seule et je vous fiche la paix !

– Bien, alors imaginez la carte postale suivante. Paysage : vallée de l'Omo. Heure : petit matin ou milieu de journée, comme vous préférez. Compte tenu de ce que vous m'en avez dit, le paysage est splendide.

Le décor justement : un terrain de fouilles archéologiques. Personnages principaux : Adrian et l'archéologue en charge du site. Maintenant, écoutez bien la scène ; vous allez voir, c'est délicieux. Notre Adrian arrive dans une jeep, il est un peu poisseux mais reste joli gaillard. L'archéologue entend la voiture, elle pose sa truelle et son petit marteau, enlève ses lunettes...

– Je ne crois pas qu'elle en porte !

– ... N'enlève pas ses lunettes, mais, en revanche, se redresse pour découvrir que le visiteur inattendu n'est autre que l'homme qu'elle a quitté à Londres, non sans regrets. L'émotion est visible sur son visage.

– J'ai compris le tableau, où voulez-vous en venir ?

– Taisez-vous et laissez-moi terminer ! L'archéologue et son visiteur marchent l'un vers l'autre, chacun ignore ce qu'il dira. Et là, patatras, personne n'a prêté attention à ce qui passait en arrière-plan. Près de la jeep, le bon Walter, en short de flanelle et casquette à carreaux, et qui en a ras le bol de brûler au soleil pendant que les deux nigauds s'embrassent au ralenti, demande à qui voudra bien enfin l'écouter ce qu'il faut faire des bagages. Vous ne trouvez pas que cela gâche franchement la scène ? Et, maintenant, vous êtes résolu à partir seul ou je vous refais un dessin ?

Walter avait fini par me convaincre d'entreprendre ce voyage, même si je crois que j'en avais déjà pris la décision.

Le temps d'obtenir un visa et d'organiser mon arrivée, j'embarquai à Heathrow pour atterrir dix heures plus tard à Addis-Abeba.

Le même jour, un certain Ivory, qui n'était pas non plus tout à fait étranger à ce voyage, se rendit à Paris.

*

Aux membres de la commission,

Notre sujet s'est envolé ce jour, à destination d'Addis-Abeba. Inutile de préciser ce que cela suppose. Sans associer nos amis chinois qui conservent un certain nombre d'intérêts en Éthiopie, il nous sera difficile de poursuivre notre surveillance. Je propose que nous nous réunissions dès demain.
Cordialement,
Amsterdam.

Jan Vackeers repoussa le clavier de son ordinateur et se repencha sur le dossier que lui avait remis l'un de ses collaborateurs Il regarda une énième fois cette photo de la vitrine d'un café londonien. On y voyait Ivory prenant un petit déjeuner en compagnie d'Adrian.
Vackeers alluma son briquet, posa la photographie dans un cendrier et y mit le feu. Quand elle acheva de se consumer, il referma le dossier et grommela :
– Je ne sais pas combien de temps je pourrai continuer à taire à nos collègues la partie que vous jouez en solo. Que Dieu vous garde !

*

Ivory attendait patiemment dans la file de taxis à l'aéroport d'Orly.
Quand arriva son tour, il s'installa à l'arrière du véhicule et remit un petit morceau de papier au chauffeur. Y figurait l'adresse d'une imprimerie qui se trouvait non loin du boulevard de Sébastopol. La circulation était fluide, il y serait en une demi-heure.

*

Dans son bureau, à Rome, Lorenzo lut le courrier de Vackeers, il décrocha son téléphone et demanda à sa secrétaire de le rejoindre.

— Nous avons encore des contacts actifs en Éthiopie ?

— Oui, monsieur, deux personnes sur place. Je viens justement de réactualiser le dossier africain pour votre réunion au cabinet du ministère des Affaires étrangères la semaine prochaine.

Lorenzo tendit à sa secrétaire une photographie et un horaire griffonné sur une feuille de papier.

— Contactez-les. Qu'ils m'informent des déplacements, rencontres et conversations de cet homme qui débarquera à Addis-Abeba sur un vol en provenance de Londres demain matin. C'est un sujet britannique, la discrétion est de mise. Dites à nos hommes de renoncer à leur surveillance plutôt que de se faire repérer. Ne faites mention de cette requête dans aucun dossier, je souhaite qu'elle reste pour l'instant la plus confidentielle possible.

La secrétaire récupéra les documents que Lorenzo lui présentait et se retira.

*

Éthiopie

L'escale à l'aéroport d'Addis-Abeba n'avait duré qu'une heure. Le temps de faire tamponner mon passeport, de récupérer mon bagage et j'embarquai à bord d'un petit avion, direction l'aérodrome de Jinka.

Les ailes de ce vieux coucou étaient si rouillées, que je me demandais comment il pouvait encore voler. La verrière du cockpit était maculée d'huile. À l'exception du compas, dont l'aiguille gigotait, tous les cadrans du tableau de bord semblaient inertes. Le pilote n'avait pas l'air de s'en inquiéter outre mesure. Quand le moteur toussait, il se contentait de tirer légèrement sur la manette des gaz ou de la repousser, à la recherche du régime qui semblait le mieux convenir. Il avait l'air de voler autant à vue qu'à l'oreille.

Mais, sous les ailes défraîchies de ce vieux zinc, défilaient dans un vacarme effrayant les plus beaux paysages de l'Afrique.

Les roues rebondirent sur la piste en terre, avant que nous nous immobilisions au milieu d'une épaisse traînée de poussière. Des gamins s'étaient précipités vers nous et je redoutais que l'un d'entre eux se fasse happer par l'hélice. Le pilote se pencha vers moi pour ouvrir ma portière, jeta mon sac au-dehors et je compris que nos routes se séparaient ici.

À peine avais-je posé le pied à terre que son avion fit demi-tour, j'eus juste le temps de me retourner pour le voir s'éloigner au-dessus de la cime des eucalyptus.

Je me retrouvai seul au milieu de nulle part, et je regrettai amèrement de n'avoir su convaincre Walter de m'accompagner. Assis sur un vieux fût d'huile, mon sac à mes pieds, je regardai la nature sauvage environnante, le soleil déclinait et je réalisai que je n'avais pas la moindre idée de l'endroit où je passerais la nuit.

Un homme en maillot de corps effiloché vint à ma rencontre et me proposa son aide, c'est en tout cas ce que je crus comprendre. Lui expliquer que j'étais à la recherche d'une archéologue qui travaillait non loin d'ici me demanda des prouesses d'inventivité. Je me suis souvenu de ce jeu que nous pratiquions en famille où il fallait mimer une situation ou simplement un mot afin de le faire deviner aux autres. Je n'ai jamais gagné à ce jeu ! Et me voici en train de faire semblant de creuser la terre, de m'enthousiasmer devant un vulgaire bout de bois comme si j'avais découvert un trésor ; mon interlocuteur semblait si affligé que je finis par renoncer. L'homme haussa les épaules et s'en alla.

Il réapparut dix minutes plus tard, accompagné d'un jeune garçon qui me parla d'abord en français, puis en anglais et enfin en mélangeant un peu des deux langues. Il m'apprit que trois équipes d'archéologues étaient à pied d'œuvre dans la région. L'une travaillait à soixante-dix kilomètres au nord de ma position, une deuxième dans la vallée du Rift au Kenya, et une troisième, arrivée depuis peu, avait repris un campement à près de cent kilomètres au nord-est du lac Turkana.

J'avais enfin localisé Keira, il ne me restait plus qu'à trouver le moyen de la rejoindre.

Le jeune garçon me proposa de le suivre. L'homme qui était venu m'accueillir voulait bien m'héberger pour la nuit. Je ne savais comment le remercier et je le suivis, en m'avouant que si un Éthiopien, perdu dans les rues de Londres comme je l'étais ici ce soir, m'avait demandé son chemin, je n'aurais probablement pas eu la générosité de lui offrir mon toit. Différence de culture ou préjugés, dans les deux cas, je me sentis bien stupide.

Mon hôte partagea son dîner avec moi, le jeune garçon resta en notre compagnie. Il ne cessait de me dévisager. J'avais posé ma veste sur un tabouret et, sans aucune gêne, il s'amusa à en fouiller les poches. Il y trouva le pendentif de Keira et le remit aussitôt à sa place. J'eus soudain l'impression que ma présence ne le réjouissait plus et sans rien dire, il quitta la hutte.

Je dormis sur une natte et me réveillai à l'aube. Après avoir avalé l'un des meilleurs cafés que j'avais bu de ma vie, j'allai me promener près du petit terrain d'aviation, cherchant le moyen de poursuivre mon voyage. L'endroit ne manquait pas de charme, mais je n'allais pas pour autant m'y éterniser.

J'entendis un bruit de moteur dans le lointain. Un nuage de poussière enveloppait un gros 4×4 qui roulait dans ma direction. Le véhicule tout-terrain s'immobilisa devant la piste, deux hommes en descendirent. Tous deux étaient italiens, la chance me souriait, ils parlaient un anglais très convenable et avaient l'air plutôt sympathique. Pas plus étonnés que cela de me voir ici, ils me demandèrent où je me rendais. Je leur montrai du doigt un point sur la carte qu'ils avaient dépliée sur le capot de leur voiture et ils me proposèrent aussitôt de me rapprocher de ma destination.

Leur présence, plus encore que la mienne, semblait importuner le jeune garçon. Était-ce un relent de la période où l'Éthiopie fut colonisée par l'Italie ? Je n'en savais rien, mais mes deux miraculeux guides ne lui plaisaient décidément pas.

Après avoir chaleureusement remercié mon hôte, j'embarquai à bord du 4 × 4. Tout au long du trajet, mes deux Italiens me posèrent mille questions, sur mon métier, la vie à Atacama comme à Londres et sur les raisons de mon voyage en Éthiopie. Je n'avais pas vraiment envie de disserter sur ce dernier point et me contentais de leur dire que je venais rejoindre une femme ; ce qui pour deux Romains justifiait d'aller jusqu'au bout du monde. À mon tour je les interrogeai sur leur présence ici. Ils exportaient des tissus, dirigeaient une société à Addis-Abeba et, amoureux de l'Éthiopie, ils exploraient le pays chaque fois que l'occasion s'offrait à eux.

Il était difficile de localiser de façon précise l'endroit où je voulais me rendre et rien ne garantissait que l'on puisse y accéder par la route. Le chauffeur proposa de me déposer dans un village de pêcheurs sur les berges de l'Omo, il me serait facile de monnayer ma place à bord d'une embarcation qui descendait la rivière. J'aurais ainsi de meilleures chances de trouver le campement archéologique que je cherchais. Ils avaient l'air de bien connaître la région, je m'en remis à eux et suivis leurs conseils. Celui qui ne conduisait pas offrit ses services de traducteur. Depuis le temps qu'il était ici, il avait acquis quelques rudiments dans la pratique des dialectes éthiopiens et se faisait fort de trouver un pêcheur qui voudrait bien me prendre à bord de sa pirogue.

Au milieu de l'après-midi, je disais au revoir à mes accompagnateurs, la frêle embarcation dans laquelle je venais de monter s'éloigna de la rive et se laissa porter par le courant.

Retrouver Keira n'était pas aussi simple que mes amis italiens l'avaient supposé. La rivière Omo se divise en de nombreux bras, chaque fois que la pirogue s'engageait sur une voie navigable plutôt qu'une autre, je me demandais si nous n'allions pas dépasser le campement sans l'avoir vu.

J'aurais voulu profiter de la splendeur des paysages, j'en découvrais de nouveaux à chaque méandre, mais mon esprit était occupé à chercher les mots que je pourrais dire à Keira si je la retrouvais, ceux qui expliqueraient le but de ma visite, chose dont je n'étais pas certain moi-même.

La rivière s'enfonçait vers des falaises de terre brunâtre qui interdisaient tout écart de navigation. Le piroguier veillait à nous maintenir au milieu du cours d'eau. Une nouvelle vallée s'ouvrit à nous, et j'aperçus enfin au sommet d'une petite colline le campement que j'espérais tant découvrir.

Nous accostâmes sur une rive de sable et de boue. Je récupérai mon sac, saluai le pêcheur qui m'avait accompagné jusqu'ici et m'engageai sur un petit chemin frayé entre les hautes herbes. J'y croisai un Français qui s'étonna de ma présence. Je lui demandai si une certaine Keira travaillait par là, il pointa du doigt le nord et retourna à ses occupations.

Un peu plus en amont, je dépassai un village de tentes et arrivai à l'orée du terrain de fouilles archéologiques.

On avait creusé la terre en carrés, des piquets et des cordelettes délimitaient les côtés de chaque trou. Les deux premiers que j'observai étaient vides, mais j'aperçus deux hommes qui travaillaient dans un troisième. Un peu plus loin, d'autres brossaient délicatement le sol avec des pinceaux. D'où je me trouvais, on aurait pu croire qu'ils peignaient. Personne ne me prêtait attention et je continuais d'avancer sur le chemin de ronde que formaient les talus entre chaque excavation, tout du moins jusqu'à ce que dans mon dos une bordée d'injures m'arrête. L'un de mes concitoyens, son anglais était parfait, demanda en hurlant qui était l'imbécile qui se promenait au milieu des fouilles. Il me suffisait de balayer rapidement l'horizon pour deviner que l'imbécile en question ne pouvait être que moi.

Difficile d'imaginer meilleur préambule à des retrouvailles qui me rendaient déjà fébrile. Se faire traiter de crétin au milieu de nulle part n'est pas à la portée du premier venu. Une dizaine de têtes surgirent des trous, telle une tribu de suricates émergeant de leur tanière à l'annonce d'un danger. Un homme de forte corpulence m'ordonna, cette fois en allemand, de ficher le camp immédiatement.

Je ne maîtrise pas vraiment l'allemand, mais très peu de vocabulaire suffisait pour comprendre qu'il ne plaisantait pas. Et puis soudain, au beau milieu de tous ces regards accusateurs, apparut celui de Keira, qui venait à son tour de se redresser...

... Et rien ne se déroula comme Walter l'avait prédit !

– Adrian ? lança-t-elle effarée.

Deuxième moment d'intense solitude. Quand Keira me demanda ce que je pouvais bien faire ici – sa surprise dépassant de loin l'éventuel plaisir de me revoir – la perspective de lui répondre au milieu de ce petit monde hostile eut pour effet de me plonger dans un profond mutisme. Je restais là, pétrifié, avec l'impression d'avoir pénétré un champ de mines dont les artificiers guettaient le moment de me faire partir en fumée.

– Surtout ne bouge pas ! m'ordonna Keira en venant à ma rencontre.

Elle s'approcha de moi et me guida jusqu'à la sortie de la zone de fouilles.

– Tu ne te rends pas compte de ce que tu viens de faire ! Tu débarques de nulle part, avec tes gros sabots, tu aurais pu piétiner des ossements d'une importance inestimable.

– Dis-moi que je n'ai rien fait de tel, suppliai-je en bafouillant.

– Non, mais tu aurais pu, c'est presque pareil. Est-ce que tu me vois débouler dans ton observatoire et tripoter tous les boutons du télescope ?

– Je crois que j'ai bien saisi que tu étais en colère.

– Je ne suis pas en colère, tu es irresponsable, ce n'est pas la même chose.

– Bonjour, Keira.

J'aurais évidemment pu trouver une phrase plus originale, plus pertinente que « bonjour Keira », mais ce fut la seule qui me vint à l'esprit.

Elle me regarda de pied en cap. Je guettais le moment où elle allait enfin se détendre, au moins un court instant.

– Qu'est-ce que tu fiches ici, Adrian ?

– C'est une longue histoire, et je viens de faire un voyage encore plus long ; si tu avais un petit peu de temps à me consacrer, je pourrais te l'expliquer.

– Oui, mais pas maintenant, comme tu peux le constater, je suis en plein milieu de ma journée de travail.

– Je n'avais pas ton numéro de téléphone en Éthiopie, ni même celui de ta secrétaire pour prendre rendez-vous. Je vais redescendre vers la rivière et aller me reposer entre un cocotier et un bananier. Si tu as un moment, passe me voir.

Sans lui laisser le temps de me répondre, je tournai les talons et repartis dans la direction d'où j'étais venu. J'avais quand même ma fierté !

– Il n'y a pas de cocotiers, ni de bananiers par ici, grand ignare ! entendis-je dans mon dos.

Je me retournai, Keira venait vers moi.

– Je reconnais que ce n'était pas terrible comme accueil, je suis désolée, pardonne-moi.

– Tu es libre à déjeuner ? lui demandai-je.

Je devais avoir un don particulier ce jour-là pour poser des questions stupides. Au moins, cela avait fait rire Keira. Elle me prit par le bras et m'entraîna vers le campement. Elle m'invita à entrer dans sa tente, ouvrit une glacière, sortit deux bouteilles de bière et m'en tendit une.

– Bois, elle n'est déjà pas très fraîche, elle sera chaude dans cinq minutes. Tu es là pour longtemps ?

Se retrouver ici, seuls tous les deux sous sa tente, était si étrange que cela nous parut presque incongru. Alors nous avons quitté la tente pour aller marcher le long de la rivière. En me promenant sur cette berge, je comprenais mieux combien il avait dû être difficile pour Keira d'abandonner un pareil endroit.

– Je suis très touchée que tu sois venu jusqu'ici Adrian. Ce week-end à Londres était un merveilleux moment, merveilleux mais...

Il fallait que je l'interrompe, je n'avais surtout pas envie d'entendre ce qu'elle allait dire, je l'avais imaginé bien avant d'embarquer à Londres. Enfin, peut-être pas avec autant de lucidité, mais là n'était pas la question.

Pourquoi lui ai-je répondu si vite qu'elle se trompait sur mes intentions, alors que c'était tout le contraire ?

J'étais venu jusqu'ici, animé par le désir de la revoir, d'entendre sa voix, de reconnaître son regard, même hostile, de la toucher, avec le rêve impérieux de la serrer contre moi, de goûter encore à sa peau, mais je n'avouais rien de cela. Nouvelle idiotie de ma part ou fierté masculine mal placée, la vérité c'est que je ne voulais pas être éconduit, une seconde fois, pour ne pas dire une troisième.

— Ma présence ici n'a rien de romantique, Keira, ajoutai-je pour enfoncer le clou. Il faut que je te parle de quelque chose.

— Cela doit être très sérieux pour que tu sois venu d'aussi loin.

Voilà le genre de mystère à côté duquel estimer la profondeur de l'Univers se limite pour moi à une simple équation mathématique. Il y a quelques minutes à peine, Keira semblait particulièrement contrariée à l'idée que j'aie entrepris ce périple pour venir la retrouver, et maintenant que je lui affirmais le contraire, elle en semblait tout aussi fâchée.

— Je t'écoute ! dit-elle les deux mains campées sur les hanches. Sois bref, il faut que je rejoigne mon équipe.

— Si tu préfères, cela peut attendre ce soir. Je ne tiens pas à m'imposer ; de toute manière je ne peux pas repartir aujourd'hui, il n'y a que deux vols par semaine qui relient Londres à Addis-Abeba et le prochain ne décolle que dans trois jours.

— Tu restes le temps que tu veux, cet endroit est ouvert à chacun, hormis mon terrain de fouilles où j'aimerais mieux que tu n'ailles pas te promener sans quelqu'un pour te guider.

J'en fis la promesse. Je la laissai terminer sa journée. Nous nous retrouverions dans quelques heures et nous aurions la soirée entière pour parler.

– Installe-toi dans ma tente, dit-elle en remontant le chemin. Ne me regarde pas comme ça, nous n'avons plus quinze ans. Si tu passes la nuit à la belle étoile, tu te feras dévorer par les mygales. Je t'aurais bien fait dormir avec les garçons, mais leurs ronflements sont plus redoutables encore que la morsure de ces araignées.

Nous avons dîné en compagnie de l'équipe. L'hostilité des archéologues à mon égard avait cessé, dès lors que je n'étais plus cet éléphant qui se promenait innocemment au milieu de leurs fouilles ; ils furent plutôt très accueillants au cours du repas, ravis je crois de voir une nouvelle tête qui, de surcroît, leur délivrait des nouvelles fraîches de l'Europe. J'avais gardé dans mon sac un journal trouvé dans l'avion, ce dernier fit sensation. Chacun se le disputa et celui qui se l'appropria dut en faire la lecture aux autres. Difficile de réaliser combien ces nouvelles banales du quotidien revêtent soudain une telle importance pour ceux qui sont éloignés de chez eux.

Keira profita que son groupe se soit réuni autour d'un feu pour m'entraîner à l'écart.

– À cause de toi, ils seront crevés demain, me reprocha-t-elle en les regardant, tous absorbés par la lecture du journal. Les journées sont harassantes, chaque minute de travail compte. Nous vivons au rythme du soleil, en temps normal l'équipe dormirait déjà.

– Alors j'imagine que ce soir n'est pas un soir normal.

S'ensuivit un instant de silence où chacun de nous regardait ailleurs.

– Il faut que je t'avoue que rien n'a vraiment été normal pour moi depuis quelques semaines, repris-je.

Et cette succession d'anormalités n'est pas sans rapport avec ma présence ici.

Je sortis le pendentif de ma poche et le lui tendis.

– Tu as oublié ceci sur ma table de nuit, je suis venu te le rendre.

Keira prit son collier au creux de sa main et le regarda longuement, elle avait un beau sourire.

– Il n'est pas revenu, me dit-elle.

– Qui ça ?

– Celui qui me l'a offert.

– Il te manque à ce point ?

– Pas une journée ne passe sans que je pense à lui et me sente coupable de l'avoir abandonné.

Je n'avais pas prévu ça, et il me fallut beaucoup d'efforts pour trouver une repartie qui ne trahisse pas mon désarroi.

– Si tu l'aimes à ce point, tu trouveras bien un moyen de le lui faire savoir ; il te pardonnera, quoi que tu aies fait.

Je préférais ne rien savoir de plus sur celui qui avait conquis le cœur de Keira, et encore moins être celui qui les raccommoderait, mais je lisais une telle tristesse dans ses yeux.

– Tu devrais peut-être lui écrire ?

– En trois ans, j'ai réussi à lui apprendre à bien parler le français, quelques rudiments d'anglais, mais pas encore à lire. Et puis je ne sais pas où le trouver, répondit Keira en haussant les épaules.

– Il ne sait pas lire ?

– Tu es vraiment venu jusqu'ici juste pour me rapporter ce collier ?

– Et toi, tu l'as vraiment oublié chez moi ?

– Qu'est-ce que cela peut bien faire, Adrian ?

– Ce n'est pas n'importe quel pendentif, Keira. Est-ce qu'au moins tu le savais ? Il a une propriété pour le moins étrange. Quelque chose que je devais partager avec toi, quelque chose de bien plus important que tu ne pourrais l'imaginer.

– À ce point-là ?

– Où ton ami se l'est-il procuré ? Qui le lui a vendu ?

– Mais dans quel monde vis-tu, Adrian ? Il ne se l'est pas procuré, il l'a trouvé dans le cratère d'un volcan éteint, à un peu plus d'une centaine de kilomètres d'ici. Pourquoi es-tu si fébrile, qu'est-ce qu'il y a de si important ?

– Sais-tu ce qui se produit lorsque l'on approche ton pendentif d'une source de lumière vive ?

– Oui, je crois que je le sais. Bon, écoute, Adrian. Lorsque je suis rentrée à Paris, j'ai voulu en savoir un peu plus sur ce collier, par pure curiosité. Aidée d'un ami, nous avons essayé de le dater, mais sans succès. Et puis un soir, pendant un orage assez terrifiant d'ailleurs, la lumière est passée au travers et j'ai vu des tas de petits points lumineux s'afficher sur le mur du salon où je me trouvais. Un peu plus tard, en regardant par la fenêtre, j'ai trouvé une certaine ressemblance entre ce qui était apparu sur ce mur et ce que je voyais dans le ciel. Le hasard a voulu que nos routes se croisent quelque temps plus tard. Ce matin-là, à Londres, quand je suis repartie de chez toi, j'avais envie de te laisser une lettre, mais je n'ai pas trouvé les mots. Alors je t'ai laissé ce collier, en me disant que, s'il y avait quelque chose à découvrir à son sujet, cela relevait de ton domaine et non du mien. Si ce que tu as vu t'intrigue ou te passionne, j'en suis ravie. Je te laisse ce pendentif, fais-en ce que tu voudras. J'ai beaucoup de travail ici. Remporter ce prix, diriger cette équipe et mériter la confiance qui m'a été accordée est une lourde responsabilité, je n'aurai pas une troisième chance, tu comprends ? C'est très généreux de ta part d'être venu jusqu'ici pour partager ton histoire, mais c'est à toi de mener l'enquête. Moi, je creuse la terre et je n'ai pas le temps d'avoir la tête dans les étoiles.

Il y avait un grand caroubier devant nous, j'allai m'asseoir à son pied et invitai Keira à venir à mes côtés.

– Pourquoi es-tu ici ? lui demandai-je.

– Tu plaisantes ?

Comme je ne lui répondais pas, elle me regarda amusée.

– J'adore patauger dans la boue, dit-elle, et comme il y en a beaucoup par ici, je me régale !

– Ne te moque pas, je ne te demande pas ce que tu fais, je veux que tu m'expliques pourquoi ici en Éthiopie, plutôt qu'ailleurs.

– Ça aussi, c'est une très longue histoire.

– J'ai toute la nuit devant moi.

Keira hésita un temps. Elle se leva pour aller chercher un bout de bois et revint s'asseoir à mes côtés.

– Il y a très longtemps de cela, me dit-elle en dessinant un grand cercle sur le sable, les continents étaient tous réunis.

Elle dessina un autre cercle à l'intérieur du premier.

– L'ensemble formait une sorte d'immense et unique continent, entouré d'océans, le supercontinent de Pangée. La planète fut secouée de terribles tremblements de terre, les plaques tectoniques se mirent en mouvement. Le supercontinent se sépara en deux parties, la Laurasie au nord et le Gondwana au sud. Puis l'Afrique se détacha, devenant une île presque à part entière. Non loin de là où nous sommes, sous l'effet d'une pression irrésistible, s'éleva une barrière de montagnes. Ces nouveaux sommets ne furent pas sans effet sur le climat. Leurs cimes retenaient les nuages. Sans pluie, la désertification des terres de l'est commença.

« Les singes qui vivaient dans les arbres, bien à l'abri des prédateurs, virent leur habitat se réduire comme peau de chagrin. Moins d'arbres, moins de fruits, la nourriture commença à manquer et l'espèce fut menacée de disparaître. Écoute bien, c'est là que l'histoire prend son sens.

« Plus à l'ouest, à l'opposé d'une vallée où désormais ne poussaient plus que de hautes herbes, la forêt perdurait. Du haut des quelques arbres qui subsistaient encore, les singes pouvaient voir ces terres où la nourriture restait abondante. Tu vois, la règle de l'évolution c'est de s'adapter à son environnement pour survivre, et l'instinct de survie est plus fort que tout. Alors, bravant leur peur, les singes quittèrent les frondaisons. De l'autre côté de la plaine se trouvait un éden où ils ne manqueraient plus de rien.

« Voici donc nos singes en route. Mais lorsque l'on se déplace à quatre pattes à travers les hautes herbes, on ne voit pas grand-chose. Ni la direction vers laquelle on va, ni les dangers qui vous guettent. Qu'aurais-tu fait à leur place ?

– Je ne sais pas, répondis-je, envoûté par sa voix.

– Comme eux, tu te serais probablement dressé sur tes pattes arrière pour voir au loin et tu serais retombé à quatre pattes pour poursuivre le voyage ; et, à nouveau, tu te serais redressé pour vérifier ton cap avant de reprendre ton chemin, et ainsi de suite, jusqu'à ce que tu trouves l'exercice fastidieux, que tu en aies assez de te lever, de te baisser. En avançant ainsi à l'aveuglette, tu déviais sans cesse de la direction que tu t'étais fixée. Il fallait tracer une ligne droite, sortir de cette plaine hostile où, nuit après nuit, les prédateurs attaquaient tes semblables, gagner rapidement la forêt et ses fruits appétissants. Alors, un beau jour, pour aller plus vite, une fois dressé sur tes pattes arrière, tu aurais tenté de rester debout.

« Bien sûr ta démarche aurait été maladroite, douloureuse, car ni ton squelette ni tes muscles n'étaient adaptés à cette posture, mais tu aurais résisté, comprenant que ta survie dépendait de ta capacité à atteindre ta destination. Le nombre de singes morts d'épuisement en chemin ou décimés par les fauves t'aurait convaincu de l'urgence à aller de l'avant, toujours plus vite. Qu'un seul couple atteigne son but et l'espèce serait sauvée. Sans le savoir, au milieu de cette plaine, tu n'étais déjà plus ce singe qui, hier encore, sautait de branche en branche, courait à quatre pattes lors de ses brèves escapades au sol ; sans le savoir tu étais déjà un petit homme, Adrian, puisque tu marchais. Tu avais renoncé aux attributs de ton espèce pour en inventer une autre, humaine. Ces singes, qui avaient réussi l'improbable pari de gagner les terres fertiles de l'autre côté de la plaine, étaient nos ancêtres. Et peu importe si ce que je vais te raconter fait encore bondir certains scientifiques, dans ce domaine la vérité fait rarement l'unanimité quand elle apparaît.

« Il y a vingt ans, d'éminents confrères découvrirent les restes de Lucy. Son squelette devint une star. Lucy avait trois millions d'années, et tout le monde s'accordait à la considérer comme la grand-mère de l'humanité, mais tout le monde se trompait. Quelques décennies plus tard, d'autres chercheurs mirent au jour les restes d'*Ardipithecus Kadabba*. Il avait cinq millions d'années et l'implantation de ses ligaments comme la structure de son bassin et de sa colonne vertébrale nous prouvaient que lui aussi était un bipède. Lucy était déchue de son statut.

« Plus récemment, une équipe découvrit les ossements fossilisés d'une troisième famille de bipèdes. Encore plus anciens. Les Orrorins vivaient il y a six millions d'années. Cette découverte bouleversa tout ce que l'on croyait savoir jusque-là. Car non seulement, les Orrorins marchaient mais ils étaient encore plus proches de nous. L'évolution génétique ne connaît pas de retour en arrière. Voilà qui renvoyait tout ce qui avait été considéré comme grands-parents de l'humanité au simple rang de cousins éloignés et repoussait le moment supposé de la séparation entre la lignée des singes et celle des hominidés. Mais qui pourrait encore prétendre de façon certaine qu'avant les Orrorins d'autres ne les précédaient pas ? Mes collègues cherchent la réponse à l'ouest et moi je suis partie à l'est, dans cette vallée, au pied de ces montagnes, parce que je crois de toutes mes forces que l'ancêtre de l'homme a bien plus de sept ou huit millions d'années et que ses restes se trouvent quelque part sous nos pieds. Tu sais maintenant pourquoi je suis en Éthiopie.

– Dans tes estimations les plus folles, Keira, quel âge donnes-tu au premier de nos ancêtres ?

– Je n'ai pas de boule de cristal, même dans mes rêves les plus fous. Ce n'est qu'en faisant une découverte que je pourrai répondre à ta question. Ce que je sais, c'est que tous les hommes sur terre portent un gène identique. Quelle que soit la couleur de notre peau, nous descendons tous d'un même être.

La fraîcheur avait fini par nous chasser de la colline. Keira m'installa un lit de camp sous sa tente, elle m'offrit une couverture et souffla la bougie qui nous éclairait. J'avais beau réfuter cette idée de toutes mes forces, le fait d'être près d'elle me rendait heureux,

Rome

Ivory s'était installé au comptoir d'une cafétéria située au centre de l'aéroport de Fiumicino. Il regarda l'heure à la pendule juste au-dessus de lui et replongea dans la lecture du *Corriere della Sera*.

Un homme s'assit sur le tabouret à côté de lui.

– Désolé, Ivory, la circulation est encore pire que d'habitude. Que puis-je faire pour vous ?

– Presque rien, mon cher Lorenzo, si ce n'est partager avec moi les informations que vous possédez.

– Qu'est-ce qui vous laisse supposer que je possède des informations pouvant vous concerner ?

– Très bien, jouons à ce jeu de la façon la plus fair-play qui soit. Je vais donc commencer le premier et vous dire tout ce que je sais. Par exemple, que la cellule s'est recomposée, que celui sur lequel tous vos yeux sont braqués se trouve à l'heure actuelle en Éthiopie, qu'il y a rejoint la jeune archéologue ; je sais également que la Chine a de nombreux intérêts économiques là-bas, elle y a gardé de précieux appuis, et je suis encore assez futé pour deviner que les autres doivent s'interroger sur la nécessité de convier les Chinois autour de

303

leur table. Voyons, que pourrais-je bien vous apprendre d'autre ? Que l'Italie a gardé elle aussi quelques contacts en Éthiopie ? Et que, si vous êtes le même homme que celui que j'ai connu, vous avez dû activer un ou plusieurs de vos agents ? Je cherche, je cherche, attendez, j'ai sûrement d'autres petites choses à vous raconter. Ah oui, vous n'avez tenu personne informé de vos projets, histoire de garder la mainmise, et peut-être même de prendre le contrôle des opérations le moment voulu.

— Vous n'êtes pas venu jusqu'ici pour porter des accusations aussi grotesques, j'imagine qu'un entretien téléphonique aurait fait l'affaire.

— Savez-vous, Lorenzo, quelle est de nos jours la plus grande force dans votre métier ?

— Je suis certain que vous allez me l'apprendre.

— Ne dépendre d'aucune technologie. Ni téléphone, ni ordinateur, ni carte bancaire. Souvenez-vous comme l'espionnage était une affaire complexe quand ces saloperies n'existaient pas encore. Aujourd'hui, il n'y a plus aucun plaisir à pratiquer cet art. Le premier crétin qui allume son téléphone mobile se fait géolocaliser par une batterie de satellites en quelques minutes à peine. Rien ne remplacera jamais un bon espresso pris avec un vieil ami dans l'anonymat d'un café d'aéroport.

— Vous ne m'avez toujours pas dit ce que vous vouliez.

— Vous avez raison, j'allais presque l'oublier. Il fut une époque où je vous ai rendu quelques services, n'est-ce pas ? Mais je ne ferai pas appel à votre gratitude, je ne dis pas que cela ne viendra pas un jour, mais ce que je souhaite aujourd'hui ne justifie pas que je me défausse de ce genre d'atout, ce serait trop cher payé. Non, vraiment, tout ce que je vous demande est de me donner les moyens d'avoir un léger coup d'avance sur les autres. Je ne leur dirai rien de vos manigances, en contrepartie, informez-moi de ce qui se passe dans la vallée de l'Omo. Je vais être très magnanime, lorsque nos tourtereaux s'envoleront vers d'autres contrées, ce sera mon tour de vous renseigner. Reconnaissez qu'avoir un fou invisible sur l'échiquier est un atout majeur pour celui qui l'a dans son camp.

— Je ne joue qu'au poker, Ivory, je ne suis pas familier des règles des échecs. Qu'est-ce qui vous laisse entendre qu'ils quitteront l'Éthiopie ?

— Ah, s'il vous plaît, Lorenzo, pas de ça entre nous, ne me prenez pas pour un imbécile. Si vous pensiez vraiment que notre astronome était simplement parti conter fleurette à sa douce, vous n'auriez pas dépêché vos hommes sur place.

— Mais je n'ai jamais rien fait de tel !

Ivory régla sa consommation et se leva. Il tapota l'épaule de son voisin.

— J'ai été heureux de vous revoir, Lorenzo. Saluez votre charmante épouse.

Le vieux professeur se baissa pour ramasser son sac et s'éloigna. Lorenzo le rattrapa aussitôt.

— OK, mes hommes l'ont pris en filature à l'aéroport d'Addis-Abeba, il avait affrété un petit coucou pour se rendre à Jinka. La jonction s'est faite là-bas.

— Vos hommes sont entrés en contact avec lui ?

— De façon tout à fait anonyme. Ils l'ont pris en stop et en ont profité pour implanter un mouchard dans son bagage, un petit émetteur à moyenne portée. Sa conversation avec cette jeune archéologue dont vous parliez montre qu'il n'a pas encore compris de quoi il retourne, mais il n'est pas loin de la vérité, ce n'est qu'une question de temps ; il a découvert certaines propriétés de l'objet.

– Lesquelles ? demanda Ivory.

– Des propriétés que nous ne connaissions pas, nous n'avons pas tout entendu, je vous l'ai dit, le mouchard est dans son bagage. Il s'agirait d'une projection de points lorsque l'on approche l'objet d'une source de lumière vive, répondit Lorenzo sans marquer plus d'intérêt que cela.

– Quel genre de points ?

– Il a parlé d'une nébuleuse, une histoire de Pélican, j'imagine que c'est une expression anglaise.

– Quel ignare vous faites, mon pauvre ami ; la nébuleuse du Pélican se trouve dans la constellation du Cygne, non loin de l'étoile de Deneb. Comment n'avais-je pas pensé à cela plus tôt !

L'excitation soudaine d'Ivory était telle que Lorenzo sursauta.

– Voilà qui a l'air de sacrément vous enthousiasmer.

– Il y a de quoi, cette information confirme toutes mes suppositions.

– Ivory, vous vous êtes mis à l'écart de la communauté avec vos suppositions ; je veux bien vous donner un petit coup de main en souvenir du passé, mais pas me discréditer avec vos âneries.

Ivory empoigna Lorenzo par la cravate. Il resserra le nœud si vite que ce dernier n'eut pas le temps de réagir, l'air lui manquait déjà et son visage s'empourprait à vue d'œil.

– Jamais, vous m'entendez, ne me traitez jamais de la sorte ! Âne, vous dites ? C'est vous qui êtes des ânes, apeurés d'approcher la vérité, comme l'étaient les plus obscurs religieux il y a six siècles. Vous êtes aussi indignes qu'eux des responsabilités qui vous sont confiées. Bande d'incapables !

Des voyageurs étonnés par la scène s'étaient arrêtés. Ivory relâcha son étreinte et leur adressa un sourire rassurant. Les passants reprirent leur chemin et le barman retourna à ses occupations. Lorenzo avait promptement desserré le col de sa chemise et inspirait de grandes bouffées d'air.

– La prochaine fois que vous faites une chose pareille, je vous tue ! dit Lorenzo en essayant de refouler une quinte de toux.

– À condition que vous y arriviez, petit prétentieux ! Mais nous nous sommes assez disputés comme cela, ne me manquez plus de respect, voilà tout.

Lorenzo reprit place sur son tabouret et commanda un grand verre d'eau.

– Que font donc nos tourtereaux en ce moment ? reprit Ivory.

– Je vous l'ai déjà dit, ils sont encore à mille lieues de se douter de quoi que ce soit.

– À mille ou à cent lieues ?

– Écoutez-moi, Ivory, si j'étais en charge des opérations, je leur aurais confisqué l'objet en question depuis longtemps, de gré ou de force, et le problème serait réglé. J'imagine d'ailleurs que tôt ou tard cette décision qu'un certain nombre de nos amis préconisent sera prise à l'unanimité.

– Je vous invite à ne jamais voter en ce sens et à user de votre influence pour que les autres en fassent de même.

– Vous n'allez pas aussi me dicter ma conduite.

– Vous redoutiez que mes âneries vous discréditent, qu'en serait-il si la communauté apprenait que nous nous sommes rencontrés ? Bien sûr, vous pourriez le nier, mais à votre avis combien de caméras de surveillance nous ont filmés depuis que nous discutons ? Je suis même certain que notre petite altercation n'est pas passée inaperçue. Je vous l'ai dit, cette abondance de technologies est une vraie saloperie.

– Pourquoi faites-vous cela, Ivory ?

– Parce que, justement, vos amis seraient bien capables de voter à l'unanimité une proposition aussi stupide que celle que vous évoquiez, et il n'est pas question que quiconque lève le petit doigt sur nos deux tourtereaux qui vont peut-être enfin entreprendre ces recherches que vous avez tous eu peur de mener jusque-là.

– C'est précisément ce que nous cherchions à éviter depuis que le premier objet a été découvert.

– Maintenant il y en a un deuxième et ce ne sera pas le dernier. Alors, vous et moi ferons tout notre possible pour permettre à nos protégés d'aboutir. La primauté du savoir, n'est-ce pas ce qui vous anime ?

– C'est celle qui vous anime vous, Ivory, pas moi.

– Allons, Lorenzo, personne n'est dupe, même dans cette assemblée de gens bien respectables.

– Si vos deux tourtereaux, comme vous les appelez, comprenaient la portée de leur découverte et la rendaient publique, réalisez-vous le danger qu'ils feraient courir au monde ?

– De quel monde parlez-vous ? Celui où les dirigeants des nations les plus puissantes ne peuvent plus se réunir sans provoquer d'émeutes ? Celui où les forêts s'effacent pendant que les glaces de l'Arctique fondent comme neige au soleil ? Celui où la majorité des êtres humains crève de faim et de soif alors qu'une minorité vacille au son de la cloche de Wall Street ? Celui, terrorisé par des groupuscules fanatiques qui assassinent au nom de dieux imaginaires ? Quel est celui de ces mondes qui vous fait le plus peur ?

– Vous êtes devenu fou, Ivory !

– Non, je veux savoir. C'est pour cela que vous m'avez tous mis à la retraite. Pour ne pas avoir à vous regarder dans un miroir. Vous pensez être un honnête homme, parce que vous allez à l'église le dimanche, mais aux putes le samedi ?

– Vous croyez être un saint, peut-être ?

– Les saints n'existent pas mon pauvre ami. Seulement, je ne bande plus depuis longtemps, ce qui me protège d'une certaine hypocrisie.

Lorenzo scruta longuement Ivory, il posa son verre sur le comptoir et se leva de son tabouret.

– Vous serez le premier averti de ce que j'apprendrai. Je vous donne un jour d'avance, rien de plus. C'est à prendre ou à laisser. Considérez que cela efface toutes mes dettes envers vous. Ce n'est pas si cher payé, il n'y a pas d'atout au poker.

Lorenzo s'en alla, Ivory jeta un nouveau coup d'œil à la pendule au-dessus du bar ; le vol d'Amsterdam décollait dans quarante-cinq minutes, il n'avait pas de temps à perdre.

*

Vallée de l'Omo

Keira dormait encore, je me levai et sortis de la tente en faisant le moins de bruit possible. Le campement était silencieux. J'avançai jusqu'au bout de la colline. En contrebas, la rivière Omo était enveloppée d'une brume légère. Quelques pêcheurs s'affairaient déjà auprès de leurs pirogues.

– C'est beau, n'est-ce pas ? dit Keira dans mon dos.

– Tu as fait des cauchemars cette nuit, lui dis-je en me retournant. Tu t'agitais dans tous les sens en poussant de petits cris.

– Je ne me souviens de rien. Peut-être ai-je rêvé de notre conversation d'hier soir ?

– Keira, pourrais-tu me conduire jusqu'à l'endroit où ton pendentif a été trouvé ?

– Pourquoi, à quoi cela servirait-il ?

– Besoin de relever une position exacte, j'ai un pressentiment.

– Je n'ai pas encore pris mon thé. Suis-moi, j'ai faim, nous en discuterons devant un petit déjeuner.

De retour dans la tente, j'enfilai une chemise propre et vérifiai dans mon sac que j'avais bien emporté tout le matériel dont j'avais besoin.

Le pendentif de Keira nous avait dévoilé un morceau de ciel qui ne correspondait pas à celui de notre époque. J'avais besoin de connaître l'endroit précis où cet objet avait été abandonné par celui qui s'en était servi le dernier. La voûte étoilée que l'on peut observer par nuit claire change de jour en jour. Le ciel de mars n'est pas le même que celui d'octobre. Une série de calculs me permettrait peut-être de savoir en quelle saison ce ciel vieux de quatre cents millions d'années avait été relevé.

– D'après ce que m'a dit Harry, il l'a découvert sur l'île centrale au milieu du lac Turkana. C'est un ancien volcan éteint. Son limon est fertile et les agriculteurs vont de temps à autre y chercher de quoi nourrir leurs terres. C'est lors d'un voyage avec son père qu'il l'a trouvé.

– Si ton ami est introuvable, son père est-il dans les parages ?

– Harry est un enfant, Adrian, orphelin de ses deux parents.

J'avais dû trahir mon étonnement, car Keira me regarda en hochant la tête.

– Tu n'avais pas imaginé que lui et moi...

– J'avais imaginé que ton Harry était plus vieux que cela, voilà tout.

– Je ne peux te donner plus de précisions sur le lieu de sa découverte.

– Je ne suis pas au mètre près. Tu m'accompagnerais jusque là-bas ?

– Non, sûrement pas ; aller et revenir prendra au moins deux jours et je ne peux pas laisser mon équipe en plan. J'ai des obligations ici.

– Si tu te foulais la cheville, tout s'arrêterait, non ?

– Je me ferais poser une attelle et je continuerais mon travail.

– Personne n'est indispensable.

– Mon boulot m'est indispensable, si tu préfères voir les choses dans ce sens-là. Nous avons un 4×4, j'ai retenu la leçon de ma dernière expérience. Je peux te le confier si tu veux, et je devrais bien te trouver au village quelqu'un pour te servir de guide. Si tu pars maintenant, tu atteindras le lac en fin d'après-midi. Ce n'est pas si loin, mais la piste qui y mène est presque impraticable d'un bout à l'autre ; tu devras rouler très lentement. Ensuite il te faudra trouver une embarcation pour rejoindre l'île du centre. Je ne sais pas combien d'heures tu comptes y passer mais si tu ne traînes pas, tu devrais pouvoir être de retour demain soir. Cela te laissera juste le temps de repartir vers Addis-Abeba pour attraper ton avion.

– Nous ne nous serons pas beaucoup vus.

– Puisque tu dois impérativement te rendre sur le lac, ce n'est de la faute de personne.

Je masquai mon humeur maussade du mieux que je le pus et remerciai Keira pour la voiture. Elle m'accompagna jusqu'au village et alla s'entretenir avec le chef. Vingt minutes plus tard, nous repartions avec lui. Cela faisait longtemps qu'il n'avait pas eu l'occasion d'aller visiter le lac Turkana ; à son âge il ne pouvait plus faire le voyage par le fleuve et il était ravi de profiter d'un véhicule. Il promit de me conduire jusqu'à la berge en face du volcan. Une fois là-bas, il nous trouverait facilement une pirogue. Le temps pour lui de préparer quelques affaires et de raccompagner Keira à son campement, nous prendrions aussitôt la route.

Keira descendit du 4 × 4 et en fit le tour pour venir s'accouder à ma portière.

– Ne tarde pas trop, que nous ayons encore un petit moment à passer ensemble avant ton retour. J'espère que tu trouveras ce que tu cherches.

Ce que j'étais venu chercher ici se trouvait juste sous mes yeux, mais il me faudrait encore un peu de temps avant de l'avouer.

Le moment de partir était arrivé, je m'apprêtai à remonter le petit chemin qui reliait la piste au campement. La boîte de vitesses craqua, Keira me conseilla d'enfoncer la pédale d'embrayage en bout de course. Alors que la voiture commençait à reculer, Keira se mit à courir et arriva à ma hauteur.

– Tu pourrais retarder ton départ de quelques minutes ?

– Oui, bien sûr, pourquoi ?

– Pour que je prévienne Éric de prendre la direction des fouilles jusqu'à demain et que je prépare un sac. Tu me fais vraiment faire n'importe quoi.

Le chef du village s'était assoupi sur la banquette arrière, il ne se rendit même pas compte que Keira nous avait rejoints.

– On l'emmène quand même ? demandai-je.

– Il serait assez indélicat de le laisser sur le bord de la route.

– Et puis il te servira de chaperon, ajoutai-je.

Keira m'administra un coup sur l'épaule et me fit signe d'avancer.

Elle n'avait pas exagéré, la piste était une succession de nids-de-poule, je m'accrochai au volant, essayant de contrôler la direction et de ne pas m'enliser dans une ornière. En une heure nous avions parcouru à peine dix kilomètres ; à ce train-là, la journée ne suffirait pas pour arriver à bon port.

Une secousse plus forte que les autres réveilla notre passager. Le chef du village s'étira et nous désigna un sentier à peine visible dans un virage, je compris à ses gesticulations qu'il voulait emprunter un raccourci. Keira m'incita à suivre ses recommandations. La piste s'était totalement effacée, nous grimpions le flanc d'une colline. Soudain, apparut devant nous une vaste plaine aux reflets dorés par le soleil. Sous nos roues, le sol s'était adouci et je pus enfin accélérer un peu. Quatre heures plus tard, le chef me demanda de m'arrêter. Il descendit de la voiture et s'éloigna.

Keira et moi le suivîmes. Nous avons marché dans les pas de notre guide jusqu'au bord d'une petite falaise. Le vieil homme nous montra le delta du fleuve en contrebas, le majestueux lac Turkana s'étendait sur plus de deux cents kilomètres ; de ses trois îlots volcaniques, seul celui situé au nord était visible, il faudrait encore rouler un long moment avant d'atteindre notre destination.

Sur la rive kenyane, des colonies de flamants roses s'envolaient en formant de longues courbes gracieuses dans le ciel. Les lagunes de gypse donnaient aux eaux du lac une teinte ambre qui, plus loin, virait au vert. Je comprenais mieux maintenant pourquoi on le surnommait le lac de Jade.

Après être remontés à bord du 4×4, nous avons repris un sentier de caillasse pour gagner la partie septentrionale du lac.

À part un troupeau d'antilopes, l'endroit était désert. Nous avons parcouru des kilomètres sans croiser âme qui vive. Par endroits, les terres blanchies par les salines reflétaient la lumière, au point de nous éblouir. Ailleurs, un semblant de végétation avait gagné sur le désert ; dans un paysage d'herbes hautes, se dressa la tête d'un bufflon égaré.

Un panneau planté au milieu de nulle part nous indiqua que nous étions entrés au Kenya. Nous traversâmes un village de nomades, quelques maisons en terre séchée témoignaient de ce que certains s'y étaient sédentarisés. Pour contourner un plateau rocheux, la piste s'éloignait de la berge et, pendant quelque temps, nous perdîmes le lac de vue, cette piste aride semblait ne jamais finir.

– Nous allons bientôt arriver à Koobi Fora, dit Keira.

Koobi Fora était un site archéologique découvert par Richard Leakey, anthropologiste dont Keira admirait le travail. Il y avait mis au jour des centaines de fossiles parmi lesquels des squelettes d'australopithèques ainsi que quantité d'outils en pierre. Mais la découverte la plus importante avait été celle des restes d'un *Homo habilis*, l'ancêtre le plus direct de l'homme, qui vivait il y a environ deux millions d'années. Alors que nous dépassions le terrain de fouilles, Keira tourna la tête, et je devinai qu'elle rêvait à ce moment-là que des voyageurs passent un jour devant un site qui serait marqué par une de ses découvertes.

Une heure plus tard, nous arrivions presque au terme du voyage.

Quelques pêcheurs se trouvaient sur le bord du lac. Le chef s'entretint avec eux et, comme il nous l'avait promis, il réussit à nous faire embarquer dans un canoë à moteur. Il préféra rester sur la rive. Il avait fait ce long voyage pour contempler ce paysage magique une dernière fois dans sa vie.

Alors que nous nous éloignions de la côte, j'aperçus une traînée de poussière dans le lointain, certainement une voiture, mais mon regard se détourna vers l'île du centre, celle que l'on appelait aussi l'île au drôle de visage, parce que trois de ses cratères formaient le dessin d'une paire d'yeux et d'une bouche. Des cratères, l'îlot en comptait douze au total. Chacun des trois principaux renfermait en son centre un petit lac. À peine débarqués sur une plage de sable noir, Keira me fit escalader une paroi abrupte. La terre de basalte s'effritait sous nos pieds. Il nous fallut presque une heure pour atteindre le sommet du volcan. À trois cents mètres d'altitude, la vue plongeante était impressionnante. Je ne pouvais m'empêcher d'imaginer que, sous ces eaux calmes, sommeillait un monstre d'une puissance dévastatrice incalculable.

Pour me rassurer, Keira m'indiqua que la dernière manifestation volcanique remontait à des temps lointains, mais elle ajouta, l'air moqueur, qu'en 1974 le cratère avait connu de violents relents, pas une éruption à proprement parler, mais des tourments suffisants pour que des nuages de vapeur de soufre soient visibles depuis les rives du grand lac. Étaient-ce ces soubresauts qui avaient fait resurgir des entrailles de la Terre le pendentif qu'elle portait autour du cou ? Et si tel était le cas, depuis combien de temps y reposait-il ?

– C'est ici qu'Harry l'a trouvé, me dit Keira. Cela t'aide-t-il ?

Je sortis de mon sac à dos le GPS que j'avais emmené et relevai la position qu'il indiquait. Nous nous trouvions à 3° 29' au nord du point équatorial et à 36° 04' de son est.

– Tu as trouvé ce que tu cherchais ?

– Pas encore, lui répondis-je, il faudra que de retour à Londres je fasse toute une série de calculs.

– Pour quoi faire ?

– Pour vérifier la correspondance entre la voûte céleste que nous pouvons observer d'ici et celle que ton pendentif nous a dévoilée. J'obtiendrai peut-être ainsi de précieuses informations.

– Et tu ne pouvais pas trouver ces coordonnées sur une carte ?

– Si, mais ce n'est pas comme être sur le terrain.

– En quoi est-ce si différent ?

– Ce n'est pas pareil, voilà tout.

Et, en disant cela, j'ai rougi, comme un imbécile. « Maladroit que vous êtes », m'aurait dit Walter s'il avait été là.

Le soleil déclinait, il nous fallait redescendre vers la plage de sable noir et rejoindre notre embarcation. Ce soir, nous dormirions dans le village nomade que nous avions croisé en route.

Alors que nous approchions de la rive, Keira et moi avons remarqué que quelque chose ne tournait pas rond. Le 4 × 4 était toutes portières ouvertes et le chef du village avait disparu.

– Il doit se reposer à l'intérieur, dit Keira pour se rassurer, mais nous étions tous deux inquiets.

Les pêcheurs nous abandonnèrent sur la berge et reprirent aussitôt le large pour rentrer chez eux avant la tombée de la nuit. Keira se précipita vers la voiture et je la suivis pour constater que le pire s'était produit.

Le chef du village était allongé sur le sol, face contre terre. Un mince filet de sang déjà noirci s'était écoulé de sa tête pour disparaître entre des cailloux. Keira se pencha sur lui, elle le retourna avec mille précautions, mais ses yeux vitreux ne laissaient planer aucun doute sur son sort. Keira s'agenouilla et je la vis pleurer pour la première fois.

– Il a sans doute fait un malaise et il est tombé, nous n'aurions jamais dû le laisser seul, dit-elle en sanglotant.

Je la pris dans mes bras et nous restâmes ainsi à veiller le corps de cet homme dont la mort me touchait étrangement.

La nuit d'un bleu profond resplendissait sur nous et sur le dernier sommeil d'un vieux chef de tribu. J'espérais que, cette nuit-là, une étoile de plus luirait dans le ciel.

– Demain matin il faudra prévenir les autorités.

– Surtout pas, me dit Keira, ici nous sommes en territoire kenyan, si la police s'en mêle, ils garderont le corps le temps de mener une enquête. S'ils l'autopsiaient, ce serait un outrage terrible pour la tribu ; nous devons le ramener auprès des siens, il doit être enterré dans les vingt-quatre heures. Son village voudra l'honorer comme il se doit, c'est un personnage important pour eux, il est leur guide, leur savoir et leur sagesse. Il ne faut pas enfreindre leurs rites. Le seul fait qu'il soit mort en terre étrangère sera déjà un drame. Beaucoup y verront une forme de malédiction.

Nous l'avons enveloppé d'une couverture et lorsque nous l'installâmes à l'arrière du 4 × 4, je remarquai des traces de pneus à côté de notre véhicule. Je repensai à la traînée de poussière que j'avais aperçue un peu plus tôt quand nous étions partis vers l'île du centre. Se pouvait-il que la mort de ce vieux chef ne fût pas le seul fait d'un malaise et d'une mauvaise chute ? Que s'était-il vraiment passé en notre absence ? Pendant que Keira se recueillait, j'étudiais le sol à l'aide d'une lampe de poche trouvée dans la boîte à gants. Des marques de semelles entouraient notre voiture et il y en avait trop pour que ce soit les nôtres. Étaient-ce celles des pêcheurs qui nous avaient accompagnés ? Pourtant, je n'avais pas le souvenir qu'ils se soient éloignés de leur embarcation et j'aurais volontiers juré que nous étions allés à leur rencontre. Je préférai ne pas m'en entretenir avec Keira ; elle était suffisamment triste, je ne voulais pas l'inquiéter avec des suspicions sans autre fondement que quelques marques de gomme et de chaussures sur le sol poussiéreux de la rive du lac.

Nous avons dormi quelques heures à même le sol.

À l'aube, Keira prit le volant. Nous remontions vers la vallée de l'Omo quand elle murmura :

– Mon père est parti de la même manière. J'étais allée faire des courses, quand je suis revenue, je l'ai trouvé gisant sur le perron de la maison.

– Je suis désolé, bafouillai-je maladroitement.

– Tu sais, le plus terrible n'était pas de le voir là, allongé sur les marches, la tête en bas, les pieds devant la porte ; non, le plus terrible est venu après. Quand ils ont emmené son corps, je suis retournée dans sa chambre et j'ai vu les draps froissés. J'ai deviné les gestes qu'il avait faits en se levant ce matin-là, ses derniers pas au saut du lit. Je l'ai imaginé marchant vers le rideau qu'il avait entrouvert pour voir le temps qu'il faisait. C'était pour lui un rituel et cela comptait plus que toutes les nouvelles qu'il pourrait lire dans son journal. J'ai trouvé sa tasse de café dans l'évier de la cuisine, le beurre était encore sur la table auprès d'un morceau de pain à moitié entamé.

« C'est en regardant les objets du quotidien, tel un couteau à beurre, que l'on se rend compte que quel-qu'un est parti et qu'il ne reviendra plus ; un stupide couteau à beurre qui taille à jamais des tranches de solitude dans votre vie.

En écoutant Keira, je réalisai pourquoi j'avais emmené son collier en Grèce, pourquoi il n'avait jamais quitté ma poche depuis le jour où elle l'avait laissé sur ma table de nuit avant de s'en aller.

Nous sommes arrivés au village en fin de journée. Lorsque Keira sortit de la voiture, les Mursis comprirent que quelque chose de grave était arrivé. Ceux qui se trouvaient sur la place centrale s'immobilisèrent aussitôt. Keira les regardait en pleurant, mais aucun d'eux ne s'approcha pour tenter de la consoler. J'ouvris la portière arrière et pris le corps du vieux chef dans mes bras. Je le déposai sur le sol et baissai la tête en signe de recueillement. Une longue plainte parcourut l'assemblée ; les femmes levèrent les bras au ciel et se mirent à crier. Les hommes s'étaient rapprochés du corps de leur chef. Son fils souleva la couverture et caressa lentement le front de son père. Le visage serré, il se redressa et nous fixa durement. Je compris dans son regard que nous n'étions plus les bienvenus. Qu'importait pour eux ce qui s'était passé, leur vieux chef était parti avec nous vivant et nous le leur ramenions mort. Je sentais l'hostilité à notre égard grandir à chaque instant. Je pris Keira par le bras et la guidai lentement vers la voiture.

– Ne te retourne pas, lui dis-je.

Alors que nous entrions dans le 4 × 4, les villageois se massèrent autour de nous, encerclant le véhicule. Une lance ricocha sur le capot, une deuxième arracha le rétroviseur, et Keira eut juste le temps de me hurler de me baisser, quand une troisième vint fendre le pare-brise. J'avais enclenché la marche arrière, la voiture bondit, je redressai, effectuai un demi-tour et fonçai hors du village.

La horde en colère ne nous avait pas suivis. Dix minutes plus tard, nous arrivions au campement. En voyant l'état du 4 × 4 et la pâleur de Keira, Éric s'inquiéta et je lui fis le récit de nos mésaventures. Toute l'équipe d'archéologues se réunit autour d'un feu pour décider de la conduite à tenir.

Chacun s'accordait à prédire que l'avenir du groupe était compromis. Je me proposai de retourner dès le lendemain au village, je m'entretiendrai « en gentleman » avec le fils du chef et lui expliquerai que nous n'étions pour rien dans la triste disparition de son père.

Mes propos avaient mis Éric en colère et montraient à quel point j'étais ignorant de la gravité de la situation. Nous n'étions pas à Londres, vociféra-t-il, la colère des villageois ne s'apaiserait pas autour d'une tasse de thé. Le fils du chef voudrait un coupable et il ne donnait pas longtemps avant que le campement fasse l'objet de représailles.

– Il faut vous mettre tous les deux à l'abri, dit Éric. Vous devez partir.

Keira se leva et s'excusa auprès de ses collègues, elle ne se sentait pas bien. En passant devant moi elle me pria d'aller dormir ailleurs, elle avait besoin de rester seule. Je quittai l'assemblée pour la suivre.

– Tu peux être fier de toi, tu viens de tout foutre en l'air, me dit-elle sans ralentir le pas.

– Mais bon sang, Keira, ce n'est pas moi qui ai tué ce vieillard !

– Nous ne pouvons même pas expliquer aux siens de quoi il est mort et je vais devoir abandonner mes fouilles pour éviter un carnage général. Tu as ruiné mon travail, mes espoirs, je viens de perdre toute légitimité et Éric doit se réjouir de prendre ma succession. Si je ne t'avais pas accompagné sur ton île maudite, rien de tout cela ne serait arrivé. Tu as raison, ce n'est pas de ta faute mais de la mienne !

– Mais enfin, qu'est-ce que vous avez tous ?! Pourquoi se comporter en coupables ? Cet homme est mort de vieillesse, il voulait voir son lac une dernière fois et nous lui avons offert de réaliser une de ses dernières volontés. Je vais retourner au village, dès ce soir, et j'irai m'entretenir avec eux.

– En quelle langue ? Tu parles le mursi maintenant ?

Confronté à mon impuissance, je me tus.

– Demain matin, je te reconduirai à l'aéroport, je resterai une semaine à Addis-Abeba, en espérant que les choses se calment ici ; nous partirons au lever du jour.

Keira entra dans sa tente, sans même un bonsoir.

Je n'avais aucune envie de rejoindre le groupe. Les archéologues continuaient de débattre de leur sort, autour du feu de camp. Les bribes de conversations qui me parvenaient me prouvaient que Keira avait deviné ce qui se passerait, Éric affirmait déjà son autorité auprès des autres. Quelle place retrouverait-elle à son retour ? Je suis allé m'asseoir sur la colline pour regarder le fleuve. Tout était si calme. Je me sentais seul et responsable de ce qui arrivait.

Une heure s'était écoulée, j'entendis des pas derrière moi. Keira s'assit à mes côtés.

– Je n'arrive pas à me calmer. J'ai tout perdu ce soir, je n'ai plus de boulot, plus de crédibilité, plus d'avenir, tout s'est envolé. Le Shamal m'a chassée d'ici une première fois, et toi, Adrian, tu auras été comme une deuxième tempête.

J'ai remarqué que, généralement, lorsqu'une femme vous appelle par votre prénom au beau milieu d'une conversation, c'est qu'elle a quelque chose à vous reprocher.

– Tu crois au destin, Keira ?

– Oh, je t'en prie, pas maintenant, tu vas sortir de ta poche un jeu de tarots et me tirer les cartes ?

– Moi, je n'y ai jamais cru, j'ai même détesté la seule idée qu'il existe une destinée ; parce que ce serait nier notre libre arbitre, la possibilité que nous avons de faire des choix et de décider de notre futur.

– Je ne suis pas vraiment en état d'écouter ta philosophie à deux balles.

– Je ne crois pas au destin mais je me suis toujours interrogé sur le hasard. Si tu savais le nombre de découvertes qui ne se seraient pas faites sans son petit coup de pouce.

– J'ai de l'aspirine si tu veux, Adrian.

– Tu es ici parce que tu rêves de trouver la trace du premier des humains, c'est bien cela ? Je t'ai posé la question hier et tu as éludé la réponse. Dans tes rêves les plus fous, quel âge aurait cet homme zéro ?

Je crois que Keira me répondit plus par dépit que par conviction.

– Si le premier humain avait quinze ou seize millions d'années, je ne serais pas plus étonnée que cela, me dit-elle.

– Et si je te faisais gagner trois cent quatre-vingt-cinq millions d'années, d'un coup d'un seul, qu'en dirais-tu ?

– Que tu as pris trop de soleil aujourd'hui.

– Alors laisse-moi formuler cela autrement. Ce pendentif impossible à dater et dont nous ne connaissons pas la composition, crois-tu encore qu'il soit juste un accident de la nature ?

J'avais fait mouche, Keira me regardait fixement et je vis sur son visage une expression qui me surprit.

– Ce fameux soir d'orage, quand ces millions de points lumineux sont apparus à la faveur d'un éclair, ce que tu as vu sur le mur était en réalité la nébuleuse du Pélican, un berceau d'étoiles situé entre deux galaxies.

– Vraiment ? demanda Keira étonnée.

– Oui, vraiment, et ce n'est pas tout. Ce bout de ciel projeté par ton pendentif n'est pas identique à celui que tu vois au-dessus de nous. Celui-là remonte à quatre cents millions d'années. À quoi cela correspond-il dans ton échelle géologique ? lui demandai-je.

– À l'apparition de la vie sur terre, me répondit-elle, abasourdie.

– J'ai de bonnes raisons de croire qu'il existe d'autres objets identiques à celui que tu portes autour du cou. S'ils ont tous à peu près la même taille, et si mes calculs sont exacts, alors il en faudrait quatre autres pour projeter un ciel complet. Drôle de puzzle, non ?

– Il est impossible qu'une carte du ciel ait été établie il y a quatre cents millions d'années, Adrian !

– Tu me disais toi-même qu'il y a encore vingt ans, tout le monde croyait que le plus vieux de nos ancêtres avait seulement trois millions d'années. Imagine un instant que nous réunissions tous les fragments manquants, et je ne sais pas encore comment, mais que nous prouvions qu'il y a quatre cents millions d'années une carte du ciel fut façonnée avec une précision digne de moyens d'observation que nous ne pouvons même pas supposer, quelles conclusions en tirerais-tu ?

Keira resta sans voix face à la portée d'une telle découverte.

Je n'aurais jamais pensé que la mort d'un vieil homme la forcerait à quitter ses fouilles, mais j'avais espéré depuis mon départ de Londres la convaincre de me suivre.

Nous sommes restés tous les deux silencieux, à scruter le ciel, jusque tard dans la nuit.

Nous nous accordâmes quelques heures de sommeil et fîmes nos adieux au campement dès l'aube. Toute l'équipe se réunit autour du 4 × 4 pour nous dire au revoir. Ainsi qu'il avait été convenu, Keira me déposerait à l'aéroport d'Addis-Abeba, elle resterait en ville le temps que les esprits s'apaisent. Éric dirigerait les recherches pendant son absence. Elle l'appellerait régulièrement en guettant le signal du retour.

Au cours du voyage qui dura deux jours, nous n'avons cessé de nous interroger sur le mystérieux pendentif. Quel était le sens de sa présence dans cet ancien volcan au centre du lac Turkana ? Quelqu'un l'avait-il volontairement laissé à cet endroit, pourquoi, et, surtout, quand ?

Nous savions chacun qu'il en existait au moins un autre exemplaire aux propriétés similaires, même si nous n'en avions pas parlé. Cinq fragments devaient s'assembler pour former un ciel complet. Mais la question qui nous hantait désormais, était de savoir où ils se trouvaient et comment nous pourrions mettre la main dessus.

Il y a encore quelques mois, alors que je vivais sur le plateau d'Atacama, je n'aurais jamais imaginé devoir unir mes compétences d'astrophysicien à celles d'une paléontologue, en quête d'une découverte improbable.

Nous entamions notre deuxième journée de route quand Keira se souvint d'un article qu'elle avait lu dans une revue quelques années plus tôt. C'est à ce vague souvenir que nous devons le périple qui nous attendait. Avons-nous ensuite agi par instinct scientifique, suivi un pressentiment ? Je suis bien incapable de le dire. Mais tout commença quand Keira me demanda si j'avais déjà entendu parler d'un objet datant de l'âge de bronze ressemblant à un astrolabe et qui avait été découvert en Allemagne. Tout astronome digne de ce nom connaissait l'existence du disque de Nebra. Des fouilleurs clandestins l'avaient mis au jour en Haute-Saxe à la fin du vingtième siècle. L'objet pesait environ deux kilos, il avait la forme d'un bouclier circulaire de trente centimètres de diamètre, sur lequel se déta- chaient, en plaques d'or incrustées, un croissant de lune et des points que l'on devinait être des corps célestes. Sa constitution était si incroyable que les archéologues pensèrent d'abord à l'œuvre d'un faussaire. Mais une datation rigoureuse finit par confirmer qu'il avait bien trois mille six cents ans. Quelques épées et ornements trouvés au même endroit avérèrent son authenticité. Outre son âge, le disque de Nebra avait deux particula- rités pour le moins singulières. Les points qui figuraient sur le disque ressemblaient aux Pléiades, une série d'étoiles qui apparurent dans le ciel de l'Europe à cette époque. La seconde particularité était la présence sur le côté droit d'un arc de 82°. Quatre-vingt-deux degrés correspondant exactement à l'écart entre le point où le soleil se levait à Nebra au moment du solstice d'été et celui où il se levait au moment du solstice d'hiver. Quant à la fonction du disque, plusieurs hypothèses avaient été émises : il pouvait avoir été destiné à l'agri- culture, le solstice d'été annonçait le début des semences, l'apparition des Pléiades dans le ciel, les moissons. Autre possibilité, le disque de Nebra était un outil d'enseignement et de transmission de la connais- sance astronomique ; dans les deux cas, il attestait que le savoir de l'homme en la matière était infiniment plus avancé à cette époque que nous le supposions.

Le disque de Nebra était la plus ancienne représen- tation du ciel connue à ce jour ; tout du moins jusqu'à ce que le pendentif que Keira caressait entre ses doigts apparaisse sur l'île centrale du lac de Turkana...

– Quel lien pourrait-il y avoir entre le disque de Nebra et mon pendentif ?

– Je n'en sais rien, mais je pense que cela vaut le

coup d'aller faire un petit tour en Allemagne, répondis-je joyeusement.

Plus nous nous rapprochions de la capitale et plus je sentais Keira se fermer. Était-ce la possibilité d'une découverte majeure qui m'empêchait de ressentir la fatigue du voyage ou l'idée que je réussirais à convaincre Keira d'entreprendre ces recherches avec moi ? Hélas, l'excitation qui m'animait ne semblait pas partagée ; chaque fois qu'un panneau annonçait la distance nous séparant d'Addis-Abeba, Keira redevenait songeuse et se perdait dans ses pensées.

Cent fois, je me suis abstenu de l'interroger et, cent fois, suis retourné à ma solitude, me contentant de suivre la route.

Nous avions garé le 4×4 sur le parking de l'aéroport, Keira m'avait suivi dans le terminal. Un vol pour Francfort partait le lendemain. Au comptoir de la compagnie aérienne, j'avais acheté deux billets, mais Keira m'entraîna à l'écart.

– Je ne pars pas avec toi, Adrian.

Sa vie se trouvait ici, disait-elle et elle n'était pas prête à un tel renoncement. Dans quelques semaines, un mois au plus, le calme serait revenu dans la vallée, elle retournerait à son travail.

J'avais beau arguer que la découverte que nous ferions peut-être un jour ensemble relevait du merveilleux, elle me répétait que cette quête était la mienne et non la sienne. Je compris au ton de sa voix qu'elle était résolue, qu'il ne me servait à rien d'insister.

Il nous restait une soirée à passer à Addis-Abeba avant mon départ, je lui demandai une ultime faveur, nous trouver un restaurant digne de ce nom ; un endroit d'où je ne ressortirais pas l'estomac à l'envers.

Il m'en coûta beaucoup de prétendre ignorer que

nous serions séparés le lendemain, mais pourquoi gâcher le peu de temps qu'il nous restait à partager ?

Je tins bon tout au long du dîner, et pas une fois au cours de la promenade que nous fîmes en retournant vers l'hôtel, je n'ai succombé à la tentation de la faire changer d'avis.

Alors que je la raccompagnais jusqu'à sa chambre, Keira me prit dans ses bras et posa sa tête sur mon épaule. Elle me murmura à l'oreille qu'elle tiendrait la promesse que je lui avais demandé de me faire à Londres. Elle ne m'embrassa pas.

Je détestais l'idée d'adieux à l'aéroport ; la soirée de la veille avait été suffisamment triste et il était inutile d'en rajouter. Au petit matin, je quittai l'hôtel après avoir glissé un mot sous la porte de la chambre de Keira. Je me souviens encore d'y avoir écrit combien j'étais désolé de lui avoir causé tant de problèmes. Que j'espérais du fond du cœur qu'elle retrouverait au plus vite cette vie qu'elle s'était si courageusement construite. J'avouais aussi l'égoïsme de ma démarche, et, après avoir suffisamment témoigné de ma culpa- bilité, je lui confiais que si j'ignorais tout de ce qui m'attendait, j'avais déjà fait une découverte ô combien importante : sa présence m'avait rendu heureux. Je me doutais bien que cet aveu était maladroit, et mon stylo hésita maintes fois au-dessus de la feuille avant de coucher ces quelques mots sur le papier, mais qu'im- porte puisqu'ils étaient sincères.

Le hall du terminal était bondé, à croire que l'Afrique tout entière avait décidé de voyager ce matin- là. La file d'embarquement de mon vol n'en finissait plus. Après une longue attente, je me retrouvai assis au dernier rang de l'avion. Alors que les portes de la cabine se refermaient, je me demandai si je n'aurais pas mieux fait de rentrer à Londres, de mettre un terme à ce qui n'était peut-être après tout qu'une vaste chimère. L'hôtesse annonça un peu de retard, sans pour autant en expliquer la cause.

Et puis soudain dans la coursive, parmi des passagers qui rangeaient leurs affaires dans les compartiments à bagages, je vis Keira traînant un sac qui devait peser le même poids qu'elle. Elle négocia avec mon voisin d'échanger leur fauteuil, il accepta de bon gré et elle s'assit à côté de moi en soupirant.

– Quinze jours, tu m'entends, dit-elle en bouclant sa ceinture, dans deux semaines, où que nous soyons, tu me remets dans un avion pour Addis-Abeba. Promis ?

J'ai promis.

Quinze jours pour découvrir la vérité sur son pendentif, deux semaines pour réunir ce que quatre cents millions d'années avaient séparé, me semblaient un pari impossible à tenir, mais peu m'importait ; l'appareil accélérait sur la piste, Keira était assise à côté de moi ; la tête posée contre le hublot, elle avait fermé les yeux et ces quinze jours à venir seraient bien plus que ce que, hier encore, j'aurais espéré. Au cours des huit heures de vol, elle ne fit jamais la moindre allusion au courrier que j'avais glissé sous la porte de sa chambre d'hôtel, plus tard non plus d'ailleurs.

*

Francfort

Trois cent vingt kilomètres nous séparaient de Nebra. Bien que fourbu par le voyage, je louai une voiture, avec l'espoir d'arriver à destination avant la fin de l'après-midi.

Ni Keira ni moi n'avions imaginé que cette petite ville de campagne était devenue aussi populaire. Le lieu où avait été déterré le fameux disque céleste avait revêtu l'aspect d'un centre d'attractions touristiques. Une imposante tourelle en béton s'élevait au milieu de la plaine. Depuis le socle de la structure aussi inclinée que la tour de Pise, filaient deux lignes sur le sol, chacune censée représenter les axes solaires des solstices. Le complexe était complété d'un gigantesque bâtiment en bois et verre construit en haut de la colline, une sorte de musée qui défigurait le paysage.

La visite du site dédié au disque de Nebra ne nous apprit rien de bien palpitant. À quelques kilomètres de là, le cœur du village, avec ses ruelles pavées, les vestiges de son château et ses jolies façades, avait pour mérite de renouer avec une certaine authenticité, à condition toutefois d'ignorer les devantures de magasins qui proposaient à foison tee-shirts, vaisselle, et reproductions en tout genre à l'effigie du disque.

– Je devrais peut-être penser à faire des fouilles au parc Astérix, me lança Keira.

Je me présentai à l'hôtelier qui venait de nous remettre les clés de sa dernière chambre libre et, après que j'eus fait état de nos qualités professionnelles respectives, celui-ci accéda à ma demande et promit de nous organiser le lendemain un entretien privé avec le conservateur du site archéologique de Nebra.

*

Moscou

Place Loubianka, deux mondes étrangers se côtoient, d'un côté le grand immeuble à la façade orangée qu'occupait le KGB, de l'autre le palais du Jouet.

Ce matin-là, Vassily Yourenko avait dû renoncer à prendre son petit déjeuner au café Pouchkine et cela le mettait de mauvaise humeur. Après avoir rangé sa vieille Lada le long d'un trottoir, il avait attendu que le grand magasin ouvre ses portes. Au rez-de-chaussée, le manège illuminé faisait ses premiers tours de la journée, mais aucun enfant n'était encore monté sur les chevaux de bois. Vassily s'était abstenu de tenir la rambarde de l'escalator, trop crasseuse à son goût. À l'étage, il s'était arrêté devant un stand où l'on trouvait les plus belles répliques de poupées gigognes. Cet assemblage de figurines emboîtées les unes dans les autres l'amusait toujours. Dans sa jeunesse, sa sœur en possédait une collection qui n'aurait pas de prix aujourd'hui ; mais sa sœur reposait depuis trente ans au cimetière Novodiévitchi et la merveilleuse collection n'était plus qu'un lointain souvenir. La vendeuse le gratifia d'un large sourire et d'une vue peu ragoûtante sur ses mâchoires édentées. Yourenko détourna le regard. La babouchka attrapa une poupée aux couleurs vives, tête rouge et corps jaune, elle l'enfouit dans un sac en papier et demanda mille roubles à son client. Yourenko paya et s'éloigna. Un peu plus tard, il s'installa à la table d'un café, gratta la peinture qui recouvrait la troisième et la cinquième poupée et recopia les chiffres qui étaient apparus. Il prit le métro, descendit station Ploshchad Vosstaniya et emprunta le long couloir qui mène à la gare de Moscou.

À la consigne il se dirigea vers le casier désigné par la troisième poupée, composa sur le cadran du verrou le numéro indiqué sur la cinquième et récupéra l'enveloppe qui se trouvait à l'intérieur. Elle contenait un billet d'avion, un passeport, un numéro de téléphone en Allemagne ainsi que trois photographies ; sur l'une figurait le portrait d'un homme, sur une autre celui d'une femme et sur la dernière, les deux mêmes débarquant d'un avion. Au dos de la photo on avait griffonné leurs noms. Yourenko rangea l'enveloppe dans sa poche et regarda l'horaire qui figurait sur le billet d'avion. Il avait deux heures devant lui pour arriver à l'aéroport de Sheremetyevo. Il essaya de se souvenir s'il avait garé sa voiture sur un emplacement autorisé, mais il était trop tard pour s'en soucier.

*

Rome

Lorenzo s'était accoudé au balcon de son bureau. Le mégot de sa cigarette dégringola dans la rue en contrebas. Il le regarda rouler jusqu'au caniveau, referma les fenêtres et décrocha son téléphone.

– Nous avons eu un petit problème en Éthiopie. Ils ont quitté le pays, annonça Lorenzo.

– Où sont-ils ?

– Nous avons perdu leur trace à Francfort.

– Que s'est-il passé ?

– Ceux qui assuraient leur filature ont joué de malchance. Vos deux protégés se sont rendus au lac Turkana en compagnie d'un chef de village qui leur servait de guide. Mes hommes ont voulu le questionner pour savoir ce que les deux autres étaient allés faire sur une petite île au milieu du lac, il y a eu un accident.

– Quel genre d'accident ?

– Le vieillard s'en est pris à eux, il a fait une mauvaise chute.

– Qui est au courant ?

– Je vous avais garanti la primeur de mes informations, mais, compte tenu de la tournure des événements, je ne peux vous laisser plus de la journée avant de les contacter. Et il va falloir que j'explique pourquoi mes hommes suivaient vos deux zozos.

Lorenzo n'eut pas le loisir de saluer Ivory, il avait déjà raccroché.

– Qu'en pensez-vous ? demanda Vackeers qui se tenait dans le fauteuil juste en face de lui.

– Ivory ne sera pas dupe bien longtemps, je le soupçonne même d'avoir deviné que vous êtes déjà informé, c'est un vieux renard, vous ne le piégerez pas comme ça.

– Ivory est un vieil ami et je ne cherche pas à le piéger, je veux juste l'empêcher de nous manipuler. Nos objectifs sont divergents, nous ne pouvons pas le laisser mener la danse.

– Eh bien, si vous voulez mon opinion, au moment même où nous parlons, je parie qu'il dirige l'orchestre.

– Qu'est-ce qui vous fait penser cela ?

– L'homme qui attend en bas, dans la rue, je serais prêt à parier aussi qu'il vous a pris en filature à la sortie de votre bureau.

– Depuis Amsterdam ?

– Pour qu'il se rende visible de façon aussi grossière, soit c'est un incapable, soit votre vieil ami vous envoie un message, quelque chose du genre « ne me prenez pas pour un imbécile, Vackeers, je sais où vous vous trouvez ». Et vu que ce type a réussi à vous suivre jusqu'ici sans que vous le remarquiez, je pencherais plutôt pour cette seconde hypothèse.

Vackeers se leva d'un bond et se rendit à la fenêtre. Mais l'homme dont venait de parler Lorenzo s'éloignait déjà.

*

Haute-Saxe

– Tu devrais mettre ta ceinture, les routes sont étroites.
Keira ouvrit la vitre en grand et fit comme si elle ne
m'avait pas entendu. Il m'est arrivé parfois au cours de
ce voyage d'avoir envie d'ouvrir la portière et de la
pousser au-dehors.

Le conservateur du musée de Nebra nous accueillit
à bras ouverts. L'homme était si fier de sa collection
qu'il nous en détailla chaque pièce. Épées, boucliers,
fers de lances, tout y passa ; nous dûmes écouter l'histoire de ses cent trésors avant qu'il nous présente enfin
le disque.

L'objet était remarquable. Son apparence n'avait rien
en commun avec le pendentif de Keira, mais nous
étions tous deux fascinés par sa beauté et par l'ingéniosité de celui qui l'avait conçu. Comment à l'âge de
bronze, l'homme avait-il pu réaliser une telle prouesse
technique ? Le conservateur nous convia à la cafétéria
et nous demanda en quoi il pouvait nous être utile.
Keira lui montra son collier et je confiai à notre interlocuteur ses propriétés particulières. Passionné par ce que

je venais de lui révéler, il me questionna sur son âge et je lui répondis que nous n'en savions rien.

L'homme avait consacré dix années de sa vie à l'étude du disque de Nebra, notre objet l'intriguait au plus haut point. Il se souvenait vaguement d'avoir lu quelque chose qui pourrait nous intéresser. Il lui fallait remettre de l'ordre dans ses pensées autant que dans ses archives. Il nous proposa de nous retrouver le soir même et de dîner en notre compagnie. D'ici là, il essaierait de faire de son mieux pour nous aider dans nos recherches. Nous avions l'après-midi libre. À l'hôtel deux ordinateurs étaient mis à la disposition de la clientèle, j'en profitai pour envoyer de mes nouvelles à Walter et adresser quelques mails à des confrères, jonglant entre ce que je m'autorisais à révéler et ce que je préférais leur cacher afin de ne pas passer pour un illuminé.

*

Francfort

Aussitôt descendu de l'avion, Vassily s'était rendu successivement devant les quatre comptoirs de location de voitures qui se trouvaient dans le terminal international. Il avait présenté une photo à chacun des employés, demandant s'il reconnaissait le couple qu'il leur montrait. Trois d'entre eux avaient répondu par la négative, le quatrième indiqua que ce genre d'information était confidentiel. Vassily savait désormais que ceux qu'il cherchait n'avaient pas pris un taxi pour se rendre en ville et, bien plus important, auprès de qui ils avaient loué une voiture. Rompu à ce genre d'exercice, il s'éloigna vers une cabine téléphonique d'où il appela l'employé qu'il venait de quitter ; dès que celui-ci décrocha, il lui expliqua dans un allemand presque parfait qu'un accident s'était produit sur l'aire de stationnement et que sa présence était requise dans les plus brefs délais. Vassily épia l'homme qui raccrochait, furieux, et se précipitait vers les ascenseurs menant aux sous-sols. Dès que l'employé eut disparu, Vassily retourna vers le comptoir, se pencha sur le clavier du terminal et bientôt l'imprimante crépita.

Vassily s'éloigna avec un double du contrat de location d'Adrian en poche.

Après avoir composé le numéro de téléphone trouvé dans l'enveloppe à la consigne de la gare de Moscou, il savait que la Mercedes grise immatriculée KA PA 521 avait été filmée par les caméras de surveillance de l'autoroute B43, puis par celles de l'autoroute A5 dans la direction de Hanovre ; cent vingt-cinq kilomètres plus loin on retrouvait le véhicule sur l'A7 où il avait emprunté la sortie 86. À cent dix kilomètres de là, la Mercedes filait à cent trente kilomètres à l'heure sur l'A71, un peu plus tard elle se trouvait sur une nationale en direction de Weimar. Faute de dispositif de surveillance sur les routes de moindre importance, la voiture semblait s'être évanouie dans la nature, mais grâce à la caméra d'un feu rouge elle réapparut à un carrefour de Rothenberga.

Vassily loua une grosse berline et quitta l'aéroport de Francfort, suivant scrupuleusement l'itinéraire qu'il avait recopié.

Ce jour-là, la chance était de son côté, une seule route se prolongeait depuis l'endroit où la Mercedes avait été vue pour la dernière fois. Ce n'est que quinze kilomètres plus tard, en traversant Saulach qu'il fut confronté à un choix d'itinéraire. L'avenue Karl Marx filait en direction de Nebra, alors qu'une route sur sa gauche partait vers Bucha. Suivre Karl Marx ne lui disait rien de bon, il alla vers Bucha ; la route s'enfonçait dans un sous-bois, avant de resurgir à travers un paysage de vastes champs de colza.

À Memleben, alors qu'il arrivait près d'une rivière, Vassily changea d'avis ; rouler vers l'est ne le tentait plus, il donna un coup de volant et tourna brusquement dans Thomas Müntzer Strasse. L'itinéraire qu'il avait emprunté devait être triangulaire puisqu'à nouveau un panneau indiquait la ville de Nebra. Lorsqu'il vit sur sa droite le parking d'un musée d'archéologie, Vassily ouvrit sa vitre et s'offrit sa première cigarette de la journée. Le chasseur flairait ses proies dans les parages, il ne lui faudrait plus bien longtemps avant de les localiser.

*

Le conservateur du musée nous avait rejoints à notre hôtel. Pour l'occasion, il avait revêtu un costume en velours côtelé, une chemise à carreaux et une cravate en tricot. Même avec nos vêtements rescapés d'un périple en Afrique, nous avions plus élégante allure que lui. Il nous emmena dans une auberge et attendit que Keira et moi soyons assis pour nous demander gaiement comment nous nous étions connus.

– Nous sommes amis depuis l'école ! répondis-je.

Keira m'administra un franc coup de pied sous la table.

– Adrian est plus qu'un ami, c'est presque un guide pour moi ; d'ailleurs il m'emmène souvent en voyage pour me distraire, dit-elle en labourant mes orteils de son talon.

Le conservateur préféra changer de sujet. Il appela la serveuse et commanda notre repas.

– J'ai peut-être quelque chose qui va vous intéresser, nous dit-il. Lorsque j'effectuais mes recherches sur le disque de Nebra, et Dieu sait combien j'ai pu en faire, je suis tombé sur un document à la Bibliothèque nationale. J'ai cru un temps qu'il m'aiderait dans mes travaux, c'était une fausse piste, mais peut-être pas en ce qui vous concerne. J'ai eu beau chercher tout l'après-midi dans mes dossiers, je n'ai pas pu remettre la main dessus, mais je me souviens assez bien de son contenu. C'est un texte rédigé en guèze, une très ancienne langue africaine dont les caractères sont relativement proches de l'alphabet grec.

L'intérêt de Keira sembla soudain s'éveiller.

– Le guèze, reprit-elle, est un langage sémitique qui a servi au développement de l'amharique en Éthiopie et du tigrinia en Érythrée. Les écritures qui donnèrent naissance au guèze datent d'à peu près trois mille ans. Le plus étonnant est en effet la ressemblance non seulement de l'alphabet mais aussi de certaines vocalises entre le guèze et le grec ancien. Selon les croyances de l'Église éthiopienne orthodoxe, le guèze fut une révélation divine faite à Enos. Dans le livre de la Génèse, Enos est fils de Seth, père de Kenan et petit-fils d'Adam, en hébreu, Enosh suggère la notion d'humanité. Dans la Bible orthodoxe éthiopienne, Enos est né au cours de la trois cent vingt-cinquième année de la création du monde, qui remonterait au trente-huitième siècle avant Jésus-Christ, période antédiluvienne dans la mythologie hébraïque. Quoi, qu'est-ce qu'il y a ?

J'avais dû regarder Keira bizarrement car elle s'était interrompue dans son récit avant d'ajouter qu'elle était soulagée que je remarque enfin que son principal métier ne consistait pas à m'aider à réécrire le *Guide du routard*.

– Vous souvenez-vous de ce que révélait ce texte rédigé en guèze ? demanda Keira au conservateur du musée.

– Entendons-nous bien, si l'écrit originel est en guèze, celui que j'ai eu entre les mains est bien plus récent, c'est une retranscription qui ne date que du cinquième ou sixième siècle avant l'ère chrétienne. Si ma mémoire est bonne, on y parle d'un disque céleste, d'une sorte de carte dont chaque morceau aurait servi de guide au peuplement du monde. La traduction est assez confuse, elle ouvre la porte à de multiples interprétations. Mais, au cœur de ce texte, se trouve le mot « réunification », ça je m'en souviens très bien, et cette notion est étrangement connexe à celle d'une division. Impossible de savoir si l'une ou l'autre prédisent l'avènement ou la destruction du monde. Il s'agit probablement d'un écrit plus ou moins religieux, une prophétie de plus, j'imagine. De toute façon, il était bien trop ancien pour faire référence au disque de Nebra. Il faudrait que vous vous rendiez à la DNB[1]. Consultez le texte et faites-vous votre propre idée. Je ne veux pas vous donner de faux espoirs, la probabilité que cet écrit ait un quelconque rapport avec l'objet que vous portez autour du cou est assez infime, mais à votre place j'irais quand même voir, on ne sait jamais.

— Et comment retrouver ce document ? La Bibliothèque nationale est immense.

— Je suis certain de l'avoir consulté dans les locaux de Francfort, il m'est arrivé plusieurs fois de me rendre à l'établissement de Munich et à celui de Leipzig, mais je suis sûr qu'en ce qui concerne ce manuscrit, c'était bien à Francfort. D'ailleurs, maintenant cela me revient, il se trouvait dans un codex, mais lequel ? Tout cela remonte à une dizaine d'années. Il faudrait vraiment que je range mes affaires. Je vais m'y atteler dès ce soir et, si je découvre quelque chose, je vous appellerai aussitôt.

Après que le conservateur nous eut laissés, Keira et moi décidâmes de rentrer à pied. La vieille ville de Nebra ne manquait pas de charme et une promenade nous aiderait à digérer ce repas trop copieux.

1. Bibliothèque nationale allemande.

– Je suis désolé, je crois que je t'ai entraînée dans une aventure qui n'a ni queue ni tête.

– Tu plaisantes, j'espère, me répondit Keira. Tu ne vas pas te dégonfler quand ça commence à devenir intéressant ? Je ne sais pas quels sont tes plans pour demain matin, mais moi je vais à Francfort.

Nous traversions tranquillement une petite place avec une ravissante fontaine en son centre quand surgit une voiture aux phares aveuglants.

– Merde, ce con fonce droit sur nous ! hurlai-je à Keira.

J'eus tout juste le temps de la pousser dans le renfoncement d'une porte cochère, le bolide me frôla et dérapa au milieu de la place avant de filer par la grande rue. Si ce dingue avait voulu nous ficher la trouille de notre vie, il avait réussi son coup. Je n'avais même pas eu le temps de relever sa plaque d'immatriculation. J'aidai Keira à se redresser, elle me regarda stupéfaite ; avait-elle rêvé ou ce type avait-il délibérément tenté de nous écraser ? Je dois dire que sa question me laissa perplexe.

Je lui proposai de l'emmener boire un remontant. Elle avait eu son compte d'émotions et préférait rentrer à l'hôtel. En arrivant à notre étage, je fus étonné de trouver le palier plongé dans l'obscurité. Qu'une ampoule ait rendu l'âme passe encore, mais le couloir tout entier... Cette fois, ce fut Keira qui eut la présence d'esprit de me retenir.

– N'y va pas.

– Notre chambre est au bout de ce couloir, nous n'avons pas vraiment le choix.

– Descends avec moi à la réception, ne joue pas au héros maintenant, il y a quelque chose qui cloche, je le sens.

– Les plombs ont sauté, voilà ce qui cloche !

Mais je sentais Keira inquiète et nous sommes redescendus.

Le réceptionniste s'excusa et s'excusa encore, cela ne s'était jamais produit. C'était d'autant plus étrange que l'étage et le rez-de-chaussée dépendaient du même fusible et visiblement, ici, tout était éclairé. Il attrapa une lampe de poche, nous demanda d'attendre dans le hall et promit de revenir dès qu'il aurait réparé la panne.

Keira m'entraîna vers le bar, finalement, un petit schnaps lui permettrait peut-être de trouver le sommeil.

Cela faisait déjà vingt minutes que notre réceptionniste était parti.

– Reste ici, je vais voir ce qui se passe et, si je ne suis pas de retour dans cinq minutes, appelle la police.

– Je viens avec toi.

– Non, tu restes ici, Keira, pour une fois tu m'écoutes, où un de ces jours, je vais vraiment finir par ouvrir la portière. Et ne dis rien, je me comprends très bien !

Je me sentais coupable d'avoir laissé ce concierge partir seul, alors que Keira avait pressenti un danger auquel je n'avais pas cru. J'ai grimpé l'escalier à l'affût du moindre bruit qui trahirait une présence ; j'ai appelé par tous les prénoms allemands que je connaissais, avancé à tâtons dans l'obscurité du couloir et j'ai d'abord trouvé la lampe de poche, en marchant dessus, et puis notre réceptionniste allongé sur le sol. Sa tête baignait dans une flaque de sang s'égouttant d'une méchante plaie au crâne. La porte de notre chambre était ouverte, la fenêtre aussi. Nos bagages avaient été vidés, toutes nos affaires étaient éparpillées. Mais à part un peu de mon amour-propre, on ne nous avait rien dérobé.

L'officier de police relut ma déclaration ; je n'avais rien d'autre à ajouter. J'ai apposé ma signature au bas du document, Keira a fait de même et nous avons quitté le commissariat.

L'hôtelier nous avait aidés à nous reloger dans un autre établissement de la ville. Ni elle ni moi n'arrivions à nous endormir. La violence de cet épisode nous avait rapprochés. Cette nuit-là, dans le lit où nous nous blottissions dans les bras l'un de l'autre, Keira rompit sa promesse, nous nous sommes embrassés.

Ce n'était pas à proprement parler le contexte romantique dont j'avais rêvé, mais l'inattendu révèle parfois des trésors inespérés ; en s'endormant, Keira prit ma main dans la sienne et ce geste de tendresse était plus irrésistible qu'un baiser.

Le lendemain matin, nous prenions un petit déjeuner à la terrasse d'une brasserie.

– Il faut que je te confie quelque chose. Ce n'est pas la première fois qu'il m'arrive de vivre une mésaventure comme celle d'hier. J'en viens à me demander si la porte de notre chambre a été forcée par un simple cambrioleur et je m'interroge aussi sur ce chauffard qui a failli nous écraser.

Keira a posé son croissant, elle m'a fixé du regard et j'ai pu lire dans ses yeux autre chose que de l'étonnement.

– Tu sous-entends que quelqu'un en a après nous ?

– En tout cas, après ton pendentif ; avant que je m'intéresse à lui, ma vie était plus calme... à part une crise d'hypoxie en haute altitude.

Et je fis le récit à Keira de ce qui nous était arrivé à Walter et à moi à Héraklion, la façon dont ce professeur avait voulu s'emparer de son collier, comment Walter

345

l'en avait dissuadé et la course-poursuite qui s'était ensuivie.

Keira s'est moquée de moi, elle a éclaté de rire et, pourtant, je ne voyais rien de drôle dans ce que je venais de lui raconter.

– Vous avez cassé la figure à un type parce qu'il voulait garder mon collier quelques heures pour l'étudier, vous avez assommé et menotté un agent de sécurité, vous vous êtes barrés comme des voleurs et vous pensiez être au cœur d'une conspiration ?

Je crois que Keira se moquait également de Walter, ça ne me réconfortait pas plus que cela, mais un peu tout de même.

– Et pendant que tu y es, la mort du vieux chef mursi n'était pas non plus un accident ?

Je n'ai rien répondu.

– Tu divagues. Comment aurait-on su où nous étions ? reprit-elle.

– Je n'en sais rien, je ne veux rien exagérer, mais je pense que nous devrions être un peu plus sur nos gardes.

Le conservateur du musée nous aperçut de loin, il se précipita vers nous. Nous l'invitâmes à s'asseoir.

– J'ai appris, dit-il, la terrible mésaventure qui vous est arrivée cette nuit. C'est épouvantable, la drogue fait des ravages en Allemagne. Pour le prix d'une dose d'héroïne, les jeunes sont prêts à commettre n'importe quel crime. Nous avons eu plusieurs vols à l'arraché, quelques chambres d'hôtels cambriolées, comme en connaissent tous les lieux où affluent les touristes, mais jusque-là jamais de violences.

– C'était peut-être un vieux qui voulait sa dose, les vieux sont plus méchants, répondit Keira d'un ton sec.

Je lui donnai un discret coup de genou sous la table.

– Pourquoi toujours tout mettre sur le dos des jeunes ? reprit-elle.

– Parce que les personnes âgées sautent plus difficilement par la fenêtre du premier étage d'un hôtel pour prendre la fuite, répondit le conservateur du musée.

– Vous couriez gaillardement tout à l'heure et vous n'êtes pas un perdreau de l'année, répliqua Keira, plus entêtée que jamais.

– Je ne pense pas que monsieur le conservateur du musée soit venu visiter notre chambre hier soir, dis-je en ricanant pour sauver la situation.

– Ce n'est pas non plus ce que je suggérais, répondit Keira.

– Je crains d'avoir perdu le fil de la conversation, intervint le conservateur. Malgré tous ces tracas, j'ai quand même deux bonnes nouvelles. La première est que le réceptionniste est hors de danger. La seconde, c'est que j'ai retrouvé la cote du codex à la Bibliothèque nationale. Cela me travaillait, j'ai passé une bonne partie de la nuit à ouvrir boîtes et cartons et j'ai fini par mettre la main sur un petit carnet où j'indexais toutes les documentations que je consultais dans le temps. Une fois à la bibliothèque, vous demanderez la référence suivante, dit-il en nous tendant un petit bout de papier. Ce genre d'ouvrage est trop ancien et bien trop fragile pour être accessible au grand public, mais vos qualités professionnelles vous y donneront accès. Je me suis permis d'adresser une télécopie à ma consœur, conservatrice de la bibliothèque de Francfort, vous y serez bien accueillis.

Nous avons remercié notre hôte de tout le mal qu'il s'était donné et nous avons quitté Nebra, laissant derrière nous de bons et de mauvais souvenirs.

Keira fut peu diserte pendant le trajet. De mon côté, je pensais à Walter, espérant qu'il répondrait au courriel que je lui avais adressé. Nous sommes arrivés en fin de matinée à la Bibliothèque nationale.

Le bâtiment de facture récente s'élevait sur deux niveaux. À l'arrière, la façade en verre bordait un grand jardin. Nous nous sommes présentés à l'accueil et, quelques instants plus tard, une femme en tailleur strict vint à notre rencontre. Elle se présenta sous le nom d'Helena Weisbeck et nous invita à la suivre jusqu'à son bureau. Elle nous y offrit du café et des biscuits secs. Nous n'avions pas pris le temps de déjeuner, Keira les dévora.

– Décidément ce codex commence à m'intriguer, il y a des années que personne ne s'y était intéressé et voilà qu'aujourd'hui vous êtes les seconds à vouloir le consulter.

– Quelqu'un d'autre est venu vous rendre visite ? demanda Keira.

– Non, mais j'ai reçu une demande par courrier électronique ce matin. Le livre en question ne se trouve plus ici, il est archivé à Berlin. Nous n'avons entre ces murs que des documents plus récents. Mais ces textes, ainsi que bien d'autres ouvrages, ont été numérisés afin d'assurer leur pérennité. Vous auriez pu vous aussi m'en faire la demande par courriel, je vous aurais transmis une copie des pages qui vous intéressent.

– Puis-je savoir qui a fait une demande similaire à la nôtre ?

– Elle émanait de la direction générale d'une université étrangère, je ne peux pas vous en dire plus, je me suis contentée de signer l'autorisation. C'est ma secrétaire qui a traité la requête et elle est partie déjeuner.

– Vous ne vous souvenez pas de quel pays dépendait cette université ?

– La Hollande, me semble-t-il, oui, je crois bien qu'il s'agissait de l'université d'Amsterdam. En tout cas, elle émanait d'un professeur, mais je ne me souviens pas de son nom, je signe tellement de papiers chaque jour, nos sociétés deviennent de véritables hydres administratives.

La conservatrice nous tendit une enveloppe en kraft, à l'intérieur se trouvait un fac-similé en couleurs du document que nous recherchions. Le manuscrit était bien rédigé en langage guèze ; Keira l'étudia avec la plus grande attention. La conservatrice toussota et nous indiqua que l'exemplaire qu'elle venait de nous remettre était à nous. Nous pouvions en disposer comme bon nous semblait. Nous l'avons remerciée avant de quitter les lieux.

De l'autre côté de la rue se trouvait un immense cimetière, il me rappelait celui d'Old Brompton, à Londres, où j'allais souvent me promener. Ce n'est pas qu'un cimetière, c'est aussi un très joli parc boisé, un paysage inattendu et paisible au milieu d'une grande métropole.

Nous sommes allés nous asseoir sur un banc ; un ange d'albâtre perché sur son piédestal semblait nous épier. Keira lui fit un petit signe de la main et se pencha sur le texte. Elle compara les signes avec la traduction anglaise assez sommaire qui l'accompagnait. Le texte avait aussi été traduit en grec, en arabe, en portugais et en espagnol, mais ce que nous lisions en anglais comme en français n'avait aucun sens :

Sous les trigones étoilés, j'ai confié aux mages le disque des facultés, dissocié les parties qui conjuguent les colonies.

Qu'ils y restent celés sous les piliers de l'abondance.

Qu'aucun ne sache où l'apogée se trouve, la nuit de
l'un est gardienne du prélude.

Que l'homme ne l'éveille, à la jonction des temps
imaginaires se dessine l'aboutissement de l'aire.

– Nous voilà bien avancés ! dit Keira en remettant
le document dans son enveloppe ; je ne sais absolument
pas ce que cela veut dire et je suis incapable de le
traduire moi-même. Où est-ce que le conservateur du
musée de Nebra nous a dit avoir trouvé ce codex ?

– Il ne nous l'a pas dit. Simplement qu'il remontait
au cinquième ou sixième siècle avant notre ère. Et il
nous a précisé que le manuscrit en question était lui-
même une retranscription d'un texte encore plus
ancien.

– Alors nous sommes dans une belle impasse.

– Tu n'as personne dans tes relations qui serait
capable de jeter un œil à ce texte ?

– Si, je connais quelqu'un qui pourrait nous aider,
mais il habite Paris.

Keira avait dit cela sans grand enthousiasme, comme
si cette perspective semblait la contrarier.

– Adrian, je ne peux pas continuer ce voyage, je n'ai
plus un centime et nous ne savons pas où nous allons,
ni même pourquoi.

– J'ai quelques économies de côté et je suis encore
assez jeune pour ne pas avoir à me soucier de ma
retraite. Nous partageons cette aventure, Paris n'est pas
bien loin, nous pouvons même y aller en train si tu préfères.

– Justement, Adrian, tu as dit partager et je n'ai plus
les moyens de partager quoi que ce soit.

– Faisons un pacte si tu veux. Imaginons que je
mette la main sur un trésor, je te promets de déduire la
moitié de nos frais de la part qui te reviendra.

– Et si c'était moi qui le trouvais ton trésor, c'est quand même moi l'archéologue !

– Alors, j'aurais gagné au change.

Keira finit par accepter que nous nous rendions à Paris.

*

Amsterdam

La porte s'ouvrit brusquement. Vackeers sursauta et ouvrit d'un geste sec le tiroir de son bureau.

– Tirez-moi dessus, pendant que vous y êtes ! Vous m'avez déjà planté un couteau dans le dos, nous ne sommes plus à cela près.

– Ivory ! Vous auriez pu frapper, j'ai passé l'âge de vivre ce genre de frayeur, répondit Vackeers en repoussant son arme au fond du tiroir.

– Vous avez drôlement vieilli, vos réflexes ne sont plus ce qu'ils étaient, mon pauvre.

– Je ne sais pas ce qui vous met dans une telle colère, mais si vous commenciez par vous asseoir, nous pourrions peut-être avoir une explication décente entre personnes civilisées.

– Arrêtez avec vos bonnes manières, Vackeers ; je pensais pouvoir vous faire confiance.

– Si vous le pensiez vraiment, vous ne m'auriez pas fait suivre à Rome.

– Je ne vous ai jamais fait suivre, je ne savais même pas que vous vous étiez rendu à Rome.

– Vraiment ?

– Vraiment.

– Alors si ce n'était pas vous, c'est encore plus inquiétant.

– On a essayé d'attenter à la vie de nos protégés et c'est inadmissible !

– Tout de suite les grands mots ! Ivory, si l'un de nous avait voulu les tuer, ils seraient déjà morts, on a essayé de les intimider, tout au plus, il n'a jamais été question de les mettre en danger.

– Mensonges !

– Cette décision était stupide, je vous l'accorde, mais elle n'est pas de mon fait, et je m'y suis opposé. Lorenzo a pris de fâcheuses initiatives ces derniers jours. D'ailleurs, si cela peut vous consoler, je lui ai fait savoir combien nous étions en désaccord avec sa façon d'agir. C'est précisément pour cela que je me suis rendu à Rome. Il n'empêche que notre assemblée est très préoccupée par la tournure que prennent les événements. Il faut que vos protégés, comme vous les appelez, cessent de s'agiter à travers le monde. Nous n'avons eu aucun drame à déplorer jusqu'à présent, mais je redoute que nos amis n'en viennent à des moyens plus radicaux si les choses continuent ainsi.

– Parce que la mort d'un vieux chef de tribu n'est pas un drame pour vous ? Mais dans quel monde vivez-vous ?

– Dans un monde qu'ils pourraient mettre en danger.

– Je croyais que personne n'accordait de crédit à mes théories ? Je vois que, finalement, même les imbéciles changent d'avis.

– Si la communauté adhérait complètement à vos théories, il n'y aurait pas eu que l'émissaire de Lorenzo pour croiser le chemin de vos deux scientifiques. Le conseil ne veut courir aucun risque, si vous tenez tant que cela à vos deux chercheurs, je vous suggère vivement de les dissuader de poursuivre leur enquête.

— Je ne vais pas vous mentir, Vackeers, nous avons passé de longues soirées à jouer ensemble aux échecs ; je gagnerai cette partie, seul contre tous s'il le faut. Prévenez la cellule qu'ils sont déjà mat. Qu'ils essaient une autre fois d'attenter à la vie de ces scientifiques, et ils perdront inutilement une pièce importante de leur jeu.

— Laquelle ?

— Vous, Vackeers.

— Vous me flattez, Ivory.

— Non, je n'ai jamais sous-estimé mes amis, c'est pour cela que je suis toujours en vie. Je rentre à Paris, inutile de me faire suivre.

Ivory se leva et quitta le bureau de Vackeers.

*

Paris

La ville avait bien changé depuis ma dernière visite. On y voyait des vélos partout, s'ils n'avaient pas été tous identiques, je me serais cru à Amsterdam. Voilà bien une étrangeté des Français, ils sont incapables d'unifier la couleur de leurs taxis, mais, pour les bicyclettes, ils ont tous acheté le même modèle. Décidément, je ne les comprendrai jamais.

– C'est parce que tu es anglais, me répondit Keira, la poésie de mes concitoyens vous échappera toujours, à vous les Britanniques.

Je ne voyais pas beaucoup de poésie dans ces bicyclettes grises, mais il fallait reconnaître que la ville avait embelli ; si la circulation y était encore plus infernale que dans mes souvenirs, les trottoirs s'étaient élargis, les façades avaient blanchi, seuls les Parisiens semblaient ne pas avoir changé en vingt ans. Traversant au feu vert, se bousculant sans jamais s'excuser... L'idée de faire la queue leur semblait totalement étrangère. Gare de l'Est, nous nous étions fait doubler deux fois dans la file de taxis.

– Paris est la plus belle ville du monde, reprit Keira, ça ne se discute pas, c'est un fait.

La première chose qu'elle voulut faire en arrivant fut de rendre visite à sa sœur. Elle me supplia de ne rien lui raconter de ce qui s'était passé en Éthiopie. Jeanne était de nature inquiète, surtout en ce qui concernait Keira, pas question donc de lui parler des tensions qui avaient obligé sa petite sœur à quitter momentanément la vallée de l'Omo ; Jeanne serait bien capable d'aller s'allonger dans la passerelle de l'avion pour empêcher Keira d'y retourner. Il fallait maintenant inventer une histoire pour justifier notre présence à Paris ; je lui proposai de dire qu'elle était venue me rendre visite ; Keira me répondit que sa sœur ne croirait jamais un tel bobard. J'ai fait comme si cela ne m'avait pas vexé et, pourtant, c'était le cas.

Elle passa un appel à Jeanne, se gardant bien de lui révéler que nous faisions route vers elle. Mais après que le taxi nous eut déposés au musée, Keira appela sa sœur depuis son portable et lui demanda d'aller à la fenêtre de son bureau voir si elle reconnaissait la personne qui lui faisait des signes dans le jardin. Jeanne descendit en moins de temps qu'il ne fallait pour le dire et nous rejoignit à la table où nous avions pris place. Elle serra si fort sa sœur dans ses bras que je crus que Keira allait étouffer. J'aurais voulu à ce moment avoir un frère à qui j'aurais pu faire ce genre de surprise. Je pensai à Walter, à notre amitié naissante.

Jeanne m'inspecta de la tête aux pieds, elle me salua, je la saluai à mon tour. Elle me demanda, très intriguée, si j'étais anglais. Mon accent ne laissait planer aucun doute sur la question, mais par courtoisie je me sentis obligé de lui répondre que c'était bien le cas.

– Vous êtes un Anglais d'Angleterre, donc ? demanda Jeanne.

– Tout à fait, répondis-je prudemment.

Jeanne rougit presque.

– Je voulais dire un Anglais d'Angleterre de Londres ?

– Absolument.

– Je vois, dit Jeanne.

Je ne résistai pas à l'envie de l'interroger sur ce qu'elle voyait exactement, et pourquoi ma réponse l'avait fait sourire ?

– Je me demandais ce qui avait bien pu arracher Keira à sa maudite vallée, dit-elle, maintenant, je comprends mieux...

Keira me foudroya du regard. J'allais m'éclipser, elles devaient avoir des tas de choses à se dire, mais Jeanne insista pour que je reste en leur compagnie. Nous avons partagé un très agréable moment pendant lequel Jeanne ne cessa de m'interroger sur mon métier, ma vie en général, et je fus presque gêné qu'elle semblât s'intéresser plus à moi qu'à sa sœur. Keira finit d'ailleurs par en prendre ombrage.

– Je peux vous laisser tous les deux si je dérange, je repasserai à Noël, dit-elle alors que Jeanne voulait savoir, pour je ne sais quelle raison, si j'avais accompagné Keira sur la tombe de leur père.

– Nous ne sommes pas encore assez intimes, dis-je en taquinant un peu Keira.

Jeanne espérait que nous resterions la semaine entière, elle faisait déjà des projets de dîners, de weekend. Keira lui avoua que nous n'étions là que pour un jour ou deux, tout au plus. Lorsqu'elle nous demanda, déçue, où nous nous rendions, Keira et moi échangeâmes des regards confus, nous n'en avions pas la moindre idée. Jeanne nous invita chez elle.

Pendant le repas, Keira réussit à joindre au téléphone cet homme que nous devions retrouver, celui qui pourrait peut-être nous éclairer sur le texte découvert à Francfort. Rendez-vous fut pris pour le lendemain matin.

– Je crois qu'il serait mieux que j'y aille seule, me suggéra Keira en regagnant le salon.

– Où cela ? demanda Jeanne.

– Voir un de ses amis, répondis-je, un confrère archéologue si j'ai bien compris. Nous avons besoin de son aide pour interpréter un texte écrit dans une langue ancienne africaine.

– Quel ami ? interrogea Jeanne qui semblait plus curieuse que moi.

Keira ne répondit pas et se proposa d'aller chercher le plateau de fromages, ce qui annonçait le moment du dîner que je redoutais le plus. Pour nous les Anglais, le camembert restera à jamais une énigme.

– Tu ne vas pas voir Max, j'espère ? cria Jeanne pour que Keira l'entende depuis la cuisine.

Keira s'abstint de répondre.

– Si tu as un texte à interpréter, j'ai tout les spécialistes nécessaires au musée, poursuivit Jeanne sur le même ton.

– Mêle-toi de ce qui te regarde, grande sœur, dit Keira en réapparaissant dans le salon.

– Qui est ce Max ?

– Un ami que Jeanne aime beaucoup !

– Si Max est un ami, moi je suis une bonne sœur, répondit Jeanne.

– Il y a des moments où j'en viens à me le demander, dit Keira.

– Puisque Max est un ami, il sera ravi de rencontrer Adrian. Les amis d'amis sont des amis, n'est-ce pas ?

– Quelle est la partie de « mêle-toi de ce qui te regarde » qui t'a échappé, Jeanne ?

Le moment était propice à ce que j'intervienne et

j'informai Keira que je l'accompagnerais le lendemain à son rendez-vous. Si j'avais réussi à mettre un terme à une querelle naissante entre les deux sœurs, j'avais aussi réussi à agacer Keira, qui me fit la tête le reste de la soirée et m'offrit pour lit le canapé du salon.

Le matin suivant, nous sommes partis en métro, direction boulevard de Sébastopol ; l'imprimerie de Max se trouvait dans une rue adjacente. Il nous reçut très aimablement et nous invita dans son bureau situé sur la mezzanine. J'ai toujours été émerveillé par l'architecture des vieux bâtiments industriels construits à l'époque d'Eiffel, les assemblages de poutrelles sorties des aciéries de Lorraine sont uniques au monde.

Max se pencha sur notre document, il attrapa un bloc-notes, un crayon à papier et se mit au travail avec une aisance qui ne manqua pas de me fasciner. On aurait dit un musicien déchiffrant une partition et la jouant aussitôt.

– Cette traduction est truffée d'erreurs, je ne dis pas que la mienne sera parfaite, il me faudrait du temps, mais je trouve déjà ici et là des fautes impardonnables. Approchez-vous, nous dit-il, je vais vous montrer.

Le crayon posé sur la feuille, il parcourait le texte, nous indiquant les équivalences grecques qu'il jugeait erronées.

– Ce ne sont pas des « mages » dont on parle ici, mais des magistères. Le mot « abondance » est une stupide erreur d'interprétation, il faut lire à la place « infinité ». Abondance et infinité peuvent avoir des sens voisins mais c'est le second terme qu'il convient d'utiliser dans ce cas. Un peu plus bas, ce n'est pas non plus le mot « homme » qu'il faut lire mais le mot « personne ».

Il repoussa ses lunettes sur le bout de son nez. Le

jour où à mon tour je serai obligé d'en porter, il faudra que je me souvienne de ne jamais faire ce geste, c'est fou comme cela vous vieillit soudainement. Si l'érudition de ce Max forçait le respect, la façon dont il reluquait Keira m'exaspérait au plus haut point ; j'avais l'impression d'être le seul à m'en apercevoir, elle, faisait comme si de rien n'était, ce qui m'agaçait encore plus.

— Je pense qu'il y a aussi quelques erreurs de conjugaison et je ne suis pas certain que l'ordonnancement des phrases soit exact, ce qui bien sûr dénature complètement l'interprétation du texte. Je ne fais ici qu'un travail liminaire, mais par exemple le segment « sous les trigones étoilés » n'est pas situé au bon endroit. Il faut inverser les mots et le rattacher à la fin de la phrase à laquelle il appartient. Un peu comme en anglais, n'est-il pas ?

Max avait certainement voulu agrémenter son cours magistral d'un trait d'humour, je m'abstins de tout commentaire. Il arracha la feuille du bloc et nous la tendit. À notre tour, Keira et moi nous penchâmes sur sa traduction, pour lire et, cette fois, sans lunettes :

J'ai dissocié la table des mémoires, confié aux magistères des colonies les parties qu'elle conjugue.
Sous les trigones étoilés que restent celées les ombres de l'infinité. Qu'aucun ne sache où l'apogée se trouve, la nuit de l'un garde l'origine. Que personne ne l'éveille, à la réunion des temps imaginaires, se dessinera la fin de l'aire.

— C'est sûr que vu comme ça, c'est beaucoup plus clair !

À défaut d'avoir fait sourire Max, ma pique avait amusé Keira.

– Dans des écrits aussi anciens que celui-ci, l'interprétation de chaque mot compte autant que la traduction.

Max se leva pour aller photocopier le document, il nous promit d'y consacrer son week-end et demanda à Keira où il pourrait la joindre ; elle lui donna le numéro de téléphone de Jeanne. Max voulut savoir jusqu'à quand elle restait à Paris, Keira répondit qu'elle n'en savait rien. J'avais la désagréable impression d'être invisible. Heureusement, un chef de service appela Max, il y avait un problème sur une machine. J'en profitai pour déclarer que nous avions suffisamment abusé de sa gentillesse et que le moment était venu de le laisser retourner travailler. Max nous raccompagna.

– Au fait, dit-il sur le pas de la porte, pourquoi ce texte t'intéresse ? Il a un rapport avec tes recherches en Éthiopie ?

Keira me regarda discrètement et mentit à Max en lui disant qu'un chef de tribu le lui avait remis. Quand il me demanda si j'aimais autant qu'elle la vallée de l'Omo, Keira affirma sans aucune gêne que j'étais l'un de ses plus précieux collaborateurs.

Nous sommes allés prendre un café dans une brasserie du Marais. Keira n'avait pas dit un mot depuis que nous avions quitté Max.

– Il est drôlement calé pour un imprimeur.

– Max était mon professeur d'archéologie, il a changé de carrière.

– Pourquoi ?

– Éducation bourgeoise, il n'avait pas le goût de l'aventure ni du terrain, et puis, à la mort de son père, il a repris l'affaire familiale.

– Vous êtes restés longtemps ensemble ?

– Qui te dit que nous avons été ensemble ?

– Je sais que mon français laisse à désirer, mais le mot « liminaire » fait-il partie du vocabulaire courant ?

– Non, pourquoi ?

– Quand on utilise des formules aussi compliquées pour dire des choses simples, c'est généralement que l'on ressent le besoin de se donner de l'importance, ce que les hommes ont la faiblesse de faire quand ils ont envie de plaire. Ton imprimeur archéologue a une très haute opinion de lui-même, ou alors il cherche encore à t'impressionner. Et ne me dis pas que j'ai tort !

– Et toi, ne me dis pas que tu es jaloux de Max, ce serait pathétique.

– Je n'ai aucune raison d'être jaloux de qui que ce soit, puisque je suis tantôt l'un de tes amis, tantôt l'un de tes précieux collaborateurs. N'est-il pas ?

Je demandai à Keira pourquoi elle avait menti à Max.

– Je ne sais pas, ça m'est venu comme ça.

Je préférais parler d'autre chose que de Max. J'avais surtout envie que nous nous éloignions le plus tôt possible de son imprimerie, de son quartier et de Paris ; je proposai à Keira de rendre visite à l'une de mes connaissances londoniennes qui pourrait peut-être nous aider à décrypter ce texte, une personne bien plus érudite que son imprimeur.

– Pourquoi n'en as-tu pas parlé plus tôt, me dit-elle ?

– Parce que je n'y avais pas pensé, voilà.

Après tout Keira n'avait pas le monopole du mensonge !

Pendant que Keira faisait ses adieux à Jeanne et récupérait quelques affaires, j'en profitai pour appeler Walter. Après avoir pris de ses nouvelles, je lui demandai un service qui lui parut pour le moins étrange.

— Vous voudriez que je vous trouve quelqu'un à l'Académie, qui s'y connaisse en dialectes africains ? Vous avez fumé quelque chose d'illicite Adrian ?

— L'affaire est assez délicate, mon cher Walter, je me suis engagé un peu vite, nous prenons le train dans deux heures et arrivons ce soir à Londres.

— Quelle heureuse nouvelle, enfin pour la seconde partie de votre phrase tout du moins ; pour le marabout que je dois vous dénicher, c'est plus compliqué. Ai-je entendu *nous* ?

— Vous l'avez entendu.

— Ne vous avais-je pas dit qu'il était judicieux que vous partiez seul en Éthiopie ? Vous avez en moi un vrai ami, Adrian, je vais essayer de vous trouver votre sorcier.

— Walter, c'est d'un traducteur en guèze ancien dont j'ai besoin.

— C'est bien ce que je dis, et moi d'un magicien pour lui mettre la main dessus ! Dînons ensemble ce soir, appelez-moi dès que vous arriverez à Londres, je verrai ce que je peux faire d'ici là.

Et Walter raccrocha.

*

De l'autre côté de la Manche

L'Eurostar filait à travers la campagne anglaise, nous étions sortis du tunnel depuis quelque temps. Keira s'était assoupie sur mon épaule. Elle avait dormi une bonne partie du voyage. Quant à moi, une colonie de fourmis avait envahi mon avant-bras, mais je n'aurais bougé pour rien au monde, de peur de la réveiller.

Alors que le train ralentissait à l'approche de la gare d'Ashford, Keira s'étira avec une certaine grâce, du moins jusqu'à ce qu'elle éternue à trois reprises et assez fort pour faire sursauter presque tout le wagon.

– C'est un héritage paternel, dit-elle en s'excusant, je n'ai jamais rien pu y faire. On est encore loin ?

– Une petite demi-heure.

– Nous n'avons aucune certitude que ce document soit lié en quoi que ce soit avec mon pendentif, n'est-ce pas ?

– Non, en effet, mais, d'une manière plus générale, je me suis toujours interdit d'avoir des certitudes.

– Pourtant, tu veux croire qu'il existe une relation entre les deux, reprit-elle.

– Keira, lorsque nous cherchons dans l'infiniment

grand un point infiniment petit, une source de lumière aussi éloignée soit-elle, lorsque nous guettons un bruit venu du fin fond de l'univers, il n'y a qu'une chose dont nous soyons certains : notre envie de découvrir. Et je sais qu'il en est de même pour toi quand tu fouilles la terre. Alors oui, nous n'avons encore rien trouvé nous permettant d'affirmer que nous avançons dans la bonne direction, hormis cet instinct commun qui nous pousse à le croire, ce qui est déjà pas mal, non ?

Je n'avais pas l'impression d'avoir dit quelque chose de très important, le paysage de la gare d'Ashford n'était pas spécialement romantique, et je me demande encore pourquoi à ce moment précis plutôt qu'un autre, Keira se retourna, posa ses mains sur mes joues et m'embrassa comme elle ne l'avait encore jamais fait.

J'ai repensé pendant des mois à cet instant de ma vie, non seulement parce qu'il reste à jamais l'un de mes meilleurs souvenirs, mais aussi parce que j'ai cherché en vain à comprendre ce que j'avais bien pu faire pour provoquer pareil élan. J'ai même, plus tard, trouvé le culot de le lui demander, et je n'ai eu pour toute réponse qu'un sourire. Et finalement, je m'en suis toujours contenté. Cela m'autorise à me reposer souvent cette question, à revivre ce baiser, gare d'Ashford par une jolie fin d'après-midi d'été.

*

Paris

Ivory déplaça le cavalier sur l'échiquier en marbre qui trônait dans son salon. Il en possédait de très anciens, le plus beau de sa collection se trouvait dans sa chambre, un modèle persan entièrement de couleur ivoire et qui datait du sixième siècle. C'est un ancien jeu indien, le chaturanga, jeu des quatre rois, qui donna sa table aux échecs. Un carré de huit cases sur huit, dont la somme des carrés de soixante-quatre cases expliquait la marche du temps et des siècles. L'opposition du noir et du blanc arriva plus tardivement. Indiens, Perses et Arabes jouaient sur un quadrillage unicolore, parfois sur une grille tracée à même le sol. Avant de devenir un jeu profane, le diagramme de l'échiquier servit de plan dans l'Inde védique à la création des temples et des cités. Il symbolisait l'ordre cosmique et les quatre cases centrales correspondaient au Dieu créateur.

Le grincement du télécopieur tira Ivory de sa rêverie. Il se dirigea vers la bibliothèque où se trouvait l'appareil et arracha la feuille de papier qui venait de s'imprimer.

Un texte rédigé dans une très ancienne langue africaine, suivi d'une traduction. Son auteur le priait de l'appeler dès qu'il en aurait pris connaissance, ce que fit aussitôt Ivory.

— Elle est venue me voir aujourd'hui, dit la voix dans le téléphone.

— Elle était seule ?

— Non, un bellâtre anglais l'accompagnait. Vous avez pu jeter un œil au document ?

— Je viens de le faire à l'instant, vous avez effectué vous-même cette traduction ?

— Du mieux que j'ai pu, vu les délais.

— C'est du beau travail, considérez que vos problèmes de trésorerie appartiennent au passé.

— Puis-je vous demander pourquoi Keira vous intéresse à ce point et quelle est l'importance de ce texte ?

— Pas si vous souhaitez que l'argent promis vienne renflouer dès demain les comptes de votre imprimerie.

— J'ai cherché à la joindre tout à l'heure. Sa sœur, avant de me raccrocher au nez, m'a appris que Keira était partie à Londres. Puis-je vous rendre un autre service, monsieur ?

— Comme nous en étions convenus, me prévenir si elle reprend contact avec vous.

La communication achevée, Ivory retourna s'asseoir dans son salon. Le texte en main, il mit ses lunettes et commença à son tour à en affiner la traduction. Dès la première ligne, il y apporta certaines modifications.

*

Londres

L'idée de passer quelques jours chez moi n'était pas pour me déplaire. Keira profitait d'une douce fin de journée pour aller flâner dans les rues de Primrose Hill ; dès que je fus seul, j'appelai Walter.

– Je vous préviens, Adrian, avant que vous me disiez quoi que ce soit, sachez que j'ai fait de mon mieux. Apprenez que l'on ne trouve pas un traducteur de guèze ancien au marché de Pimlico, pas plus qu'à celui de Camden et, j'ai vérifié, ils ne sont pas non plus répertoriés dans les pages jaunes.

Je retenais mon souffle, l'idée d'avouer à Keira que j'avais bluffé dans le seul but de l'éloigner de ce Max qui lui tournait autour ne me réjouissait pas.

– Vous ai-je dit que vous aviez de la chance de m'avoir comme ami, Adrian ? J'ai réussi à mettre la main sur une personne d'une qualité rare, qui pourra certainement vous aider. Je suis d'une perspicacité qui m'étonne moi-même. Imaginez que je me suis entretenu de votre problème avec une amie, dont un parent proche se rend chaque dimanche à l'Église orthodoxe éthiopienne de Sainte-Marie-de-Sion. Cette personne est intervenue auprès d'un prêtre, un saint homme dont l'érudition est paraît-il sans limites. Ce père n'est pas simplement un homme d'Église, il est aussi un historien et un très grand philosophe. Réfugié politique en Angleterre depuis vingt ans, il est reconnu comme l'un des plus grands spécialistes dans la matière qui vous intéresse. Nous avons rendez-vous avec lui demain matin. Et maintenant vous pouvez dire : « Walter, vous êtes génial. »

— Qui est cette amie à qui nous devons ce service inestimable ?

— Miss Jenkins, répondit Walter presque confus.

— Voilà une nouvelle qui me ravit doublement, vous êtes génial, Walter.

Trop heureux de renouer avec lui, je l'invitai à passer la soirée à la maison. Au cours du dîner, Keira et Walter apprirent à mieux se connaître. Nous lui fîmes, à tour de rôle, le récit de nos aventures et mésaventures dans la vallée de l'Omo, celles vécues à Nebra, sans oublier les épisodes de Francfort et de Paris. Nous lui avons présenté le texte trouvé à la Bibliothèque nationale allemande, et la traduction de Max. Il la lut avec la plus grande attention sans pour autant en comprendre le sens. Chaque fois que Walter me rejoignait dans la cuisine, ou chaque fois que nous nous retrouvions seuls à table, il m'avouait trouver Keira formidable, épatante et délicieuse, j'en conclus qu'il était sous le charme et il est vrai que Keira avait un charme fou.

Ce que Walter avait omis de nous dire, c'était qu'il nous faudrait assister à toute la cérémonie avant de pouvoir nous entretenir avec le prêtre. Je l'avoue, je m'y étais rendu ce dimanche matin, en traînant des pieds, mes rapports avec Dieu étant assez distants depuis mon enfance, et pourtant le moment fut particulièrement émouvant. La beauté des chants me saisit tout autant que la sincérité du recueillement. Dans cette église, tout semblait n'être que bonté. La cérémonie achevée, pendant que les lieux se vidaient, le prêtre vint nous chercher et nous invita à le suivre jusqu'à l'autel.

Il était de petite taille, le dos terriblement vouté, peut-être sous le poids des confessions des hommes, ou par un passé qui avait connu guerres et génocides. Rien de ce qui est mauvais ne semblait exister en lui. Impossible de soutenir son regard. Sa voix grave et envoûtante aurait suffi à vous donner l'envie de le suivre, n'importe où.

– C'est un document pour le moins surprenant, nous dit-il après l'avoir relu deux fois.

À mon grand étonnement, il n'avait porté aucune attention aux traductions qui l'accompagnaient.

– Êtes-vous certain de son authenticité ? demanda-t-il.

– Oui.

– Le problème qui se pose ici n'est pas celui de la traduction mais plutôt de l'interprétation. On ne traduit pas une poésie mot à mot, n'est-ce pas ? Il en est de même pour les écritures anciennes. Il est facile de faire dire à peu près ce que l'on veut à un texte sacré ; les hommes ne se privent d'ailleurs pas d'en pervertir la parole bienveillante et de la détourner pour s'attribuer indûment des pouvoirs et obtenir ce qu'ils veulent de leurs fidèles. Les Écritures saintes ne menacent, ni ne commandent, elles indiquent un chemin et laissent à l'homme le choix de trouver celui qui le guidera, non dans sa vie, mais vers la vie. Ceux qui prétendent comprendre et perpétuer la parole de Dieu ne l'entendent pas toujours ainsi et abusent de la naïveté de ceux qu'ils se plaisent à gouverner.

– Pourquoi nous dites-vous cela, mon père ? demandai-je.

– Parce que je préférerais connaître vos intentions avant de vous instruire plus avant sur la nature de ce texte.

J'expliquai que j'étais astrophysicien, Keira archéologue, et le prêtre me surprit en nous confiant que notre association n'était pas sans conséquences.

– Vous cherchez tous deux quelque chose dont la compréhension est redoutable, êtes-vous certains d'être prêts à affronter les réponses que vous pourriez trouver au cours de votre route ?

– Qu'y a-t-il de redoutable ? demanda Keira.

– Le feu est un allié précieux pour l'homme, mais il est dangereux pour l'enfant qui ne sait pas l'utiliser. Il en est de même pour certaines connaissances. À l'échelle de l'humanité, les hommes ne sont encore que des enfants ; regardez notre monde et voyez combien nous manquons encore d'éducation.

Walter promit que Keira et moi étions tout à fait respectables et dignes de confiance. Cela fit sourire le prêtre.

– Que connaissez-vous vraiment de l'Univers, monsieur l'astrophysicien ? me demanda-t-il.

Sa question n'avait rien d'arrogant, il n'y avait dans le ton de sa voix aucune suffisance, mais avant que je ne puisse répondre, il regarda Keira avec bienveillance et lui demanda :

– Vous qui pensez que mon pays est le berceau de l'humanité, vous êtes-vous déjà demandé pourquoi ?

Nous espérions tous deux pouvoir lui fournir des réponses savantes et pertinentes, mais il nous posa aussitôt une troisième question.

– Croyez-vous que votre rencontre soit fortuite,

imaginez-vous possible qu'un tel document puisse arriver entre vos mains par le seul fait du hasard ?

– Je ne sais pas mon père, balbutia Keira.

– Vous qui êtes archéologue, mademoiselle, croyez-vous que l'homme ait découvert le feu ou que le feu lui soit apparu, quand arriva le moment où il en fut ainsi ?

– Je crois que l'intelligence naissante de l'homme lui a permis d'apprivoiser le feu.

– Vous appelleriez cela la providence, alors ?

– Si je croyais en Dieu, probablement.

– Vous ne croyez pas en Dieu mais c'est vers un homme d'Église que vous vous tournez pour essayer de percer un mystère dont la portée vous échappe. N'oubliez pas ce paradoxe, je vous en prie, il faudra vous en souvenir le moment venu.

– Quel moment ?

– Quand vous aurez compris où vous mène cette route, car vous n'en savez rien, ni l'un ni l'autre. Sinon feriez-vous ce chemin ? J'en doute.

– Mon père, je ne comprends pas de quoi vous nous parlez, pouvez-vous nous éclairer quant à la signification de ce texte ? me risquai-je à demander.

– Vous n'avez pas répondu à ma question, monsieur l'astrophysicien, que savez-vous de l'Univers ?

– Beaucoup de choses, je vous l'assure, répondit Walter à ma place, j'ai été son élève pendant quelques semaines et vous n'imaginez pas la masse de connaissances qu'il m'a fallu assimiler, et je n'ai pas pu me souvenir de tout.

– Des chiffres, des noms d'étoiles, des situations, des distances, des mouvements, tout cela ne sont que des constatations ; vous et vos collègues commencez à entrevoir, mais qu'avez-vous compris ? Sauriez-vous me dire ce qu'est l'infiniment grand ou l'infiniment petit ? Connaissez-vous l'origine, devinez-vous la fin ?

Savez-vous qui nous sommes, ce que cela veut dire que d'être un humain ? Sauriez-vous expliquer à un enfant de six ans ce qu'est l'intelligence dont parlait mademoiselle, celle qui aurait permis à l'homme d'apprivoiser le feu ?

– Pourquoi à un enfant de six ans ?

– Parce que, si vous ne savez pas expliquer un concept à un enfant de six ans, c'est que vous n'en connaissez pas le sens !

Le prêtre avait pour la première fois haussé le ton et l'écho de sa voix résonna entre les murs de l'église Sainte-Marie.

– Nous sommes tous des enfants de six ans sur cette petite planète, dit-il en se calmant.

– Non, je ne peux répondre à aucune de ces questions, mon père, personne ne le peut.

– Pas encore, mais si ces réponses vous étaient offertes, vous sentiriez-vous prêts, l'un comme l'autre à les entendre ?

L'homme avait soupiré en disant cela, comme pris de chagrin.

– Vous souhaitez que j'éclaire votre route ? Il n'y a que deux façons de comprendre ce qu'est la lumière, deux moyens d'avancer vers elle. L'homme n'en connaît qu'un. C'est pour cela que Dieu lui est si important. À l'enfant de six ans qui vous aurait demandé ce qu'est l'intelligence, vous auriez pu répondre d'un seul mot : l'amour. Voilà une pensée dont la portée nous échappera encore longtemps. Cette frontière que vous vous apprêtez à franchir, il n'y aura pas de retour en arrière possible. Lorsque vous saurez, il sera trop tard pour renoncer. C'est pour cela que je vous repose encore une fois ma question. Êtes-vous prêts à dépasser les limites de votre propre intelligence, à prendre le risque d'abandonner votre condition humaine, comme on abandonne l'enfance ? Comprenez-vous que voir son père n'est pas pour autant le connaître ? Accepteriez-vous d'être orphelins de celui qui vous a élevés à cette condition d'homme ?

Ni Keira ni moi n'avons répondu à ce singulier personnage. J'aurais aimé pouvoir comprendre ce que sa sagesse tentait de nous révéler, deviner de quoi il voulait tant nous protéger. Si seulement j'avais su !

Il se pencha sur la feuille, soupira à nouveau et nous regarda fixement Keira et moi.

– Voici comment il faut lire cette écriture, nous dit-il.

Le vitrail de la nef se fendit d'un minuscule éclat, neuf millimètres de diamètre à peine. Le projectile traversa l'église à la vitesse de mille mètres par seconde. La balle transperça la nuque, sectionna la veine jugulaire, avant de venir s'écraser sur la deuxième vertèbre cervicale du prêtre. L'homme ouvrit la bouche à la recherche d'un peu d'air et s'effondra aussitôt.

Nous n'avions entendu ni coup de feu, ni même le bruit de l'éclatement du vitrail au-dessus de la nef. Si du sang ne s'était échappé de sa bouche, si ce même sang ne s'était mis à ruisseler le long de son cou, nous aurions cru que le prêtre faisait un malaise. Keira bondit en arrière, Walter la força à se baisser avant de l'entraîner vers les portes de l'église.

Le prêtre gisait face contre terre, sa main tremblait, et moi je restais là, tétanisé devant la mort qui l'emmenait. Je me suis agenouillé et l'ai retourné. Ces yeux fixaient la croix, il me sembla qu'il souriait. Il tourna la tête et vit la flaque de sang qui se formait autour de lui. À son regard, je compris qu'il voulait que je m'approche.

– Les pyramides cachées, murmura-t-il dans un ultime souffle de vie, la connaissance, l'autre texte. Si un jour vous le trouviez, alors laissez-le dormir, je vous en prie, il est encore trop tôt pour le réveiller, ne commettez pas l'irréparable.

Ce furent là ses derniers mots.

Seul sous cette nef désertée, j'entendis au loin la voix de Walter qui me suppliait de le rejoindre. D'un geste de la main, je fermai les yeux du prêtre, ramassai le texte entaché de son sang ; hébété, je sortis de l'église.

Keira était assise sur les marches du parvis, elle me regardait, incrédule et tremblante, espérant peut-être que je lui dise que tout ceci n'était qu'un cauchemar, que d'un claquement de doigts je la ramènerai à la réalité, mais ce fut Walter qui se chargea de le faire.

– Partons d'ici, vous m'entendez ? Il est temps de vous ressaisir, vous vous laisserez aller plus tard. Bon sang, Adrian, occupez-vous de Keira et filons, si le tueur est encore dans les parages, il n'aura guère envie de laisser trois témoins derrière lui, et nous sommes à découvert !

– Si on avait voulu nous tuer, nous serions déjà morts.

J'aurais mieux fait de me taire, un morceau de pierre vola en éclats à mes pieds. Je pris Keira par le bras et l'entraînai vers la rue, Walter à nos trousses. Nous courions tous trois à perdre haleine. Un taxi passa au bout de Cooper Lane ; Walter hurla, les feux arrière de la voiture s'illuminèrent. Le chauffeur nous demanda notre destination et nous répondîmes en chœur : le plus loin possible !

De retour chez moi, Walter me supplia de changer de chemise, celle que je portais était maculée du sang du prêtre, Keira n'avait pas meilleure allure que moi, ses vêtements aussi étaient tachés. Je l'entraînai vers la salle de bains. Elle ôta son pull, laissa glisser son pantalon et entra sous la douche avec moi.

Je me souviens de lui avoir lavé les cheveux, comme pour la délivrer d'une souillure qui nous collait à la peau. Elle posa sa tête sur mon torse, la chaleur de l'eau ranimait nos corps glacés. Keira leva la tête, elle me dévisageait. J'aurais voulu prononcer des paroles apaisantes, seules mes mains tentaient de la rassurer, quelques caresses pour effacer l'horreur que nous avions partagée.

De retour dans le salon, j'offris des vêtements à Walter.

– Il faut tout arrêter, murmura Keira, le chef du village, maintenant ce prêtre, qu'avons-nous fait, Adrian ?

– Le meurtre de cet homme n'a rien à voir avec votre périple, affirma Walter en nous rejoignant dans la pièce. C'est un réfugié politique, ce n'est pas le premier attentat dont il a été la cible. Miss Jenkins m'avait parlé de lui avant que nous le rencontrions, il donnait des conférences, se battait pour la paix, œuvrait à la réconciliation des communautés ethniques en Afrique de l'Est. Les hommes de paix ont beaucoup d'ennemis. Nous nous sommes trouvés au mauvais endroit au mauvais moment.

Je proposai d'aller nous présenter à la police, notre témoignage pourrait peut-être les aider dans leur enquête. Il fallait retrouver les salauds qui avaient fait ça.

– Témoigner de quoi ? demanda Walter, vous avez vu quelque chose ? Nous n'irons nulle part ! Vos empreintes sont partout, Adrian, cent personnes nous ont aperçus à la messe, et nous étions les derniers à nous trouver en compagnie du père avant qu'on l'assassine.

– Walter n'a pas tort, poursuivit Keira, nous avons commencé par prendre la fuite, ils voudront savoir pourquoi.

– Parce qu'on nous a tiré dessus, ce n'est pas suffisant comme raison ? dis-je en m'emportant. Si cet homme était menacé, comment se fait-il que le gouvernement ne lui ait pas assuré une protection ?

– Peut-être n'en voulait-il pas ? suggéra Walter.

– De quoi voulez-vous que la police nous suspecte ? Je ne vois rien qui puisse nous relier à ce meurtre.

– Moi si ! murmura Keira. J'ai passé pas mal d'années dans le pays de cet homme, l'Éthiopie. J'ai travaillé dans des régions frontalières où vivent ses ennemis, cela pourrait suffire aux enquêteurs pour me soupçonner d'avoir entretenu des contacts avec les commanditaires de ce crime. Ajoute à cela que si on me demande pourquoi j'ai quitté précipitamment la vallée de l'Omo, que veux-tu que je réponde ? Que la disparition d'un chef de village qui m'accompagnait m'a obligée à ficher le camp du pays ? Qu'après avoir ramené son corps à sa tribu, j'ai fui comme une criminelle, sans avoir rapporté sa mort à la police kenyane ? Que nous étions ensemble quand ce vieil homme est décédé, comme nous l'étions lorsque ce prêtre a été assassiné ? Tu as raison, les flics vont adorer notre histoire ! Si nous allions maintenant au commissariat, je ne suis pas certaine que nous soyons rentrés pour le dîner !

De toutes mes forces je voulais nier ce scénario catastrophique auquel pourtant Walter adhérait.

– La police scientifique établira très vite que le coup de feu a été tiré depuis l'extérieur, nous n'avons aucune raison d'être inquiétés, insistai-je en vain.

Walter faisait les cent pas, la mine renfrognée. Il se

dirigea vers la console où je rangeais les bouteilles d'alcool et se servit un double scotch.

– Keira a énuméré toutes les raisons qui feront de vous des coupables idéaux. De ceux dont les autorités pourraient se satisfaire, afin de boucler rapidement une enquête dont l'issue apaisera les esprits. La police pourrait être ravie d'annoncer au plus vite qu'elle a déjà interpellé les assassins du prêtre et, plus encore, que ceux-ci sont des Européens.

– Mais enfin pourquoi ? C'est absurde.

– Pour éviter l'embrasement du quartier dans lequel il vivait et prévenir toute émeute communautaire, répondit Keira avec bien plus de maturité politique que je n'en avais.

– Bon, ne voyons pas non plus tout en noir, reprit Walter, reste la possibilité que nous soyons innocentés de tout. Cela dit, ceux qui vont jusqu'à tuer un homme d'Église ne doivent pas être du genre à s'embarrasser de témoins ; je ne donne pas cher de notre peau, si nos visages apparaissent en couverture des tabloïds.

– Ça, c'est ce que vous appelez ne pas voir « tout en noir » ?

– Ah non, si vous voulez vraiment assombrir le tableau, je vous parlerai de nos carrières respectives. En ce qui concerne Keira, ajoutez à la mort du chef du village, celle de ce prêtre et je ne la vois pas de si tôt retourner travailler en Éthiopie. Quant à nous, Adrian, je vous laisse imaginer les réactions des membres du conseil à l'Académie si nous nous trouvions impliqués dans une affaire aussi macabre. Croyez-moi, la seule chose à faire est de tenter d'oublier tout ça et d'attendre le retour au calme.

Après ces dernières paroles de Walter, nous sommes restés tous les trois assis à nous regarder dans le plus

378

grand silence. Les choses finiraient peut-être par s'apaiser, mais nous savions tous qu'aucun de nous n'oublierait cette terrible matinée. Il me suffisait de fermer les yeux pour revoir le regard de ce prêtre mourant dans mes bras, ce regard si paisible alors que la vie le quittait. Je me remémorai ses dernières paroles : « Les pyramides cachées, la connaissance, l'autre texte. Si un jour vous le trouvez, alors laissez-le dormir, je vous en prie. »

*

– Adrian, tu parles dans ton sommeil.

Je sursautai et me redressai dans le lit.

– Je suis désolée, murmura Keira, je ne voulais pas te faire peur.

– C'est moi qui suis désolé, je devais faire un cauchemar.

– Tu as de la chance, au moins tu dormais, je n'arrive pas à fermer l'œil.

– Tu aurais dû me réveiller plus tôt.

– J'aimais te regarder.

La pièce baignait dans une semi-pénombre, il faisait trop chaud dans cette chambre ; je me levai pour ouvrir la fenêtre. Keira me suivit du regard. La clarté de la nuit dévoilait les formes de son corps, elle repoussa le drap et me sourit.

– Viens te recoucher, me dit-elle.

Sa peau avait le goût du sel, elle prenait à la pliure des seins un parfum d'ambre et de caramel ; son nombril était si finement creusé que j'aimais y promener mes lèvres ; mes doigts effleurèrent son ventre, j'en embrassais la moiteur. Keira resserra ses jambes autour de mes épaules, ses pieds caressaient mon dos. Elle posa une main sur mon menton pour me guider jusqu'à sa bouche. Par la fenêtre, on entendait un étourneau ; l'oiseau semblait accorder son chant aux rythmes de nos souffles. Quand il se taisait, la respiration de Keira s'arrêtait ; ses bras s'arrachaient aux miens, et elle repoussait mon corps pour s'y raccrocher aussitôt.

Le souvenir de cette nuit me hante encore, comme celui d'un moment d'intimité où nous chassions la mort ; je savais déjà qu'aucune autre compagne ne m'offrirait semblable étreinte, et cette pensée me fit peur.

Le jour se levait dans la rue calme ; nue, Keira avança jusqu'à la fenêtre.

– Nous devrions quitter Londres, me dit-elle.

– Pour aller où ?

– Là où la campagne s'abîme dans la mer, au bout de la Cornouailles, connais-tu St. Mawes ?

Je ne m'y étais jamais rendu.

– Cette nuit, tu disais des choses étranges en dormant, reprit-elle.

– Je rêvais aux derniers mots que le prêtre m'a dits avant de partir.

– Il n'est pas parti, il est mort ! Pas plus que mon père n'est parti pour un long voyage, comme le disait ce pasteur qui célébrait la messe de funérailles. Mourir est le mot juste, il n'est nulle part ailleurs que dans sa tombe.

– Enfant, je croyais que chaque étoile était une âme qui brillait dans le ciel.

– Depuis la nuit des temps, cela ferait beaucoup d'étoiles dans ton ciel.

– Il y en a des centaines de milliards, bien plus que la planète n'a jamais compté d'habitants.

– Alors qui sait ? Mais je crois que je m'emmerderais drôlement à clignoter dans la froideur de l'espace.

– C'est une façon de voir les choses. Je ne sais pas ce qui nous attend après, je n'y pense pas souvent.

– Moi, sans cesse. Cela doit être inhérent à mon métier. Chaque fois que je déterre un ossement, je m'interroge. J'ai du mal à accepter que la seule chose qui subsiste de toute une existence soit un bout de fémur ou une molaire.

– Ce ne sont pas seulement des ossements qui restent de nous, Keira, mais le souvenir de ce que nous avons été. Chaque fois que je pense à mon père, chaque fois que je rêve de lui, je l'arrache à la mort, comme quelqu'un que l'on tire du sommeil.

– Alors le mien doit en avoir assez, dit Keira, je ne le laisse pas dormir souvent.

Keira avait envie de se rendre en Cornouailles, nous quittâmes la maison sur la pointe des pieds. Nous avions laissé un mot à Walter qui dormait profondément dans le salon, lui promettant de revenir très vite. Ma vieille voiture nous attendait dans son garage, elle démarra au quart de tour ; à midi, nous roulions à travers la campagne anglaise, toutes vitres ouvertes. Keira chantait à tue-tête, réussissant l'incroyable exploit de couvrir le bruit du vent qui sifflait dans l'habitacle.

À treize kilomètres de Salisbury nous aperçûmes au loin les monolithes de Stonehenge dont les silhouettes épaisses se découpaient sur la ligne d'horizon.

– Tu l'as déjà visité ? demandai-je à Keira.

– Et toi ?

J'ai des amis parisiens qui n'ont jamais mis les pieds sur la tour Eiffel, d'autres, new-yorkais, qui ne sont jamais montés en haut de l'Empire State Building, je suis anglais et j'avouai ne m'être jamais rendu sur ce site que viennent pourtant visiter des touristes du monde entier.

– Si cela peut te rassurer, moi aussi j'ai fait l'impasse, me confia Keira. Si on y allait ?

Je savais que l'accès à ce monument vieux de plus de quatre mille ans était fortement réglementé. Aux heures d'ouverture, les visiteurs se promènent le long d'un chemin balisé, avançant au rythme imposé par les roulements d'un sifflet dans lequel s'époumone vaillamment un guide, il leur est strictement interdit de s'en écarter. Je doutais fort que nous ayons le droit de nous y balader librement, même à la tombée du jour.

– Tu viens de le dire, la nuit ne va pas tarder à tomber, le soleil sera couché d'ici une heure et je ne vois pas une âme qui vive aux alentours, reprit Keira, que l'interdit semblait amuser plus que tout.

Après les moments pénibles que nous avions vécus la veille, nous avions bien le droit de nous distraire un peu. On ne se fait pas tirer dessus tous les jours. Je donnai un coup de volant et m'engageai sur le petit chemin qui rejoignait le promontoire où se dressaient les monolithes. Une haie de fils de fer interdisait d'aller plus loin. Je coupai le moteur, Keira descendit de la voiture et avança sur le parking désert.

– Viens, c'est un jeu d'enfant de passer par là, me dit-elle, enjouée.

Il suffisait de se baisser au ras du sol pour se faufiler sous la clôture. Je me demandai si une alarme détecterait notre intrusion, mais je ne voyais aucune installation de ce genre, pas plus que de caméra de surveillance. De toute façon, il était trop tard, Keira m'attendait de l'autre côté.

Le site était bien plus impressionnant que je ne

l'avais imaginé. La première enceinte de dolmens formait un cercle de cent dix mètres de diamètre. Par quel prodige les hommes avaient-ils pu bâtir pareil édifice ? Autour de nous s'étendait un paysage de plaine sans le moindre rocher alentour. Chaque dolmen de la première ceinture extérieure devait peser plusieurs dizaines de tonnes, comment les avait-on acheminés jusqu'ici, comment les avait-t-on dressés ?

– Le deuxième cercle mesure quatre-vingt-dix-huit mètres de diamètre, me dit Keira. Il a été tracé au cordeau, ce qui pour l'époque est assez incroyable. Le troisième anneau est composé de cinquante-six cavités, baptisées les trous d'Aubrey, elles sont toutes disposées de façon régulière. On y a retrouvé du charbon de bois et des ossements calcinés ; ce sont probablement des chambres d'incinération. Une sorte d'enclos funéraire.

Je regardais Keira, éberlué.

– Comment sais-tu tout cela ?

– Je suis archéologue, pas crémière, sinon je t'aurais expliqué comment on transforme le lait en fromage !

– Et ta culture s'étend aux sites archéologiques du monde entier ?

– Enfin, Adrian, Stonehenge, quand même ! On apprend cela à l'école.

– Tu te souviens de tout ce que l'on t'a enseigné à l'école ?

– Non, mais de ce que je viens de lire à l'instant sur le petit panneau qui est juste derrière moi, oui. Allez, viens, je te faisais marcher.

Nous progressions vers le centre de la structure monumentale et franchissions le cercle extérieur des pierres bleues. J'ai appris plus tard qu'à l'origine, soixante-quinze monolithes de grès bleuté le composaient, soixante-quinze monstres dont le plus gros devait peser cinquante tonnes. Les pierres avaient été assemblées en charpente, mais comment avait-on dressé les orthostates et hissé les linteaux ? Silencieux, nous admirions l'incroyable prodige. Le soleil déclinait, étirant ses rayons qui passèrent sous les portiques. Et soudain, pendant un court instant, l'unique dolmen allongé au centre se mit à scintiller ; son éclat était incomparable.

– Certains pensent que Stonehenge fut érigé par des druides, dit Keira.

Je me souvenais d'avoir lu quelques articles dans des revues de vulgarisation scientifique. Stonehenge avait attisé la curiosité de bien des esprits, et tant de théories, des plus folles aux plus cartésiennes, avaient été évoquées. Mais où se trouvait la vérité ? Nous étions au début du XXIe siècle, près de quatre mille huit cents ans après que les premiers travaux eurent commencé, quarante-huit siècles après que les premiers remblais eurent été creusés et personne ne pouvait expliquer le sens de cette construction ; pourquoi les hommes qui vivaient ici il y a plus de quatre mille ans s'étaient-ils donné tant de peine pour construire cet ouvrage ? Combien d'entre eux y avaient sacrifié leur vie ?

– Certains croient qu'il y a une raison astronomique à l'alignement des pierres. Le positionnement des blocs permettait de déterminer les solstices d'hiver et d'été.

– Comme le disque de Nebra ? me demanda Keira.

– Oui, comme le disque de Nebra, répondis-je songeur, mais en bien plus grand.

Elle scruta le ciel, on ne voyait pas d'étoiles ce soir-là, un épais front nuageux recouvrait la mer. Elle se retourna brusquement vers moi.

– Peux-tu me répéter les dernières paroles du prêtre ?

– Je commençais juste à l'oublier, tu es certaine de vouloir repenser à cela ?

Elle n'avait pas besoin de me répondre, il me suffisait de la regarder pour reconnaître cet air si particulier qu'elle avait quand elle était déterminée.

– Il parlait de pyramides cachées, d'un autre texte, de quelqu'un qu'il fallait laisser dormir... si nous comprenions. Mais comprendre quoi, je n'en sais fichtre rien !

– Trigones et pyramides, cela se ressemble, non ? demanda Keira.

– D'un point de vue géométrique, oui.

– Ne dit-on pas aussi que les pyramides étaient liées aux étoiles ?

– Si, en ce qui concerne les pyramides mayas, on parle de temple de la Lune et de temple du Soleil, c'est toi l'archéologue, tu devrais savoir cela mieux que moi.

– Mais les pyramides mayas ne sont pas cachées, reprit-elle pensive.

– Il y a beaucoup de sites archéologiques auxquels on attribue, à tort ou à raison, des fonctions astronomiques. Stonehenge était peut-être un gigantesque disque de Nebra, mais il n'a pas la forme d'une pyramide. Reste à savoir où pourraient bien se trouver celles qui n'auraient pas encore été découvertes ?

– Là, répondit Keira, le jour où l'on aura retourné tous les déserts du monde, fouillé toutes les jungles imaginables et exploré les profondeurs des océans, je pourrai peut-être répondre à ta question.

Un éclair fendit le ciel, le tonnerre se mit à gronder quelques secondes plus tard.

– Tu as un parapluie ? me demanda Keira.

– Non.

– Tant mieux.

*

Madrid

L'appareil s'était posé sur l'aéroport de Barajas en fin d'après-midi. Un avion privé parmi d'autres qui venait se ranger sur l'aire de stationnement. Le visage fermé, Vackeers descendit le premier de la passerelle. Lorenzo qui avait embarqué lors d'une escale à Rome lui emboîtait le pas, Sir Ashton fut le dernier à sortir de la cabine. Une limousine les attendait devant le terminal réservé aux jets d'affaires. La voiture les conduisit dans le centre-ville. Ils entrèrent dans l'une des deux tours obliques érigées de part et d'autre de la place de l'Europe.

Isabel Marquez, alias Madrid, les accueillit dans une salle de réunion dont les stores étaient baissés.

– Berlin et Boston nous rejoindront un peu plus tard, dit-elle, Moscou et Rio ne devraient plus tarder, ils ont rencontré de mauvaises conditions météorologiques en route.

– Nous avons été nous-mêmes assez secoués, répondit Sir Ashton.

Il se dirigea vers une console où se trouvait un

plateau de rafraîchissements et se servit un grand verre d'eau.

– Combien serons-nous ce soir ?

– Si l'orage qui arrive ne force par les autorités à fermer l'aéroport, treize de nos amis siégeront autour de cette table.

– Ainsi, l'opération d'avant-hier s'est soldée par un échec, dit Lorenzo en se laissant choir dans un fauteuil.

– Pas tout à fait, rétorqua Sir Ashton, ce prêtre en savait peut-être plus que nous ne le supposions.

– Comment votre homme a-t-il fait pour rater sa cible ?

– Elle se trouvait à deux cents mètres et il visait avec une lunette thermique, que voulez-vous que je vous dise : *Errare humanum est.*

– Sa maladresse a entraîné la mort d'un homme d'Église, je trouve votre trait d'humour latin d'assez mauvais goût. J'imagine que ceux que vous visiez sont désormais sur leurs gardes.

– Nous n'en savons rien, mais nous avons momentanément relâché la bride et n'exerçons plus qu'une surveillance lointaine.

– Reconnaissez plutôt que vous avez perdu leur trace.

Isabel Marquez s'interposa entre Sir Ashton et Lorenzo.

– Nous ne sommes pas réunis ici pour nous disputer mais pour nous accorder sur la marche à suivre. Attendons que tout le monde soit présent et tâchons d'œuvrer ensemble. Nous avons de graves décisions à prendre.

– Cette réunion était inutile, nous savons très bien quelles sont les décisions à prendre, grogna Sir Ashton.

– Tout le monde ne partage pas cet avis, Sir Ashton,

déclara la femme qui venait d'entrer dans la salle de réunion.

– Bienvenue parmi nous, Rio !

Isabel se leva pour accueillir son invitée.

– Moscou n'est pas avec vous ?

– Je suis là, dit Vassily en entrant à son tour.

– Nous n'allons pas attendre indéfiniment les absents, commençons ! reprit Sir Ashton.

– Si vous voulez, mais nous ne voterons aucune décision sans que cette assemblée soit au complet, répondit Madrid.

Sir Ashton s'assit au bout de la table à la droite de Lorenzo, Vassily avait pris place à sa gauche, Paris occupait le fauteuil suivant, Vackeers se trouvait en face de lui ; dans la demi-heure qui suivit, Berlin, Boston, Pékin, Le Caire, Tel-Aviv, Athènes et Istanbul les rejoignirent ; la cellule était au complet.

Isabel commença par remercier chacun de ceux qui étaient présents ce soir-là. La situation était suffisamment grave pour justifier cette convocation. Certains avaient déjà eu dans le passé à siéger ensemble pour débattre du même dossier, d'autres comme Rio, Tel-Aviv ou Athènes, remplaçaient leur prédécesseur.

– Des initiatives individuelles ont mal tourné. Nous ne pourrons piloter nos deux chercheurs que par une coopération et une communication sans faille.

Athènes protesta ; l'incident d'Héraklion était imprévisible. Lorenzo et Sir Ashton se regardèrent sans faire de commentaire.

– Je ne vois pas en quoi cette mission s'est soldée par un échec, affirma Moscou. À Nebra, il n'était pas question de les éliminer, mais de leur faire peur.

– Pourriez-vous tous revenir au problème qui nous réunit, demanda Isabel. Nous savons désormais que les théories de l'un de nos confrères, dont l'entêtement à vouloir nous convaincre lui valut, en d'autres temps, d'être mis à l'écart, n'étaient probablement pas aussi absurdes que nous le pensions, poursuivit-elle.

– Nous préférions tous croire qu'il se trompait, parce que cela nous arrangeait bien ! lâcha Berlin. Si nous ne lui avions pas refusé les crédits qu'il réclamait à l'époque, nous n'en serions pas là aujourd'hui. Tout serait sous contrôle.

– Ce n'est pas parce qu'un autre fragment a surgi de je ne sais où, que ce vieux fou d'Ivory a raison sur tout, s'exclama Sir Ashton.

– Quoi qu'il en soit, Sir Ashton, s'emporta Rio, personne ne vous avait autorisé à attenter à la vie de ce scientifique.

– Depuis quand faut-il demander une permission pour agir sur son propre territoire et de surcroît à l'encontre de l'un de ses ressortissants ? Serait-ce une nouvelle règle communautaire qui m'aurait échappé ? Que nos amis allemands fassent appel à Moscou pour intervenir chez eux, après tout, voilà qui les regarde, mais ne venez pas me donner de leçon chez moi.

– Arrêtez, je vous en prie ! cria Isabel.

Athènes se leva et toisa l'assemblée.

– Cessons de faire semblant et gagnons du temps. Nous savons désormais qu'il n'existe pas un, mais au moins deux fragments identiques et probablement complémentaires. De toute évidence, n'en déplaise à Sir Ashton, Ivory avait vu juste. Nous ne pouvons plus ignorer maintenant qu'il puisse exister d'autres fragments, mais nous ne savons pas où. La situation est la suivante : nous concevons aisément le danger encouru si ces objets venaient à être réunis et si la population prenait connaissance de ce qu'ils peuvent révéler. En revanche, ils peuvent encore nous apprendre beaucoup de choses. Nous avons aujourd'hui sous la main un couple de scientifiques qui semblent, je dis bien semblent, sur la piste des autres fragments. Espérons qu'en dépit de certaines initiatives regrettables, ils ne se doutent pas que nous les surveillons. Nous pouvons les laisser poursuivre leurs recherches, cela ne nous coûtera rien. S'ils réussissent, il nous suffira de les intercepter le moment voulu et de récupérer leur travail. Sommes-nous prêts à prendre le risque éventuel qu'ils nous échappent, ce qui est peu probable si nous coordonnons nos moyens ainsi que le suggère Madrid, ou préférons-nous comme le souhaite Sir Ashton, mettre un terme immédiat à leur soif de découverte ? Nous ne parlons pas simplement de l'assassinat de deux éminents scientifiques. Préférons-nous rester dans l'ignorance de peur que ce qu'ils trouvent remette en cause un certain ordre du monde ? Choisirons-nous d'être dans le camp de ceux qui voulaient brûler Galilée ?

— Les travaux de Galilée ou Copernic n'eurent aucune conséquence comparable à celles que pourraient provoquer les découvertes de votre astrophysicien et son amie archéologue, rétorqua Pékin.

— Aucun de vous n'est en mesure d'y faire face, pas plus que d'y préparer son pays. Nous devons dissuader ces chercheurs dans les plus brefs délais, quels que soient les moyens à mettre en œuvre pour cela, récusa Sir Ashton.

— Athènes a émis un point de vue raisonnable que nous devons considérer. Depuis trente ans que nous est apparu ce premier fragment, nous nous nourrissons de suppositions. Dois-je rappeler que nous avons longtemps cru qu'il était unique ? Ensemble, cet astrophysicien et cette archéologue ont des chances incomparables d'aboutir à quelque chose de probant. Jamais nous n'aurions eu l'idée de réunir deux personnalités dont les compétences respectives aussi éloignées s'avèrent si complémentaires. L'idée de les laisser poursuivre leurs recherches, sous haute surveillance, me paraît plus que judicieuse. Nous ne serons pas là éternellement ; si nous nous débarrassons d'eux, puisque c'est de cela dont nous débattons ce soir, que ferons-nous ensuite ? Attendre que surgissent d'autres fragments ? Et quand bien même cela se produirait dans un siècle ou deux, qu'est-ce que cela changerait dans le fond ? N'avez-vous pas envie d'appartenir à la génération qui connaîtra enfin la vérité ? Laissons-les faire, nous interviendrons le moment venu, proposa Rio.

— Je crois que tout est dit, votons maintenant pour l'une ou l'autre des motions, conclut Isabel.

— Pardonnez-moi, intervint Pékin. Quelles sont les garanties que nous nous accordons les uns aux autres ?

— Que voulez-vous dire ?

— Qui d'entre nous jugera que le moment est venu d'intercepter nos deux scientifiques ? Admettons qu'Ivory ait vu juste jusqu'au bout, qu'il y ait bien cinq ou six fragments, qui en sera le gardien quand ils seront réunis ?

— C'est une bonne question, je pense qu'elle mérite d'être débattue, approuva Le Caire.

— Nous ne nous mettrons jamais d'accord, vous le savez tous pertinemment, protesta Sir Ashton, raison de plus pour ne pas nous engager dans cette aventure irresponsable.

— Bien au contraire. Pour une fois nous serons tous liés, reprit Tel-Aviv, que l'un trahisse et nous devrons affronter ensemble la même catastrophe. Si l'énigme résolue par la réunification des fragments venait à éclater au grand jour, le problème serait le même dans chacun de nos pays, nos équilibres et nos intérêts pareillement compromis, y compris pour celui qui aurait rompu le pacte.

– Je connais un moyen de nous protéger de cela.

Tous les regards de l'assemblée se tournèrent vers Vackeers.

– Une fois que nous aurons en main la preuve de ce que nous supposons tous, je propose que chacun des fragments soit à nouveau dispersé. Un par continent, de cette façon, nous saurons qu'ils ne pourront jamais plus être réunis.

Isabel reprit la parole.

– Nous devons voter, que décidez-vous ?

Personne ne bougea.

– Laissez-moi reformuler la chose ainsi, quels sont ceux qui souhaitent que nous mettions un terme au voyage des deux jeunes scientifiques ?

Sir Ashton leva le bras, Boston l'imita, Berlin hésita et finit par lever la main, Paris se joignit au vote ainsi que Lorenzo. Vackeers soupira et ne bougea pas.

Cinq voix contre huit, la motion était rejetée. Furieux, Sir Ashton quitta la table.

– Vous ne mesurez pas les risques que vous nous faites encourir en jouant ainsi aux apprentis sorciers. J'espère que vous savez ce que vous faites.

– Sir Ashton, devons-nous entendre que vous comptez faire cavalier seul ? demanda Isabel.

– Je respecterai la décision de ce conseil, mes services seront à la disposition de la communauté pour surveiller vos deux électrons libres et, croyez-moi, ils ne seront pas de trop.

Sir Ashton quitta la salle. Peu après son départ, Isabel Marquez leva la séance.

*

Londres

Keira avait renoncé à St. Mawes. Une autre fois, avait-elle dit. Nous avions regagné Londres au milieu de la nuit, en piteux état. L'orage ne nous avait pas épargnés, nous étions trempés, mais Keira avait eu raison sur un point, nous avions passé un moment inoubliable à Stonehenge.

Je crois qu'une histoire se tisse ainsi, d'une succession de petits instants, jusqu'à vous donner un jour le goût d'un futur à deux.

La maison était déserte, cette fois c'était Walter qui nous avait laissé un petit mot. Il nous demandait de le contacter dès notre retour.

Nous le rejoignîmes le lendemain à l'Académie, je fis visiter les lieux à Keira qui s'émerveilla en pénétrant dans la bibliothèque. Walter nous y retrouva pour nous révéler un fait troublant. Aucun journal ne s'était fait l'écho de l'assassinat du prêtre, la presse semblait avoir totalement occulté l'incident.

— Je ne sais pas quelles conclusions en tirer, annonça Walter, l'air grave.

— Peut-être est-ce une volonté de leur part de ne pas enflammer les esprits ?

– Vous avez déjà vu nos tabloïds renoncer à divulguer quoi que ce soit qui leur fasse vendre du papier ? s'étonna Walter.

– Ou bien la police a tout simplement étouffé l'affaire en attendant d'avancer dans son enquête.

– Dans tous les cas, j'ai meilleur espoir de nous en tirer si les choses restent confidentielles.

Keira nous regarda à tour de rôle, elle leva la main, comme pour nous demander l'autorisation de parler.

– Il ne vous est pas venu à l'esprit que ce ne soit pas le prêtre qu'on ait visé dans cette église ?

– Bien sûr que si, confia Walter, je ne cesse de me poser la question, mais pourquoi vous en voudrait-on à ce point ?

– À cause de mon pendentif !

– Cela pourrait répondre éventuellement à la question du pourquoi, reste à essayer de comprendre à qui profiterait le crime ?

– À celui qui voudrait s'en emparer, reprit Keira. Je n'ai jamais eu l'occasion de vous le dire, mais l'appartement de ma sœur a été cambriolé. Je n'avais pas fait de lien avec moi, mais maintenant...

– Maintenant tu te demandes aussi si ce chauffard à Nebra n'a pas essayé volontairement de nous écraser ?

– Souviens-toi, Adrian, c'est l'impression que j'avais eue sur le moment.

– Calmons-nous, intervint Walter. Je reconnais que tout ça est assez troublant, de là à vous croire la cible d'un cambriolage, dit-il à Keira, ou conclure qu'on ait voulu attenter à vos vies... restons raisonnables.

Walter disait cela pour nous rassurer. La preuve m'en fut donnée quand, peu après, il insista pour que nous quittions Londres, le temps que les choses s'apaisent.

Keira restait fascinée par le nombre d'ouvrages que contenait la bibliothèque de l'Académie, elle en parcourait les allées et demanda l'autorisation à Walter de sortir un livre de son rayonnage.

– Pourquoi tu lui demandes ça à lui ?

– Je ne sais pas, dit-elle en s'amusant de moi, Walter me semble avoir ici plus d'autorité que toi.

Mon collègue me regarda d'un air qui ne cherchait en rien à masquer sa satisfaction, bien au contraire. Je m'approchai de Keira et m'installai à une table en face d'elle. Nous voir assis ainsi réveilla d'autres souvenirs. Le temps n'efface pas tout, certains instants restent intacts en nos mémoires, sans que l'on sache pourquoi ceux-là plus que d'autres. Peut-être sont-ce là quelques confidences subtiles que la vie nous livre en silence.

Je récupérai une feuille d'un bloc-notes oublié sur une table, la roulai en boule et commençai à la mâcher en faisant le plus de bruit possible ; j'en pris une autre et sans relever la tête Keira me dit avec un sourire au coin des lèvres.

– Avale, je te défends de recracher !

Je lui demandai ce qu'elle lisait.

– Un truc sur les pyramides, je n'avais jamais vu cet ouvrage auparavant.

Cette fois, elle nous regarda, Walter et moi, comme si nous étions deux gamins impatients.

– Vous allez me faire un grand plaisir tous les deux en allant vous promener, ou pourquoi pas travailler si cela vous arrive de temps en temps, mais surtout laissez-moi lire ce livre tranquille. Allez ouste, débarrassez-moi le plancher et je ne veux revoir aucun de vous deux avant l'heure de fermeture. C'est compris ?

Nous sommes partis faire l'école buissonnière, ainsi qu'on nous l'avait demandé.

*

Paris

Une partita de Bach résonnait dans l'appartement. Assis dans son salon, une tasse de thé en main, Ivory jouait seul une partie d'échecs. On sonna à la porte. Il regarda sa montre, se demandant qui pouvait bien lui rendre visite ; il n'attendait personne. Il s'approcha de l'entrée à pas feutrés, souleva le couvercle de la boîte en acajou sur la console, prit le revolver qu'elle contenait et le glissa dans la poche de sa robe de chambre.

– Qui est-ce ? demanda-t-il en se tenant à l'écart de la porte.

– Un vieil ennemi.

Ivory reposa le revolver à sa place et ouvrit la porte.

– Quelle surprise !

– Nos parties d'échecs me manquaient mon cher, vous me laissez entrer ?

Ivory céda le passage à Vackeers.

– Vous jouiez seul ? dit-il en s'asseyant dans le fauteuil en vis-à-vis de l'échiquier.

– Oui, et je n'arrivais pas à me battre, c'est lassant.

Vackeers déplaça le fou blanc de C1 en G5, menaçant le cavalier noir.

Ivory avança aussitôt un pion d'H7 en H6.

– Qu'est-ce qui vous amène ici Vackeers, vous n'êtes pas venu d'Amsterdam juste pour essayer de me prendre un cavalier ?

– J'arrive de Madrid ; la commission s'est réunie hier, répondit Vackeers en s'emparant du cheval noir.

– Qu'ont-ils décidé ? interrogea Ivory.

La reine en D8 vint croquer le fou blanc en F6.

– De laisser vos deux protégés poursuivre leurs recherches et de s'emparer de leurs travaux quand ils auront atteint leur but, s'ils l'atteignent.

Le cavalier blanc quitta son camp et se positionna en C3.

– Ils l'atteindront, dit laconiquement Ivory en avançant le pion en B7 vers la case B5.

– En êtes-vous sûr ? demanda Vackeers.

Le second fou blanc glissa de C4 vers B3.

– Aussi certain que vous allez perdre cette partie. Cette décision du conseil n'a pas dû vous satisfaire.

Le pion noir qui gardait la tour en A7 avança de deux cases et se posa en A5.

– Détrompez-vous, je crois même être celui qui les a convaincus. Certains autour de la table auraient préféré mettre un terme à cette aventure, et de façon assez radicale, je dois dire.

Le pion blanc qui veillait sur la tour se déplaça d'A2 vers A3.

– Il n'y a que les imbéciles qui ne changent pas d'avis, n'est-ce pas ? dit Ivory en faisant glisser son fou de F8 en C5.

– Sir Ashton a fait abattre un prêtre à Londres, un accident.

Le cavalier blanc permuta de G1 en F3.

– Un accident ? Ils ont assassiné un prêtre par accident ?

Un pion noir glissa de D7 en D6.

– Votre astrophysicien était la véritable cible.

Reine blanche de D1 en D2.

– Quelle action déplorable, je parle de Sir Ashton, pas de votre dernier coup, quoique !

Le fou noir glissa de C8 en E6.

– Je crains que notre ami anglais n'accepte pas la résolution prise à Madrid. Je le soupçonne de vouloir agir seul dans son coin.

Le fou blanc s'empara de son cousin noir.

– Il s'opposerait à la volonté du groupe ? Voilà qui est assez grave. Je fus mis à la retraite pour bien moins. Pourquoi êtes-vous venu me dire cela ? C'est avec les autres que vous auriez dû partager vos inquiétudes !

Le pion noir mangea le fou blanc qui s'était aventuré imprudemment en E6.

– Ce ne sont là que des suppositions, je ne peux pas accuser ouvertement Sir Ashton, sans preuve. Mais si nous attendons d'avoir des éléments à charge contre lui, j'ai bien peur qu'il soit trop tard pour votre jeune amie. Vous ai-je dit que Sir Ashton voulait l'éliminer elle aussi ?

Roque du roi blanc et de la tour.

– J'ai toujours détesté son arrogance. Qu'attendez-vous de moi, Vackeers ?

Pion noir de G7 en G5.

– Je n'aime pas ce froid qui s'est installé entre nous. Je vous l'ai dit, nos parties d'échecs me manquent.

Vackeers avança un pion blanc de H2 en H3.

– Cette partie que nous sommes en train de jouer n'est pas la nôtre, vous le savez et vous savez aussi comment elle se termine. Ce n'est pas tant que vous m'ayez tenu à l'écart à Amsterdam qui m'a blessé, c'est que vous ayez imaginé que je ne me rendrais pas compte de votre double jeu.

Le cavalier noir quitta B8 et se déplaça de trois cases pour atterrir en D7.

– Vous tirez des conclusions trop hâtives, mon ami, sans moi, nous ne serions pas aussi bien informés.

Le cavalier blanc se replia de F3 en H2.

– Si nos deux scientifiques se trouvent dans la ligne de mire de Sir Ashton, il faut les protéger. Ce ne sera pas facile, surtout en Angleterre. Il faut les inciter à partir au plus vite, reprit Ivory en avançant d'H6 en H5 le pion noir qui gardait la seconde tour.

– Après ce qu'ils viennent de vivre, il ne sera pas aisé de les faire sortir de leur tanière.

Vackeers avança son pion blanc de G2 en G3.

– Je connais un moyen de leur faire quitter Londres, dit Ivory en déplaçant son roi d'une case.

– Comment comptez-vous procéder ?

À son tour, le roi blanc avança d'une case.

Le pion noir en D6 passa à l'attaque en D5. Ivory regarda fixement Vackeers.

– Vous ne m'avez toujours pas dit ce qui vous a fait changer d'avis. Il y a peu, vous auriez tout fait pour les empêcher d'aller plus loin.

– Pas au point de tuer deux innocents, Ivory ; ce ne sont pas mes méthodes.

Pion blanc de F2 en F3.

– Épargner deux vies n'est pas ce qui vous motive, Vackeers, je veux vous entendre m'avouer ce que vous avez véritablement sur le cœur.

Repli du cavalier noir de D7 en F8.

– Je suis comme vous, Ivory, je vieillis, et je veux savoir. L'envie de comprendre est enfin devenue plus forte que la peur. Hier au cours de cette réunion, Rio a demandé si nous voulions être de ceux qui connaîtront la vérité ou si nous choisirions de la laisser aux générations à venir. Rio n'a pas tort, la vérité finira bien par éclater, demain ou dans cent ans, qu'est-ce que cela change ? Je ne me vois pas finir mes jours dans l'habit d'un vieil inquisiteur, confia Vackeers.

Le cavalier blanc se replia de C3 en E2. Le cavalier noir repartit à l'assaut de l'échiquier et vint se placer à côté de sa reine. Vackeers avança un pion blanc de C2 en C3.

– Si vous connaissez vraiment le moyen de protéger cet astrophysicien et son amie archéologue, alors faites-le, Ivory, mais agissez maintenant.

La tour noire glissa d'A8 en G8.

– Elle s'appelle Keira.

Vackeers avança un pion de D3 en D4. Le fou noir recula de C5 en B6. Un pion blanc mangea un pion noir en E5. La reine noire le vengea aussitôt, détruisant celui qui s'était aventuré trop près d'elle. Vingt-trois coups se jouèrent ainsi sans que ni Ivory ni Vackeers se parlent.

– Si vous êtes enfin prêt à admettre le bien-fondé de mes théories, si vous acceptez de faire ce que je vous dis, alors ensemble, nous avons peut-être une chance de contrecarrer les plans de cet imbécile de Sir Ashton.

Ivory souleva sa tour et la reposa en H4.

– Vous êtes échec et mat Vackeers, mais vous le saviez dès le cinquième coup.

Ivory se leva et alla chercher dans un tiroir de son secrétaire le texte en guèze, dont il avait achevé la traduction tard dans la nuit.

*

Londres

Keira n'avait pas quitté la bibliothèque de l'Académie. Nous étions venus la rechercher pour l'emmener dîner, mais elle souhaitait que nous la laissions finir ses lectures seule. C'est à peine si elle daigna lever la tête lorsqu'elle nous chassa d'un geste de la main.

– Dînez entre garçons, j'ai du travail, allez, fichez-moi le camp.

Walter eut beau lui dire que c'était l'heure de fermeture, elle ne voulait rien entendre ; il fallut que mon collègue sollicite la bienveillance du veilleur de nuit pour que Keira reste étudier autant de temps qu'elle le voulait. Elle promit de me rejoindre chez moi un peu plus tard.

À 5 heures du matin, elle n'était toujours pas là. Je me relevai et pris ma voiture, inquiet.

Le hall de l'Académie était désert. Le gardien dormait dans sa guérite. Il sursauta en me voyant.

Keira n'avait pas pu sortir de l'établissement, les portes d'accès étaient verrouillées et sans un passe, elle n'aurait pas pu les ouvrir.

J'accélérai le pas dans le corridor qui menait à la grande bibliothèque, le gardien me suivit.

Keira ne remarqua même pas ma présence ; depuis les portes vitrées, je la regardai, absorbée dans sa lecture. De temps en temps, elle annotait un cahier. Je toussotai pour annoncer ma présence, elle me regarda et sourit.

– Il est tard ? demanda-t-elle en s'étirant.

– Ou tôt, c'est selon. Le jour se lève.

– Je crois que j'ai très faim, dit-elle en refermant son ouvrage.

Elle rangea ses notes, remit le livre à sa place dans un rayonnage et, s'accrochant à mon bras, me demanda si je voulais bien l'emmener prendre un petit déjeuner.

Traverser la ville dans le silence des premières heures du matin est féerique. Nous croisâmes la camionnette d'un laitier qui débutait sa tournée ; à Londres, tout n'avait pas encore changé.

Je me garai dans Primrose Hill. Le rideau de fer d'un salon de thé venait de se lever et la patronne installait ses premières tables en terrasse. Elle accepta de nous servir.

– Qu'est-ce qu'il avait de si captivant, ce livre, pour t'occuper ainsi toute la nuit ?

– Je me suis souvenue que le prêtre ne t'avait pas parlé de pyramides à découvrir, mais de pyramides cachées, ce n'est pas la même chose. Cela m'a intriguée et j'ai consulté plusieurs ouvrages à ce sujet.

– Pardonne-moi, mais la différence m'échappe.

– Il y a trois endroits dans le monde où seraient cachées des pyramides. En Amérique centrale, certains temples furent découverts et aussitôt oubliés, la nature les recouvre à nouveau ; en Bosnie, des images satellites ont révélé la présence de pyramides, on ne sait toujours pas qui les a construites, ni pour quelles raisons ; et en Chine, là c'est une tout autre histoire.

– Il y a des pyramides en Chine ?

– On les compte par centaines. Elles étaient totalement inconnues du monde occidental jusque dans les années 1910. La plupart d'entre elles se trouvent dans la province de Shaanxi, dans un rayon de cent kilomètres autour de la ville de Xi'an. Les premières furent découvertes en 1912 par Fred Meyer Schroder et Oscar Maman, d'autres furent révélées en 1913 par la mission Segalen. En 1945, un pilote de l'armée américaine qui effectuait un vol entre l'Inde et la Chine aurait pris, en survolant les monts Qinling, une photo aérienne de ce qu'il baptisa la pyramide blanche. On n'a jamais pu la situer depuis avec précision, mais elle serait bien plus grande que la pyramide de Kheops. Un article à son sujet fut publié dans une édition du *New York Sunday News* au printemps 1947.

« Contrairement à leurs cousines mayas, ou égyptiennes, les pyramides chinoises, pour la grande majorité d'entre elles, ne sont pas construites en pierre, mais en terre et en argile. On sait que comme en Égypte, elles servaient de sépultures aux empereurs et familles des grandes dynasties.

« Les pyramides ont toujours fasciné les esprits, elles ont donné naissance à pas mal d'hypothèses farfelues. Pendant des milliers d'années, elles furent les plus grands édifices construits sur terre, qu'il s'agisse de la pyramide rouge de la nécropole de Dahshur sur la rive ouest du Nil, ou de la pyramide de Kheops, la seule des sept merveilles de l'Ancien Monde à exister encore. Une chose est cependant troublante : les pyramides les plus importantes furent toutes érigées à peu près à la même époque, sans que personne comprenne comment des civilisations si distantes les unes des autres aient reproduit partout un modèle architectural similaire.

– On voyageait peut-être plus à cette époque qu'on ne le suppose, m'aventurai-je à suggérer.

– Justement, ce que tu dis n'est peut-être pas si absurde que cela. J'ai consulté à la bibliothèque un article paru dans l'*Encyclopedia Britannica* de 1911. Les liens entre l'Égypte et l'Éthiopie remontent à la vingt-deuxième dynastie des pharaons ; à partir de la vingt-cinquième dynastie, il arriva même que les deux pays soient placés sous la même autorité ; la capitale des deux empires était alors située à Napata, dans le nord de l'actuel Soudan. Les premiers témoignages de relations entre l'Éthiopie et l'Égypte sont encore plus anciens. Trois mille ans avant notre ère, des commerçants parlent du pays de Pount, les terres au sud de la Nubie. Le premier voyage connu au pays de Pount a eu lieu sous le règne du pharaon Sahourê. Mais écoute bien ça, des fresques du quinzième siècle avant Jésus-Christ retrouvées sur le sanctuaire de Deir el-Bahari, dépeignent un groupe de nomades rapportant des encens, de l'or, de l'ivoire, de l'ébène, mais surtout de la myrrhe. Or nous savons que, dès les premières dynasties, les Égyptiens étaient amateurs de myrrhe. Ce qui laisse présager que les échanges avec l'Éthiopie remontent aux plus anciennes époques de l'Égypte.

– Quel est le rapport entre tout cela et ta pyramide chinoise ?

– J'y viens. Ce que nous cherchons à établir, c'est le rapport pouvant exister entre ce texte et mon pendentif. Cet écrit en guèze ancien nous parle de pyramides. Souviens-toi de la troisième phrase du texte : *Qu'aucun ne sache où l'apogée se trouve, la nuit de l'une est gardienne du prélude*. Max nous l'a dit, il ne s'agit pas ici de faire une traduction littérale mais d'interpréter le texte. Le mot « prélude » peut signifier l'« origine ». Ce qui donne la phrase suivante : *Qu'aucun ne sache où l'apogée se trouve, la nuit de l'une est gardienne de l'origine.*

– C'est en effet plus joli comme ça, mais je suis désolé, je ne vois toujours pas où tu veux en venir.

– Nous avons trouvé mon pendentif au milieu d'un lac à quelques kilomètres du triangle d'Ilemi, le fameux pays de Pount, la frontière entre l'Éthiopie, le Kenya et le Soudan. Sais-tu comment les Égyptiens appelaient le pays de Pount ?

Je n'en avais pas la moindre idée, Keira me regarda fièrement et se rapprocha de moi.

– Ils l'appelaient « Ta Nétérou » ce qui signifie la « Terre des dieux », ou encore le « pays de l'origine ». C'est aussi dans cette région que se trouve le Nil Bleu, la source du Nil ; il suffit de descendre le fleuve pour arriver à la première et la plus ancienne des pyramides égyptiennes, la pyramide de Djoser, à Saqqarah. C'est peut-être par cette voie navigable que mon pendentif est arrivé au milieu du lac Turkana. Maintenant, revenons à la Chine, j'y ai consacré la seconde moitié de ma nuit. Si le témoignage de ce pilote américain est authentique – l'existence de cette pyramide blanche est toujours controversée –, celle qu'il aurait photographiée culminerait à plus de trois cents mètres, elle serait alors la plus haute au monde.

– Tu veux que nous nous rendions en Chine dans les monts Qinling ?

– C'est peut-être ce que nous suggère ce texte rédigé en langue guèze. Les pyramides cachées... Amérique centrale, Bosnie ou Chine ! J'opterais pour la plus haute de toutes, c'est un pari, une chance sur trois !

Mais trente-trois pour cent de chances, pour un chercheur, c'est déjà énorme, et puis je fais confiance à mon instinct.

J'avais du mal à comprendre ce revirement de comportement de la part de Keira. Il y a peu, elle ne cessait de me répéter, à la première occasion, combien l'Éthiopie lui manquait. Je savais qu'elle s'était souvent retenue d'appeler Éric, le collègue qui la remplaçait dans ses fonctions. Plus les jours passaient, plus je redoutais le moment où elle m'annoncerait que tout était redevenu normal dans la vallée de l'Omo, et qu'elle allait repartir. Voilà pourtant qu'elle me proposait de s'éloigner plus encore de sa chère Afrique et de ses fouilles.

J'aurais dû me réjouir à l'idée d'entreprendre ce périple en Chine avec elle, partager son enthousiasme, mais lorsqu'elle me suggéra ce voyage, le projet m'inquiéta pour de multiples raisons.

— Tu reconnaîtras quand même, lui dis-je, que nous cherchons une aiguille dans une botte de foin. Et ta botte de foin se trouve en Chine !

— Qu'est-ce qui t'arrive ? Tu n'es pas obligé de venir, Adrian ; si tu préfères enseigner à tes gentils élèves, reste à Londres, je comprendrai, au moins, toi tu as ta vie ici.

— Qu'est-ce que ça veut dire, moi au moins j'ai ma vie ici ?

— Ça veut dire que j'ai eu Éric au téléphone hier, que la police éthiopienne est venue au campement et que si j'y remettais les pieds maintenant ce serait pour répondre à une convocation devant un juge. Cela signifie que grâce à ce petit aller-retour au lac Turkana où j'ai eu la belle idée de t'accompagner, je viens d'être chassée de mes fouilles pour la seconde fois en moins d'un an ! Je n'ai plus de boulot, nulle part où aller, et

407

dans quelques mois je devrai rendre des comptes à cette fondation qui m'a confié une fortune. Qu'est-ce que tu me proposes comme alternative ? Rester à Londres à faire des ménages en attendant que tu rentres du boulot ?

– Tu as été cambriolée à Paris, notre chambre a été dévalisée en Allemagne, on a assassiné un prêtre sous nos yeux, et ne me dis pas que tu ne t'interroges pas sur les causes de la mort du chef du village. Tu ne trouves pas que nous avons eu assez de problèmes depuis que nous nous intéressons à ce maudit pendentif ? Et si c'était toi qui avais reçu la balle de ce tireur ? Si le chauffard de Nebra n'avait pas raté son coup ? Tu es aussi inconsciente que Walter !

– Mon métier est hasardeux Adrian, il faut prendre des risques en permanence. Tu crois que ceux qui ont découvert le squelette de Lucy avaient à leur disposition le plan du cimetière ou des coordonnées GPS tombées du ciel ? Bien sûr que non ! dit-elle en s'emportant. L'instinct, voilà ce qui fait la race des découvreurs, le flair, comme chez les grands flics.

– Mais tu n'es pas flic, Keira.

– Fais comme tu veux, Adrian, si tu as la trouille, j'irai seule. Si nous arrivons à prouver que mon pendentif a vraiment quatre cents millions d'années, te rends-tu compte de la portée de cette découverte ? Est-ce que tu réalises tout ce que cela implique ? Les bouleversements que cela provoquera ? Je serais prête à fouiller toutes les bottes de foin de la Terre pour y arriver, si on m'en donne la chance. Souviens-toi, c'est toi qui m'as proposé de me faire gagner trois cent quatre-vingt-cinq millions d'années dans la quête de nos origines. Et tu voudrais que maintenant je baisse les bras ? Tu renoncerais à voir le premier instant de la création de l'Univers, au seul motif que le télescope qui te permettrait ce prodige serait difficile d'accès ? Tu as failli crever à cinq mille mètres d'altitude dans le seul espoir d'aller regarder tes étoiles de plus près. Reste dans ta petite vie pluvieuse et sans risque, c'est ton droit, la seule chose que je te demande c'est de me donner un coup de main, je n'ai pas les moyens de financer ce voyage, mais je te promets de tout te rembourser un jour.

Je n'ai rien dit, parce que j'étais furieux, furieux de l'avoir entraînée dans cette histoire, furieux de me sentir coupable de la perte de son travail, et incapable de l'éloigner des dangers que je pressentais. J'ai ressassé cent fois cette terrible dispute, repensé cent fois à ce moment où j'ai eu peur de la perdre en la décevant. Je suis encore plus furieux aujourd'hui qu'hier d'avoir eu cette lâcheté.

J'étais allé voir Walter, comme on va chercher un ami pour lui demander du secours. Si je n'arrivais pas à dissuader Keira d'entreprendre ce voyage, peut-être trouverait-il les mots pour lui faire entendre raison. Mais, cette fois, il me refusa son aide. Il était même plutôt content que nous quittions Londres. Au moins, me dit-il, personne ne penserait à nous chercher en Chine. Et puis il ajouta que le point de vue de Keira était légitime ; il me provoqua en me demandant si j'avais perdu tout goût de l'aventure. N'avais-je pas pris des risques inconsidérés sur le plateau d'Atacama ? Si lui aussi s'y mettait !

— Oui, mais c'est moi qui les courais ces risques, pas elle !

— Arrêtez de jouer les saint-bernard, Adrian, Keira est une grande fille, avant de vous connaître, elle vivait seule au milieu de l'Afrique, entourée de lions, de tigres, de léopards et je ne sais quels autres voisins. Aucun ne l'a dévorée jusque-là ! Alors, le côté « je m'inquiète de tout » est charmant chez votre mère, mais pour un garçon de votre âge, c'est, comment dire, un peu trop tôt !

J'ai pris les billets. L'agence que Walter m'avait recommandée, celle qui s'était si bien occupée de son voyage en Grèce, nous avait prévenus qu'il faudrait au moins dix jours pour obtenir nos visas. J'espérais que ce sursis me donnerait le temps de faire changer Keira d'avis, mais on nous appela le surlendemain ; nous avions beaucoup de chance, l'ambassade de Chine avait déjà traité nos dossiers, nos passeports nous attendaient. Tu parles d'une chance !

*

Londres

Le repas tirait à sa fin, Vackeers avait passé un agréable déjeuner en compagnie de son confrère, il se demandait néanmoins s'il n'avait pas commis une faute de goût en l'invitant à dîner dans un restaurant chinois, mais, après tout, la table était l'une des plus réputées de Londres et Pékin semblait s'être régalé.

– Nous effectuerons une surveillance rapprochée et discrète, lui assura-t-il. Que les autres ne s'inquiètent de rien, nous sommes très efficaces.

Vackeers n'en doutait pas une seconde ; dans sa jeunesse, il avait travaillé quelques années à la frontière birmane, il savait que la discrétion chinoise était loin d'être une légende. Lorsque leurs commandos faisaient une incursion en territoire étranger, on ne les entendait ni arriver ni repartir, seuls les corps de leurs victimes témoignaient qu'ils étaient venus rendre visite à leurs voisins.

– Le plus drôle, dit Pékin, c'est que je me trouverai dans le même avion que nos deux scientifiques. Lorsqu'ils passeront la douane, leurs bagages seront inspectés, une opération de pure formalité et tout à fait bienveillante, mais qui nous permettra de poser des mouchards sur certaines de leurs affaires. Nous avons piégé le GPS de la voiture de location qui leur sera remise à leur arrivée. Avez-vous fait ce qu'il fallait de votre côté ?

– Sir Ashton était bien trop heureux de rendre ce service, expliqua Vackeers. Il redoute cette opération à un point que je ne soupçonnais pas ; il aurait fait dérober les bijoux de la reine si on lui avait assuré que c'était là le moyen le plus sûr de ne pas perdre la piste de nos deux scientifiques. Les choses se dérouleront ainsi : au moment où leur tour viendra, les portiques de sécurité à Heathrow seront réglés au plus haut niveau de sensibilité. Pour les franchir sans tout faire sonner, l'astrophysicien n'aura d'autre choix que de placer tous ses effets personnels sur le tapis de la machine à rayons X. Pendant qu'il sera fouillé par un agent particulièrement méticuleux, les services de Sir Ashton piégeront sa montre.

– Et l'archéologue ? Ne risque-t-elle pas de se rendre compte de quelque chose ?

– Elle aussi sera très occupée pendant ce temps-là. Dès qu'ils seront équipés, Sir Ashton vous fournira la fréquence des émetteurs. Ce qui m'inquiète un peu je dois vous l'avouer, puisque, de ce fait, il les possédera, lui aussi.

– Rassurez-vous, Amsterdam, ce genre d'appareil est de courte portée. Sir Ashton a peut-être les moyens de soudoyer tout le personnel qu'il souhaite en terri-toire anglais, mais dès lors que nos deux scientifiques seront arrivés dans mon pays, je doute qu'il puisse apprendre quoi que ce soit. Vous pouvez compter sur nous, les rapports sur leurs activités parviendront quo-tidiennement à l'ensemble de l'organisation sans que Sir Ashton en ait eu la primeur.

412

Le téléphone de Vackeers émit deux petits signaux stridents. Il lut le message qui venait de lui être adressé et s'excusa auprès de son hôte, il avait un autre rendez-vous.

Vackeers sauta dans un taxi et demanda à être conduit à South Kensington. La voiture le déposa sur Bute Street, devant la vitrine de la petite librairie française. Sur le trottoir d'en face, ainsi que le message l'en avait informé, une jeune femme lisait *Le Monde*, en prenant un café à la terrasse d'une épicerie.

Vackeers s'installa à la table voisine, commanda un thé et déplia un quotidien. Il y resta quelques instants, régla sa consommation et se leva, oubliant sa lecture sur la table.

Keira s'en rendit compte, attrapa le journal, appela l'homme qui s'éloignait, mais il avait déjà tourné le coin de la rue. Vackeers avait tenu la promesse qu'il avait faite à Ivory, il serait de retour ce soir à Amsterdam.

En reposant le quotidien sur la table, Keira aperçut une lettre qui en dépassait. Elle la tira légèrement et sursauta quand elle découvrit son prénom sur l'enveloppe.

Chère Keira,

Pardonnez-moi de ne pouvoir vous remettre en main propre ces quelques mots, mais pour des raisons qui seraient fastidieuses à vous expliquer, il est préférable que je ne sois pas aperçu en votre compagnie. Ce n'est pas pour vous inquiéter que je vous écris, mais, bien au contraire, pour vous féliciter et vous délivrer des nouvelles qui vous satisferont. Je suis ravi de découvrir que la fascinante légende de Tikkun Olamu, dont je vous entretenais dans mon bureau, aura fini par éveiller votre attention. Je sais qu'il vous est arrivé de penser, lorsque nous discutions à Paris, que j'étais trop vieux pour avoir gardé toute ma raison. Si je regrette les événements qui vous sont arrivés ces dernières semaines, ils auront eu le mérite, peut-être, de vous avoir fait réviser votre jugement à mon égard.

Je vous promettais de belles nouvelles, les voici. Je crois savoir qu'un texte très ancien a croisé votre chemin, figurez-vous que j'en connaissais l'existence, mais c'est grâce à vous et à votre pendentif que j'ai pu enfin progresser dans la compréhension de cet écrit qui longtemps me laissa interdit. J'en continue d'ailleurs toujours la transcription. À ce sujet, le document qui est en votre possession est incomplet, il y manque une ligne ; elle fut effacée du manuscrit. J'en ai retrouvé la trace dans une très ancienne bibliothèque d'Égypte, en parcourant une traduction dont je vous épargnerai la lecture car elle n'était pas de si bonne qualité. Si je ne peux être à vos côtés comme je l'aimerais, je ne saurais pour autant résister à l'envie de vous aider, chaque fois que cela me sera possible.

La phrase manquante dit cela : « Le lion dort sur la pierre de la connaissance. »

Tout cela reste bien mystérieux, n'est-ce pas ? Pour moi aussi. Mais mon instinct me dit que cette information pourrait peut-être un jour vous être précieuse. Beaucoup de lions dorment au pied des pyramides, n'oubliez pas que certains sont plus sauvages que d'autres, plus épris de liberté. Les plus solitaires vivent loin de la meute ; j'imagine que je ne vous apprends rien, vous avez l'habitude des lions, vous qui connaissez si bien l'Afrique. Soyez prudente, chère amie, vous n'êtes pas seule à vous passionner pour la légende de Tikkun Olamu. Et quand bien même elle ne serait qu'une légende... je sais que certains rêves, souvent les plus fous, conduisent aux découvertes les

414

plus surprenantes. Faites un bon voyage. Je me réjouis que vous l'entrepreniez.

Votre dévoué, Ivory.

P-S : Ne parlez à personne de ce courrier, pas même à vos proches. Relisez-le pour ne rien oublier et détruisez-le.

Keira fit ce qu'Ivory lui avait demandé. Elle relut deux fois la lettre et n'en parla à personne, même pas à moi, tout du moins pas avant longtemps. Mais, au lieu de la détruire, elle la replia et la rangea dans sa poche.

Nous avons fait nos adieux à Walter et ce vendredi-là, je m'en souviens comme si c'était hier, nous avons embarqué à bord d'un vol long-courrier qui décollait à 20 h 35 pour Pékin.

Le passage à la sécurité fut un enfer. Je me fis le serment d'éviter désormais, et chaque fois que je le pourrais, de voyager au départ d'Heathrow. Furieuse du traitement qui nous était infligé par des employés trop zélés, Keira avait fini par s'emporter. J'avais réussi in extremis à la calmer, juste avant qu'on nous menace de nous faire entièrement déshabiller pour une fouille encore plus approfondie.

Le vol décolla à l'heure et une fois notre altitude de croisière atteinte, Keira finit par se détendre. Je profitai des dix heures de vol, pour tenter d'apprendre quelques mots de vocabulaire qui me permettraient de dire bonjour, au revoir, s'il vous plaît ou merci. Bonjour à qui, merci de quoi... je n'en savais rien.

Je renonçai assez vite à mes cours de chinois accéléré et me replongeai dans des lectures plus en accord avec mes goûts littéraires.

– Qu'est-ce que tu lis ? m'avait demandé Keira au beau milieu du voyage.

Je lui montrai la couverture et énonçai le titre de

l'ouvrage : *Traité sur les émissions de particules à la périphérie des galaxies.*

Elle marmonna un genre de « Mmm » dont le sens m'échappa.

– Quoi ?

– Ça a l'air vraiment passionnant ton livre, dit-elle, je crois que le film était encore mieux, ils vont même faire une suite...

Elle se retourna et éteignit la petite lumière au-dessus de son fauteuil.

*

Pékin

Nous étions arrivés en début d'après-midi, épuisés autant par le voyage que par le décalage horaire. Les formalités douanières se passèrent sans trop d'encombre, un petit contrôle de routine, effectué par des gens bien plus charmants qu'au départ. J'avais réservé par l'intermédiaire de l'agence de voyages un 4 × 4 de fabrication locale. Le contrat était déjà préétabli à nos noms au comptoir de location situé dans le hall de l'aéroport et un véhicule flambant neuf nous attendait sur le parking.

Heureusement, notre voiture était équipée d'un GPS ; il n'est pas facile de se diriger en Chine, les noms d'avenues sont illisibles pour des Occidentaux. J'entrai les coordonnées de l'hôtel où j'avais réservé une chambre, il ne me restait plus qu'à suivre la petite flèche qui me guiderait vers le centre-ville.

La circulation était dense. Soudain apparut sur notre droite l'enceinte de la Cité interdite. Un peu plus loin sur notre gauche, se dressait le mémorial du Guide du peuple, plus loin encore, la place Tian'anmen évoquait de tristes souvenirs. Nous venions de dépasser le dôme

417

du Théâtre national dont la modernité architecturale se distinguait dans le paysage urbain.

– Tu es fatigué ? me demanda Keira.

– Pas plus que cela.

– Alors si nous continuions directement vers Xi'an ?

Je partageais son impatience, mais mille kilomètres nous séparaient de notre destination, une nuit à Pékin nous ferait le plus grand bien.

Impossible d'être si proche de la Cité interdite et de ne pas la visiter. Nous fîmes une courte halte à notre hôtel pour changer de vêtements. Depuis la chambre, j'entendais l'eau couler dans la salle de bains où Keira se douchait et le bruit de ce ruissellement me rendit soudain heureux, effaçant les inquiétudes qui avaient failli me faire renoncer à ce voyage avec elle.

– Tu es là ? me demanda-t-elle à travers la porte.

– Oui, pourquoi ?

– Pour rien...

J'avais peur que nous nous perdions dans le dédale de rues qui se ressemblaient toutes. Un taxi nous déposa dans le parc de Jingshan.

Je n'avais jamais vu une aussi belle roseraie. Devant nous, un pont de pierre enjambait un bassin. Comme cent autres touristes dans la journée, nous l'avons emprunté, comme cent autres touristes, nous nous sommes promenés dans les allées du parc. Keira me prit par le bras.

– Je suis heureuse d'être ici, me dit-elle.

Si l'on pouvait figer le temps, je l'arrêterais à ce moment précis. Si l'on pouvait revenir en arrière, c'est là que je retournerais, devant un rosier blanc, dans une allée du parc de Jinghsan.

Nous entrâmes dans la Cité par la porte du Nord. Il me faudrait noircir cent pages de ce cahier pour décrire toutes les beautés qui s'offraient à nos yeux ; les pavillons anciens, où tant de dynasties se succédèrent, le jardin impérial où se promenaient jadis les courtisanes, le temple rouge des myriades du printemps, les toitures aux ondulations insensées sur lesquelles semblaient fureter quelques dragons en or, les hérons de bronze fixant le ciel, figés dans leur éternité, les escaliers de marbre ciselés comme de la dentelle. Assis sur un banc, près d'un grand arbre, un très vieux couple de Chinois était pris, nous ne savions pour quelle raison, d'un fou rire incontrôlable ; nous ne comprenions aucun des mots qu'ils échangeaient, encore moins ce qui les faisait tant rire, seuls leurs regards nous permettaient de deviner la complicité qui les unissait.

Je veux croire qu'aujourd'hui encore, au milieu de la Cité interdite, ils reviennent sur ce banc et rient toujours ensemble.

Cette fois la fatigue eut raison de nous. Keira ne tenait plus sur ses jambes et je n'étais guère plus vaillant. Nous retournâmes vers l'hôtel.

Nous avons dormi sans compter les heures. Un petit déjeuner vite avalé et nous quittâmes Pékin. Une longue route nous attendait et je doutais qu'une seule journée suffise pour accomplir le périple d'une traite.

À la ville succéda la campagne, la plaine paraissait ne jamais finir et les montagnes que l'on apercevait à l'horizon ne se rapprochaient toujours pas. Trois cents kilomètres s'étiraient derrière nous, de temps à autre nous traversions des villes industrielles poussées au milieu de nulle part, et qui altéraient la monotonie du relief. Nous nous sommes arrêtés à Shijiazhuang pour refaire le plein de carburant. À la station-service, Keira décida d'acheter un sandwich, vaguement inspiré du hot dog, à cela près qu'il était impossible d'identifier le genre de saucisse qu'il contenait. J'avais refusé d'y goûter, Keira en avalait chaque bouchée avec une délectation que je suspectais d'être exagérée. Cinquante kilomètres plus tard, ma passagère ayant changé de couleur, je me garai de toute urgence sur le bas-côté. Pliée en deux, Keira se précipita derrière un talus ; elle remonta dans la voiture dix minutes plus tard en m'interdisant tout commentaire.

Pour lutter contre la nausée – dont j'ai promis de taire la cause – elle prit le volant. En arrivant à Yangquan, nous étions au kilomètre 400, Keira repéra au sommet d'une colline un petit village de pierre qui lui semblait abandonné. Elle me supplia de quitter la route et d'emprunter le chemin de terre qui y menait. J'en avais assez de l'asphalte et il était grand temps que les quatre roues motrices de notre véhicule servent à quelque chose.

Un chemin cabossé nous conduisit jusqu'à l'entrée du hameau. Keira avait raison, plus personne ne vivait par ici, la plupart des maisons étaient en ruine, même si certaines avaient conservé leur toiture. L'atmosphère lugubre des lieux n'invitait pas à la visite, mais Keira se faufilait déjà à travers les anciennes ruelles, et je n'eus d'autre choix que de la suivre dans ce village fantôme. Au centre de ce qui devait être jadis la place principale, se trouvaient un abreuvoir et une bâtisse en bois, qui semblaient avoir mieux résisté aux assauts du temps. Keira s'assit sur les marches.

– Qu'est-ce que c'est ? demandai-je.

– Un ancien temple confucéen. Les disciples de Confucius étaient nombreux dans la Chine ancienne, la sagesse du Maître a guidé bien des générations.

– On entre ? proposai-je.

Keira se releva et s'approcha de la porte. Il lui suffit de la pousser légèrement pour qu'elle s'ouvre.

– On entre ! me répondit-elle.

L'intérieur était vide, quelques pierres sur le sol reposaient entre de mauvaises herbes.

– Qu'a-t-il bien pu se passer pour que ce village soit déserté ?

– La source d'eau se sera tarie ou une épidémie aura décimé les habitants, je n'en sais rien. Ce site doit avoir au moins mille ans, quel dommage de l'avoir laissé dans cet état.

L'attention de Keira fut attirée par un petit carré de terre au fond du temple. Elle s'agenouilla et commença de creuser délicatement à mains nues. De sa main droite elle extrayait méticuleusement les cailloux, les repoussant de sa main gauche sur le côté. J'aurais pu réciter tous les préceptes de Confucius dans l'ordre où il les avait énoncés, elle ne m'aurait pas accordé la moindre attention.

– Je peux savoir ce que tu fais ?

– Tu vas peut-être le découvrir dans quelques instants.

Et soudain, au milieu de la terre qu'elle avait retournée, apparut la fine courbure d'une coupe en bronze. Keira changea de position, assise en tailleur, elle passa près d'une heure à libérer le vase du limon séché qui le retenait prisonnier. Et puis, comme par enchantement, elle souleva la coupe et me la présenta.

– Et voilà, dit-elle radieuse et ravie.

J'étais ébahi, pas seulement par la beauté déjà visible de cet objet encore terreux, mais par la magie qui l'avait fait surgir ainsi de l'oubli.

– Comment as-tu fait, comment as-tu pu savoir qu'elle se trouvait là ?

– J'ai un don très particulier pour trouver des aiguilles dans les bottes de foin, me dit-elle en se redressant, même quand les bottes de foin sont en Chine, voilà qui devrait te rassurer, non ?

J'ai dû la supplier longtemps avant qu'elle accepte de me révéler son secret. À l'endroit où Keira s'était mise à creuser, les herbes étaient plus courtes, la végétation plus rare, et bien moins verte que partout ailleurs.

– C'est généralement le cas lorsqu'un objet est enfoui dans la terre, me confia-t-elle.

Keira épousseta la coupe.

– Elle ne date pas d'hier, me dit-elle, en la reposant délicatement sur une pierre.

– Tu la laisses ici ?

– Elle ne nous appartient pas, c'est l'histoire des gens de ce village qui s'est écrite ici. Quelqu'un la trouvera et en fera ce que bon lui semble, allez viens, nous avons d'autres bottes de foin à fouiller !

À Linfen, le paysage changea ; la ville était l'une des dix plus polluées du monde et le ciel prit soudain une couleur d'ambre, un nuage nauséabond et toxique obscurcissait le ciel. Je repensais à la clarté des nuits sur le plateau d'Atacama, se pouvait-il que ces deux endroits appartiennent à la même planète ? Quelle folie s'était emparée de l'homme pour qu'il dénature à ce point son environnement ? De ces deux atmosphères, d'Atacama ou de Linfen, laquelle régnerait un jour ? Nous avions fermé les fenêtres, Keira toussait toutes les cinq minutes et devant moi la route me paraissait floue tant les yeux me piquaient.

– C'est infernal cette odeur, s'était plainte Keira, prise d'une nouvelle quinte de toux.

Elle s'était retournée vers la banquette, fouillant son bagage à la recherche d'un vêtement en coton pour nous confectionner des masques de fortune. Elle poussa un petit cri.

– Qu'est-ce qu'il y a ? demandai-je.

– Rien, je me suis piquée avec un truc dans la doublure de mon sac. Sûrement une aiguille ou une agrafe.

– Tu saignes ?

– Un peu, me dit-elle toujours penchée sur son sac.

Je conduisais et la visibilité était trop mauvaise pour que je ne garde pas les deux mains sur le volant.

– Regarde dans la boîte à gants, il y a une trousse de secours, tu trouveras des pansements.

Keira ouvrit le compartiment, prit la trousse de premiers soins et en sortit une petite paire de ciseaux.

– Tu t'es vraiment blessée ?

– Non, je n'ai rien du tout, mais je veux savoir quelle est cette saloperie qui m'a piquée. J'ai payé ce sac une petite fortune !

La voilà maintenant qui se livrait à toute une gymnastique pour fouiller son bagage.

– Je peux savoir ce que tu fais ? demandai-je alors que je venais de recevoir un coup de genou dans les côtes.

– Je découds.

– Tu découds quoi ?

– Cette saleté de doublure, tais-toi et conduis.

J'entendis Keira grommeler :

– Mais qu'est-ce que c'est que ce truc ?

Il lui fallut gesticuler dans tous les sens pour se rasseoir à sa place. Quand elle y parvint enfin, elle tenait entre ses doigts une petite broche métallique qu'elle me montra triomphalement.

– C'est une sacrée aiguille, me dit-elle.

La chose ressemblait à s'y méprendre à une broche publicitaire, un genre de pin's, sauf que celle-ci était grise et terne et ne comportait aucune inscription.

Keira l'observa de plus près et je la vis blêmir.

– Qu'y a-t-il ?

– Rien, me répondit-elle, alors que son expression prouvait le contraire. C'est probablement un outil de couture oublié dans la doublure du sac.

Keira me fit signe de me taire, puis de me garer sur le bas-côté dès que possible.

Nous nous éloignions de la périphérie de Linfen. La route commençait à former un lacet au fur et à mesure que nous nous élevions le long de la montagne. À trois cents mètres d'altitude, nous laissâmes derrière nous la nappe de pollution, et soudain, comme si nous avions percé un nuage, nous avons retrouvé un semblant de ciel bleu.

À la sortie d'un virage, une petite aire de stationnement me permit de me garer. Keira abandonna la broche sur le tableau de bord, elle sortit de la voiture et m'indiqua de la suivre.

– Tu as vraiment l'air bizarre, lui dis-je en la rejoignant.

– Ce qui est bizarre, c'est d'avoir trouvé un putain de mouchard dans mon sac.

– Un quoi ?

– Ce n'est pas une aiguille à tricoter, je sais de quoi je te parle, c'est un micro.

Je n'avais pas une grande expérience en matière d'espionnage et j'avais du mal à croire ce qu'elle me disait.

– Nous allons retourner dans la voiture, tu le regarderas de plus près et tu constateras par toi-même.

Ce que je fis. Et Keira avait raison, il s'agissait bien d'un petit émetteur. Nous ressortîmes de la voiture pour nous entretenir à l'abri d'oreilles indiscrètes.

– Tu as une idée, demanda Keira, de la raison pour laquelle on a caché un micro dans mon sac ?

– Les autorités chinoises sont avides d'informations concernant les étrangers qui circulent sur leur territoire, c'est peut-être une procédure ordinaire pour tous les touristes ? suggérai-je.

– Il doit y avoir vingt millions de visiteurs qui se rendent chaque année en Chine, tu penses qu'ils s'amusent à poser autant de micros dans leurs bagages ?

– Je n'en sais rien, peut-être qu'ils font cela de façon aléatoire.

– Ou pas ! Si tel était le cas, nous ne serions pas les premiers à le découvrir, la presse occidentale se serait fait l'écho de ces pratiques.

– C'est peut-être tout récent ?

J'avais dit cela pour la rassurer, mais en mon for intérieur je trouvais cette situation aussi étrange que dérangeante. J'essayai de me remémorer les conversations que nous avions tenues à bord de la voiture et ne me souvins de rien qui aurait pu nous mettre dans une situation embarrassante, hormis peut-être les considérations de Keira sur la saleté et la puanteur qui régnaient dans les villes industrielles que nous avions traversées, et celles sur la nourriture douteuse consommée à midi.

– Eh bien maintenant que l'on a trouvé cette chose, nous allons l'abandonner ici et reprendre la route tranquillement, proposai-je.

– Non, gardons-le avec nous, il suffira de dire le contraire de ce que nous pensons, de mentir sur la direction que nous prenons et, ainsi, c'est nous qui manipulerons ceux qui nous espionnent.

– Et notre intimité là-dedans ?

– Adrian, ce n'est pas le moment de faire ton Anglais, ce soir nous inspecterons aussi ton sac, s'ils ont plombé le mien, je ne vois pas pourquoi ils t'auraient épargné.

Je retournai d'un pas pressé vers la voiture, déversai

le maigre contenu de mon bagage directement dans le coffre, je le jetai ensuite au loin, il ferait certainement le bonheur du premier passant. Puis je repris ma place derrière le volant et balançai le mouchard par la fenêtre.

– Si j'ai envie de te dire que j'aime tes seins, je ne tiens pas à ce qu'un fonctionnaire lubrique de la Stasi chinoise en profite !

Je redémarrai avant que Keira ait eu le temps de répondre quoi que ce soit.

– Tu avais l'intention de me dire que tu aimais mes seins ?

– Absolument !

Les cinquante kilomètres suivants furent parcourus dans le plus grand silence.

– Et si un jour on devait m'en enlever un, ou les deux ?

– Eh bien je fantasmerai sur ton nombril, je n'ai pas dit que je n'aimais que tes seins !

Les cinquante autres kilomètres se poursuivirent dans le même silence.

– Tu peux me faire une liste de ce que tu aimes chez moi ? reprit Keira.

– Oui, mais pas maintenant.

– Quand ?

– Le moment venu.

– Et ce sera quand, le moment venu ?

– Quand je te ferai la liste de ce que j'aime en toi !

La nuit commençait à tomber, et je sentais la fatigue me gagner. L'appareil de navigation indiquait qu'il restait un peu plus de cent cinquante kilomètres à parcourir avant d'arriver à Xi'an. Mes paupières étaient lourdes et je peinais à garder les yeux ouverts. Keira n'était pas en meilleure forme, sa tête contre la vitre, elle dormait d'un profond sommeil. Dans un virage, la voiture fit une légère embardée. Il suffit d'une seconde d'inattention pour foutre sa vie en l'air, je tenais suffisamment à celle de ma passagère pour ne prendre aucun risque. Quoi que nous soyons partis chercher, cela pourrait bien attendre une nuit de plus. Je me garai à l'orée d'un petit chemin qui croisait notre route, coupai le moteur et je m'endormis aussitôt.

*

Londres

La Jaguar bleu marine traversa le pont de Westminster, contourna la place du Parlement, longea le bâtiment du Trésor public et bifurqua vers St. James Park. Le chauffeur se rangea le long d'une allée cavalière, son passager descendit et marcha vers le parc.

Sir Ashton s'installa sur un banc près d'un lac où s'abreuvait un pélican. Un jeune homme se dirigeait vers lui, il vint s'asseoir à son côté.

– Quelles sont les nouvelles ? demanda Sir Ashton.

– Ils ont passé une première nuit à Pékin et se trouvent maintenant à cent cinquante kilomètres de Xi'an, où ils semblent se diriger. Lorsque j'ai quitté le bureau pour venir vous rejoindre, ils devaient dormir, la voiture n'a pas bougé depuis plus de deux heures.

– Il est 17 heures chez nous, 22 heures pour eux, c'est probable. Avez-vous appris ce qu'ils vont faire à Xi'an ?

– Nous n'en savons rien pour l'instant. Ils ont parlé une ou deux fois d'une pyramide blanche.

– Cela explique pourquoi ils sont dans cette province, mais je doute qu'ils la découvrent.

– De quoi s'agit-il ?

– D'une fantaisie inventée par un pilote américain, nos satellites n'ont jamais repéré la pyramide en question. Avez-vous d'autres choses à me dire ?

– Les Chinois ont perdu deux émetteurs.

– Comment ça perdu ?

– Ils ont cessé de fonctionner.

– Vous pensez qu'ils ont été découverts ?

– C'est une possibilité, monsieur, mais notre contact sur place croit plutôt à une panne matérielle. J'espère avoir d'autres informations demain.

– Vous retournez à votre bureau ?

– En effet, monsieur.

– Envoyez un message à Pékin de ma part. Remerciez-le et dites-lui que le silence est toujours de rigueur. Il comprendra. Enfin, activez les protocoles d'un départ imminent pour la Chine, si je juge que cela devient nécessaire, je préfère que nous soyons prêts.

– Dois-je annuler vos engagements de la semaine ?

– Surtout pas !

Le jeune homme salua Sir Ashton et s'éloigna dans l'allée.

Sir Ashton appela son majordome et lui demanda de préparer une valise. Qu'elle contienne les effets dont il aurait besoin pour un voyage de deux ou trois jours.

*

Province de Shaanxi

On frappait au carreau, je sursautai en découvrant dans la nuit le visage d'un vieil homme avec un baluchon sur l'épaule, et qui me souriait. Je baissai ma vitre, l'homme posa sa joue sur ses deux mains jointes et me fit comprendre qu'il voulait que je le laisse monter à bord de notre voiture. Il faisait froid, ce marcheur grelottait, je repensai à cet Éthiopien qui m'avait recueilli un jour. J'ouvris la portière, poussai nos sacs sur le plancher. L'homme me remercia et s'installa sur la banquette arrière. Il ouvrit son baluchon et me proposa de partager les quelques biscuits qui constituaient son dîner. J'en pris un, parce que cela semblait vraiment lui faire plaisir. Nous ne pouvions échanger aucun mot, mais nos regards suffisaient. Il m'en offrit un autre pour Keira. Elle dormait profondément, je le posai sur le tableau de bord devant elle. L'homme semblait heureux. Après avoir partagé ce maigre repas, il s'allongea, ferma les yeux, je fis de même.

La pâleur du jour me réveilla le premier. Keira s'étira et je lui fis signe de ne pas faire de bruit, nous avions un invité qui se reposait sur la banquette arrière.

430

– Qui est-ce ? chuchota-t-elle.

– Je n'en ai pas la moindre idée. Un mendiant probablement, il marchait seul sur ce chemin, la nuit était glaciale.

– Tu as bien fait de lui donner la chambre d'amis. Où sommes-nous ?

– Au milieu de nulle part, et à cent cinquante kilomètres de Xi'an.

– J'ai faim, me dit Keira.

Je lui désignai le biscuit. Elle le prit, le renifla, hésita un instant et l'avala d'une seule bouchée.

– J'ai toujours très faim, dit-elle, j'ai envie d'une douche et d'un vrai petit déjeuner.

– Il est encore tôt, mais nous trouverons bien un endroit sur la route où manger quelque chose.

L'homme s'éveilla. Il remit un peu d'ordre dans sa tenue et salua Keira en joignant ses deux mains. Elle le salua de la même façon.

– Idiot, c'est un moine bouddhiste, me dit-elle. Il doit faire un pèlerinage.

Keira s'efforça de communiquer avec notre passager, ils échangèrent une multitude de signes. Keira se retourna vers moi, satisfaite, mais je ne savais pas de quoi.

– Démarre, nous allons le déposer.

– Tu veux me dire qu'il t'a donné l'adresse de l'endroit où il va et que tu as compris tout de suite ?

– Monte ce chemin et fais-moi confiance.

Le 4 × 4 penchait dans tous les sens, nous grimpions vers la cime d'une colline. La campagne était belle, Keira semblait guetter quelque chose. Au sommet du col, le chemin bifurquait, redescendant vers un sous-bois de pins et de mélèzes. À la sortie du bois le chemin s'effaçait. L'homme assis derrière moi me fit signe de m'arrêter et de couper le moteur. Nous devions maintenant marcher. Au bout d'une sente, nous découvrîmes un ruisseau, l'homme nous le fit longer pour aller traverser un gué à une centaine de mètres plus loin. Nous grimpâmes le flanc d'une nouvelle colline et soudain apparut devant nous le toit d'un monastère.

Six moines vinrent à notre rencontre. Ils s'inclinèrent devant notre guide et nous prièrent de les suivre.

On nous conduisit dans une grande salle aux murs blancs, dépourvue de tout mobilier. Seuls quelques tapis recouvraient le sol en terre. On nous apporta du thé, du riz et des mantous – des petits pains de farine de blé.

Après nous avoir déposé ces mets, les moines s'étaient retirés, nous laissant seuls, Keira et moi.

– Tu peux me dire ce que nous faisons ici ? demandai-je.

– On voulait un petit déjeuner, non ?

– Je pensais à un restaurant, pas un monastère, chuchotai-je.

Notre guide entra dans la pièce, il avait abandonné ses guenilles et portait maintenant une longue toge rouge ceinturée d'une écharpe en soie finement brodée. Les six moines qui nous avaient accueillis le suivaient, ils s'assirent en tailleur derrière lui.

– Merci de m'avoir raccompagné, nous dit-il en s'inclinant.

– Vous ne nous aviez pas dit que vous parliez un français aussi parfait, s'étonna Keira.

– Je n'ai pas le souvenir d'avoir dit quoi que ce soit la nuit dernière, pas plus que ce matin. J'ai fait le tour du monde et étudié votre langue, dit-il à Keira. Que cherchez-vous par ici ? demanda l'homme.

– Nous sommes des touristes, nous visitons la région, répondis-je.

– Vraiment ? Il faut dire que la province de Shaanxi regorge de merveilles à découvrir. Il y a plus de mille temples dans cette région. La saison est favorable au tourisme. Les hivers sont particulièrement durs ici. La neige est belle mais elle rend tout plus difficile. Vous êtes les bienvenus. Une salle d'eau est à votre disposition, vous pourrez y faire une toilette. Mes disciples vous ont installé des nattes dans la pièce voisine, reposez-vous et profitez de cette journée. Nous vous servirons un repas à midi ; quant à moi, je vous retrouverai plus tard. Je dois vous laisser, il me faut rendre compte de mon voyage et méditer.

L'homme se retira. Les six moines se levèrent et sortirent avec lui.

– Tu crois que c'est leur chef ? demandai-je à Keira.

– Je ne pense pas que ce soit le bon terme, la hiérarchie est plus spirituelle que formelle chez les bouddhistes.

– Il avait l'air d'un simple mendiant sur la route.

– Être démuni, c'est le propre de ces moines, ne rien posséder d'autre que la pensée.

Après nous être rafraîchis, nous sommes allés marcher dans la campagne alentour. Au pied d'un saule, nous nous sommes tous deux laissé gagner par la douceur qui régnait en ces lieux, hors du temps, loin de la civilisation.

La journée passa. Quand vint la nuit, je montrai à Keira les étoiles qui apparaissaient dans le ciel. Notre moine nous rejoignit et vint s'asseoir près de nous.

– Ainsi vous êtes féru d'astronomie, me dit-il.

– Comment le savez-vous ?

– Simple question d'observation. Au crépuscule, les hommes regardent d'ordinaire le soleil se coucher derrière la ligne de l'horizon, vous consultiez le ciel. C'est une discipline qui me passionne, moi aussi. Difficile de faire chemin vers la sagesse sans penser à la grandeur de l'Univers et s'interroger sur l'infini.

– Je ne suis pas ce que l'on peut appeler quelqu'un de sage, mais je me pose ces questions depuis mon enfance.

– Enfant, vous n'étiez que sagesse, dit le moine, même adulte, c'est toujours la voix de l'enfant qui vous guide, je suis heureux que vous l'entendiez encore.

– Où sommes-nous ? demanda Keira.

– Dans un ermitage, un lieu privé et qui vous protège.

– Nous n'étions pas en danger, répondit Keira.

– Ce n'est pas ce que j'ai dit, répliqua le moine, mais dans le cas contraire, vous seriez ici en sécurité, à condition toutefois de respecter nos règles.

– Lesquelles ?

– Nous n'en avons que quelques-unes, je vous rassure : entre autres se lever avant le lever du jour, travailler la terre pour mériter la nourriture qu'elle nous offre, n'attenter à aucune forme de vie, humaine ou animale, mais je suis certain que vous n'aviez pas de pareilles intentions, ah, et j'allais oublier, ne pas mentir.

Le moine se tourna vers Keira.

– Ainsi votre compagnon est astronome et vous, comment occupez-vous votre vie ?

– Je suis archéologue.

– Une archéologue et un astronome, jolie rencontre.

Je regardais Keira, les paroles du moine semblaient entièrement l'absorber.

– Et ce voyage touristique que vous effectuez, vous a-t-il permis de découvrir de nouvelles choses ?

– Nous ne sommes pas des touristes, avoua Keira.

Je lui lançai un regard désapprobateur.

– On a dit, pas de mensonge ici ! dit-elle avant de poursuivre. Nous sommes plutôt...

– Des explorateurs ? questionna le moine.

– En quelque sorte, oui.

– Que cherchez-vous ?

– Une pyramide blanche.

Le moine éclata de rire.

– Qu'est-ce qu'il y a de si drôle ? interrogea Keira.

– L'avez-vous trouvée votre pyramide blanche ? s'enquit le moine, les yeux toujours illuminés de cette humeur joyeuse qui le gagnait.

– Non, nous devons aller jusqu'à Xi'an, nous pensons qu'elle se trouve devant nous, sur notre route.

Le moine rit de plus belle.

– Mais enfin qu'est-ce que j'ai dit de drôle ?

– Je doute que vous trouviez cette pyramide à Xi'an, mais vous n'avez pas tout à fait tort, elle se trouve néanmoins sur votre route, devant vous, ajouta le moine plus hilare encore.

– Je crois qu'il se moque de nous, me dit Keira qui commençait à s'agacer de cette situation.

– Pas le moins du monde, je vous le promets, lui dit le moine.

– Alors expliquez-moi pourquoi vous riez dès que j'ouvre la bouche.

– Je vous en prie, ne dites pas à mes disciples que je me suis tant amusé en votre compagnie, pour le reste je vous jure de tout vous expliquer demain. Il est temps de me retirer pour aller méditer. Je vous retrouverai à l'aube. Ne soyez pas en retard.

Le moine se leva, il nous salua et nous pouvions deviner en le voyant s'éloigner qu'il riait toujours sur le chemin qui menait au monastère.

Nous avons dormi profondément. Keira me tira d'un rêve.

– Viens, me dit-elle, il est l'heure, j'entends les moines dans la cour, le jour ne va pas tarder à se lever.

À l'entrée de la pièce qui nous servait de chambre, on avait déposé de quoi nous restaurer. Un disciple nous guida vers la pièce d'eau, nous signifiant par quelques gestes de nous laver les mains et le visage avant de toucher à la nourriture qui nous était offerte. La toilette achevée, il nous proposa de nous asseoir et de profiter du repas, dans le recueillement.

Nous quittâmes l'enceinte de l'ermitage et avançâmes à travers champs, vers ce saule où nous avions rendez-vous. Le moine nous y attendait déjà.

– J'espère que votre nuit fut bonne.

– J'ai dormi comme un bébé, répondit Keira.

– Ainsi vous cherchez une pyramide blanche ? Que savez-vous sur elle ?

– D'après mes informations, dit Keira, elle culminerait à plus de trois cents mètres, ce qui en ferait la plus grande pyramide du monde.

– Elle est même bien plus haute que cela, dit le moine.

– Alors elle existe vraiment ? demanda Keira.

Le moine sourit.

– Oui, d'une certaine manière, elle existe.

– Où se trouve-t-elle ?

– Comme vous l'avez dit hier vous-même, elle est juste devant vous.

– Pardonnez-moi, mais je ne suis pas très douée pour les devinettes, alors si vous aviez un petit indice de plus, je vous en serais infiniment reconnaissante.

– Que voyez-vous à l'horizon ? demanda le moine.

– Des montagnes.

– C'est la chaîne des monts Qinling. Savez-vous comment se nomme la plus importante montagne, celle que nous voyons là, en face de nous ?

– Je l'ignore, répondit Keira.

– Hua Shan ; elle est belle, n'est-ce pas ? C'est l'une de nos cinq montagnes sacrées. Son histoire est riche d'enseignements. Il y a un peu plus de deux mille ans, un temple taoïste fut construit au pied du versant ouest. Ce temple était occupé par des sages, ils croyaient que le dieu des mondes cachés habitait les sommets. Kou Quianzhi, un moine du cinquième siècle, fonda l'ordre céleste du Nord, il jura y avoir fait une découverte majeure, une révélation, disait-il. Le mont Hua compte cinq pics, l'est, l'ouest, le nord, le sud et le pic du centre, mais comment décririez-vous sa forme générale ?

– Pointue, répondit Keira.

– Je vous invite à ouvrir vos yeux, regardez bien Hua Shan et réfléchissez encore.

– Elle est triangulaire, dis-je au moine.

– En effet, elle l'est. Et au début du mois de décembre, la plus haute cime se pare d'un magnifique manteau de neige. Dans le temps, ces neiges étaient éternelles, mais, de nos jours, elles fondent à la fin du printemps pour ne réapparaître qu'en hiver. Je regrette que vous ne puissiez rester plus longtemps pour découvrir le mont Hua en cette saison, le paysage qu'il nous offre est d'une beauté incomparable. Maintenant, une dernière question, quelle est la couleur de la neige ?

– Blanche..., murmura Keira qui commençait à comprendre ce que le moine tenait tellement à nous faire découvrir par nous-mêmes.

– Votre pyramide blanche se trouve devant vous,

vous comprenez mieux pourquoi j'ai tant ri, en vous écoutant hier.

– Il faut absolument que nous nous y rendions ! dit Keira.

– Cette montagne est particulièrement dangereuse, reprit le moine. Il existe bien un chemin taillé dans la roche le long de chaque versant, c'est le chemin sacré. Il conduit au sommet le plus haut, non seulement du mont Hua mais aussi des cinq montagnes sacrées de Chine, on le nomme le pilier des Nuages.

– Vous avez dit pilier ? interrogea Keira.

– Oui, c'est ainsi que l'on appelait ce sommet dans les temps anciens. Êtes-vous vraiment certains de vouloir vous y rendre ? S'engager sur le chemin sacré est périlleux.

Il me suffisait de regarder Keira pour comprendre que, quels que soient les risques, nous grimperions vers les cimes du mont Hua. Elle était plus résolue que jamais. Le moine nous décrivit avec mille détails ce qui nous attendait. Quinze kilomètres d'escaliers taillés dans la montagne conduisaient à une première arête ; de là, des passerelles pitonnées à la paroi rocheuse permettaient le franchissement de précipices et le contournement des différents versants. Le chemin sacré permettait aux plus téméraires, aux plus déterminés, à ceux qui, portés par une foi inébranlable, l'empruntaient, d'atteindre le temple de Dieu construit à deux mille six cents mètres d'altitude, au sommet du pic nord.

– Le moindre faux pas, le moindre écart est fatal. Faites attention à la glace qui même en cette saison recouvre souvent les plus hautes marches en pierre. Veillez à ne pas glisser, rares sont les endroits où vous trouverez à quoi vous raccrocher. Si l'un de vous chutait, que l'autre ne s'aventure pas à tenter de le sauver, vous seriez deux à vous précipiter dans l'abîme.

Nous avions été prévenus, mais le moine ne chercha pas à nous décourager. Il nous invita à changer de vêtements, nous pouvions laisser nos affaires ici. La voiture ne craignait rien là où elle était restée, à l'orée du sous-bois. Au milieu de la matinée, nous avons embarqué à bord d'une charrette tractée par un âne. Le disciple qui en tenait les rênes nous conduisit jusqu'à la route. Il arrêta une camionnette qui passait par là, s'entretint avec le chauffeur et nous fit installer à l'arrière. Une heure plus tard, la camionnette s'arrêta à mi-hauteur du flanc de la montagne. Le conducteur désigna un passage au milieu d'une forêt de pins.

Nous nous sommes aventurés à travers bois. Keira vit au loin les marches dont nous avait parlé le moine. Les trois heures qui suivirent furent bien plus éprouvantes que je ne l'aurais pensé. Plus nous grimpions, plus les marches me semblaient hautes, et ce n'était pas qu'une impression, la pente se raidissait. Désormais ce n'était pas un escalier que nous gravissions mais plutôt une échelle de pierre qui montait presque à la verticale. Regarder vers le bas aurait été une pure folie, la seule façon de progresser était de fixer les cimes.

La première partie de l'ascension nous conduisit vers les Marches du Paradis. Le long d'une crête, elles avaient repris une assiette presque horizontale et je compris pourquoi on les avait baptisées ainsi : quiconque glissait ici, allait directement au paradis.

L'ascension reprit un peu plus loin.

– Je n'aurais jamais dû, dit Keira en s'accrochant à la paroi.

– Tu n'aurais jamais dû quoi ?

– T'entraîner ici. J'aurais mieux fait d'écouter ce

moine, il nous avait pourtant prévenus que c'était dangereux.

– Je ne l'ai pas plus écouté que toi, à ce que je sache, et puis ce n'est pas le moment de discuter, souviens-toi de ce qu'il nous a dit, la moindre inattention est fatale, alors concentre-toi.

Nous abordions maintenant le plateau de Canglong. À cet endroit, quelques pins parasols parsemaient la montagne, ils disparurent alors que nous franchissions la passe de Jinsud.

– As-tu au moins une idée de ce que nous cherchons ? demandai-je à Keira.

– Pas la moindre mais je sais que je trouverai le moment venu.

Nos muscles étaient endoloris, je ne sentais plus mes jambes ; trois fois nous avions failli dévisser, trois fois nous avions retrouvé notre équilibre de justesse. Le soleil atteignait son zénith, au bout de la passe, deux voies s'offraient à nous. L'une menait vers le pic ouest, l'autre vers le nord. Des planches reposant sur des pitons fichés dans la paroi permettaient de poursuivre l'ascension. Comme nous l'avait dit le moine, rien d'autre que nos mains pour s'y accrocher.

– Le paysage est grandiose mais ne regarde pas en bas, supplia Keira.

– Je n'en avais pas l'intention.

À cet endroit de l'escalade, je sentis le danger plus présent que jamais. Le vent s'était levé, nous forçant à nous recroqueviller pour ne pas nous laisser entraîner dans le vide. Combien de temps devrions-nous rester ainsi ? Je n'en savais rien, mais si la météo devait se dégrader, nous n'aurions aucune chance de nous en sortir une fois la nuit tombée.

– Tu veux rebrousser chemin ? me demanda Keira.

– Non, pas maintenant, et puis je te connais, tu recommencerais demain et je ne referais pour rien au monde ce que nous venons de parcourir.

– Alors attendons que ça se calme.

Keira et moi étions blottis l'un contre l'autre. Une anfractuosité dans la roche nous offrait un abri précaire. Le vent soufflait en rafales ; au loin, nous pouvions voir les cimes des pins se courber chaque fois qu'une bourrasque venait frapper la montagne.

– Je suis sûre que cette saleté de vent va finir par se calmer, me dit Keira.

Je ne pouvais pas imaginer que nous finirions ici, qu'un quotidien, à Londres comme à Paris, relaterait en quelques lignes la mort de deux touristes imprudents partis en randonnée sur le mont Hua. J'entendais encore la voix de Walter quand il me disait à quel point j'étais maladroit et je ne lui en aurais pas voulu s'il avait réitéré cette critique à cet instant précis. Keira avait des crampes dans les jambes, et la douleur devenait insupportable.

– Je n'en peux plus, il faut que je me relève, dit-elle, et le temps que je réalise ce qui était en train de se passer, son pied glissa. Elle poussa un cri bref et dévissa vers l'abîme. J'ai bondi, je ne sais toujours pas aujourd'hui par quel miracle je n'ai pas perdu l'équilibre. Je l'ai saisie par le col de sa veste, et ai rattrapé son bras de justesse. Elle se balançait dans le vide ; le vent redoublait, nous giflant violemment. Je l'entends encore hurler.

– Adrian, ne me lâche pas !

J'avais beau tenter de la hisser de toutes mes forces, le vent l'entraînait. Elle s'accrochait à la paroi. Allongé sur le rebord, je tirai sur ses vêtements.

– Il faut que tu m'aides un peu, lui criai-je. Pousse avec tes pieds, bon sang !

La manœuvre était périlleuse. Pour avoir une chance de s'en sortir, il fallait qu'elle trouve le courage de lâcher une main et de s'accrocher à moi.

Si le dieu des mondes cachés existe, il avait entendu la prière de Keira. Le vent cessa.

Elle desserra les doigts de sa main droite, se balança dans le vide et réussit à s'agripper à moi. Cette fois, je pus la remonter sur la passerelle.

Il nous fallut une bonne heure pour retrouver un semblant de calme. La peur n'avait pas disparu, mais redescendre maintenant était aussi effrayant que de continuer à grimper. Keira se redressa lentement et m'aida à faire comme elle. En découvrant la falaise qui nous attendait, la peur revint, plus forte encore. Comment avais-je été assez stupide pour ne pas avoir dit oui à Keira tout à l'heure, quand elle m'avait proposé de faire demi-tour ? Fallait-il que je sois complètement inconscient pour nous avoir entraînés dans une aventure aussi folle ? Keira devait penser comme moi, elle leva la tête et évalua la distance qui nous séparait encore du sommet. Le temple qui devait se trouver en haut du pic était encore bien loin. Une échelle métallique grimpait à la verticale. Si les barreaux n'avaient été aussi glissants, si la vallée ne s'étendait pas à deux mille mètres sous nos pieds, ce n'aurait été qu'une simple échelle, composée tout de même de cinq cents barreaux. Notre salut se trouvait à cent cinquante mètres au-dessus de nos têtes. L'important était de garder son sang-froid. Keira me demanda si je pouvais maintenant lui réciter la liste des choses que j'aimais en elle.

– Ce serait vraiment le moment, me dit-elle. Je ne serais pas contre le fait de me changer les idées.

J'aurais voulu en être capable, la liste était assez longue pour la tenir en haleine jusqu'à ce que nous ayons rejoint ce maudit temple, mais regarder où mes mains s'accrochaient était la seule chose dont j'étais capable. Nous continuâmes d'escalader dans le plus grand silence.

Nous n'étions pas au bout de nos peines. Il nous restait une longue passerelle à franchir, elle ne devait guère faire plus d'un pied de large.

Il était presque 6 heures, le soir approchait et j'indiquai à Keira que si le monastère n'était pas en vue d'ici une demi-heure, nous devrions sérieusement commencer à chercher un abri pour la nuit. Ce que je venais de dire était absurde, nous longions une falaise et il n'y avait aucun abri, ni devant ni derrière.

Keira commençait à mieux apprivoiser son vertige. Ses gestes devenaient plus souples, elle gagnait en agilité. Peut-être réussissait-elle mieux que moi à faire taire sa peur.

Et puis enfin, derrière le versant que nous grimpions, apparut la longue crête qui s'étirait vers l'extrême pointe de la montagne. Un plateau surplombant la vallée d'où surgit, comme dans un rêve, un monastère au toit rouge.

Épuisée, Keira s'agenouilla sur la pente douce à l'ombre des grands pins. L'air était si pur qu'il nous brûlait la gorge.

Le temple était impressionnant. Sa base était taillée dans la roche, sa façade s'élevait sur deux étages et comptait six grandes fenêtres. Un escalier menait jusqu'à l'entrée. Au-devant d'une cour étroite était érigée une pagode dont l'avancée du toit versait aussi peu d'ombre. Je repensai à la difficulté du chemin qui nous avait permis d'accéder jusque-là et me demandai par quel miracle, l'homme avait pu construire ici un tel édifice. Les bois qui ceinturaient les ouvertures avaient-ils été sculptés sur place avant d'être assemblés ?

– On y est arrivés, dit Keira les yeux pleins de larmes.

– Oui, nous y sommes arrivés.

– Regarde derrière toi, me dit-elle.

Je me retournai et vit une sculpture en pierre, un étrange dragon coiffé d'une épaisse crinière.

– C'est un lion, dit-elle, un lion solitaire et, sous sa patte... ce globe !

Keira pleurait, je la pris dans mes bras.

– Mais de quoi parles-tu ?

Elle sortit une lettre de sa poche, la déplia et me lut : *Le lion dort sur la pierre de la connaissance.*

Nous nous sommes rapprochés de la statue. Keira s'était penchée pour mieux l'étudier. Elle examina la sphère sur laquelle le lion posait sa patte, comme un gardien fier.

– Tu vois quelque chose ?

– De fines rainures autour du globe, rien d'autre, mais je dois passer à côté de l'essentiel. La pierre est rongée par l'érosion.

Je regardai le soleil décliner à l'horizon, il était bien trop tard pour envisager de redescendre maintenant. Il nous faudrait passer la nuit ici. Le temple nous abriterait du froid ; mais il était ouvert au vent et je redoutais que nous gelions pendant la nuit. Laissant Keira penchée sur ce globe qui retenait toute son attention, je m'aventurai vers les pins qui se dressaient sur la crête. Je ramassai à leur pied toutes les branches mortes que je pouvais rapporter et quelques pommes qui exhalaient un parfum de résine. De retour dans la cour, je commençai à préparer un feu.

– Je suis trop fatiguée, me dit Keira en me rejoignant. Et puis j'ai froid, ajouta-t-elle en se frottant les mains devant les premières flammes. Et si tu me dis que tu as quelque à chose à manger, je t'épouse !

J'avais conservé précieusement des biscuits secs que le moine avait glissés dans ma poche avant que nous le quittions. J'attendis un peu avant de lui en offrir un.

Nous avions trouvé refuge dans une pièce mieux protégée du vent. Nous étions épuisés par notre périple et il ne nous fallut pas longtemps pour trouver le sommeil.

Le cri d'un aigle nous réveilla aux premières heures du jour. Nous étions frigorifiés. Mes poches étaient aussi vides que nos estomacs, la soif commençait à se faire sentir. La route serait aussi dangereuse au retour qu'à l'aller, même si cette fois la gravité jouerait en notre faveur. Keira aurait voulu soulever la patte du lion, lui confisquer ce globe pour pouvoir l'étudier à loisir. Mais le fauve, figé, le gardait comme un trésor.

Il ne restait plus grand-chose du feu de la veille, nous manquions de bois pour le raviver, pourtant l'accord des lieux était si parfait, que je me refusai de toucher à la moindre branche. Keira regarda les cendres. Elle se précipita et s'agenouilla pour écarter les braises encore incandescentes.

– Aide-moi à récupérer des morceaux de charbon de bois qui ne soient pas brûlants, il m'en faudrait deux ou trois.

Elle en attrapa un, gros comme un fusain, et retourna en courant vers le lion. Puis elle commença à noircir la pierre ronde que le lion défendait farouchement. Je la regardai, dubitatif. Le vandalisme n'était pas dans ses habitudes, c'était même plutôt le contraire ; quelle mouche l'avait piquée pour qu'elle aille maculer de la sorte cette pierre si ancienne ?

– Tu n'as jamais fait d'antisèches à l'école ? me dit-elle en me regardant.

Je n'allais quand même pas passer aux aveux le premier, ce serait un comble, compte tenu des circonstances de notre première rencontre.

– Dois-je comprendre par là que tu te confesses enfin ? demandai-je en reprenant mes airs de pion.

– Pas le moins du monde, je ne te parlais pas de moi.

– Je n'ai pas le souvenir d'avoir fraudé, non. Et quand bien même je l'aurais fait, si tu crois que je te le dirais, tu peux toujours rêver.

– Bon, un jour je t'échangerai cet aveu contre la fameuse liste des choses qui te plaisent en moi. Mais, pour l'instant, prends un morceau de charbon et viens m'aider à noircir cette pierre.

– À quoi joues-tu ?

Alors que Keira appliquait méticuleusement la suie sur la pierre, je vis soudain apparaître une série de traits. C'était comme ce jeu que nous faisions à l'école. Il fallait graver des lettres sur une feuille avec l'aiguille d'un compas, passer dessus la pointe d'un crayon gras pour voir se révéler les mots incrustés dans le papier.

– Regarde, me dit Keira, plus fébrile que jamais.

Sur ce fond noir, nous avons vu apparaître une série de chiffres entrecroisés de lignes et de points. Cette pierre si précieusement gardée par le lion était un genre de sphère armillaire, témoignant de l'incroyable savoir astronomique de ceux qui l'avaient réalisée, des siècles et des siècles avant notre ère.

– Qu'est-ce que c'est ? demanda Keira.

– Une sorte de mappemonde, mais, au lieu de représenter la Terre, il s'agit de la sphère céleste, en d'autres mots, la représentation des deux ciels au-dessus de nos têtes, celui visible depuis l'hémisphère Nord et celui qui est visible depuis l'hémisphère Sud.

La découverte que venait de faire Keira était magnifique, il fallait que je lui en explique chaque détail.

– Autour de cette ligne médiane que tu vois, ce grand cercle est l'intersection du plan équatorial avec la sphère, on l'appelle l'équateur céleste, il partage la sphère en deux parties : nord et sud. On peut projeter n'importe quel point de la Terre sur la sphère céleste ; tous les astres peuvent y être représentés, y compris le Soleil.

Je lui montrai ici les deux cercles polaires, les tropiques, l'écliptique, le chemin parcouru par le Soleil, jalonné par les constellations zodiacales ; là, les colures des solstices et des équinoxes.

– Quand le Soleil croise le plan équatorial, c'est-à-dire au moment des équinoxes, la durée du jour est égale à la durée de la nuit. L'autre cercle que tu vois là est la projection de la trajectoire du Soleil sur la sphère. Ici, c'est *Ursae minoris*, l'étoile alpha, plus connue sous le nom d'étoile Polaire, elle est tellement proche du pôle nord céleste qu'elle semble immobile dans le ciel. Cet autre grand cercle est un méridien céleste.

Cette représentation était si complète que je lui avouai n'avoir jamais rien vu de tel de ma vie. Les premières sphères armillaires avaient été mises au point par les Grecs dès le troisième siècle avant Jésus-Christ, mais les incrustations gravées sur cette pierre étaient bien plus anciennes.

Keira avait retourné la lettre qu'elle conservait dans

sa poche et en utilisa le verso pour reproduire les inscriptions figurant sur la sphère. Elle avait un sacré coup de crayon.

– Qu'est-ce que tu fais ? me dit-elle en relevant la tête de son dessin.

Je lui montrai un petit appareil photo que j'avais dissimulé dans ma poche depuis notre arrivée en Chine, je ne sais pas pourquoi je n'avais pas osé lui avouer plus tôt que je rêvais d'immortaliser certains moments de notre voyage.

– C'est quoi ? demanda-t-elle alors qu'elle le savait très bien.

– Une idée de ma mère... un appareil photo jetable.

– Qu'est-ce que ta mère vient faire là-dedans ? Tu l'as depuis longtemps ?

– Je l'ai acheté à Londres avant de partir. Considère cela comme un accessoire de camouflage. A-t-on jamais vu des touristes sans appareil photo ?

– Et tu t'en es déjà servi ?

Je mens terriblement mal, autant passer tout de suite aux aveux.

– Je t'ai photographiée deux ou trois fois, pendant que tu dormais, et puis lorsque tu as été malade sur le bord de l'autoroute, et chaque fois que tu ne me prêtais pas attention. Ne fais pas cette tête-là, je voulais juste rapporter quelques souvenirs.

– Il reste combien de photos dans cet appareil ?

– En fait, c'est le deuxième de son genre, j'en ai déjà terminé un, sur celui-là, la pellicule est vierge.

– Tu en as acheté combien de tes trucs jetables ?

– Quatre... cinq, peut-être.

J'étais assez embarrassé et je souhaitais mettre un terme au plus vite à cette discussion. Je m'approchai du lion et commençai à photographier la pierre ronde, multipliant des gros plans de chaque détail.

Nous avions réuni assez de matière pour pouvoir reconstituer l'ensemble des informations gravées sur la pierre. J'avais mesuré ses dimensions à l'aide de la ceinture de mon pantalon, afin d'avoir un rapport d'échelle lorsque nous serions rentrés. En assemblant les prises de vue que je venais de faire et les dessins de Keira, à défaut de l'original, nous aurions à notre disposition une copie fidèle. Le moment de quitter la montagne sacrée était venu. En regardant la position du Soleil, j'estimai qu'il devait être environ 10 heures du matin, si la descente se faisait sans encombre, nous aurions regagné le monastère avant la fin de la journée.

*

Nous sommes arrivés fourbus. Les disciples nous avaient préparé tout ce dont nous avions besoin. De l'eau chaude pour nous laver, un repas à base de bouillon pour nous réhydrater et du riz en quantité pour reprendre des forces. Le moine ne vint pas ce soir-là. Les disciples nous expliquèrent qu'il méditait, on ne pouvait pas le déranger.

Nous l'avons retrouvé le matin suivant. Hormis quelques écorchures, des ampoules aux mains et aux pieds, notre forme était plus qu'honorable.

– Êtes-vous satisfaits de votre périple sur la pyramide blanche ? demanda le moine en s'approchant de nous. Avez-vous trouvé ce que vous cherchiez ?

Keira m'interrogea du regard, fallait-il mettre cet homme dans la confidence ? La veille de notre départ, il m'avait témoigné de l'intérêt qu'il portait à l'astronomie. Comment le tenir à l'écart de cette fascinante découverte ? Peut-être pourrait-il nous éclairer davantage. Je lui dis que nous avions trouvé quelque chose de plus incroyable encore que ce que nous avions imaginé. J'avais piqué sa curiosité, mais, pour lui expliquer de quoi il s'agissait, j'avais besoin de faire développer mes photos, ce qu'elles lui révéleraient serait bien plus parlant que toutes mes explications.

– Vous m'intriguez, nous dit-il. Mais je patienterai et attendrai que vous ayez fait tirer ces photographies que vous voulez me montrer. Mes disciples vous conduiront à votre voiture. Repartez vers l'est, à soixante-dix kilomètres, vous arriverez à Lingbao ; c'est l'une de ces villes modernes qui ont poussé comme des mauvaises herbes ces dernières années, vous trouverez là-bas tout ce dont vous avez besoin.

La carriole nous ramena au 4 × 4. Deux heures après avoir quitté le moine, nous arrivions dans le centre-ville de Lingbao. Sur la grande avenue commerçante, les magasins d'électronique destinés autant aux Chinois qu'aux touristes se succédaient. Nous choisîmes l'un d'entre eux au hasard. Je confiai l'appareil photo jetable à l'employé du rayon qui nous intéressait et, un quart d'heure plus tard, ce dernier nous remettait contre cent yuans, un jeu des vingt-quatre photos prises sur le mont Hua, ainsi qu'une petite carte électronique sur laquelle elles avaient été digitalisées.

– Tu aurais pu en profiter pour faire développer celles que tu as prises pendant que je dormais ou que je vomissais sur le bord de la route... pour ton album.

– Figure-toi que je n'y ai pas pensé, lui répondis-je d'un ton aussi ironique.

Une drôle de machine attira mon attention. L'appareil était composé d'un écran, d'un clavier et pourvu de fentes de différentes tailles où l'on pouvait insérer le genre de carte que l'employé m'avait remise. En introduisant quelques pièces de monnaie, on pouvait envoyer ses photographies par Internet n'importe où dans le monde. Décidément, l'Asie regorge d'ingéniosité dans le domaine technologique.

J'invitai Keira à me suivre et, en quelques minutes, j'envoyai un courriel à mes deux amis, Erwan à Atacama et Martyn en Angleterre. Je demandai à chacun d'eux d'étudier ces images avec la plus grande attention et de bien vouloir me dire ce qu'elles leur inspiraient ainsi que leurs éventuelles conclusions. Keira n'avait pas de photos à envoyer à Jeanne, elle se contenta d'un petit mot, où elle prétendit se trouver dans la vallée de l'Omo, lui assurant que tout allait bien et qu'elle lui manquait.

Nous avons profité de ce passage en ville pour acheter quelques produits de première nécessité. Keira voulait absolument du shampoing ; nous avons passé près d'une heure à chercher la marque qui lui conviendrait, je lui fis remarquer qu'une heure, c'était peut-être un peu long juste pour du shampooing. Si elle ne m'avait pas tiré par le bras, rétorqua-t-elle, nous serions encore dans le magasin d'électronique !

Nous avions eu notre compte de riz, de bouillon et de galettes, et ni Keira ni moi n'avons pu résister devant la vitrine d'un fast-food où l'on servait de vrais hamburgers, avec frites et fromage fondant. Cinq cents calories l'unité, me dit-elle, en ajoutant aussitôt que c'étaient cinq cents calories de pur plaisir.

Après le déjeuner, nous sommes directement repartis au monastère. Cette fois notre moine n'était pas en séance de méditation et il semblait même guetter notre retour avec impatience.

– Alors ces photos ?, nous dit-il.

Je lui montrai les clichés et lui expliquai comment nous avions procédé pour faire apparaître la sphère céleste incrustée dans la pierre.

– C'est en effet une impressionnante découverte que

vous venez de faire. Avez-vous pensé à remettre la pierre dans son état d'origine ?

– Oui, dit Keira, nous l'avons nettoyée avec des feuilles aussi trempées que nous par la rosée du matin.

– Sage décision. Comment êtes-vous arrivés jusqu'à ce lion ? demanda le moine.

– C'est une longue histoire, une histoire aussi longue que ce voyage.

– Quelle en sera la prochaine étape ?

– Là où se situe le morceau jumeau de celui-ci, dit Keira en montrant son pendentif au moine. Et nous pensons que la sphère céleste découverte sur le mont Hua devrait nous aider à le localiser. De quelle manière ? Nous l'ignorons encore, mais, avec un peu de temps, nous finirons peut-être par y voir plus clair.

– Quelle est la véritable fonction de ce très bel objet ? interrogea le moine en étudiant de près le pendentif de Keira.

– C'est un fragment d'une carte du ciel qui fut établie il y a bien plus longtemps que la sphère céleste que nous avons trouvée sous la patte du lion.

Le moine nous fixa tous les deux, droit dans les yeux.

– Suivez-moi, nous dit-il en nous entraînant à l'écart du monastère.

Il nous conduisit jusqu'au saule au pied duquel nous avions déjà discuté ensemble et nous demanda de nous asseoir. Acceptions-nous en échange de son hospitalité de lui raconter cette longue histoire qui le passionnait ? Nous nous sentions ses obligés, et avons accédé à sa demande de bonne grâce.

– Si je comprends bien, conclut-il, l'objet que vous portez autour du cou serait une carte du ciel tel qu'il apparaissait il y a quatre cents millions d'années ; ce qui, vous en conviendrez, paraît impossible. Vous me dites qu'il existerait d'autres fragments de cette carte aujourd'hui incomplète et qu'en les réunissant vous en prouveriez l'authenticité ?

– C'est exactement cela.

– Êtes-vous certains que c'est la seule chose que cela prouverait ? Avez-vous réfléchi aux implications de votre découverte, à toutes les vérités établies en ce monde qui seraient aussitôt remises en cause ?

J'avouai que nous n'avions pas eu beaucoup de temps pour en faire l'inventaire, mais si la réunification des fragments devait nous permettre d'en apprendre plus sur l'origine de l'humanité et, qui sait, peut-être même sur la naissance de l'Univers, alors cette découverte serait inestimable.

– En êtes-vous si sûrs ? nous demanda le moine.Vous êtes-vous demandé pourquoi la nature avait choisi d'effacer de nos mémoires tous les souvenirs de la première enfance ? Pourquoi nous ignorions tout de nos premiers instants sur Terre ?

Keira et moi étions bien incapables de répondre à la question que le moine nous avait posée.

– Avez-vous la moindre idée des difficultés qu'une âme doit braver pour s'unir à un corps et donner naissance à la vie sous la forme que nous lui connaissons ? Vous qui êtes astronome, j'imagine combien vous êtes passionné par la création de l'Univers, par ces premiers instants, ce fameux Big Bang, cette explosion phénoménale d'énergie qui donna naissance à la matière. Croyez-vous que les premiers instants d'une vie soient si différents ? Ne serait-ce pas juste une question d'échelle ? L'Univers infiniment grand, et nous, infiniment petits. Et si ces deux naissances étaient quelque part similaires ? Pourquoi l'homme va-t-il toujours chercher si loin ce qui est si près de lui ?

« Peut-être la nature a-t-elle choisi d'effacer le souvenir de nos premiers instants et de nous protéger en nous interdisant de nous remémorer les souffrances endurées pour prendre possession de la vie. Et, qui sait, afin que jamais nous ne puissions trahir le secret de ces premiers instants ? Je me demande souvent ce qu'il adviendrait de l'humanité si nous comprenions véritablement ce processus ? L'homme se prendrait-il alors pour un dieu ? Qu'est-ce qui le retiendrait de tout détruire s'il savait créer la vie à loisir ? Quel respect accorderions-nous à la vie, si nous percions le mystère de sa création ?

« Il ne m'appartient pas de vous dire d'arrêter ce voyage, pas plus que de juger votre démarche. Notre rencontre n'était peut-être pas fortuite. Cet Univers qui vous inspire tant possède des qualités insoupçonnables et nous sommes loin d'avoir la plus petite idée de ce qu'est vraiment le hasard. Je vous demande seulement de réfléchir tout au long de votre chemin, à ce que vous entreprenez réellement. Si ce voyage vous a déjà permis de vous rencontrer, alors peut-être était-ce là son premier dessein, peut-être que la sagesse serait de vous en tenir là.

Le moine nous rendit les photographies. Il se leva, nous salua et repartit vers le monastère.

Le lendemain, nous sommes retournés à Lingbao. Nous avions repéré un cybercafé, où nous avons pu nous connecter à Internet et lire nos courriers respectifs. Keira reçut des nouvelles de sa sœur, et moi de mes amis astrophysiciens qui tous deux me demandaient de les appeler au plus vite.

Je joignis Erwan en premier.

– Je ne sais pas sur quel coup tu es cette fois, me dit-il, mais tu commences vraiment à m'intriguer. Je ne sais pas non plus pourquoi je passe tant d'heures à bosser pour toi alors que tu ne me dis rien, mais j'imagine que c'est parce que je suis ton ami. Cela étant, je t'attends ici de pied ferme avec des explications, et tu me paieras aussi un bon repas pour la deuxième nuit blanche consécutive que tu m'imposes.

– Qu'as-tu découvert, Erwan ?

– Ta sphère céleste est réglée sur un axe précis. J'ai fait une triangulation, croisé les coordonnées équatoriales, l'équateur et le méridien de ta sphère armillaire pour déterminer l'ascension droite et la déclinaison. J'ai passé plusieurs heures à chercher quelle étoile était pointée, mais je n'ai rien trouvé, mon vieux. J'ai vu que tu avais aussi demandé à ton ami Martyn de se pencher sur la question, vois avec lui s'il a découvert quelque chose, en ce qui me concerne, je sèche.

Après avoir raccroché avec Erwan, j'appelai Martyn. Il se réveillait à peine et je m'excusai de le déranger au saut du lit.

– C'est une sacrée charade que tu m'as envoyée, mon vieux. Si tu croyais m'avoir comme ça, j'ai déjoué ton piège.

Je le laissais parler, sentant mon cœur battre plus fort à chaque instant.

– Bien sûr, reprit Martyn, n'ayant pas les coordonnées horaires pour mesurer les angles, je me suis demandé à quel jeu tu jouais. C'est un sublime modèle de sphère armillaire. La plus complète que j'aie jamais vue et, surtout, elle est exacte. Incroyablement précise d'ailleurs. Bon, venons-en au fait. Je me suis demandé quelle étoile elle pointait, jusqu'à ce que je comprenne ce dont il s'agissait. Ce n'est pas dans le ciel que cette sphère nous indique un point, mais au contraire depuis le ciel qu'elle désigne un point sur la Terre. Seul hic, j'ai entré les coordonnées horaires actuelles, et d'après mes calculs ce point se trouve au milieu de nulle part, en pleine mer d'Andaman, au sud de la Birmanie.

– Aurais-tu les moyens de refaire tes calculs en modifiant les coordonnées horaires de façon qu'elles aient environ trois mille cinq cents ans ?

– Pourquoi cette date en particulier ? demanda Martyn.

– Parce que c'est l'âge de la pierre sur laquelle j'ai trouvé ces coordonnées.

– Il faut que je recalcule beaucoup de paramètres, je vais essayer de libérer un ordinateur, mais je ne te promets rien, donne-moi jusqu'à demain.

Je remerciai mon ami pour tout le mal qu'il se donnait et rappelai aussitôt Erwan afin de le tenir au courant et de le soumettre au même exercice que celui que j'avais imposé à Martyn. Erwan râla un peu, mais il était dans sa nature de râler toujours un peu, et il me promit, lui aussi, de me donner de ses nouvelles le lendemain.

J'informai Keira des progrès accomplis en si peu de temps. Je me souviens combien nous étions heureux, combien nous étions enthousiastes, tous deux enivrés par la promesse qui nous attendait. Nous n'avions rien écouté des mises en garde prodiguées par le moine. Seule la science comptait, et le besoin de nourrir notre appétit de découverte était plus fort que tout.

– Je n'ai pas envie de retourner dans notre Bed and Breakfast monacal, me dit Keira. Ce n'est pas que notre hôte soit désagréable, bien au contraire, mais ses leçons de morale finissent par être un peu pénibles. Puisque nous devons attendre demain, si nous jouions vraiment aux touristes toi et moi ? La Rivière Jaune est près d'ici, allons la voir, tu pourras faire tes photos, même quand je te prête attention, car si tu nous trouves un petit coin tranquille pour se baigner, je compte te prêter beaucoup plus d'attention que tu ne le soupçonnes.

Cet après-midi-là, nous nous sommes baignés nus dans la rivière. Keira était heureuse et moi tout autant qu'elle. J'avais oublié le plateau d'Atacama, Londres et la douceur de mon quartier quand la pluie ruisselle sur les toits de Primrose Hill, j'avais oublié Hydra, ma mère, tante Elena, Kalibanos et ses ânes à deux vitesses. J'avais oublié que j'avais probablement perdu toute chance d'enseigner l'an prochain à l'Académie, mais tout cela m'était bien égal. Keira était dans mes bras, nous faisions l'amour dans les eaux claires de la Rivière Jaune et rien d'autre ne comptait.

*

Nous ne sommes pas rentrés au monastère ; nous avions décidé de trouver une chambre d'hôtel à Lingbao. Keira rêvait d'un bon bain et moi d'un bon dîner.

Une soirée en amoureux à Lingbao ; de l'écrire me fait encore sourire. Nous marchions dans les rues de cette ville improbable. Keira s'était piquée au jeu des photos. Au bord de la rivière, nous avions presque fini la pellicule d'un appareil, Keira en avait acheté un autre pour nous photographier cette fois dans les rues de la ville. Elle préférait que nous ne les fassions pas développer ici, cela gâcherait tout le plaisir de revisiter ces instants quand nous serions rentrés à Londres, m'avait-elle dit.

À la terrasse d'un restaurant, Keira me demanda si j'allais enfin lui réciter la liste de ce que j'aimais chez elle. Je lui demandai à mon tour si elle était disposée à me dire si oui ou non elle trichait dans cette salle d'examen où nous nous étions rencontrés la première fois. Elle refusa, et je lui répondis que, dans ce cas, la fameuse liste resterait encore secrète.

Le confort du lit de cette chambre d'hôtel nous fit oublier la rudesse des nattes au monastère. Mais nous n'avons pas beaucoup dormi cette nuit-là.

Douze heures nous séparaient du Chili. Il était 10 heures du matin à Lingbao, 10 heures du soir à Atacama. J'appelai Erwan.

Il y avait encore un problème sur un télescope, et je compris que je le dérangeai au milieu d'une intervention de maintenance. Il prit quand même mon appel et m'expliqua que, pendant que je me la coulais douce en Chine, il se trouvait allongé sur une passerelle métallique, en train de se battre avec un écrou qui lui résistait. Je l'entendis pousser un cri et prononcer une bordée d'injures. Il venait de s'entailler le doigt, il était furieux.

– J'ai fait tes calculs, me dit-il, je ne sais pas pourquoi je m'emmerde à ce point, je te préviens, c'est la dernière fois ! Tes coordonnées se trouvent toujours en mer d'Andaman, mais avec les corrections que j'ai effectuées, cette fois, tu seras sur la terre ferme. Tu as de quoi noter ?

Je pris un stylo et une feuille de papier et vérifiai, fébrile, que la plume fonctionnait.

– 13° 26' 50"de latitude Nord, 94° 15' 52"de longitude Est. J'ai vérifié pour toi, c'est l'île de Narcondam, quatre kilomètres sur trois et pas âme qui vive. Quant à la position exacte des coordonnées, elles t'amèneront dans le cul d'un volcan ; je t'ai gardé la bonne nouvelle pour la fin, il est éteint ! Maintenant, j'ai du boulot et je te laisse à ton riz et à tes baguettes.

Erwan raccrocha, avant même que je puisse le remercier. Je consultai l'heure à ma montre, Martyn travaillait toujours de nuit, mon impatience était telle que je me risquai à le réveiller.

Il me communiqua les mêmes coordonnées.

Keira m'attendait dans la voiture. Je lui ai tout raconté de mes conversations téléphoniques. Et quand elle m'a demandé où nous allions, je me suis amusé à entrer dans l'appareil de navigation du tableau de bord, les chiffres qu'Erwan et Martyn m'avaient communiqués : 13° 26' 50" N, 94° 15' 52" E, avant de lui révéler que notre prochaine escale se trouvait au sud de la Birmanie, sur une île baptisée le Puits de l'enfer.

L'île de Narcondam se situait à dix heures de navigation depuis la pointe sud de la Birmanie. Nous avions étudié sur une carte les différents moyens de nous y rendre, mais tous les chemins ne mènent pas à Rangoon. Nous sommes entrés dans une agence de voyages pour demander conseil à l'employé qui parlait un anglais relativement correct.

En deux heures de route, nous pouvions atteindre Xi'an, prendre l'avion du soir pour Hanoi et attendre le surlendemain le vol régulier qui reliait Rangoon deux fois par semaine. Une fois arrivés dans le sud de la Birmanie, il nous faudrait trouver un bateau. Dans le meilleur des cas, nous mettrions trois à quatre jours pour arriver sur l'île.

– Il doit bien y avoir un moyen plus simple et plus rapide. Si nous retournions jusqu'à Pékin ?

L'agent de voyages ne perdait pas un mot de notre conversation. Il se pencha sur son comptoir et nous demanda si nous avions des devises étrangères. J'avais appris depuis longtemps à toujours voyager avec des dollars en poche. Nombreux sont les pays du monde où quelques billets verts à l'effigie de Benjamin Franklin règlent bien des problèmes. L'employé nous parla de l'un de ses amis, un ancien pilote de chasse de l'armée de l'air chinoise qui avait racheté à son ancien employeur un vieux Lisunov.

Il offrait ses services aux touristes en mal de sensations. Les baptêmes de l'air qu'il proposait sur cette version russe du DC3 servaient en réalité de couverture à un trafic de marchandises en tout genre.

En Asie du Sud, nombreuses étaient les compagnies clandestines qui employaient d'anciens pilotes en retraite de l'armée, à qui leurs pensions paraissaient un peu maigres. Drogue, alcool, armes, devises transitaient au nez et à la barbe des autorités douanières, entre la Thaïlande, la Chine, la Malaisie et la Birmanie. Les appareils qui assuraient ces vols ne répondaient à aucune norme en vigueur, mais qui s'en serait soucié ? L'agent de voyages nous assura qu'il pouvait nous arranger le coup. Bien mieux que de se poser à Rangoon d'où nous devrions encore prendre la mer pour dix bonnes heures de bateau à l'aller comme au retour, son ami pilote pouvait nous faire atterrir à Port Blair, capitale des îles Andaman et Nicobar. Depuis Port Blair, l'îlot où nous voulions nous rendre ne serait plus qu'à soixante-dix milles marins. Un client entra dans l'agence, nous laissant quelques minutes de réflexion.

– On a failli y rester dans la montagne, tu veux qu'on tente notre chance dans un vieux zinc pourri ? demandai-je à Keira.

– On peut aussi être optimistes et voir le bon côté des choses ; si on ne s'est pas rompu le cou, alors que nous étions suspendus comme deux andouilles à deux mille cinq cents mètres au-dessus du vide, qu'est-ce qu'on risque à bord d'un avion, aussi déglingué soit-il ?

Le point de vue de Keira dénotait en effet un certain optimisme, mais il n'était pas totalement dénué de sens.

Voyager de cette façon n'était pas sans danger – nous n'avions aucune idée de la nature de la cargaison qui voyagerait avec nous, ni même des risques que nous encourrions si notre appareil se faisait intercepter par les gardes-côtes indiens – mais dans l'hypothèse où tout se déroulerait bien, nous accosterions dès le lendemain soir sur l'île de Narcondam.

Le client était ressorti de l'agence, nous étions à nouveau seuls avec notre homme. Je lui remis deux cents dollars à titre d'arrhes ; il regardait sans cesse ma montre, j'en déduisis donc qu'elle paierait sa commission ; je l'enlevai de mon poignet, il la mit aussitôt au sien, il était fou de joie. Je promis de donner à son ami pilote tout ce que j'avais en poche, s'il nous menait à bon port. La moitié payable à l'aller, l'autre au retour.

L'affaire était conclue. Il ferma la porte de son agence et nous fit sortir avec lui par l'arrière-boutique. Une motocyclette était garée dans la cour, il grimpa dessus, installa Keira au milieu, il me restait un petit bout de selle et le porte-bagages pour appuyer mes mains. La motocyclette pétarada dans la courette et nous quittâmes la ville pour nous retrouver un quart d'heure plus tard, filant à toute berzingue sur une route de campagne. Le petit terrain d'aviation, d'où nous devions décoller, n'était qu'une piste en terre tracée au milieu d'un champ avec son vieux hangar rouillé où dormaient deux coucous. Le plus gros serait le nôtre.

Le pilote avait la tête d'un flibustier. Je l'aurais bien vu jouer un rôle dans *La Canonnière du Yang-Tsé*. Le visage buriné, une grande balafre sur la joue, il avait vraiment l'air d'un pirate des mers du Sud. Notre agent de voyages d'un genre un peu particulier s'entretint avec lui. L'homme l'écouta sans broncher, il vint à ma rencontre et tendit la main pour que je lui règle son dû. Satisfait, il me montra une dizaine de caisses au fond du hangar et me fit comprendre que, si je voulais que nous décollions, j'avais tout intérêt à lui donner un coup de main. Chaque fois que je lui passais un colis et que je voyais disparaître la cargaison à l'arrière de la carlingue, j'essayai de ne pas penser au genre de marchandises qui voyageraient avec nous.

Keira s'était installée à la place du copilote et moi sur le fauteuil du navigateur. Plutôt affable, notre pilote flibustier se pencha vers Keira et lui dit, dans un anglais rudimentaire, que l'appareil sur lequel nous volions datait de l'après-guerre. Ni Keira ni moi n'eûmes le culot de lui demander de quelle guerre il parlait.

Il nous demanda de boucler nos ceintures ; je m'excusai de ne pas respecter cette consigne de sécurité, celle qui devait équiper mon fauteuil avait disparu. Le tableau de bord s'illumina, ou plutôt quelques cadrans, tandis que sur d'autres les aiguilles restaient inertes. Le pilote tira deux manettes, repoussa une série de boutons – il avait l'air de connaître son affaire – et les deux moteurs Pratt & Whitney – la marque était inscrite sur les capots – crachèrent une épaisse fumée. Une gerbe de flammes jaillit et les hélices se mirent à tournoyer. La queue de l'appareil pivota ; glissant comme si nous étions sur de la glace, l'avion s'aligna sur la piste. Le bruit dans le cockpit devint assourdissant, tout tremblait. Je regardai par un hublot notre agent de voyages qui nous faisait de grands signes, je n'ai jamais haï quelqu'un autant que ce type. Secoués comme des pruniers, nous prîmes de la vitesse. La fin de la piste se rapprochait de manière assez inquiétante. Je sentis soudain la queue de l'avion se soulever, enfin nous nous élevions dans les airs. Je suis certain que nous avons taillé de quelques centimètres la cime des arbres que nous laissions derrière nous, mais, de minute en minute, nous prenions de l'altitude.

Le pilote nous expliqua que nous ne volerions pas très haut, de façon à ne pas entrer dans le rayon de couverture des radars. Il avait dit cela en souriant, j'en conclus qu'il ne fallait pas s'inquiéter plus que cela.

Pendant la première heure de vol, nous survolâmes une plaine ; le pilote grimpa un peu alors que se dessinait un léger relief devant nous, deux heures plus tard, nous nous trouvions au nord-est du Yunnan. Il changea de cap et vira plus au sud. La route serait plus longue, mais le mieux pour sortir de Chine était de longer la frontière du Laos, la surveillance aérienne y étant quasi inexistante. Je ne peux pas dire que, jusque-là, le vol fut vraiment confortable, mais ce n'était rien en comparaison de ce qui arriva quand nous entrâmes dans une zone de turbulences alors que nous survolions le Mékong. À l'approche du fleuve, le pilote fit piquer l'appareil du nez pour voler à fleur d'eau. Keira trouvait cela magnifique. Peut-être le paysage l'était-il, je n'en savais rien, mes yeux étaient rivés sur l'altimètre. Je me demande bien pourquoi, puisque chaque fois que notre pilote tapotait dessus, l'aiguille gigotait et retombait aussitôt. Nous survolerions le Laos pendant quinze minutes avant d'entrer en territoire birman. Deux autres cadrans retinrent toute mon attention, les jauges de carburant. D'après ce que je voyais, les réservoirs n'étaient plus qu'au quart. Je demandai à notre pilote dans combien de temps il pensait arriver. Il dressa fièrement deux doigts et replia à moitié le troisième. Compte tenu du carburant consommé depuis notre départ, s'il nous restait vraiment deux heures et demie de vol, nous allions logiquement tomber en panne sèche avant d'avoir atteint notre destination. Je partageai mes déductions arithmétiques avec Keira qui se contenta de hausser les épaules. Je ne voyais que des montagnes et aucun endroit où nous aurions pu nous poser pour un éventuel ravitaillement. J'avais oublié que l'agent de voyages avait précisé que son ami était un ancien pilote de chasse. Alors que nous passions entre deux cols, l'avion s'inclina avant d'effectuer un décrochage sur l'aile qui nous souleva l'estomac. Les moteurs criaient, la carlingue tremblait à tout-va, l'avion reprit une assiette presque normale et nous vîmes apparaître devant le cockpit un semblant de route le long d'une rizière. Keira ferma les yeux ; l'avion toucha le sol comme une fleur et s'immobilisa. Le pilote coupa le contact, défit sa ceinture et me demanda de le suivre. Il m'entraîna à l'arrière de la carlingue, desserra les sangles qui retenaient deux grands fûts et me fit comprendre que je devais maintenant l'aider à les faire rouler jusqu'à sous les ailes. Rien à redire, le service à bord regorgeait d'inventivité ! Je poussai mon fût vers l'aile droite quand j'aperçus une traînée de poussière s'élever au bout de la route. Deux jeeps roulaient vers nous. Arrivés à notre hauteur, quatre hommes en descendirent. Ils échangèrent quelques mots avec notre pilote ainsi qu'une liasse de billets dont je n'eus pas le temps d'identifier la devise et déchargèrent en quelques minutes les caisses que nous avions mis beaucoup plus de temps que cela à embarquer. Ils repartirent comme ils étaient venus, sans nous saluer, ni nous avoir aidés à refaire le plein.

L'opération de remplissage des réservoirs se fit à l'aide d'une petite pompe électrique et prit une bonne demi-heure. Keira en profita pour se dégourdir les jambes. On remonta les fûts vides à l'arrière de l'avion, nous en aurions besoin au retour, et chacun reprit sa place à bord. Même nuage de fumée noirâtre, mêmes crachements de flammes, les hélices tournèrent à nouveau, et l'avion s'éleva dans les airs, passant de justesse entre les deux cols où nous avions piqué du nez un peu plus tôt.

Le survol de la Birmanie se fit sans encombre, à une altitude plus basse encore pour éviter de nous faire repérer. Le pilote nous indiqua que nous devrions atteindre la côte d'ici peu, et nous découvrîmes bientôt l'immensité bleue de la mer d'Andaman. L'avion prit un cap plus au sud. Nous volions au ras des vagues. Les gardes-côtes indiens étaient bien plus vigilants que leurs voisins birmans. Keira me montra un point à l'horizon. Le pilote regarda le GPS portable accroché par une sangle au tableau de bord, un modèle plus robuste et plus précis que ceux que l'on pouvait acheter pour équiper une automobile.

– Terre, cria le pilote dans l'habitacle.

Nous changeâmes à nouveau de cap pour contourner la côte est de l'île, et après avoir effectué un premier passage en rase-mottes, l'avion se posa docilement au milieu d'un champ.

Port Blair était à dix minutes de marche à travers la campagne. Le pilote récupéra ses affaires et nous accompagna. Il connaissait une petite auberge qui louait des chambres. Nous avions le reste de la journée pour faire notre excursion en mer, le vol retour était fixé au lendemain matin. Le pilote voulait impérativement repasser la frontière chinoise à midi. Quand les radaristes déjeunaient, ils ne surveillaient pas leurs écrans de contrôle.

*

Port Blair

Nous nous remettions du voyage, attablés à la terrasse d'un glacier où nous avions convié notre pilote.

Au début du dix-neuvième siècle, Port Blair devint le point d'ancrage des navires de guerre de la Royale qui convoyaient ses soldats vers le front de la première guerre anglo-birmane. Les équipages des bateaux qui accostèrent furent régulièrement attaqués par les natifs de l'île qui se rebellaient contre l'envahisseur. Lorsque l'empire colonial anglais commença à se déliter, les rébellions indiennes fournirent au gouvernement de Sa Majesté plus de prisonniers que ses geôles ne pouvaient en accueillir. Un pénitencier fut construit au-dessus du port où nous nous trouvions. Combien de brimades infligèrent mes concitoyens aux habitants de cette île, et combien de sévices firent-ils subir à ceux qu'ils détenaient ? Tortures, traitements cruels et pendaisons étaient le lot quotidien des prisonniers du pénitencier ; prisonniers, dont la plupart étaient retenus pour de seuls motifs politiques. L'indépendance de l'Inde mit un terme à ces abominations. Au beau milieu de la mer d'Andaman, Port Blair est devenu un lieu de villé-giature pour les touristes indiens. Devant nous, deux enfants se régalaient d'un cornet de glace tandis que leurs mamans chinaient dans les magasins à la recherche d'un chapeau ou d'une serviette de plage. En jetant un coup d'œil à ce pénitencier, dont les murs s'élèvent toujours au-dessus du port, je me demandais qui se souvenait encore de ceux qui étaient morts ici au nom de la liberté.

À la fin du repas, notre pilote nous aida à trouver une embarcation qui nous mènerait jusqu'à Narcondam. Un loueur de bateaux accepta de nous confier l'une de ses vedettes rapides. Coup de chance, il acceptait aussi les cartes de crédit. Keira me fit remarquer qu'à ce train-là ce voyage finirait par me ruiner et elle avait raison.

Avant de prendre le large, je demandai à notre pilote s'il acceptait de me confier son appareil de navigation, je prétextais ne pas connaître la région et craindre que le compas de bord ne me suffise pas. L'idée de me prêter son GPS ne l'enchantait pas, il m'expliqua que, si je le perdais, nous ne pourrions pas regagner la Chine. Je promis d'y faire très attention.

La météo était idéale et la mer d'huile ; avec les deux moteurs de trois cents chevaux qui équipaient notre hors-bord, nous accosterions sur l'île du Puits de l'enfer dans deux heures tout au plus.

Keira s'était assise à la proue du bateau. Une jambe de chaque côté du bastingage, elle profitait du soleil et de la douceur du vent. À quelques miles des côtes, la mer se forma et la força à me rejoindre dans le poste de pilotage. Le bateau filait, sautant sur la crête des vagues. Il était 18 heures au soleil quand nous vîmes apparaître les côtes de Narcondam. Je contournai le minuscule îlot et repérai une plage au fond d'une crique où je pus échouer le hors-bord sur le sable.

Londres

13° 26' 50'' N, 94° 15' 52'' E.

Sir Ashton replia la feuille de papier que lui avait remis son assistant.

– Qu'est-ce que cela veut dire ?

– Je ne sais pas, monsieur, et je dois vous avouer que c'est à n'y rien comprendre. Leur véhicule est garé dans une rue de Lingbao, au nord de la Chine et il n'en a pas bougé depuis hier matin. Ils ont simplement entré ces coordonnées dans le GPS de bord, mais je doute fort qu'ils rejoignent cette destination par la route.

– Et pourquoi donc ?

– Parce que cela les conduirait sur une petite île située au milieu de la mer d'Andaman ; même avec un 4 × 4, il n'est pas facile d'y accéder en voiture.

– Qu'est-ce qu'elle a de particulier cette île ?

– Justement rien, monsieur, il ne s'agit que d'un minuscule îlot volcanique. À part quelques oiseaux, il est totalement inhabité.

– Et ce volcan est en activité ?

– Non, monsieur, il n'a connu aucune éruption depuis plus de quatre mille ans.

– Ont-ils quitté la Chine pour se rendre sur cet îlot de malheur ?

– Non, pas encore, monsieur, nous avons vérifié auprès de toutes les compagnies aériennes, aucune trace d'eux ; de plus, d'après le mouchard que nous avons placé dans la montre de l'astrophysicien, ils sont toujours dans le centre-ville de Lingbao.

Sir Ashton repoussa son fauteuil et se leva.

– La plaisanterie a assez duré ! Réservez-moi une place sur le premier vol pour Pékin. Qu'une voiture et deux hommes m'attendent à l'arrivée. Il est grand temps de mettre un terme à tout cela avant qu'il ne soit trop tard.

Sir Ashton prit son chéquier dans le tiroir de son bureau et sortit un stylo de la poche de son veston.

– Vous réglerez mon billet avec votre propre carte de crédit, je vous laisse inscrire sur ce chèque la somme qu'il faudra pour vous rembourser. Je préfère que l'on ne sache pas où je me rends. Si l'on cherche à me joindre, notez le message, dites que je suis souffrant et que je me repose chez des amis à la campagne.

*

Île du Puits de l'enfer

J'avais calculé que la nuit tomberait dans quatre heures. Je préférais ne pas reprendre la mer dans l'obscurité, ce qui ne nous laissait pas beaucoup de temps devant nous. Keira fut la première à gagner le sommet.

– Dépêche-toi, c'est magnifique, me dit-elle.

Je pressai le pas pour la rejoindre. Elle n'avait pas exagéré, une végétation luxuriante recouvrait le cratère. Un toucan que nous avions dérangé s'éleva dans les airs. Je vérifiai mon appareil de navigation, sa précision était de l'ordre de cinq mètres. Le point qui clignotait approchait du centre de l'écran, nous n'étions plus très loin du but.

Je regardai le paysage en contrebas et découvris que je pouvais me passer du GPS emprunté à notre pilote. Au beau milieu du volcan, on distinguait une petite parcelle de terre, où les herbes n'avaient pas poussé.

Keira s'y précipita. Je n'eus pas le droit d'approcher.

Agenouillée, elle grattait la terre. Elle prit une pierre saillante, traça un carré et commença de creuser ; ses doigts retournèrent la poussière, encore et encore.

Une heure s'était écoulée, sans que jamais Keira ait cessé de creuser. Un petit monticule s'était formé à ses côtés. Elle était épuisée, son front ruisselait de sueur, je voulais prendre la relève mais elle m'ordonna de rester à distance ; et puis, soudain, elle cria mon nom de toutes ses forces.

Dans ses mains brillait un fragment d'une matière aussi lisse et dure que l'ébène, sa forme presque triangulaire en empruntait la teinte. Keira ôta le collier qu'elle portait autour du cou, elle approcha son pendentif et les deux morceaux s'attirèrent avant de s'unir pour n'en former plus qu'un.

Aussitôt joints, ils changèrent de couleur. Du noir de l'ébène, elle vira au bleu de la nuit. Soudain se mirent à scintiller à la surface des fragments réunis des millions de points, des millions d'étoiles, telles qu'elles apparaissaient dans le ciel, il y a quatre cents millions d'années.

Je sentais sous mes doigts la chaleur de l'objet. Les points brillaient de plus en plus et, parmi eux, un plus que les autres. Était-ce l'étoile du premier jour, celle que je guettais depuis l'enfance, celle que j'étais parti chercher en m'exilant sur les hauts plateaux chiliens ?

Keira posa délicatement l'objet sur le sol. Elle me serra dans ses bras et m'embrassa. Il faisait encore plein jour, et pourtant, à nos pieds, brillait la plus belle nuit que nous ayons jamais vue.

Il ne fut pas facile de séparer à nouveau les fragments. Nous avions beau tirer de toutes nos forces chacun sur un morceau, rien n'y faisait.

Puis le scintillement baissa d'intensité et disparut. Cette fois, il suffit d'un léger effort pour les dissocier.

Keira remit son collier autour du cou, et moi l'autre morceau dans le fond de ma poche.

Nous nous regardions l'un l'autre, chacun se demandant ce qui se produirait, si un jour nous réussissions à réunir les cinq fragments.

*

Lingbao, Chine

Le Lisunov se posa sur la piste et roula jusqu'à son hangar. Le pilote aida Keira à descendre de l'appareil. Je lui remis mes derniers dollars et le remerciai de nous avoir ramenés sains et saufs. Notre agent de voyages nous attendait avec sa motocyclette. Il nous déposa à notre voiture, et nous demanda si nous étions contents de notre voyage. Je lui promis que je ne manquerais pas de recommander son agence. Ravi, il se courba gracieusement pour nous saluer et retourna vers sa boutique.

– Tu as encore la force de conduire ? me demanda Keira en bâillant.

Je n'osai pas lui avouer que je m'étais assoupi alors que nous survolions le Laos.

Je tournai la clé de contact et le moteur du 4 × 4 démarra.

Il nous fallait aller chercher les affaires que nous avions laissées au monastère. Nous en profiterions pour remercier le moine de son accueil. Nous passerions une dernière nuit là-bas et repartirions vers Pékin dès le lendemain. Nous voulions rentrer à Londres au plus

474

vite, impatients de voir l'image que le nouveau fragment projetterait une fois exposé à la lumière d'un laser. Quelles constellations allions-nous découvrir ?

Alors que nous roulions le long de la Rivière Jaune, je réfléchissais à toutes les vérités que cet étrange objet nous révélerait. J'avais bien quelques idées en tête, mais avant d'en faire part à Keira je préférais attendre d'être à Londres et constater le phénomène de mes propres yeux.

– Dès demain, j'appelle Walter, dis-je à Keira. Il sera aussi excité que nous.

– Il faudra que je pense à appeler Jeanne, me répondit-elle.

– Quelle est la plus longue période où tu es restée sans lui donner de nouvelles ?

– Trois mois ! avoua Keira.

Une grosse berline nous collait au train. Son conducteur avait beau me faire des appels de phares pour que je le laisse me doubler, la route en lacet était trop étroite. D'un côté la paroi de la montagne, de l'autre le lit de la Rivière Jaune, je lui fis un signe de la main, je me rabattrais pour le laisser passer dès que cela serait possible.

– Ce n'est pas parce que l'on n'appelle pas quelqu'un, qu'on ne pense pas pour autant à cette personne, reprit Keira.

– Alors pourquoi ne pas l'appeler ? lui demandai-je.

– Parfois, la distance empêche de trouver les mots justes.

*

Paris

Ivory aimait ce moment de la semaine où il se rendait au marché place d'Aligre. Il y connaissait chacun des commerçants, Annie la boulangère, Marcel le fromager, Étienne le boucher, M. Gérard, ce quincaillier qui, depuis vingt ans, avait toujours sur son étal une nouveauté sensationnelle. Ivory aimait Paris, l'île où il vivait au milieu de la Seine, et le marché, place d'Aligre, avec sa structure en forme de coque de bateau à l'envers.

En rentrant chez lui, il posa son cabas sur la table de la cuisine, rangea méticuleusement ses maigres courses et gagna son salon en croquant une carotte. Le téléphone sonna.

– Je voulais partager avec vous une information qui me contrarie, dit Vackeers.

Ivory reposa la carotte sur la table basse et écouta son partenaire d'échecs.

– Nous avons eu une réunion ce matin, nos deux scientifiques intriguent beaucoup la communauté. Ils se trouvent à Lingbao, une petite ville en Chine, ils n'en ont pas bougé depuis plusieurs jours. Personne ne comprend ce qu'ils sont allés faire là-bas, mais ils ont rentré dans leur GPS des coordonnées pour le moins étranges.

– Lesquelles ? demanda Ivory.

– Une petite île sans grand intérêt, au milieu de la mer d'Andaman.

– Y a-t-il un volcan sur cette île ? demanda Ivory.

– Oui, en effet, comment le savez-vous ?

Ivory ne répondit pas.

– Qu'est-ce qui vous contrarie, Vackeers ?

– Sir Ashton s'est fait porter malade, il n'a pas assisté à la réunion. Je ne suis pas le seul que cela inquiète, personne n'est dupe de son hostilité à l'encontre de la motion votée par notre assemblée.

– Avez-vous des raisons de penser qu'il soit plus informé que nous ?

– Sir Ashton a beaucoup d'amis en Chine, répondit Vackeers.

– Lingbao, vous avez dit ?

Ivory remercia Vackeers de son appel. Il retourna s'appuyer au balcon et resta là quelques instants à réfléchir. Le repas qu'il voulait se préparer devrait attendre. Il se rendit dans sa chambre et s'assit derrière l'écran de son ordinateur. Il réserva une place à bord d'un vol qui partait pour Pékin à 19 heures et une correspondance pour Xi'an. Puis il prépara un sac de voyage et appela un taxi.

*

Route de Xi'an

– Tu devrais le laisser nous doubler.

Je partageais l'avis de Keira, mais la voiture qui nous suivait roulait trop vite pour que je freine et la route était toujours trop étroite pour qu'elle puisse passer. Le conducteur impatient devrait attendre encore un peu, je décidai d'ignorer ses coups de klaxon. À la sortie d'un virage, alors que la route grimpait, il se rapprocha dangereusement et je vis la calandre de la berline grossir dans mon rétroviseur.

– Mets ta ceinture, dis-je à Keira, ce con va finir par nous envoyer dans le ravin.

– Ralentis, Adrian, je t'en supplie.

– Je ne peux pas ralentir, il nous colle au train !

Keira se retourna et regarda par la lunette arrière.

– Ils sont malades de rouler comme ça !

Les pneus crissèrent et le 4×4 fit une embardée. Je réussis à contrôler la direction et appuyai sur l'accélérateur pour semer ces dingues.

– Ce n'est pas possible, ils en ont après nous, dit Keira, le type au volant vient de me faire un geste assez malsain.

– Arrête de les regarder et accroche-toi. Tu es attachée ?

– Oui.

Ma ceinture n'était pas bouclée mais il m'était impossible de lâcher le volant.

Nous ressentîmes un choc violent qui nous projeta en avant. Nos poursuivants jouaient aux autos tamponneuses, les roues arrière de la voiture chassèrent de côté et la paroi de la montagne griffa la portière de Keira. Elle serrait si fort la dragonne que ses phalanges en devenait blanches. Le 4×4 s'accrochait tant bien que mal à la route, nous étions ballotés à chaque virage. Un nouveau coup de bélier nous poussa de travers, la voiture qui nous poursuivait s'éloigna enfin dans le rétroviseur, mais à peine avais-je réussi miraculeusement à nous remettre dans l'axe de la route, que la berline se rapprochait. Le salaud regagnait du terrain. L'aiguille de mon compteur approchait les soixante-dix miles, une vitesse intenable sur une route de montagne aussi sinueuse. Jamais nous n'arriverions à passer le prochain tournant.

– Freine, Adrian, je t'en supplie.

Le troisième coup fut encore plus violent, l'aile droite mordit la roche, le phare éclata sous l'impact. Keira s'enfonça dans son fauteuil. Le 4×4 se mit en travers et partit en tête-à-queue. Je vis le parapet exploser quand nous le percutâmes ; un instant j'eus l'impression que nous nous soulevions de terre, que nous étions immobiles, suspendus dans les airs, et puis les roues avant plongèrent dans le précipice. Un premier tonneau nous renversa sur le toit, la voiture glissait le long de la pente vers la rivière. On heurta un rocher, un nouveau tonneau nous reposa sur les roues, le toit s'était enfoncé et la glissade vers l'abîme continuait sans que je ne puisse plus rien y faire. Le tronc

479

d'un pin se rapprochait à toute vitesse, le 4×4 repartit de travers, évitant l'arbre de justesse ; rien ne semblait pouvoir nous arrêter. Nous filions vers un talus, la calandre s'éleva vers le ciel, la voiture fit un vol plané et j'entendis un énorme bruit sourd, suivi d'une violente secousse. Le 4×4 venait de plonger dans les eaux de la Rivière Jaune.

Je me tournai aussitôt vers Keira, elle avait une vilaine entaille au front, elle saignait, mais elle était consciente. La voiture flottait, cela ne durerait pas, l'eau submergeait déjà le capot.

– Il faut sortir d'ici, criai-je à Keira.

– Je suis coincée, Adrian.

Sous le choc, le siège passager était sorti de ses rails, la poignée de sa ceinture était inaccessible. Je tirai dessus de toutes mes forces mais rien n'y faisait. J'avais dû me briser les côtes, chaque fois que je respirais, une violente douleur irradiait dans ma poitrine, j'avais un mal de chien, mais l'eau montait et il fallait libérer Keira de son étau.

L'eau montait toujours, nous la sentions à nos pieds, le pare-brise commençait à disparaître.

– Barre-toi, Adrian, barre-toi tant qu'il est temps.

Je me retournai pour trouver de quoi déchirer cette maudite ceinture. La douleur fut fulgurante, j'avais le souffle court, mais je ne renoncerais pas. Je me penchai sur les genoux de Keira pour essayer d'ouvrir la boîte à gants. Elle posa sa main sur ma nuque et caressa mes cheveux.

– Je ne sens plus mes jambes, tu ne pourras pas me sortir d'ici, murmura-t-elle, maintenant il faut que tu t'en ailles.

J'ai pris sa tête entre mes mains et nous nous sommes embrassés. Je n'oublierais jamais le goût de ce baiser.

Keira a regardé son pendentif et elle a souri.

– Prends-le, m'a-t-elle dit. On ne s'est pas donné tout ce mal pour rien.

J'ai refusé qu'elle l'ôte de son cou, je ne partirais pas, je resterais ici avec elle.

– J'aurais voulu revoir Harry une dernière fois, dit-elle.

L'eau continuait d'envahir l'habitacle, le courant nous entraînait lentement.

– Dans cette salle d'examens, je ne trichais pas, me dit-elle. Je voulais juste attirer ton attention, parce que tu me plaisais déjà. À Londres, j'ai fait demi-tour au bout de ta rue ; si un taxi n'était pas passé par là, je serais revenue me coucher près de toi ; mais j'ai eu peur, peur d'être déjà trop amoureuse, parce que, tu sais, j'étais déjà bien trop amoureuse de toi.

Nous nous sommes serrés dans les bras l'un de l'autre. La voiture continuait de s'enfoncer. La lumière du jour finit par disparaître. L'eau nous recouvrait maintenant jusqu'aux épaules. Keira frissonnait, la peur avait fait place à la tristesse.

– Tu m'avais promis une liste, il faut te dépêcher de me la dire maintenant.

– Je t'aime.

– Alors c'est une jolie liste, tu ne pouvais pas en trouver de plus belle.

Je resterai avec toi mon amour, jusqu'au bout je suis resté avec toi, et encore après. Je ne t'ai jamais quittée. Je t'ai embrassée alors que les eaux de la Rivière Jaune nous submergeaient, et t'ai donné mon dernier souffle. Cet air dans mes poumons était ton air. Tu as fermé les yeux quand l'eau a recouvert nos visages ; j'ai gardé les miens ouverts jusqu'au tout dernier instant. J'étais parti chercher des réponses à mes questions d'enfant au plus profond de l'Univers, vers les étoiles les plus lointaines, et tu étais là, juste à coté de moi. Tu as souri, tes bras se sont agrippés à mes épaules et je n'ai plus senti aucune douleur, mon amour. Ton étreinte s'est défaite, et ce furent là mes derniers instants de toi, mes derniers souvenirs, mon amour, j'ai perdu connaissance en te perdant.

*

Hydra

Je noircis les pages de ce cahier depuis Hydra, assis sur cette terrasse, d'où je regarde souvent la mer.

J'ai repris conscience dans un hôpital de Xi'an, cinq jours après l'accident. Des pêcheurs, m'a-t-on dit, m'ont sauvé la vie en me sortant in extremis du 4×4 qu'ils avaient vu plonger dans la rivière. La voiture a dérivé ; le corps de Keira n'a pas été retrouvé. C'était il y a trois mois. Pas un jour ne passe sans que je pense à elle. Pas une nuit mes yeux ne se ferment sans qu'elle dorme à mes côtés. Je n'ai jamais connu pareille douleur que celle de son absence. Ma mère ne s'inquiète plus de rien, comme si elle devinait qu'il ne fallait plus rien ajouter au chagrin qui avait envahi notre maison. Le soir, nous dînons ensemble sur cette terrasse d'où j'écris. J'écris, car c'est le seul moyen qui me reste de faire revivre Keira. J'écris parce que chaque fois que je parle d'elle, elle est là, comme une ombre fidèle. Je ne sentirai plus jamais l'odeur de sa peau quand elle dormait collée à moi, je n'entendrai

plus ses éclats de rire quand elle riait de mes mala-
dresses, je ne la verrai plus fouiller la terre à la
recherche d'un trésor, ni jamais plus manger ces frian-
dises qu'elle avalait comme si on allait les lui
confisquer, mais j'ai mille souvenirs d'elle et mille souvenirs de nous. Il me suffit de fermer les paupières pour
qu'elle réapparaisse.

De temps à autre, tante Elena vient nous rendre
visite. La maison est plutôt vide et les voisins se font
discrets. Quelquefois, Kalibanos passe sur le chemin
qui longe la propriété, pour voir son âne, dit-il, mais je
sais que ce n'est pas vrai. Nous nous asseyons sur un
banc et ensemble nous regardons la mer. Lui aussi a
aimé, c'était il y a longtemps. Ce n'est pas une rivière
de Chine qui a emporté sa femme, juste une maladie,
mais la douleur que nous partageons est la même et
j'entends dans ses silences qu'il l'aime encore.

Demain Walter arrivera de Londres, il m'appelle
chaque semaine depuis que je suis ici. Je n'ai pas pu
retourner à Londres. Marcher dans ma ruelle où les pas
de Keira résonnent encore, pousser la porte de la
maison, celle de la chambre où nous avons dormi, est
au-dessus de mes forces. Keira avait raison, le plus
petit détail réveille la douleur.

Keira était une femme éblouissante, décidée, parfois
têtue, elle dévorait la vie avec un appétit sans pareil.
Elle aimait son métier et respectait ceux qui travaillaient avec elle. Elle avait un instinct infaillible et une
très grande humilité. Elle a été mon amie, mon amante,
la femme que j'ai aimée. J'ai compté les jours que nous
avons passés ensemble, même s'ils sont peu nombreux,
je sais qu'ils suffiront à remplir le reste de ma vie, je
voudrais maintenant que le temps passe très vite.

Lorsque vient la nuit, je regarde le ciel et je le vois

différemment. Peut-être qu'une nouvelle étoile est née dans une constellation lointaine. Je repartirai un jour à Atacama et je la trouverai dans la lentille de ce grand télescope, où qu'elle soit dans l'immensité du ciel je la trouverai et lui donnerai son nom.

Je t'écrirai cette liste mon amour, mais plus tard, car, pour cela, il me faudra ma vie entière.

Walter est arrivé par la navette de midi. Je suis allé le chercher au port. Nous sommes tombés dans les bras l'un de l'autre et nous avons pleuré comme deux gamins. Tante Elena était sur le pas de la porte de son magasin, et, quand le cafetier d'à côté lui a demandé ce que nous avions tous deux, elle lui a répondu d'aller s'occuper de sa clientèle, même si la terrasse du café était déserte.

Walter n'avait rien oublié de la façon de monter sur un âne. En route, il n'est tombé que deux fois, et la première, ce n'était pas vraiment de sa faute ; quand nous sommes arrivés, maman l'a accueilli comme si un second fils entrait dans sa maison. Elle lui a soufflé à l'oreille, croyant que je n'entendais pas, qu'il aurait quand même pu lui dire plus tôt. Walter lui a demandé de quoi elle parlait. Elle a haussé les épaules et murmuré le prénom de Keira.

Walter est un drôle de bonhomme. Tante Elena est venue se joindre à notre table, au cours du dîner, il l'a tellement fait rire que j'ai fini par en sourire. Ce sourire-là a ravivé les couleurs de la vie sur le visage de ma mère. Elle s'est levée, sous prétexte de débarrasser la table et, en passant à ma hauteur, elle a caressé ma joue.

Le lendemain matin, et pour la première fois depuis

la mort de mon père, elle m'a parlé de son chagrin. Elle aussi n'a pas fini d'écrire sa liste. Et puis, elle m'a dit cette phrase que je n'oublierai jamais. Perdre quelqu'un qu'on a aimé est terrible, mais le pire serait de ne pas l'avoir rencontré.

*

La nuit est tombée sur Hydra. Tante Elena dort dans la chambre d'amis, maman s'est retirée dans la sienne. J'ai préparé le canapé du salon pour Walter. Nous buvons un verre d'ouzo sur la terrasse.

Il me demande comment je vais et je lui réponds que je vais du mieux que je peux. Je suis en vie. Walter me dit combien il est heureux de me voir. Il me dit aussi qu'il a quelque chose pour moi, un colis envoyé à mon attention à l'Académie. Il vient de Chine.

C'est une grande boîte en carton, postée de Lingbao. Elle contient les affaires que nous avions laissées au monastère. Un pull que portait Keira, une brosse à cheveux, quelques affaires et deux pochettes de photos.

– Il y avait deux appareils jetables, me dit Walter d'une voix hésitante. J'ai pris la liberté de vous les faire développer. Je ne savais pas s'il fallait vous donner tout ceci maintenant, c'est peut-être trop tôt.

J'ai ouvert la première pochette. Keira m'avait prévenu, le plus petit détail ravive la douleur. Walter a eu la délicatesse de me laisser seul. Il est allé se coucher. J'ai passé une grande partie de la nuit à regarder ces souvenirs que Keira et moi aurions dû découvrir à notre retour à Londres. Parmi ces photos, il y avait celles de cette journée où nous nous étions baignés nus dans la Rivière Jaune.

Le lendemain, j'ai conduit Walter au port, j'avais apporté les photos avec moi. À la terrasse du café, je les lui ai montrées, il fallait que je lui raconte l'histoire de chacune d'elles. L'histoire que Keira et moi avions vécue, de Pékin jusqu'à l'île de Narcondam.

– Ainsi vous avez fini par trouver ce deuxième fragment.

– Le troisième, lui répondis-je. Ceux qui ont assassiné Keira en possèdent un aussi.

– Ce n'est peut-être pas eux qui ont provoqué cet accident ?

J'ai pris l'objet dans ma poche et le lui ai présenté.

– Quelle incroyable chose, a-t-il murmuré. Quand vous trouverez le courage de rentrer à Londres, il faudra l'étudier.

– Non, cela ne servirait plus à rien, il en manquera toujours un, il repose au fond d'une rivière.

Walter reprit la pochette de photos et les regarda une à une en y portant la plus grande attention. Il en posa deux, côte à côte sur la table et m'adressa une étrange question.

Sur les deux clichés, Keira se baignait, je reconnaissais l'endroit. Sur l'une des photographies, me fit-il remarquer, l'ombre des arbres qui bordent la rivière s'allongeait à droite, sur l'autre, elle se trouvait à gauche. Sur la première, le visage de Keira était intact, sur la seconde, elle avait une grande cicatrice au front. Mon cœur s'est arrêté.

– Vous m'aviez bien dit que la voiture avait été emportée par le fleuve et que l'on n'avait pas retrouvé son corps, n'est-ce pas ? Alors, je ne veux pas éveiller en vous des espoirs qui se révéleraient cruels, mais je crois néanmoins que vous devriez repartir au plus tôt en Chine, me souffla Walter.

J'ai fait ma valise le matin même. La navette d'Athènes partait à midi, et nous avons réussi à l'attraper juste à temps. J'avais trouvé un vol qui reliait Pékin en fin de journée. Je partais vers la Chine, Walter rentrait à Londres, nos départs étaient presque à la même heure.

À l'aéroport, il me fit promettre de l'appeler dès que j'en saurais plus.

Alors que nous nous disions au revoir dans la coursive, il chercha sa carte d'embarquement. Il fouillait ses poches et me regarda avec un drôle d'air.

– Ah, me dit-il, j'allais oublier. Un coursier a déposé ceci pour vous à l'Académie. Décidément, j'aurai joué au facteur jusqu'au bout. Cela vous fera de la lecture en vol.

Il me remit une enveloppe cachetée sur laquelle figurait mon nom et me conseilla vivement de courir si je ne voulais pas rater mon avion.

*

Deuxième cahier

Le commandant de bord venait de nous autoriser à détacher nos ceintures de sécurité. L'hôtesse poussait son chariot dans l'allée, servant des rafraîchissements aux passagers des premiers rangs.

Je pris dans ma poche la lettre que Walter m'avait confiée et la décachetai.

Cher Adrian,

Nous n'avons pas eu l'occasion de nous connaître vraiment et je le déplore, tout comme je déplore les tragiques événements que vous avez vécus en Chine. J'ai eu la chance de côtoyer Keira. C'était une femme formidable et j'imagine combien votre chagrin doit être grand. Ce ne sont pas des pêcheurs qui vous ont secourus mais des moines qui se baignaient dans la rivière au moment où votre véhicule s'y est précipité. Vous vous demandez comment je sais cela ? Vous ne pouvez pas vous en souvenir, vous étiez encore inconscient, mais je suis venu vous rendre visite à l'hôpital. C'est moi qui ai fait le nécessaire pour assurer votre rapatriement de Chine dès que votre état de santé l'a permis. Pourquoi ? Parce que je me sens un peu responsable de ce qui vous est arrivé. Je suis un vieil homme qui, comme vous, en d'autres temps, se passionna pour les recherches que vous avez entreprises tous deux. Il m'est arrivé d'aider Keira quand je le pouvais, de la convaincre de ne pas renoncer, et je devine que sans elle, vous voudrez tout arrêter. Je sais qu'elle aurait souhaité que vous poursuiviez. Il le faut Adrian. Il serait si injuste qu'elle ait sacrifié sa vie pour rien. Ce que vous découvrirez peut-être dépasse de loin le cadre de votre seule existence et, j'en suis certain, finira par répondre aux questions que vous vous posez depuis toujours.

Au cours de ces nombreuses années de recherches, j'ai découvert un autre texte qui n'est peut-être pas sans rapport avec la quête que vous poursuivez. Il s'agit d'un écrit que peu de gens ont pu consulter.

Si je n'ai pas réussi à vous faire changer d'avis, alors ne lisez pas ce feuillet que je joins à ma lettre, je vous en supplie. Il n'est pas sans risque d'en prendre connaissance. Je compte sur votre sens de l'honneur que je sais indéfectible. Dans le cas contraire, lisez, et je suis certain qu'un jour vous comprendrez.

La vie a bien plus d'imagination que nous tous réunis, elle est parfois porteuse de petits miracles, tout est possible, il suffit d'y croire de toutes ses forces.

Bonne route Adrian,
Votre dévoué
Ivory.

Je rouvris la pochette de photos pour regarder une fois encore celle qui nourrissait en moi le fol espoir que Keira puisse être encore en vie.

Je dépliai le second feuillet de la lettre d'Ivory...

« *Il est une légende qui raconte qu'un enfant dans le ventre de sa mère connaît tout du mystère de la Création, de l'origine du monde jusqu'à la fin des temps. À sa naissance, un messager passe au-dessus de son berceau et pose un doigt sur ses lèvres pour que jamais il ne dévoile le secret qui lui fut confié, le secret de la vie. Ce doigt posé qui efface à jamais la mémoire de l'enfant laisse une marque. Cette marque nous l'avons tous au-dessus de la lèvre supérieure, sauf moi.*

Le jour où je suis né, le messager a oublié de me rendre visite, et je me souviens de tout. »

En repliant la lettre d'Ivory, je me suis souvenu de cette conversation avec Keira au cours d'une soirée passée à la belle étoile, alors que nous faisions route vers la Cornouailles.

– Adrian, tu ne t'es jamais demandé d'où nous venions ? N'as-tu jamais rêvé de découvrir si la vie était le fruit d'un hasard ou de la main de Dieu ? Quel sens donner à notre évolution ? Sommes-nous juste une étape vers une autre civilisation ?

– Et toi, Keira, n'as-tu jamais rêvé savoir où commence l'aube ?

*

Le vol qui décollait d'Athènes pour Londres accusait une bonne heure de retard. Enfin la passerelle se rétracta. Un téléphone sonna. L'hôtesse réprimanda le passager assis en première classe qui prenait cet appel, mais ce dernier promit d'être bref.

– Comment a-t-il réagi en voyant les photos ?

– Comment auriez-vous réagi à sa place ?

– Vous lui avez remis la lettre ?

– Oui, à l'heure qu'il est, il doit être en train de la lire.

– J'en conclus donc qu'il est reparti. Je vous remercie, Walter, vous avez fait du bon travail.

– Je vous en prie, Ivory, c'est un honneur de travailler avec vous.

*

La mer Égée s'effaçait sous les ailes de mon avion, dans dix heures, j'arriverai en Chine...

À paraître...

La première nuit

Merci à

Pauline.
Louis.

Susanna Lea et Antoine Audouard.

Emmanuelle Hardouin.
Raymond, Danièle et Lorraine Levy.

Nicole Lattès, Leonello Brandolini, Antoine Caro, Élisabeth Villeneuve, Élisabeth Franck, Arié Sberro, Sylvie Bardeau, Tine Gerber, Lydie Leroy, Joël Renaudat, et toutes les équipes des Éditions Robert Laffont.

Pauline Normand, Marie-Ève Provost.

Léonard Anthony, Romain Ruetsch, Danielle Melaconian, Katrin Hodapp, Marion Millet, Marie Garnero, Mark Kessler, Laura Mamelok, Lauren Wendelken, Kerry Glencorse.

Brigitte et Sarah Forissier.

Kamel, Carmen Varela.

Frédéric Lenoir, dont le *Petit traité d'histoire des religions* (Plon) a inspiré le propos d'Ivory pages 111 et 112.

Retrouvez toute l'actualité de Marc Levy

www.marclevy.info

www.myspace.com/marclevy

Pour en savoir plus sur *Le premier jour*

www.lepremierjour-lelivre.com

Une histoire d'amour insolite et bouleversante

Marc Levy

Et si c'était vrai…

POCKET

(Pocket n° 11063)

Que penser d'une femme qui choisit le placard de votre salle de bains pour y passer ses journées ? qui s'étonne que vous puissiez la voir ? qui disparaît et reparaît à sa guise et qui prétend être plongée dans un profond coma à l'autre bout de la ville ? Faut-il lui faire consulter un psychiatre, en consulter un soi-même ? ou tout au contraire, se laisser emporter par cette extravagante aventure.
Et si c'était vrai ?...
Une histoire tendre, une aventure pleine d'humour et de rebondissements.

Il y a toujours un Pocket à découvrir

Deux êtres que rien ne peut séparer

Marc Levy

Où es-tu ?

(Pocket n° 11593)

Adolescents, ils représentent tout l'un pour l'autre. Mais la vie les écarte. Susan est partie au Honduras au sein d'une association humanitaire, tandis que Philip réussit sa vie professionnelle à Manhattan. Ils ne savent de leurs vies réciproques que ce que disent les lettres qu'ils s'écrivent pendant des années. Philip a promis à Susan qu'il serait toujours là pour elle. Il ne peut pas savoir que cette promesse va bouleverser sa vie et que, pour l'honorer, il devra ouvrir son cœur à l'inconnu…

Il y a toujours un Pocket à découvrir

Le fil du temps

Marc Levy

La prochaine fois

(Pocket n° 11063)

Jonathan Gardner est expert en peinture à Boston. À la recherche d'une toile mystérieuse, il est invité à se rendre dans une galerie en Angleterre pour préparer une importante vente aux enchères. Il y rencontre alors sa propriétaire, une belle jeune femme du nom de Clara. Ne s'étant jamais vus, ils semblent pourtant s'être déjà rencontrés. Mais où et quand ? À Londres, il y a plus d'un siècle…

Il y a toujours un Pocket à découvrir

Mon père, ce héros

Marc Levy

Les enfants de la liberté

POCKET

(Pocket n° 12413)

1943. Raymond Levy entre en résistance contre l'occupant. Avec lui, une poignée d'adolescents. Comme lui, ils n'ont pas vingt ans, beaucoup ne sont pas français, mais tous ont choisi au péril de leur vie de défendre un idéal qui n'a pas de frontière : la liberté. Soixante-cinq ans plus tard, Marc Levy raconte l'histoire bouleversante de ce père héroïque et de ses compagnons.

Il y a toujours un Pocket à découvrir

Cet ouvrage a été composé et mis en pages
par Étianne Composition
à Montrouge.

Imprimé en France par

Maury-Imprimeur
à Malesherbes (Loiret)
en octobre 2010

POCKET – 12, avenue d'Italie - 75627 Paris cedex 13

N° d'impression : 159058
Dépôt légal : mai 2010
Suite du premier tirage : octobre 2010
S20335/03